»Ältere Dame sucht nette Begleitperson für Abenteuer in Manhattan. Reisezeit 22. bis 26. Dezember.« Amy Parrett, der jungen New-Yorkerin in London, kommt diese Anzeige wie gerufen. Statt des erhofften Heiratsantrages hat sie gerade den Laufpass erhalten und ihr wäre nichts lieber, als die Festtage bei ihrer Familie zu verbringen. Als die »ältere Dame«, die elegante Georgia Hamilton, im weihnachtlichen Manhattan von Amys gebrochenem Herzen erfährt, beginnt sie die eigene tragische Liebesgeschichte zu erzählen, die zurück in die prunkvolle Londoner Ballsaison des Jahres 1958 reicht. Und Amy begreift, dass sie helfen könnte, Georgias tiefe Wunde zu heilen ...

Tasmina Perry arbeitete als Juristin, bevor sie – mehrfach ausgezeichnet – für Frauenmagazine zu schreiben begann. Nach der Gründung eines Reise- und Modemagazins verlegte sie sich ganz auf das Schreiben von Romanen. Ihre Bücher stehen regelmäßig auf den obersten Plätzen der englischen Bestsellerliste. Tasmina Perry lebt mit Mann und Sohn in London.

Katrin Behringer, geboren 1980, studierte Übersetzen und Dolmetschen in Heidelberg, Belfast und Berlin und ist seit 2007 als freie Übersetzerin aus dem Englischen und Spanischen tätig. Sie lebt und arbeitet in Berlin.

TASMINA PERRY

Drei Tage Manhattan – Begleitung gesucht

Roman

Deutsch von Katrin Behringer

Berlin Verlag Taschenbuch

FSC
www.fsc.org
MIX
Papier aus verantwortungsvollen Quellen
FSC® C083411

Oktober 2015
Die Originalausgabe erschien 2013 unter dem Titel
The Proposal
bei Headline Review, London

Umschlaggestaltung: ZERO Werbeagentur, München
unter Verwendung von Motiven von
GettyImages / SuperStock, Corbis Images / Max Wanger
und FinePic®, München
Druck & Bindung: CPI books GmbH, Leck
Printed in Germany
ISBN 978-3-8333-1041-6

www.berlinverlag.de

Prolog

Sie zögerte, ehe sie anfing zu schreiben, und ihre blasse Hand verharrte einen Augenblick zitternd über dem Formular. Sie kam sich unsagbar altmodisch vor – selbst Menschen in ihrem Alter kannten sich heutzutage gut genug mit dem Internet aus, um eine Kleinanzeige online aufzugeben. Ihr Entschluss, die Redaktion aufzusuchen, war jedoch nicht ihrer Hilflosigkeit, sondern einer spontanen Laune entsprungen, nachdem sie ohnehin in Covent Garden gewesen war und dort mit Freunden zu Mittag gegessen hatte. Mit Leuten, die sie kannte, auf vertrautem Terrain, im Herzen der Londoner Verlagslandschaft. Ihr früherer Arbeitsplatz war nur einen Steinwurf entfernt, und in den hiesigen Restaurants – Rules, Christopher's, Joe Allen – hatte sie viele schöne Stunden verbracht, Geschäfte gemacht, sich mit Freunden auf einen Drink getroffen. Das war ihr Leben gewesen. Und es war ein gutes Leben gewesen.

Was wollte sie dann also hier? War sie noch ganz bei Trost? Sollte sie nicht endlich die Vergangenheit ruhen lassen, anstatt einem Traum nachzujagen, dem Traum von einem Leben, das sie gar nicht gelebt hatte?

Sie hob den Kopf und blickte zu der Frau hinter dem Schalter, in der Hoffnung auf eine ermutigende Geste oder irgendein anderes Zeichen dafür, dass sie das Richtige tat.

Doch die Frau telefonierte gerade und der einzige Ansporn, der ihr blieb, war die quälende Stimme in ihrem Kopf.

Diese Stimme ermahnte sie schon seit Wochen, dass sie, falls sie tatsächlich vorhatte, es zu tun, falls sie tatsächlich vorhatte, dorthin zu reisen, es jetzt tun müsse, solange sie noch konnte.

Heute spürte sie ihre zweiundsiebzig Jahre mehr als deutlich. Es war ihr unbegreiflich, wie irgendjemand behaupten konnte, das Älterwerden sei etwas Schönes und Erfreuliches. Und doch versuchte die Gesellschaft, Millionen von Menschen in ihrem Alter genau das vorzugaukeln. In ganz London, in allen möglichen Zeitschriften hatte sie entsprechende Anzeigen gesehen. Lächelnde, weißhaarige Frauen mit ebenmäßigen Gesichtszügen, die günstigere Kfz-Versicherungen für die über Siebzigjährigen bewarben. Verdächtig erschwingliche Wohnungen in Hochglanz-Immobilienbroschüren, die sich als luxuriöse seniorengerechte Zufluchtsstätten für die über Fünfundfünfzigjährigen entpuppten. Anscheinend verfügte die »Generation Gold« über eine beachtliche Kaufkraft. Es gab noch mehr dieser irreführenden Bezeichnungen. Der Ausdruck »Silver Surfers« etwa – für Leute ihres Alters, die sich mit dem Internet besser auskannten als sie – klang so sportlich, wie sie sich zuletzt in den Achtzigerjahren gefühlt hatte.

Doch was sollte so schön daran sein, älter zu werden? Ihre Freunde fingen an wegzusterben. Zwar noch nicht viele, aber es kam durchaus vor, und jedes Mal, wenn eine weitere traurige Nachricht sie ereilte, wurde sie schmerzlich an ihre eigene Sterblichkeit erinnert.

Sie hatte oft daran gedacht in letzter Zeit. An *ihn* gedacht. Auch wenn ihr nicht ganz klar war, wie man sich an Dinge erinnern konnte, die gar nicht geschehen waren. Alles, was sie hatte, waren ihre Tagträume über ein Leben, das sie zusammen hätten verbringen können, wenn nicht eine Nacht dazwischengekommen wäre, eine Nacht, die alles verändert hatte. Doch in letzter Zeit hatten diese Gedanken sie so sehr beschäftigt, dass sie beschloss, es nun endlich zu tun – nach New York zu reisen, in die eine westliche Großstadt, die sie noch nie besucht hatte. Die Stadt, die für ein Leben stand, das sie nicht gelebt hatte.

Sie nahm allen Mut zusammen und fing an zu schreiben. Für Reue oder Zweifel war jetzt nicht der richtige Moment. Im Alter ging es darum, das zu tun, was man schon immer tun wollte, Unerledigtes zu Ende zu bringen, bevor die Zeit ablief.

Ja, es war richtig gewesen, hierherzukommen. Sie hatte das Richtige getan. Sie überreichte der Anzeigenfrau ihr Formular, bezahlte, nahm ihre Tasche und verließ das Büro, nachdem sie sich noch erkundigt hatte, wann die Anzeige geschaltet werden würde. Sie sah auf die Uhr. Es war schon halb fünf. Sie musste noch so vieles vorbereiten, Telefonanrufe tätigen, und ihr blieben lediglich wenige Stunden, um alles zu erledigen.

Kapitel 1

18. Dezember 2012

»Heute Abend macht er dir einen Heiratsantrag, du wirst sehen.«

Amy Carrell blickte zu ihrem guten Freund Nathan Jones hinüber, der auf der anderen Seite der Restaurantküche stand.

»Und woher willst du das so genau wissen?«, fragte sie, während sie drei Teller aufnahm und sich fachmännisch auf den Arm legte. »Wenn er mich nach Paris entführen würde, würde ich ja direkt misstrauisch werden. Aber wir gehen doch bloß zu einer Büroparty – was soll daran bitte romantisch sein?«

Nathan verdrehte die Augen. »Machst du Witze? Es ist Weihnachten, Süße, und die Party findet im Tower of London statt. Abends! Noch romantischer geht es gar nicht, würde ich sagen.«

»Früher wurden im Tower of London Leute geköpft, Nathan.«

»Das stimmt. Anne Boleyn zum Beispiel. Anscheinend hat es mehrere Anläufe gebraucht, da sie einen sehr schmalen Hals hatte.«

»Wie ich schon sagte. Nicht gerade romantisch«, Amy schmunzelte und bahnte sich einen Weg durch die Schwingtür der Küche mitten hinein in das Getöse des Forge Bar and Grill. Das Forge war eines der schickeren Restaurants auf der geschäftigen Upper Street in Islington im Norden Londons. Anmutig wie eine Tänzerin bewegte sich Amy von Tisch zu Tisch und stellte die Teller geschickt vor den einzelnen Gästen ab. Heute Abend musste sie sich nicht den Kopf darüber zerbrechen, wer das Kürbisrisotto bestellt hatte und wer das Schnitzel – alle aßen Truthahn. Das war bereits die sechste Weihnachtsfeier in dieser Woche und eine war so schlimm wie die andere.

»He Schnecke!«

Sie zuckte zusammen, als ihr jemand einen Klaps auf den Po gab.

»Hol uns doch noch 'ne Flasche von dem Blubberzeug, ja?« Der Mann hatte einen roten Kopf und zwinkerte ihr zu. »Und wie wär's mit deiner Telefonnummer?«

»Ich schicke Ihnen den Sommelier vorbei, Sir«, gab sie zurück und zwang sich zu einem Lächeln.

»Oho, eine sexy Amerikanerin«, er grinste anzüglich, nachdem er Amys Akzent gehört hatte. »Warum setzt du dich nicht und trinkst ein Glas Schampus mit uns? Vielleicht nach Feierabend?«, rief er Amy hinterher, die schon zurück in die Küche geflohen war.

»Grapscher an Tisch zwei«, informierte sie Nathan. Ihr Freund nickte nur und spähte durch das Bullauge in der Küchentür. »Rote Backen, weißes Hemd?«

»Treffer. Ein widerlicher Typ.«

»Keine Sorge, ich könnte mir vorstellen, dass sein Hemd einen schönen roten Fleck abbekommt, bevor er geht. Ich sehe da einen kleinen Zusammenstoß mit einem Weinglas voraus.«

»Nussbraten!«, brüllte eine Stimme. Beide drehten sich um,

als eine Frau mit zerzausten Haaren zur Tür hereinrauschte. Cheryl, die Besitzerin des Forge, hatte zwar ein Herz aus Gold, konnte aber fluchen wie ein Bierkutscher, und wenn sie so grimmig aussah wie jetzt, legte man sich besser nicht mit ihr an. »Ich musste mich gerade von drei Idioten an Tisch sechs blöd anmachen lassen, von wegen, wenn sie jetzt nicht sofort ihren Nussbraten serviert kriegen, würden sie aufstehen und gehen.«

»Oh, tut mir leid, ich kümmer mich drum«, meinte Amy und war schon auf dem Weg zur Küchendurchreiche, als Nathan sie am Handgelenk festhielt und vielsagend auf seine Uhr tippte. »Ich übernehme die Gemüsefreunde, mach du mal, dass du wegkommst.«

»Wo willst du denn hin?«, fragte Cheryl stirnrunzelnd.

»Heute ist doch Daniels Feier, weißt du nicht mehr?«

»Menschenskind, Amy. Du bist doch gerade erst gekommen.«

Weil sie bei einem Vortanzen gewesen war, das viel länger gedauert hatte als geplant, war sie eine halbe Stunde zu spät zu ihrer Schicht erschienen, was Cheryl nicht müde wurde ihr unter die Nase zu reiben.

»Dafür komme ich morgen früher.«

»Das reicht nicht. Ich brauche jemanden, der morgen eine Doppelschicht übernimmt. Denk an das Trinkgeld und sag, dass du es machst.«

»Na gut«, erwiderte Amy, wohl wissend, dass sie das Geld brauchte.

»Wunderbar, dann ab mit dir. Los, los«, scheuchte Cheryl sie mit beiden Händen aus der Küche. »Willst du dich oben umziehen?«

Amy lächelte dankbar, als ihre Chefin einen klimpernden Schlüsselbund aus der Hosentasche ihrer Jeans zog und ihr zuwarf.

»Und wehe, der Schuft macht dir nachher keinen Antrag«, rief Cheryl ihr nach, während sich Amy ihre Tasche schnappte und über die Treppe nach oben verschwand.

In der Wohnung über dem Restaurant angekommen, betrachtete sich Amy im Spiegel und seufzte. Ihre hellblonden Haare standen in alle Richtungen ab, ihre Wangen waren von der Hitze in der Küche gerötet und – *igitt*, sie schnüffelte an ihrer Bluse – zu allem Übel stank sie auch noch nach Gänseschmalz-Bratkartoffeln. Sie warf einen sehnsüchtigen Blick auf die kleine Duschkabine, doch dafür hatte sie jetzt keine Zeit. Genau genommen hatte sie für gar nichts mehr Zeit.

Schnell öffnete sie ihre Tasche und entleerte den Inhalt auf das Bett. Zwei zerknitterte Kleider, in denen sich eine Bürste, ihr Make-up und ihre High Heels verfangen hatten, fielen heraus. Das erste war ein schwarzes, knielanges Etuikleid aus dem Secondhandladen, das zweite ein rostrotes Paillettenkleid, das sie für einen Anlass wie diesen im Sommerschlussverkauf ergattert hatte. Zwar ließ die Qualität ziemlich zu wünschen übrig – auf dem Boden ihrer Tasche waren bereits einzelne Pailletten verstreut wie kleine verlorene Pennymünzen –, aber trotzdem war es todschick, ein absoluter Hingucker. Jetzt musste sie sich nur noch entscheiden. Sie überlegte, welches Bild sie heute Abend von sich vermitteln wollte. Verführerisch und unwiderstehlich? Oder wollte sie lieber niveauvoll wirken, wie eine Frau von Welt, wie die perfekte zukünftige Ehefrau?

Sicher, vorher in der Küche hatte sie sich über Nathans Bemerkung lustig gemacht, und noch vor zwei Tagen war sie der festen Überzeugung gewesen, ihr Freund Daniel Lyons, mit dem sie seit etwas mehr als einem Jahr zusammen war, würde eher zum Mond fliegen als vor ihr auf die Knie zu gehen. Doch das war, bevor sie in seiner Sockenschublade gewühlt und zwischen den ordentlich zusammengerollten Strumpfbällchen eine zartblaue Schachtel erspäht hatte – eine Geschenkbox von Tiffany. Es war zu verlockend, sie nicht zu ignorieren, und am liebsten hätte sie gleich nachgesehen, was sich darin verbarg, doch dann war Dan zurück ins Schlafzimmer gekommen und sie hatte schnell die Schublade zuknallen müssen.

Seitdem war sie nicht mehr allein in seinem Schlafzimmer gewesen, doch immer wenn sie daran dachte, wurde ihr ganz schwindlig vor Aufregung, und sie konnte nicht anders, als in jede seiner Bemerkungen und liebevollen Gesten eine versteckte Andeutung hineinzuinterpretieren. »Mach dich schick«, hatte er gesagt, als sie über die heutige Party gesprochen hatten. Und sie war sich sicher, dass sie eine leichte Nervosität an ihm verspürt hatte, was für jemanden, der so souverän und selbstsicher auftrat wie Daniel, höchst ungewöhnlich war.

In zwanzig Minuten musste sie bereits am Tower sein, also hielt sie sich erst das eine Kleid hin, dann das andere. *Was trägt man an einem Abend, der das Leben womöglich für immer verändert?*, ging ihr durch den Kopf, während sie ihr Spiegelbild betrachtete. Einen Moment lang gab sie sich der Vorstellung hin, wie er im milchweißen Schimmer des Mondlichts einen glitzernden Solitär über ihren Ringfinger streifen würde. Dann würden sie sich mit ihrem Smartphone fotografieren und sie würde das Bild auf Facebook posten, damit alle ihre Freundinnen es sehen konnten. Irgendwann später würden sie es dann ihren Kindern zeigen und im Alter wehmütig darüber schmunzeln. Es wäre ein Foto für die Ewigkeit, ein Bild, das für immer in Erinnerung bleiben und über das man Jahre später noch reden würde – und auf dem man natürlich so gut wie möglich aussehen wollte.

»Na dann«, flüsterte sie, schlüpfte schnell in das Paillettenkleid und trat näher an den Spiegel heran, um sich die Haare zusammenzubinden. Natürlich war das Kleid sehr kurz und eng und sie konnte nur hoffen, dass bis Mitternacht nicht schon alle Pailletten abgefallen waren, aber lieber aufreizend aussehen als brav und altbacken, dachte sie bei sich und warf das Etuikleid zurück aufs Bett.

Dann zog sie ihre High Heels an und eilte aus dem Restaurant. Sie hörte noch, wie Nathan ihr nachpfiff, als sie auch schon auf der Straße stand, wo wie gerufen ein schwarzes Taxi vor ihr zum Stehen kam.

»Tower of London«, rief sie dem Fahrer atemlos zu, bevor sie die Autotür zuschlug. »Und fahren Sie nicht über die City Road, da ist um diese Zeit immer die Hölle los.«

In Wirklichkeit hatte Amy keinen blassen Schimmer, ob der Verkehr auf der City Road tatsächlich so schlimm war oder ob der Taxifahrer überhaupt dort entlanggefahren wäre, sie wollte lediglich demonstrieren, dass sie sich in London auskannte, denn ansonsten würde er dank ihres amerikanischen Akzents sofort denken: »Aha, Touristin!«, und eine Null an den Preis anhängen – eine Null, die sie sich definitiv nicht leisten konnte. Sie ließ sich in den Sitz zurücksinken, sah den kleinen roten Zahlen zu, die auf dem Taxameter tickten, und widerstand dem Impuls, im Futter ihrer Handtasche nach herausgefallenen Zwanzig-Pence-Münzen zu kramen – wenn sie ehrlich war, konnte sie sich diese Taxifahrt eigentlich nicht leisten.

Für einen Augenblick ließ Amy ihre Gedanken schweifen und überlegte, was es bedeuten würde, wenn Nathan mit seiner Vorahnung tatsächlich recht hätte. Wie sich ihr Leben für alle Zeiten ändern würde, sollte sie wirklich Mrs Amy Lyons werden, denn Fakt war, dass sich dadurch alles ändern würde.

Keine Doppelschichten mehr im Forge, um irgendwie die Miete für ihre winzige Einzimmerwohnung in Finsbury Park zusammenzukratzen; kein Vortanzen mehr und kein Bangen, ob jemand ihr endlich ein Engagement in einer Tanzproduktion geben würde; kein Stolpern mehr von Date zu Date, in der Hoffnung, sich nicht völlig lächerlich zu machen; kein Herumwühlen mehr in irgendwelchen Sockenschubladen auf der Suche nach einem Beweis dafür, dass jemand sie tatsächlich liebte.

»Ich werd verrückt, der Tower ist ja beleuchtet wie 'n Weihnachtsbaum«, wunderte sich der Taxifahrer, als sie auf die Lower Thames Street abbogen. Vor ihnen staute sich eine lange Schlange schicker Autos, und Menschen in Abendgarderobe strömten auf die Straße.

»Ist wohl ein besonderer Abend heute, was?«

»Ich hoffe doch«, gab sie mit einem kleinen Lächeln zurück, beugte sich nach vorn und reichte ihm den einzigen Zwanzig-Pfund-Schein, der sich in ihrer Geldbörse befand.

Dann stieg sie aus und ging über das Kopfsteinpflaster bis zum Pförtnerhaus. Wow, dachte sie beeindruckt und betrachtete das historische Gebäude, das sich, kunstvoll in Flutlicht getaucht, vor dem pechschwarzen Himmel abzeichnete. Ihre Familie und ihre Freunde waren alle überrascht gewesen, als sie ihnen verkündet hatte, sie würde New York verlassen und stattdessen nach London gehen, um dort für die auf Körpertheater spezialisierte Performancegruppe Blink zu arbeiten, die zwei Jahre zuvor vom Broadway ins Londoner West End umgezogen war.

Niemand in ihrer Familie oder ihrem Freundeskreis zu Hause war je aus den USA herausgekommen – noch nicht einmal für einen Urlaub. Warum sollte man in die Alpen reisen, wenn man selbst wunderschöne schneebedeckte Berge hatte? Warum sollte man sich die Mühe machen und das Loire-Tal besuchen, wenn man doch auch einfach einen Inlandsflug buchen und ins Napa Valley reisen konnte? Besonders ihr Dad war der Meinung: Wenn etwas nicht in den fünf New Yorker Boroughs passierte, dann passierte es nirgendwo. Doch England und speziell London hatten Amy schon immer fasziniert – die Geschichte und Kultur der Stadt, ihre majestätische Schönheit, die Tatsache, dass genau hier schon Könige und Königinnen und Generäle und feine Damen in ausladenden Gewändern entlangstolziert waren –, und auch wenn sie damals Angst davor gehabt hatte, ihr Leben in New York aufzugeben, so war sie inzwischen nicht mehr sicher, ob sie jemals wieder dorthin zurückkehren wollte.

Sie zeigte ihre Einladung vor und eilte rasch nach drinnen – der Wind blies trotz ihres Mantels durch ihr dünnes Kleid und sie wollte verhindern, dass noch mehr Pailletten abfielen.

»Zum FO, Miss?«, fragte ein älterer Mann in einer dunklen Uniform.

»Wie bitte?«

»Zum FO, zum Dinner des Foreign Office?«

»Ach so, natürlich«, stammelte sie und fühlte sich auf einmal unsicher und gehemmt. *Sehe ich etwa nicht so aus, als wollte ich auf eine Party des britischen Außenministeriums gehen?*, fuhr es ihr durch den Kopf. Schnell versuchte sie, den Saum ihres Kleids nach unten zu ziehen, um ihre Oberschenkel zu bedecken. Als sie nochmals zu dem Mann hinsah, merkte sie jedoch, dass er ihr nur helfen und sichergehen wollte, dass sie nicht in die falsche Richtung ging. Er deutete nach rechts.

Die Feier fand im sogenannten Pavillon in der Nähe des Festungsgrabens der Anlage statt. Der Schauplatz war spektakulär: Hinter dem Pavillon ragten die grauweißen Wände des Towers empor, angestrahlt von lila Scheinwerfern. Es waren bereits Hunderte von Leuten da, und als sie sich umsah, fühlte sie sich hilflos und verloren. Sie schrieb Daniel eine SMS und besah sich dann die riesigen Tischpläne, die vor ihr aushingen.

»Schick siehst du aus«, sagte eine Stimme, während sich eine Hand um ihre Taille schmiegte.

Als sie sich umdrehte, blickte sie direkt in Daniels Gesicht. Er sah umwerfend aus in seinem einreihigen Smoking und stach heraus wie ein Filmstar aus einer Menge gewöhnlich aussehender Menschen.

»Gefalle ich dir?«, fragte sie und fühlte sich plötzlich fröhlich und in Partystimmung. Als Teenager war Amy nie besonders selbstbewusst gewesen, was ihr Aussehen anging. Ihre Haare hatten die unangenehme Eigenschaft, sich zu kräuseln, besonders während der schwülen New Yorker Sommer, und sie hatte einen leichten Überbiss, der sie an guten Tagen aussehen ließ wie Liv Tyler, ihr meistens jedoch das Gefühl gab, einfach nur doof und albern zu wirken.

Wenn man allerdings neben Daniel Lyons stand, war es unmöglich, sich nicht ebenfalls attraktiv zu fühlen.

Er beugte sich zu ihr und flüsterte ihr ins Ohr: »Am liebsten würde ich dich sofort schnappen und nach Hause in mein Bett tragen, aber vermutlich wären meine Eltern nicht besonders begeistert, wenn ich plötzlich verschollen wäre.«

»Deine Eltern?«, entgegnete sie erschrocken und rückte ein winziges Stück von ihm ab.

Er blickte sie mit seinen strahlend blauen Augen an. »Ich habe auch erst heute erfahren, dass sie kommen. Anscheinend sitzen sie an unserem Tisch, aber keine Sorge, vielleicht kann ich mit den Tischkarten noch etwas drehen, falls wir rechtzeitig drin sind.«

»Uns ans andere Ende des Saals verfrachten zum Beispiel?«

Ein leichtes Stirnrunzeln zeichnete sich zwischen seinen Augenbrauen ab. »Na komm, so schlimm sind sie nun auch wieder nicht.«

Jetzt war es an Amy, sich gekränkt zu fühlen, als ihr ein besonders unangenehmer Nachmittag im Hochsommer in den Sinn kam, als sie Vivienne und Stephen Lyons zum ersten Mal begegnet war. Sie hatten gemeinsam ein Polospiel besucht. Amy war sich immer noch nicht sicher, worüber sie sich mehr geärgert hatte. Darüber, dass Daniel sie nur als »eine« Freundin vorgestellt hatte, oder über die Tatsache, dass Mr und Mrs Lyons sie anscheinend für so unwichtig hielten, dass sie den ganzen restlichen Tag über nicht mehr als zwei Worte mit ihr gewechselt hatten.

»Wie war denn dein Tag, Schatz?«

»Gut. Ich hatte ein Vortanzen.«

»Stimmt, das hatte ich ganz vergessen. Wie ist es gelaufen?«

»Ganz gut, glaube ich. Die Choreografie ist von Eduardo Drummond, der gerade der neue Star am Modern-Dance-Himmel ist. Das Stück könnte ziemlich groß rauskommen. Und ich hatte den Eindruck, dass er mich wirklich gut fand ...«

»Na, dann haben wir heute Abend ja allen Grund zum Feiern, oder?« Er lächelte und winkte einem Freund auf der anderen Seite des Saals zu.

Amys Herz machte einen kleinen Sprung. »Wieso Grund zum Feiern? Noch bin ich doch gar nicht genommen ...«

Sie wurden von einer Gruppe von Männern in den Dreißigern unterbrochen, die Daniel, dem vielen Schulterklopfen nach zu urteilen, gut zu kennen schien. Das passierte oft, wenn sie zusammen unterwegs waren. Er schien jeden zu kennen. Es gab Kumpels von der Schule, seine Freunde aus Cambridge, Freunde von der Arbeit, Fußballfreunde, irgendwelche Freundinnen – diese Sorte mochte sie am wenigsten …

Er stellte ihr seine Freunde zwar vor, doch sie redeten einfach weiter über Leute, die sie kannten, Geschäfte, die sie gemacht hatten, und ihre Pläne für die Weihnachtsfeiertage, die sie anscheinend hauptsächlich mit Jagdausflügen, Skifahren und Partys verbringen würden.

Obwohl sie und Daniel aus zwei verschiedenen Welten stammten, ging ihnen, wenn sie allein waren, nie der Gesprächsstoff aus. Bei gesellschaftlichen Veranstaltungen wie dieser hingegen fühlte sich Amy nie besonders wohl; sie fand sich nie witzig oder intelligent genug, um den Mund aufzumachen. Schließlich war es immer noch besser, gar nichts zu sagen, als sich mit einer dummen Äußerung zu blamieren.

Von einem Kellner ließ sie sich ein Glas Champagner reichen, froh, daran nippen zu können, bis es Zeit war, zum Abendessen in den Ballsaal zu gehen.

Sie schlängelten sich an den kreisrunden Tischen vorbei, die mit gestärkten Leinentischdecken, poliertem Silberbesteck und einem riesigen Blumengesteck in der Mitte festlich eingedeckt waren, und dort an Tisch fünfzehn standen sie auch schon an ihren Stühlen – Daniels Eltern.

»Daniel. Amy.« Sie lächelten gezwungen, während ihr Sohn auf sie zukam. Als Vivienne Lyons ihr einen flüchtigen Begrüßungskuss gab, atmete sie die Pomade und das teure Parfüm der älteren Frau ein, das ihr eigenes Eau de Bratkartoffeln hoffentlich überdecken würde.

»Wie geht es euch beiden? Amy, du sitzt zwischen Stephen und Nigel Carpenter.«

Sekunden später fand sie sich auch schon eingekeilt zwischen Daniels Vater und einem Hünen von Mann in voller

Paradeuniform wieder. Als sie sich hinsetzte, rutschte der Saum ihres Kleids hoch, sodass der Stoff kaum ihre Oberschenkel bedeckte. Nigel Carpenter, ein »alter Freund der Familie«, schielte nach unten, während Amy sich schnell eine Serviette über den Schoß warf, für den Fall, dass man ihre Unterhose sehen konnte.

»Guten Abend, Amy«, sagte Stephen förmlich und berührte ihre Schulter. »Ich hoffe, du bist wohlauf?«

»Ja, durchaus, danke«, antwortete sie und wünschte sich insgeheim ins Forge zurück.

Alle anderen am Tisch – drei über sechzigjährige Paare und Nigels Frau Daphne – schienen sich bereits zu kennen.

»Was machen Sie denn beruflich, Amy?«, wollte Daphne wissen. Sie hatte scharfe Gesichtszüge und eine gepflegte graue Bobfrisur und war etwa halb so groß wie ihr Mann.

»Ich bin Tänzerin«, sagte sie schnell.

»Irgendein Stück, in dem ich Sie gesehen haben könnte?«

»Das kommt darauf an, wo Sie ins Theater gehen«, meinte Amy leichthin.

»Wir sind Förderer des Royal Opera House. Daher kennen wir auch Vivienne.« Sie lächelte.

»Ich mache eher modernen Tanz. In kleineren Theatern.«

»Etwa im Rambert?«

»Nein«, antwortete Amy und verzog gequält das Gesicht. Sie war sich ziemlich sicher, dass die Frau keine ihrer tänzerischen Darbietungen gesehen hatte. Ganz bestimmt nicht ihren bisher hochkarätigsten Auftritt – ein MTV-Video für den Rapper K Double Swagg aus Harlem.

»In welchen Inszenierungen haben Sie denn in letzter Zeit mitgewirkt?«

»Amy war fast das ganze Jahr über verletzt«, erklärte Daniel mit einem etwas verlegenen Gesichtsausdruck. Seinen Freunden und Leuten von der Sorte der zwanzig- bis dreißigjährigen Partybekanntschaften, wie sie sie im Foyer getroffen hatten, erklärte er normalerweise nicht ohne Stolz, dass Amy Tänzerin war. Sie war nicht dumm – sie wusste, dass seine Freunde vor allem deshalb grinsten und sich beeindruckt zeigten, weil der Ausdruck »Tänzerin« eine Art Codewort dafür darstellte, dass jemand gut im Bett war, und auch wenn sie das ziemlich ätzend fand, musste sie zugeben, dass Daniel sie zumindest immer unterstützte, wenn es um ihre beruflichen Ziele ging.

»Ach herrje.«

»Aber heute war sie bei einem Vortanzen, das ganz gut lief, stimmt's, Amy?«, sagte Daniel, der einen zunehmend angespannten Eindruck machte.

»Um was für ein Stück ging es denn?«, fragte Vivienne Lyons.

Eine Lampe schien Amy genau auf den Kopf und ihr wurde allmählich heiß. »Es ist eine ganz neue Produktion, mit eigens komponierter Musik und eigener Choreografie«, erklärte sie und trank einen Schluck Wasser. »Es geht um die Geburt des Tangos.«

»Tango?«, wiederholte Stephen Lyons und verzog amüsiert den Mund. »Ganz schön lasziv, oder?«

Sie sah, wie Daniels Mutter ihrem Mann einen warnenden Blick zuwarf.

Amy zwang sich, ruhig zu bleiben und sich nicht provozieren zu lassen. Sie musste unbedingt einen guten Eindruck machen – immerhin waren diese Leute ihre potenziellen Schwiegereltern –, und außerdem war der Tango einer ihrer Lieblingstänze und sie fühlte sich moralisch verpflichtet, ihn zu verteidigen.

»Wenn er richtig und professionell getanzt wird, ist Tango elegant, wunderschön und leidenschaftlich«, erklärte sie.

»Tango dreht sich ausschließlich um Sex«, hielt Vivienne Lyons abfällig dagegen. »Er entstand in den Slums von Argentinien und Uruguay. Tango war die Musik der Bordelle. Jeder Aspekt des Tangos ist geprägt von Sexualität und Erotik. Führen, Folgen.« Sie hielt inne und lächelte, auch wenn diese Geste nicht zu ihren Augen vordrang. »Na ja, aber immerhin scheinst du auf dem Weg der Besserung zu sein, wenn du es schaffst, zu einem Vortanzen zu gehen.«

Amy griff zu ihrem Champagnerglas, ihre gute Laune war verflogen. Vivienne Lyons war derart eingebildet und versnobt. Am liebsten hätte sie ihr in allen Einzelheiten geschildert, auf welche Weise sie sich den Zeh gebrochen hatte, was fast das Ende ihrer Tanzkarriere bedeutet hätte, ganz zu schweigen davon, dass sie deswegen das letzte halbe Jahr außer Gefecht gesetzt war. Wenn sich etwas ausschließlich um Sex gedreht hatte, dann dieser Kurzurlaub, den sie mit Daniel im Juni verbracht hatte. Ein einziges Mal hatten sie es aus ihrem Himmelbett herausgeschafft, um eine Fahrradtour am Fluss zu unternehmen, doch dabei war sie gestürzt und hatte sich den Fuß verletzt. Sie bezweifelte, dass ihr Freund mit diesen Details freiwillig am Esstisch herausrücken würde.

Beim Gedanken an den Unfall fing ihr Zeh, der in einem engen Topshop-Schuh steckte, an zu pochen, doch gleich darauf wurde sie auch schon abgelenkt durch die Ankunft der Vorspeise, die aussah wie ein Kaktus auf einem Porzellanteller.

Sie griff zu Messer und Gabel, wobei sie darauf achtete, das kleinere, außen liegende Paar zu nehmen – das hatte Daniel ihr bei ihrer zweiten Verabredung gezeigt. »Wenn du unsicher bist, immer von außen nach innen vorgehen«, hatte er ihr geraten.

Was ja alles schön und gut war, aber Amy hatte trotzdem keine Ahnung, wie sie damit die Artischocke verzehren sollte.

Ihr war sehr wohl bewusst, dass Vivienne sie beobachtete, und da sie nicht unerfahren wirken wollte, hielt sie die Artischocke mit Messer und Gabel fest und versuchte, eines der nach oben stehenden Blätter abzusäbeln. Das ballförmige Gemüse überschlug sich natürlich sofort, stieß geräuschvoll gegen den Tellerrand und warf die kleine Schale um, deren Nacho-Käsedip-ähnlicher Inhalt sich sogleich über die Tischdecke entleerte.

»Scheiße«, murmelte Amy und versuchte, die Artischocke wieder in die Tellermitte zu befördern.

»Wie bitte?«, fragte Vivienne mit vor Empörung aufgerissenen Augen.

»Ausreißer«, sagte Amy schnell. »Ich meinte, so ein kleiner Ausreißer.«

Daniel beugte sich über seine eigene Artischocke, zupfte ruhig eines der äußeren Blätter ab, tauchte es in die Sauce, nahm es dann in den Mund und zog den weichen Teil mit den Zähnen ab. *Mist*, dachte Amy, *so macht man das also.*

Mit hochrotem Kopf fing sie an, Daniel zu imitieren. Ihre Augen starr auf den Teller gerichtet, traute sie sich nicht, den Kopf zu heben, und wünschte sich, sie würde im Erdboden versinken. Das restliche Abendessen über saß sie schweigend da und hörte dem öden Small Talk der Lyons zu, nickte an den richtigen Stellen und achtete darauf, welches Besteck die anderen benutzten, bevor sie es wagte, mit dem nächsten Gang zu beginnen. Als das Dessert abgeräumt wurde, war sie schon ziemlich beschwipst von dem Champagner, den sie aus lauter Langeweile getrunken hatte, und freute sich darauf, bald nach Hause gehen zu dürfen – selbst wenn man sie auf einer Trage hinausschaffen müsste.

»So, nun ist es wohl an der Zeit, einen kleinen Toast auszubringen«, erklärte Stephen Lyons, räusperte sich und wandte seine volle Aufmerksamkeit Daniel zu. »Ich freue mich und bin stolz, euch verkünden zu können, dass es unserem Sohn gelungen ist, sich einen höchst respektablen Posten in Washington zu sichern.«

Ein anerkennendes Raunen ging wie eine La-Ola-Welle um den Tisch, doch da hob Daniel die Hand, um zu widersprechen. »Dad, bitte. Noch ist es nicht offiziell.«

»Unsinn, heute Morgen hat mich ein Bekannter aus Whitehall angerufen, um mir zu gratulieren. Auf Daniel!«, rief er und hob sein Champagnerglas.

Amy warf ihrem Freund einen kurzen Blick zu. Sie wusste seit Monaten, dass eine Beförderung bevorstand. Sie hatte seine Nervosität geteilt, ihm Mut gemacht und ihm versichert, dass sie hinter ihm stand, wenn auch nicht immer leichten Herzens. Schließlich hatte sie von Anfang an gewusst, dass eine Versetzung ins Ausland bei einem Mitarbeiter des Ministeriums für auswärtige Angelegenheiten und Commonwealth-Fragen auf dem Sprung ins diplomatische Korps nicht nur sehr wahrscheinlich, sondern quasi unvermeidlich war. Bevor sie und Daniel sich kennengelernt hatten, war er zum Beispiel gerade erst aus Brüssel wiedergekommen, wo er kurze Zeit gearbeitet hatte. Eine erneute Versetzung dorthin wäre jedoch so ähnlich, wie von Liverpool nach London zu pendeln, hatte er sie wiederholt beruhigt.

»Washington«, wiederholte Amy mit einem nervösen Lachen. Vielleicht war das ja sogar noch besser als ein Posten in Europa, überlegte sie. Sie wollte nach ihrer Kaffeetasse greifen, streifte jedoch dabei ein Weinglas, das prompt umfiel und seinen Inhalt über die Tischdecke und in ihren Schoß ergoss.

Für einen Augenblick herrschte völliges Chaos: Vivienne rief nach dem Kellner, Daniel sprang auf, um das Glas aufzufangen, und Stephen beugte sich zur Seite und tupfte Amy mit seiner Serviette ab.

»Komm, ich helfe dir, meine Liebe«, sagte er. »Du bist ja ganz nass geworden.«

»Nein, nein, es geht schon …«, erwiderte Amy, bevor ihr bewusst wurde, dass die Hand des älteren Manns auf ihrem Oberschenkel verharrte. Sie spürte, wie seine Finger ihr nacktes Bein streichelten, und sah schockiert hoch. Ihre Blicke trafen sich für den Bruchteil einer Sekunde. »Bitte entschuldigt, ich … ich gehe wohl besser kurz zur Toilette«, murmelte sie.

»Ich glaube, jetzt fangen gleich die Reden an«, meinte Nigel und legte ihr die Hand aufs Knie, um sie am Aufstehen zu hindern.

Sie nickte schnell und blieb sitzen, während ein Mann mittleren Alters das Podium betrat und sich fast eine halbe Stunde lang darüber ausließ, was es doch für ein hervorragendes Jahr gewesen sei und welche Magie die Olympischen Sommerspiele 2012 in London verströmt hätten, während Amy auf ihrem Stuhl herumrutschte und hilflos mit ansah, wie sich der Wein über ihre Oberschenkel verteilte und langsam in Richtung Unterhose lief.

Sobald er seine Rede beendet hatte und der Applaus abgeflaut war, sprang sie auf und floh.

Ihr Herz klopfte. Hatte Daniels Vater ihr wirklich über den Oberschenkel gestreichelt oder hatte sie die Situation völlig falsch interpretiert? Sie hatte keine Ahnung, da sie inzwischen definitiv betrunken war und dringend frische Luft brauchte.

»Was ist denn los, Amy?« Sie war erleichtert, als sie sah, dass Daniel aus dem Hauptsaal herauskam. »Alles okay?«

Sie nickte nervös und sah an ihrem Kleid hinunter, welches – den Pailletten sei Dank – das Schlimmste verdeckte.

»Wow, Washington«, sagte sie schließlich.

»Ich weiß«, gab Daniel zurück. Er versuchte, sich ein Lächeln zu verkneifen, doch die Freude über die Beförderung stand ihm ins Gesicht geschrieben. »Ich wollte es dir eigentlich unter vier Augen sagen, aber heute Nachmittag habe ich zufällig mit Dad telefoniert ... Außerdem wollte ich dir Weihnachten nicht verderben.«

»Nein, Quatsch. Das ist doch toll.«

»Dann lass uns feiern.«

»Aber nicht da drin. Nicht an diesem Tisch«, sagte sie leise.

»Tu einfach so, als wären sie gar nicht da«, meinte er.

»Sie haben was gegen mich.«

»Sie haben nichts gegen dich. Sie sind nur ein bisschen altmodisch.«

»Altmodisch? Sie waren schlicht und einfach unverschämt, Daniel. Sie haben sich abfällig über meinen Beruf geäußert, über meine Karriere ...«

»Ich habe auch nicht gewusst, dass es in dem Stück um Tango geht.«

»Jetzt sag bloß, du hast *auch* ein Problem damit.«

»Meine Mutter hat sich ein bisschen unglücklich ausgedrückt ...«

»Aber du findest, dass sie recht hat«, erwiderte Amy.

»Ach komm, lass uns das Thema wechseln. Entspann dich.«

»*Entspann dich!* Das ist mein Beruf, Daniel. Vielleicht könntest du meine Karriere ausnahmsweise mal ernst nehmen.«

»Ich nehme sie ja ernst. Sehr ernst. Wenn du willst, kannst du mir nachher gern eine Privatvorführung geben«, sagte er und ein Lächeln umspielte seine Lippen.

»Du findest also wirklich, dass sie recht hat«, gab sie verletzt zurück. »Du findest es anzüglich.«

»Ach, komm schon, Amy …«

»Gib's zu«, sagte sie und spürte, wie ihre Hände zitterten.

»Nein, ich finde nicht, dass eine Tangoshow anzüglich ist«, erwiderte Daniel langsam. »Aber du musst doch zugeben, dass Tango wirklich ziemlich lasziv ist und dass du vielleicht …«

»Vielleicht was?«

Er zögerte. »Dass du überlegen solltest, ob du wirklich willst, dass man dich in so einer Show auftreten sieht.«

Sie schüttelte ungläubig den Kopf. »Daniel, das ist eine richtig gute Inszenierung. Du weißt, wie lange ich außer Gefecht gesetzt war. Das ist eine Supergelegenheit für mich.«

»Eine Supergelegenheit für Leute, sich ein ganz bestimmtes Bild von dir zu machen«, entgegnete Daniel in schärferem Tonfall. Er rieb sich die Schläfen, als hätte er Kopfschmerzen. »Überleg doch mal. Seit wir zusammen sind und ich Leuten von deinem Beruf erzähle, wollen meine Familie und meine Freunde dich unbedingt einmal in einem Stück erleben. Allerdings weiß ich nicht, ob ich es so toll finde, wenn du dabei aufgedonnert bis zum Gehtnichtmehr in Netzstrumpfhosen und irgendeinem nuttigen hautengen Trikot auf der Bühne stehst, so gern ich dich privat in so einem Kostüm sehen würde.«

»Nuttig?«, erwiderte sie ungläubig. Fast sofort trat ihr ein Bild von sich selbst mit schwarzer Strumpfhose und dick aufgetragenem roten Lippenstift vor Augen. Nur gut, dass Daniel sie nie in dem »K Double Swagg«-Video gesehen hatte.

»Du weißt, was ich meine.«

Er streckte ihr beschwichtigend die Hand entgegen, doch Amy fühlte sich tief gekränkt.

»Tja, zum Glück gehst du jetzt nach Washington, da bleibt dir wenigstens mein nuttiger Anblick erspart.«

»Apropos …« In seiner Stimme schwang irgendetwas mit. Ein entschuldigender, verlegener Unterton, der sie an einen Satz denken ließ, den er erst vor wenigen Augenblicken gesagt hatte.

»Du hast gemeint, du wolltest mir Weihnachten nicht verderben«, unterbrach sie ihn mit leiser Stimme, als ihr wieder einfiel, weshalb er ihr nichts von seiner Beförderung erzählt hatte. »Für wie lange wirst du versetzt, Daniel?«

»Achtzehn Monate.«

Das war kürzer, als sie gedacht hatte – viele diplomatische Posten hatte man mindestens zwei oder drei Jahre lang inne. »Könnte schlimmer sein«, sagte sie und versuchte, ihre Nerven zu beruhigen. »Eigentlich ist es sogar gut: Ich könnte wieder nach New York ziehen und mir ein Engagement am Broadway suchen, und bis Washington ist es mit dem Flugzeug nur ein Katzensprung. Ich hatte tierische Angst, sie würden dich nach Afrika oder Südostasien versetzen, aber immerhin habe ich schon mal den richtigen Pass, stimmt's?«

Amy brachte ein schwaches Lächeln zustande. Sie hoffte, er würde etwas sagen, wünschte sich, er würde beteuern, dass er unmöglich so lange von ihr getrennt sein könne, dass sie sich doch in Capitol Hill eine kleine Wohnung zusammen mieten könnten, nur sie beide, dass er es überhaupt nur ernsthaft in Erwägung ziehen würde, diesen bescheuerten Job anzunehmen, wenn sie mitkäme. Es gäbe doch bestimmt auch Tanzensembles in Washington, oder?

Doch er blieb stumm, wich stattdessen einen Schritt zurück und blickte sie verlegen an. »Hör mal, ich will auf keinen Fall, dass du wegen mir umziehen musst. Und außerdem hast du doch jetzt dieses tolle Angebot.«

Ihre Blicke trafen sich, sie sah in seine tiefblauen Augen.

»Aha, jetzt ist es auf einmal ein tolles Angebot …«

»Ich habe dir nie etwas vorgemacht, ich habe dir nie etwas versprochen«, sagte er leise. »Das ist mein Beruf, du wusstest doch, dass ich irgendwann ins Ausland versetzt werde.«

»Aber du musst doch nicht in dem Moment, in dem ein Flugticket in deinem Eingangskorb landet, unsere Beziehung in den Wind schreiben.«

Sie wartete darauf, dass er etwas sagte.

»Bitte, Amy, wir wollen doch beide nicht, dass es so endet«, murmelte er schließlich.

»Endet …«, echote sie ungläubig, als ihr klarwurde, was seine Worte bedeuteten. Sie dachte an die Geschenkschachtel von Tiffany in seiner Schublade und ihr fiel wieder ein, dass sie hierhergekommen war in der Hoffnung, ja, im sicheren Glauben, er würde ihr tatsächlich einen Heiratsantrag machen. Sie musste laut auflachen über ihre eigene Dummheit. »Ich gehe jetzt besser«, zischte sie mit so viel Selbstbeherrschung, wie sie aufbringen konnte.

»Warte, Amy. Lass uns darüber reden …«

»Lass mich in Ruhe«, schrie sie und stieß ihn wütend von sich. Dann rannte sie los, geriet jedoch ins Schlingern, als ihre Absätze den Teppich berührten.

Draußen angekommen, atmete sie die kalte Nachtluft ein und schloss die Augen, froh, dass sie diesem Ort entkommen war, ausnahmsweise froh, allein zu sein.

Sie spürte, wie ihr heiße Tränen in die Augen stiegen, doch sie versuchte mit aller Macht, sie wegzublinzeln. Vor Kälte zitternd, fiel ihr ein, dass ihr Mantel noch in der Garderobe hing. Sie machte kehrt und ging zurück zum Pavillon, blieb jedoch abrupt stehen, als ihr am Ausgang eine vertraute Silhouette ins Auge stach. Erst im zweiten Moment sah sie, dass es nicht Daniel, sondern Stephen Lyons war.

»Du gehst, ohne dich verabschiedet zu haben?«, fragte er,

zündete sich eine Zigarette an und ließ die Schachtel zurück in seine Anzugtasche gleiten.

Arroganter Idiot, dachte sie bei sich. Stephen Lyons war Ende fünfzig, hielt sich aber offensichtlich für eine Figur aus der Serie *Mad Men*. Widerwillig gestand sie sich ein, dass er damit nicht ganz unrecht hatte. Sein Sakko war rasiermesserscharf geschnitten, seine kalten, harten Augen hatten dieselbe eisblaue Farbe wie die seines Sohns und seine Überheblichkeit stellte er mit dem Selbstbewusstsein eines Mannes zur Schau, der Millionen auf dem Konto hatte und sich nicht mehr beweisen musste.

Im Hintergrund konnte sie das Stimmengewirr und das Gelächter der Party hören. Eine Band spielte inzwischen und sie stellte sich vor, wie diese ganzen miesepetrigen alten Paare aufstanden, um artig zu tanzen, mit ausgestreckten Armen, um den anderen ja nicht mehr als nötig berühren zu müssen.

»Auf Wiedersehen, Mr Lyons«, sagte sie, seinem Blick ausweichend.

»Stephen«, antwortete er beiläufig und ließ eine Rauchspur durch seine Nasenlöcher entweichen.

»Auf Wiedersehen, Stephen«, sagte sie und fühlte, wie sich eine Gänsehaut auf ihren Unterarmen ausbreitete.

»Brauchst du einen Fahrer? Oder Geld für ein Taxi?«

»Ich will Ihr Geld nicht«, entgegnete sie. »Ich habe es nie gewollt«, fügte sie in leiserem Ton hinzu, als er einen Schritt auf sie zumachte.

»Ich weiß, dass das schwer für dich sein muss«, erklärte Stephen Lyons. »Aber du musst realistisch sein. Hier geht es um Daniels Karriere, nicht um eure Beziehung.« Sein Gesicht spiegelte nun kein falsches Mitgefühl mehr wider, sondern hatte einen geschäftsmäßigeren Ausdruck angenommen.

»Und das eine hat mit dem anderen nichts zu tun, oder

wie?« Sie ärgerte sich über die Bitterkeit in ihrer Stimme, doch weshalb sollte sie ihre Enttäuschung verbergen? Sie wussten beide, dass sie soeben zugunsten eines Jobs abserviert worden war.

Stephen neigte den Kopf zur Seite – eine Geste, in der sich Mitleid und Herablassung mischten. »Ich bin sicher, dass du Daniel nicht egal bist«, sagte er dann. »Aber du musst verstehen, dass er sich jetzt darauf konzentrieren muss, sein Potenzial voll auszuschöpfen. Das hat für ihn immer an erster Stelle gestanden. Schon als kleiner Junge hat er sich immer besonders angestrengt, um die Konkurrenz hinter sich zu lassen und der Erste zu sein.«

»Und Sie meinen, ich würde ihm dabei in die Quere kommen?«

Stephen verzog das Gesicht. »Daniels Versetzung nach Washington ist doch erst der Anfang, Amy. Unter uns gesagt, man munkelt, dass er in drei bis vier Jahren einen Botschafterposten bekommen soll. Weißt du, wie ungewöhnlich es ist, dass jemand unter fünfunddreißig in ein so hohes diplomatisches Amt aufsteigt?«

Er trat seine Zigarettenkippe aus und sprach dann weiter. »Daniel will bis ganz nach oben. Und wir *wissen*, dass er es bis ganz nach oben schaffen kann. Botschafter Ihrer Majestät in Frankreich oder was weiß ich, selbst der Botschafterposten in den USA liegt im Bereich des Möglichen. Aber um das zu erreichen, um seinen Job so gut wie möglich zu erledigen, braucht er die richtige Partnerin an seiner Seite.«

»Was wollen Sie damit andeuten? Dass ich ihn nicht unterstützen würde?«

»Es geht nicht darum, dass du ihn nicht unterstützen würdest, sondern dass du ihn nicht unterstützen *könntest*«, entgegnete Stephen. »Als Frau eines Botschafters muss man eine ganz spezielle Rolle erfüllen. Man muss sich mit der Etikette und dem Protokoll auskennen, man muss Small Talk beherrschen und wissen, wie man mit heiklen Situationen umgeht. Das ist nicht jedermanns Sache. Und nicht jeder ist dafür geschaffen.«

»Es geht um die Artischocke, oder?«

Stephen lachte und seine Augen verweilten einen Augenblick zu lange auf ihrem Körper. »Nein, es geht nicht um die Artischocke.« Er griff in seine Tasche und zog eine Visitenkarte heraus. »Ich muss jetzt wieder rein«, sagte er abschließend. »Aber vielleicht könnten wir uns ja irgendwann einmal unter erfreulicheren Umständen wiedersehen? In jungen Jahren hatte ich ebenfalls ein Faible für Tänzerinnen. Und wie heißt es so schön: Alte Gewohnheiten lassen sich nur schwer ablegen.« Er sprach das Wort »Tänzerinnen« aus, als würde man als Tänzerin nur eine Stufe über einer Prostituierten stehen.

»Sie können mich mal!«, knurrte Amy. Seine kränkenden Worte trieben ihr Tränen in die Augen.

»Da ist mein Sohn ja noch mal glimpflich davongekommen. Eine solche Ausdrucksweise – undenkbar in der Botschaft!«, meinte Stephen Lyons kopfschüttelnd und verschwand im Pavillon.

Kapitel 2

An der Haltestelle Leicester Square stieg Amy aus der U-Bahn und ging zu Fuß weiter. Die Straßen zogen blitzartig an ihr vorüber wie die Lichtstreifen eines Feuerwerks am Nachthimmel, Autos hupten, als sie sich an ihnen vorbeischlängelte, doch ihr Gehirn registrierte kaum, dass sie fast von ihnen gestreift wurde, während sie quer über die Shaftesbury Avenue und immer tiefer hinein nach Soho stolperte. Sie versuchte, die Tränen zu unterdrücken, und sagte sich wieder und wieder, dass sie ein toughes Mädchen war – man ließ sich nicht von Männern herumschubsen, wenn man in einem New Yorker Arbeiterviertel aufgewachsen war –, doch als sie am Berwick Theatre ankam, waren ihre Augen gerötet und geschwollen.

Die Aufführung war schon lange vorbei, und auf dem Gehweg standen nur noch vereinzelt Menschen – Betrunkene und etliche Theatergänger, die vor dem Künstlereingang warteten, in der Hoffnung, ein paar Stars zu erspähen. Amy gesellte sich zu ihnen, lehnte sich an die Wand und zog ihren Schuh aus, um sich die Zehen zu massieren. Die High Heels, die sie ausgesucht hatte, um Daniel zu demonstrieren, wie verführerisch und kultiviert sie doch war. *Die Heiratsantrag-Schuhe*, höhnte eine Stimme in ihrem Kopf, das Paar, das sie niemals wegwerfen, das noch viele Jahre später eine ganz besondere Bedeutung haben würde. Tja, sobald sie zu Hause war – wann auch immer das sein würde –, würden sie umgehend in die Mülltonne wandern. Sie waren scheußlich und mit negativen Erinnerungen behaftet, und außerdem waren sie ohnehin viel zu eng.

»Du lieber Himmel, Amy, du siehst aus, als wäre die Welt untergegangen.«

Amy atmete erleichtert auf, als sie ihre Freundin Annie Chapman schwungvoll aus dem Künstlereingang treten sah. »So ähnlich«, seufzte sie und hätte am liebsten gleich wieder losgeheult.

Annie bemerkte ihre tränenüberströmten Wangen und zog sie an sich. »Mensch, Süße, was ist denn los? Als ich deine Nachricht gelesen habe, dass es dringend ist, habe ich mir wirklich Sorgen gemacht, und wie man sieht, auch völlig zu Recht … Oje, ich glaube, wir sollten dich auf schnellstem Weg ins Vogelnest bringen, oder?«

Amy musste ein Lächeln unterdrücken. Sie wusste, dass ihre Freundin die Situation sofort richtig eingeschätzt hatte und umgehend die Regie übernahm. Als Maskenbildnerin an verschiedenen Theatern hatte Annie Chapman einen Beruf gefunden, der sowohl ihrer extravaganten Persönlichkeit als auch ihrem Naturtalent als pragmatische Kummerkastentante voll und ganz entsprach. Der Maskenbildnerstuhl schien ähnlich zu funktionieren wie der eines Friseurs oder eines Seelenklempners: Die Schauspieler hatten das Gefühl, sie könnten Annie alles erzählen, und sie wiederum freute sich, ihre geballte Lebensweisheit an den Mann zu bringen.

»Er hat Schluss gemacht, Annie«, flüsterte Amy, zu wütend, zu schockiert, zu alles Mögliche, um auch nur Daniels Namen auszusprechen.

»Das sehe ich, Süße«, erwiderte Annie, zog ihren Kunstfell-Leopardenmantel aus und schlang ihn Amy um die Schultern.

»Nein, lass mal, du frierst doch sonst«, protestierte Amy und deutete mit dem Kinn auf Annies Fünfzigerjahre-Vintagekleid.

»Das halte ich schon aus, Schätzchen – ich bin deutlich besser isoliert als du mit deinem mageren Hintern. Komm, wir gehen. Und lass uns unterwegs noch einen Zwischenstopp beim Chinesen machen.«

»Ich glaube kaum, dass ich was runterbringen kann«, erwiderte Amy in weinerlichem Tonfall.

»Ist ja auch nicht für dich, sondern für mich«, erwiderte Annie grinsend, legte den Arm um Amys Taille und führte sie in einen kleinen Laden in Chinatown, in dessen Eingangsbereich in Sojasauce glasierte Hähnchen aufgefädelt von der Decke hingen und in dem Annie allem Anschein nach Berge von Essen bestellte. »Und wirf ruhig noch ein paar Glückskekse dazu, Phil«, meinte sie zu dem runzeligen alten Mann hinter der Theke. »Könnte gut sein, dass wir heute Nacht noch einen Blick in die Zukunft riskieren müssen.«

Annies Wohnung in Covent Garden, die aufgrund des darin herrschenden künstlerischen Chaos auch liebevoll »das Vogelnest« genannt wurde, war nur fünf Gehminuten entfernt. Annie hatte sie von ihrer Großmutter geerbt, einem Showgirl, das in den 1940er-Jahren die Geliebte eines reichen Adligen gewesen war. Man konnte noch erahnen, wie es darin einst ausgesehen haben musste, als sie ihren Liebhaber empfing – die edle Samttapete, die mit schwarzen Spitzen und Fransen umsäumten Lampenschirme –, auch wenn Annie der Wohnung inzwischen unübersehbar ihren persönlichen Stempel aufgedrückt hatte. Neben der Tür stand eine lebensgroße Schneiderpuppe, die angezogen war wie ein französisches

Dienstmädchen (»So kann ich mir einreden, ich hätte Hausangestellte«, hatte Annie erklärt, als Amy sie das erste Mal besuchte), des Weiteren gab es eine Staffelei mit einem halbfertigen Akt in Öl, überall waren grellbunte Stoffproben und Bücherstapel verteilt, ganz zu schweigen davon, dass praktisch jedes freie Stück Wand mit Postern und Fotos bekannter Theateraufführungen übersät war. Jedes Mal, wenn Amy im Vogelnest war, fühlte sie sich automatisch wie eine Künstlerin, was einer der Gründe dafür war, weshalb sie Annie so gern besuchte.

»So, du setzt dich jetzt schön hin«, sagte Annie und führte Amy zu einem Plüschsamtsessel, aus dessen Nähten die Polsterung hervorquoll. »Du kannst ja schon mal das Essen auspacken, ich mix dir in der Zwischenzeit mein patentverdächtiges Gute-Laune-Gesöff.«

»Nein, Annie, lass mal, ich will keinen –«

Doch ihre Freundin brachte sie zum Schweigen, indem sie einen Finger an die gespitzten Lippen legte. »Annie weiß, was gut für dich ist«, sagte sie, ging hinüber in ihre Miniküche und fing an, ihren amerikanischen Kühlschrank zu durchforsten. »Und außerdem habe ich mir nach einem anstrengenden Abend in der Maske einen Daiquiri mit Sahne mehr als verdient«, fügte sie hinzu, »also denk mal nicht nur an dich.«

Amy hatte gerade erst die kleinen Schachteln mit dem Essen auf dem Couchtisch verteilt, als Annie ihr auch schon ein riesiges Glas in die Hand drückte – halb Cocktail, halb Eisbecher, samt Streuseln und einem Papierschirmchen obendrauf. »Ich habe noch einen Schuss ukrainischen Brandy dazugegeben. Du wirst sehen, danach spürst du nichts mehr«, erklärte sie. Gehorsam nippte Amy an dem Gebräu und stellte überrascht fest, dass es ziemlich gut schmeckte.

»Na, dann schieß mal los, während ich mir was hinter die Kiemen schiebe«, ermunterte Annie sie. »Und lass ja nichts aus, ich will jede Einzelheit hören.«

Amy holte tief Luft und fing dann an, die Ereignisse der letzten Tage zu schildern, angefangen von der Entdeckung der Tiffany-Geschenkschachtel über das Vortanzen bis zu ihrem Wortgefecht mit Daniels Vater. Sie unterbrach sich nur kurz, um in Annies pastellfarbene Taschentücher zu schnäuzen und um staunend mit anzusehen, wie Annie Satay-Spieße, Frühlingsrollen und chinesische Teigbällchen hinunterschlang.

»Also, fassen wir zusammen«, verkündete Annie und tupfte ihre knallroten Lippen mit einer Serviette ab. »Daniels Eltern sind schreckliche Snobs, sie finden, dass du nicht zur Frau eines Botschafters taugst, und Daniel ist ein Waschlappen mit dem Rückgrat einer Qualle.«

Amy entfuhr ein trauriges Lachen. »Du hast es erfasst. Wäre ich eine Balletttänzerin, dann wäre alles kein Problem«, fügte sie leise hinzu. »Ich glaube nicht, dass Darcey Bussell Visitenkarten zugesteckt bekommt und mit einem vielsagenden Zwinkern gefragt wird, ob sie nicht Lust hätte, die Tanzstunde in der Horizontalen fortzusetzen.«

Annie kam auf sie zu und setzte sich auf die Armlehne des Sessels. »Amy, Daniels Eltern wollen keine gutaussehende, talentierte Frau an der Seite ihres Sohns, sie wollen eine Barbiepuppe im Chanelkostüm, die nicht aufmuckt. Du hättest nie im Leben in ihre kleine spießige Welt gepasst, also fang gar nicht erst an, dir den Kopf darüber zu zerbrechen, ob es alles hätte anders werden können.«

Amy nickte schweigend. Sie wusste, dass Annie recht hatte: Für Daniel war sie nichts weiter als ein angenehmer Zeitvertreib, während er darauf wartete, dass seine große Stunde kam.

»Aber ich liebe ihn doch«, wimmerte sie.

Jetzt, wo sie im Vogelnest saß, gefühlte Millionen Kilometer weit entfernt von der förmlichen Atmosphäre des Towers, kamen ihr nur die schönen Zeiten mit Daniel in den Sinn. Amy hatte ihn in einem Nachtclub in Chelsea kennengelernt – sie wusste nicht einmal mehr, wie sie dort überhaupt gelandet war, aber sie erinnerte sich noch genau, wie er sie über die Tanzfläche hinweg angelächelt hatte und dann mit einem Glas Champagner auf sie zugekommen war. Der Champagner war eiskalt und köstlich gewesen, wenn auch nicht so köstlich, wie seine Lippen geschmeckt hatten, als sie sich zwei Stunden später endlich geküsst hatten. Ihr Leben war schlicht und einfach aufregender und märchenhafter mit Daniel Lyons darin. Ohne ihn war sie bloß eine sich abstrampelnde Tänzerin, die fast fünftausend Kilomenter entfernt von zu Hause in einem winzigen Apartment lebte, auf den großen Durchbruch hoffte, der ausblieb, und dabei zusah, wie sich ihre Träume allmählich in Luft auflösten. Mit Daniel durfte sie in eine Welt der Fünf-Sterne-Kurzurlaube nach Paris, Rom oder Prag entfliehen, wo er stets die Landessprache beherrschte und es schaffte, die schicksten Hotels und hippsten Bars ausfindig zu machen. Er brachte sie zum Lachen. Er hatte einen total süßen Hugh-Grant-Akzent. Und die blauesten Augen seit Paul Newman. Und er war so verdammt gut im Bett …

Zu gut, dachte sie, eine Erkenntnis, die sich schon früher gelegentlich in ihre Gedanken eingeschlichen hatte.

Daniel Lyons war ein Superstar, egal, in welchem Umfeld er sich bewegte. Sie dagegen war bloß ein stinknormales Mädchen aus Queens mit einem starken amerikanischen Akzent, einem kaputten Zeh und einem Gänseblümchentattoo auf der Schulter, das sie sich in einer durchzechten Nacht nach dem »K Double Swagg«-Videodreh in Harlem hatte stechen lassen.

Wie hatte sie bloß glauben können, sie könnte sich in eine wunderschöne, elegante Diplomatengattin verwandeln?

»Hör mal, Süße, warum fährst du eigentlich nicht nach Hause?«

Sie spürte, wie ihr Annie mitfühlend die Hand auf das Knie legte, blickte auf und bemühte sich zu lächeln. »Keine Ahnung, ob der Inhalt meines Geldbeutels noch für eine Taxifahrt reicht«, erwiderte sie und nahm einen letzten Schluck von ihrem Cocktail. »Würde es dir was ausmachen, wenn ich einfach das Schlafsofa ausziehe?«

»Natürlich nicht, Dummerchen. Ich meinte allerdings nicht heute Nacht, sondern an Weihnachten. Warum fährst du nicht nach New York?«

Amy sah ihre Freundin an. »Du meinst zu meinen Eltern?«

»Warum denn nicht? Die Feiertage stehen vor der Tür, sprich die ideale Zeit, um Familie und Freunde zu besuchen und sich darüber klarzuwerden, was wirklich wichtig ist.«

»Ja, und genau aus dem Grund werde ich so kurzfristig keinen Flug mehr für unter tausend Kröten bekommen.«

»Ich kann dir was leihen, wenn du willst.«

Amy drückte Annies Hand. »Das ist echt lieb von dir, aber ich komme schon klar. Ich fliege einfach im Januar nach Hause, wenn die Flüge ein bisschen günstiger sind.«

»In dem Fall kommst du mit zu meinen Eltern«, schlug Annie strahlend vor. »Wir können schließlich nicht zulassen, dass du über die Feiertage mutterseelenallein zu Hause hockst und Trübsal bläst, oder?«

Amy war gerührt von Annies freundlichem Angebot, doch sie kannte Annies Elternhaus von früheren Besuchen. Ihre Eltern waren, falls das überhaupt möglich war, noch exzentrischer als ihre Tochter. Thomas, ihr Vater, war ein Kinderbuchillustrator, der seine ganze Freizeit damit verbrachte, an irgendwelchen »Erfindungen« herumzubasteln, aus denen nie etwas wurde, und ihre Mutter war eine Bildhauerin, die sich ihren Lebensunterhalt damit finanzierte, dass sie am örtlichen College Töpferkurse gab. Sie besaßen ein großes, verwinkeltes Haus in einem wenig angesagten Vorort im Norden Londons. Und auch wenn sie herzlich und gastfreundlich waren, waren Amy vor allem die trippelnden Geräusche im Dach und der Geruch nach Hundehaaren in Erinnerung geblieben, die Brunel, ihr alternder Irish Setter, großzügig in jedem Raum verteilte.

»Ja, ich weiß, es ist ein Irrenhaus, aber es wird bestimmt lustig«, rief Annie, als ob sie auf telepathischem Weg Amys Bedenken registriert hätte. »Und falls nicht, hast du zumindest ein bisschen Ablenkung, das garantiere ich dir.«

Sie hatte natürlich recht, aber beim Gedanken an Annies Familie, die zusammenhielt wie Pech und Schwefel, vermisste Amy ihre eigene Familie und fühlte sich unsäglich einsam. Sofort schossen ihr die Tränen in die Augen.

»Hey, meine Kleine, was ist denn los?«, fragte Annie und drückte sie an ihre üppige Oberweite.

»Vielleicht hast du recht. Vielleicht sollte ich wirklich nach Hause fliegen. Aber wie soll ich das anstellen? Ich kann auf keinen Fall Geld von dir annehmen und ich bin wirklich total pleite.«

Annie dachte einen Moment lang nach. »Es gibt doch diese Kurierflüge«, sagte sie dann. »Da nimmt man einfach ein Päckchen auf dem Schoß mit – irgendwelche geschäftlichen Dokumente oder eine Spenderleber oder so – und bezahlt dann nur den halben Preis.«

»Davon höre ich zum ersten Mal.«

»Doch, die gibt's, ganz sicher«, meinte Annie nachdrücklich. »Wir suchen morgen im Internet danach. Jetzt verfrachte ich dich erst mal ins Bett.«

Nachdem sie die Teller abgeräumt und Amy mit einem flauschigen Pyjama ins Badezimmer gescheucht hatte, machte sich Annie daran, das Wohnzimmer in ein elegantes Boudoir zu verwandeln. Sie warf sogar einen Fellteppich über die ausziehbare Couch.

»Tada!«, rief sie theatralisch, als sie ihr Werk vollendet hatte. »So, dann mach's dir mal schön gemütlich. Und morgen früh geht es dir bestimmt schon wieder besser, das verspreche ich dir.«

Amy nickte dankbar, kroch unter die Bettdecke und löschte das Licht. Zwar fühlte sich der viel zu große Schlafanzug weich auf ihrer Haut an und der Brandy-Cocktail hatte seine Wirkung als Schlafmittel nicht verfehlt, aber dennoch konnte sie nicht aufhören, in Gedanken die Ereignisse des Tages wieder und wieder durchzukauen.

»Ich kann dich hören«, ertönte Annies Singsangstimme aus ihrem Schlafzimmer nebenan.

»Aber ich mache doch gar nichts«, wunderte sich Amy.

»Ich höre genau, wie dein kleines Köpfchen jedes einzelne Gespräch durchspielt, das du in letzter Zeit mit ihm geführt hast. Hör auf damit, sonst wirst du noch wahnsinnig.«

Amy musste gegen ihren Willen laut auflachen. Annie genoss nicht umsonst den Ruf, eine erstklassige Kummerkastentante zu sein.

»Schon gut, schon gut, ich versuche, an etwas anderes zu denken.«

»Denk an New York«, rief Annie. »Denk an Schnee auf dem Empire State Building und an coole Typen, die in Lederhosen über die Eisbahn am Central Park gleiten.«

Amy ließ sich in ihr Kissen zurücksinken und versuchte, sich das kleine Haus in der Carmichael Street vorzustellen, den mit Lichtern und Weihnachtskugeln geschmückten Baum, den Truthahn auf dem Tisch und ihre Eltern, die Eierpunsch tranken und sich wegen der Brotsauce kabbelten. Sie hatte sogar Daniel eingeladen, Weihnachten bei ihr zu Hause zu verbringen, doch er hatte nur die üblichen Ausreden von wegen Arbeit und familiäre Verpflichtungen vorgebracht, was ihr im Rückblick eine Warnung hätte sein sollen. Ja, es hatte durchaus Momente in ihrer Beziehung gegeben, die absolut magisch gewesen waren. Diese eine Sommerwoche im kleinen Dorf Fiskardo auf Kefalonia, als sie durch den pastellfarbenen Hafen geschlendert waren und in den Kneipen Ouzo getrunken hatten, war einer der herrlichsten Urlaube ihres Lebens gewesen. Auch ihre herbstlichen Spaziergänge durch den Hyde Park, bei denen sie mit den Füßen im Laub geraschelt und sich anschließend auf einer Parkbank geküsst hatten, und die gemütlichen Abende in seinem schnuckligen, eleganten Haus in Kensington, als sie Pizza bestellt und über Netflix Filme angeschaut hatten, waren wunderschön gewesen. Vielleicht wäre alles anders gekommen, wenn sie stattdessen vorgeschlagen hätte, in die Oper zu gehen oder die Nachmittage beim Polo zu verbringen?

Eine Träne rollte ihr über die Wange und sie wischte sie mitsamt ihren negativen, pessimistischen Gedanken zornig weg. Wenn Daniel Lyons sie nicht so mochte, wie sie war, oder ein Problem damit hatte, wie sie ihre Freizeit verbrachte, dann konnte er sie mal. Niemand in Queens hatte sie je danach beurteilt, wie sie bescheuerte Gemüsesorten aß oder womit sie ihren Lebensunterhalt verdiente. In der Carmichael Street hatte keiner ihr je das Gefühl vermittelt, nicht gut genug zu sein; im Gegenteil, sie hatten sie immer darin bestärkt, ihr vertrautes Viertel zu verlassen und stattdessen in die große weite Welt hinauszugehen, etwas zu erreichen und ihre Eltern stolz zu machen. Zu Hause – ihrem richtigen Zuhause – war sie der Star ihres Schulchors, das Mädchen von nebenan, das es geschafft hatte, die kleine Carrell, die sich bis nach Europa getanzt hatte. Natürlich würde es immer Leute geben, die Schadenfreude darüber empfanden, dass sie es nicht bis ganz an die Spitze geschafft hatte, aber die konnten sie ebenfalls mal. Ein Lächeln huschte über ihr Gesicht, als sie spürte, wie sich langsam, aber sicher ihr altes Ich zurückmeldete. Und weshalb sollte sie auch deprimiert sein?

Sie war erst sechsundzwanzig und hatte schon am Broadway, in Berlin und im West End getanzt. In den Augen ihrer alten Clique in Queens war sie bereits eine Berühmtheit, und sie wusste, dass sie sich in ihrer Gegenwart gleich tausendmal besser und wohler in ihrer Haut fühlen würde. Doch ihr Lächeln verschwand, als ihr bewusst wurde, dass sie nach wie vor fünftausend Kilometer von zu Hause entfernt war und ihr Kontostand den teuren Flug nicht verkraften würde. Schon bevor sie Daniel kennengelernt – und sich den Zeh gebrochen – hatte, war das Geld knapp gewesen, aber sie war klargekommen. Als Tänzerin verdiente man zwar nicht gerade ein Vermögen, aber wenn man in einer Show mitwirkte, tanzte man acht Aufführungen pro Woche, verbrachte den freien Tag im Bett und hatte demzufolge ohnehin keine Zeit, das wenige, das man verdiente, auszugeben. Und obwohl das Forge ihr pünktlich alle zwei Wochen ihren Lohn auszahlte, hatte die lange Arbeitslosigkeit an ihren Ersparnissen gezehrt. Wobei »gezehrt« der falsche Ausdruck war: Ihr Konto war schlicht leer. Würde man eine Zehn-Pence-Münze hineinwerfen, könnte man ein Echo hören.

Als sie merkte, dass sie jetzt sowieso nicht einschlafen konnte, setzte sie sich auf und knipste die kleine Lampe neben dem Sofa an. Sie konnte Annie im Nebenzimmer schnarchen hören und wusste somit, dass sie ihre Freundin nicht stören würde.

Amy sah sich im Vogelnest um – dank des ganzen Krimskrams, der überall verstreut herumlag, hatte man wirklich den Eindruck, hoch oben in einem Baumwipfel im Zuhause einer grellbunt gefiederten Elster zu sitzen. Annies Wohnung hatte etwas von einem Wunderland an sich, man wusste nie, worauf man als Nächstes stoßen würde. Auf einem wackligen Tischchen rechts von ihr lag ein Stapel Zeitschriften, von denen sie sich eine angelte: die *Lady*. Überrascht zog sie die Augenbrauen hoch. Auf dem Titel war eine elegante ältere Frau neben einem Pferd abgebildet, und es wurde auf Artikel mit Überschriften wie »Backen wie eine Weltmeisterin« und »Die richtige Kleiderwahl für den Opernbesuch« sowie auf ein Interview mit Dame Judi Dench hingewiesen. Nicht gerade die typische Lektüre, die man als Einunddreißigjährige bei sich zu Hause herumliegen hatte, aber Annie Chapman war eben schon immer etwas unkonventionell gewesen.

Neugierig blätterte Amy die Zeitschrift durch, die mit ihren Beiträgen über winterharte Stauden und Rezepten für Marmeladen und Früchtestollen seltsam tröstlich wirkte. Für sie als Amerikanerin verströmten die Seiten ein authentisch britisches Flair, sie verkörperten eine idealisierte Version Englands, wo jeder in einem Cottage wohnte, um dessen Eingangstür sich Rosen rankten. Herrlich. Auf den letzten Seiten angekommen, fiel ihr Blick auf die Stellenanzeigen. Etwas Vergleichbares hatte sie noch nie gelesen.

»Haushälterin und Hausmeister (gern Ehepaar) für herrschaftliches Anwesen gesucht. Gelegentliche Chauffeurdienste erbeten. Dienstwohnung und Uniform werden gestellt.«

Uniform?, dachte Amy und hatte sofort ein Bild von einem gutaussehenden Burschen mit Schirmmütze und weißen Handschuhen vor Augen, der ihr die Tür eines Rolls-Royce-Oldtimers aufhielt.

In einer anderen Anzeige hieß es: »Mary Poppins für zwei Kinder (fünf und sieben) gesucht. Fremdsprachen und Reitkenntnisse erwünscht.«

Eine völlig andere Welt tat sich auf. Wo waren denn all diese weitläufigen Anwesen, für die erfahrene Hausmeister gesucht wurden? Wer brauchte im einundzwanzigsten Jahrhundert allen Ernstes noch einen Wildhüter oder einen Chauffeur? Man hätte meinen können, *Downton Abbey* wäre keine Fernsehserie, sondern ein Dokumentarfilm – es war faszinierend, sich vorzustellen, was für Geschichten sich hinter diesen skurrilen Inseraten verbargen. Und mehr als das: Verblüffenderweise malte Amy sich im Geiste bereits aus, wie es wäre, sich auf eine solche Anzeige zu bewerben. Das konnte doch nicht so schwer sein. »Fahrer gesucht für Zweitwohnsitz in Südfrankreich« – sie besaß einen gültigen Führerschein und ein bisschen Sonne könnte sie gut gebrauchen. Oder vielleicht sollte sie es mal als »Kinderfräulein für Zwillingsmädchen« versuchen? In der Anzeige stand, dass die erforderlichen Kompetenzen verhandelbar seien. Vielleicht wären sie ja beeindruckt von Amys künstlerischem Werdegang – wollten nicht alle kleinen Mädchen Ballerinas werden? Sie lächelte in sich hinein – vermutlich nicht. Abgesehen davon hatte sie ja auch schon fast ein Engagement in der Tasche. Natürlich nur, wenn Eduardo Drummond sie zurückrief. Sie wollte die Zeitschrift schon zuklappen, als ihr eine Anzeige ins Auge sprang, genauer gesagt, zwei Wörter: New York. Amy sah sich den Text näher an. Das Inserat war klein, es befand sich unter der Überschrift »Stellenangebote«: »Ältere Dame sucht nette Begleitperson für Abenteuer in Manhattan. Reisezeit 22. bis 26. Dezember. Flug- und Hotelkosten in New York werden übernommen.«

Sie stutzte einen Augenblick und las die Anzeige dann erneut durch. *Reisezeit 22. bis 26. Dezember. Flug- und Hotelkosten in New York werden übernommen.* Sie griff nach ihrem Smartphone, loggte sich in ihren E-Mail-Account ein und machte sich, ohne zu zögern, daran, eine Antwort zu verfassen.

Kapitel 3

19. Dezember 2012

Amy hatte gerade unter der Dusche gestanden, als ihr Telefon klingelte, darum war die Nachricht auf ihrer Mailbox gelandet. Sie zog den Morgenmantel enger um sich und hörte die Nachricht erneut ab, in der Hoffnung, sich beim ersten Mal verhört zu haben.

»Hallo Amy. Ich bin's, Driscilla. Hör mal, von Eduardo kam leider eine Absage wegen *Tango Nights*. Das Vortanzen hat ihnen zwar gut gefallen, aber sie hatten noch jede Menge anderer toller Bewerberinnen, und unter uns gesagt, ich könnte mir vorstellen, dass dein Zeh immer noch ein Problem darstellt ...«

Amy drückte die Nachricht schnell weg, damit sie die Stimme ihrer Agentin nicht mehr hören musste. Eine *Absage*! Das konnte doch nicht wahr sein. Das Vortanzen war so gut gelaufen. Sie hatte ihr Bestes gegeben, sie hatte sich mit dem Regisseur gut verstanden und selbst Driscilla war der Meinung gewesen, die Sache sei unter Dach und Fach, und sie kam aus der harten Schule des Showgeschäfts, wo etwas erst dann als beschlossene Sache galt, wenn die Tinte unter dem Vertrag trocken war.

Amy ließ sich auf die Schlafcouch sinken und trank einen

Schluck Wasser aus dem Glas, das Annie ihr letzte Nacht hingestellt hatte. Das brauchte sie jetzt wirklich. Am liebsten hätte sie eine Ibuprofen dazu geschluckt. Sie hatte keinen blassen Schimmer, wie viel sie letzte Nacht getrunken hatte. Mindestens fünf Gläser Champagner beim Abendessen im Tower of London, danach noch Annies Cocktail … Ihr Blick fiel auf das Kelchglas, in dem ein neongrüner Strohhalm steckte und das noch einen Rest – inzwischen abgestandenen und geronnenen – Daiquiri enthielt, was ziemlich genau der Wirkung entsprach, die der ukrainische Brandy auf ihren Mageninhalt zu haben schien. *Würg*, dachte sie und ihr wurde mit einem Mal ganz übel. Die plötzlich einsetzende, lebhafte Erinnerung an den vorigen Abend machte es nicht besser. Die Artischocke, die giftigen Kommentare und schiefen Blicke von Vivienne Lyons und Daniel, der ihr erfolgreich den Laufpass gegeben hatte. Sie war darauf eingestellt gewesen, einen Heiratsantrag zu bekommen, und war stattdessen vom Vater ihres Freundes angebaggert worden. Als sie letzte Nacht wach im Bett gelegen und über die Ereignisse nachgegrübelt hatte, war das einzig Erfreuliche, das ihr geblieben war, die Hoffnung auf ein Engagement im Stück *Tango Nights* gewesen, und nun hatte sich auch noch diese vielversprechende Chance in Luft aufgelöst.

Da kam Annie ins Wohnzimmer gewirbelt und gab ihr einen Kuss auf den Kopf. »Na, wie geht's dir heute Morgen? Hast du gut geschlafen?«

»Nein«, erwiderte Amy und rieb sich die Schläfen.

»Sollen wir frühstücken gehen?«

»Gute Idee. Und ich bräuchte noch einen Tipp, was ich wegen meiner Agentin unternehmen soll.«

»Was hat die liebe Driscilla denn angestellt?«

»Ich glaube, sie will mich loswerden.«

Annie runzelte die Stirn und setzte sich neben sie auf die Schlafcouch. »Wie kommst du darauf?«

»Sie hat gerade angerufen, um mir mitzuteilen, dass ich die Rolle nicht kriege, für die ich gestern vorgetanzt habe. Sie hat noch nicht mal persönlich mit mir gesprochen – bloß eine Nachricht hinterlassen.«

»Das würde ich jetzt aber nicht überinterpretieren.«

»Es ist auch nur so ein Gefühl«, antwortete Amy und presste die Lippen aufeinander. »Ich habe dieses Jahr noch nicht einmal eine Weihnachtskarte von ihr bekommen. Als ich damals nach London gezogen bin und bei der Agentur unterschrieben habe, wurde ich noch dauernd zum Mittagessen in Soho eingeladen und bekam mindestens zweimal in der Woche einen Anruf, wie es mir geht. Und jetzt stellt angeblich mein Zeh ein Problem dar und ich vermute, ich werde demnächst rausgeschmissen. Noch nicht mal Driscilla will mich mehr, Annie«, jammerte sie, ließ sich zurückfallen und warf theatralisch die Arme über den Kopf.

»Du brauchst Eiweiß. Eier, Speck ... oder wir gehen zu Fortnum's und gönnen uns einen morgendlichen Nachmittagstee. Ich muss erst um zwei bei der Arbeit sein.«

»Und ich muss um eins im Forge sein, weil dann meine Doppelschicht anfängt. Die hat mir jetzt gerade noch gefehlt«, stöhnte Amy und fragte sich, ob sie nicht einfach die Vorhänge zuziehen und sich die nächsten zehn Jahre im Vogelnest verbarrikadieren sollte.

Annie ging hinüber in ihr Schlafzimmer, um sich anzuziehen, und Amy setzte sich auf, schlug die Beine übereinander und griff nach ihrem Telefon, halb hoffend, halb fürchtend, dass Daniel es sich anders überlegt und sich bei ihr gemeldet hatte. Sie wurde vom üblichen Nachrichtenstrom begrüßt, der jeden Morgen ihr Postfach überschwemmte – Groupon und andere

Rabatt-Websites, deren Newsletter sie irgendwann einmal abonniert hatte.

Eine E-Mail-Adresse sagte ihr jedoch nichts. Georgia Hamilton. Stirnrunzelnd klickte sie auf die Nachricht und begann zu lesen.

Sehr geehrte Miss Carrell,
vielen Dank für Ihre Antwort auf meine Anzeige in der Zeitschrift The Lady. *Wäre es eventuell möglich, dass wir uns treffen, um die Angelegenheit weiter zu besprechen? Da ich bereits in drei Tagen verreisen werde, sollte dies möglichst bald geschehen. Hätten Sie heute Zeit? Bitte rufen Sie mich doch unter der unten angegebenen Nummer an. Ich freue mich darauf, Sie kennenzulernen.*
Mit herzlichen Grüßen
Georgia Hamilton, M. A. *(Univ. Cambridge)*

»Ist was?«, wollte Annie wissen, nachdem sie zurück ins Wohnzimmer gekommen war und Amy eine Tasse schwarzen Kaffee in die Hand gedrückt hatte.

»Ich habe gestern Nacht etwas leicht Verrücktes angestellt.«

»Soll ich einen Anwalt anrufen?«

Amy erklärte, wie sie auf die Anzeige in *The Lady* gestoßen war und dass eine gewisse Mrs Hamilton ihr bereits geantwortet hatte.

»Das ist ja ein richtiges Weihnachtswunder«, stieß Annie ungläubig hervor und schnappte sich die Zeitschrift, die Amy in der Nacht zuvor auf den Boden geworfen hatte. »Das ist wie in *Der Duft der Frauen.*«

»*Der Duft der Frauen?*«

»Dieser Film, in dem Chris O'Donnell einen blinden Mann nach New York begleitet. Der Blinde ist Al Pacino. Stell dir mal vor, du würdest jemanden begleiten, der so sexy ist wie Al Pacino!«, rief sie, vor Aufregung nach Luft schnappend.

»Soweit ich weiß, ist Georgia immer noch ein Frauenname«, gab Amy zurück, unfähig, die Begeisterung ihrer Freundin angesichts dieser neuen Entwicklung zu teilen.

»Mensch, Amy, gestern Nacht wolltest du noch unbedingt nach New York und jetzt hast du auf einmal die Möglichkeit.«

»Nur dass ich leider nicht Al Pacino begleiten werde. Im besten Fall ist es irgendeine alte Schreckschraube, die keine Freunde hat. Im schlimmsten Fall ... Im schlimmsten Fall ist es eine Psychopathin, die mich umbringen und unter ihren Petunien begraben will.«

»Bestimmt ist es einfach nur eine nette alte Dame, die ihr Gepäck nicht allein tragen kann ... Also los, ruf sie an und triff dich mit ihr. Sonst musst du an Weihnachten zu meinen Eltern mitkommen und dir ein Zimmer mit dem Hund teilen.«

Eine Stunde später stieg Amy an der Haltestelle Chalk Farm aus der U-Bahn. Sie fühlte sich immer noch furchtbar und sah auch so aus. Amy hatte sich mit Georgia Hamilton um elf Uhr verabredet, sodass sie es pünktlich zur Nachmittagsschicht ins Forge schaffen konnte. Allerdings blieb ihr nun keine Zeit mehr, um zurück in ihre Wohnung in Finsbury Park zu fahren und sich dort umzuziehen, und da sie zu ihrem Vorstellungsgespräch nicht in ihrem nur noch spärlich mit Pailletten besetzten kurzen Kleid auftauchen wollte, hatte sie sich etwas aus Annies eklektischem Fundus borgen müssen: Das Konservativste, was ihr Kleiderschrank hergegeben hatte, waren ein zwei Nummern zu großes zitronengelbes 1950er-Jahre-Petticoatkleid und zu kleine graue Wildlederpumps gewesen. Auch wenn die Kombination an Annie vermutlich fantastisch aussah, fühlte sich Amy darin wie eine dieser verrückten obdachlosen Frauen mit Plastiktüten, die in den Neunzigerjahren um die New Yorker Penn Station herumgeschlurft waren.

Als sie die Fußgängerbrücke überquerte, die Chalk Farm mit Primrose Hill verband, gab ihr Smartphone einen Piepston von sich. Nathan hatte ihr eine SMS geschickt: »Na, glänzt der Fünfkaräter schon am Finger? LG.«

Amy schnaubte wütend, schaltete ihr Telefon aus und beschleunigte ihre Schritte. Es fing an zu regnen und Annies rosafarbener Sonnenschirm würde dem wüsten Dezemberwetter kaum trotzen können.

Gleich nach der Brücke über den Regent's Canal hatte sie das Gefühl, ein Paralleluniversum zu betreten. Die heruntergekommenen Minimärkte und günstigen indischen Restaurants, die das an Camden Town angrenzende Ende von Chalk Farm gesäumt hatten, wichen allmählich einer ruhigeren, dörflicheren Atmosphäre. Primrose Hill war wirklich hübsch, mit seiner georgianischen Architektur, dem vielen Grün und den charmanten Bäckereien, Boutiquen und Straßencafés, und Amy fragte sich unwillkürlich, warum sie nicht öfter hierherkam.

Vor einem eleganten viktorianischen Reihenhaus blieb sie stehen und warf einen Blick auf die Adresse, die sie auf ein Stück Papier gekritzelt hatte.

Georgia Hamilton. Chalcot Terrace Nummer 27. Zwar hatte sie mit ihr telefoniert, aber es war eine sehr kurze und ziemlich förmliche Unterhaltung gewesen, die über »Ich würde mich sehr freuen, Sie kennenzulernen« und »Ich wäre

Ihnen äußerst verbunden, wenn Sie bei mir vorbeikommen könnten« nicht hinausgegangen war. Auch die Stimme hatte Amy nur wenig über die Frau verraten – etwas älter, höflich, kultiviert: eine Beschreibung, die vermutlich auf die Hälfte der Leute zutraf, die in dieser Gegend Londons wohnten. Ähnlich nichtssagende Ergebnisse hatte ihre Google-Recherche zutage gefördert. Georgia Hamilton war entweder Inhaberin einer Teppichreinigung, eine Verlagsleiterin oder eine wenig bekannte, zweitklassige Schauspielerin, die seit 1976 in keinem einzigen Film mehr mitgespielt hatte. Doch wer sie auch sein mochte, in jedem Fall war sie reich. Zwar war das Gebäude in einzelne Wohnungen unterteilt, wie Amy unschwer an den zwei Klingelknöpfen neben der Tür erkennen konnte, aber da sie gern den Immobilienteil der Sonntagszeitungen studierte, wusste sie, dass eine Maisonettewohnung in Primrose Hill teurer war als eine außerhalb der Londoner Ringautobahn M25 gelegene Villa mit Stallungen.

Na gut, bringen wir's hinter uns, dachte sie, drückte den Klingelknopf neben dem Messingschild, auf dem lediglich »Hamilton« stand, und fuhr leicht zusammen, als der Türöffner summte und eine Stimme aus dem Nichts sagte: »Dritter Stock, bitte.«

Amy drückte die Tür auf und betrat den hohen Eingangsbereich. *Wahnsinn, die haben einen Kronleuchter im Flur hängen*, schoss es ihr durch den Kopf und sie fühlte sich sofort eingeschüchtert. In der Luft lag ein leicht muffiger Geruch und das Treppenhaus hätte mal wieder einen neuen Anstrich vertragen, aber trotz allem war es ein imposantes altes Gebäude. Auf jedem Treppenabsatz standen große Vasen mit Frischblumengestecken und die Wände zierte eine teuer aussehende Tapete mit Perlmuttglanz.

Als sie die breite Treppe hinaufstieg, fiel ihr auf, dass sie instinktiv auf Zehenspitzen ging, um in dieser leisen, altehrwürdigen Umgebung nur ja keinen Lärm zu machen. Vermutlich flößte ihr das Gebäude deshalb so viel Respekt ein, weil es genau so war, wie sie sich London vorgestellt hatte, als sie als Kind zum ersten Mal darüber gelesen hatte: Es war die Art von Haus, in denen es Hauspersonal und ein Kindermädchen gab, ein Ort, von dem man sich gut vorstellen konnte, dass Peter Pan ihn nächtlich besuchte.

»Jetzt reiß dich mal zusammen«, murmelte sie zu sich selbst, als sie im obersten Stock angekommen war und an die Tür klopfte, an der eine »2« aus Messing hing.

»Sie sind Miss Carrell, richtig?«

Amy nahm sich einen Moment Zeit, um die Frau, die vor ihr stand, zu mustern. Sie schien Anfang siebzig zu sein, obwohl ihr genaues Alter schwer zu schätzen war. Ihr aschblondes Haar, durch das sich feine silberne Strähnen zogen, war kurz geschnitten und hinter die Ohren gekämmt, und sie trug eine schlichte graue Bluse und eine weite schwarze Hose, dazu eine Perlenkette und passende Ohrringe. *Elegant*, musste Amy unwillkürlich denken. Die Art von hochwohlgeborener Eleganz, bei der sie sich sofort fragte, ob Georgia Hamilton wohl Vivienne Lyons und deren ganze versnobte Freunde kannte.

»Ja, aber Sie können mich auch einfach Amy nennen«, erwiderte sie und schüttelte die Hand, die ihr entgegengestreckt wurde.

»Sie sind Amerikanerin?«

»New Yorkerin«, antwortete Amy verlegen, als sie sah, wie die Frau sie taxierte. Vielleicht wäre der Paillettenfummel doch besser gewesen als Annies gelbes Vintage-Sommerkleid.

Für einen Augenblick herrschte Schweigen, doch dann nickte Georgia Hamilton, als hätte sie eine Entscheidung gefällt. »Kommen Sie doch herein«, sagte sie. »Den Schirm können Sie an der Tür stehen lassen.«

Amy folgte ihr durch einen schmalen Flur in ein helles, geräumiges Wohnzimmer.

»Wow!«, entfuhr es Amy. »Eine tolle Aussicht haben Sie da.«

Der Raum besaß ein breites Erkerfenster, das einen unverbauten Blick auf die sanft ansteigenden Wiesen des Primrose Hill und die schemenhafte Stadt im Hintergrund freigab.

»Ja, der Ausblick ist durchaus bemerkenswert«, bestätigte die Frau mit einem Hauch von Belustigung in ihrer Stimme. »Es liegt wohl in der menschlichen Natur, dass man irgendwann blind wird für seine Umgebung, auch wenn sie noch so besonders ist, aber ich gebe zu, dass ich doch hin und wieder Notiz von der Aussicht nehme und mich freue, so viel Glück gehabt zu haben.« Sie deutete auf einen Sessel. »Aber setzen Sie sich doch. Möchten Sie eine Tasse Tee? Ich habe mir gerade eine Kanne gekocht.«

»Ja, gern«, antwortete Amy, setzte sich auf den Rand des Sessels und sah sich nervös um. Sie fühlte sich sofort an das Vogelnest erinnert. Georgia Hamiltons Zuhause war ähnlich eklektisch und individuell. Während Annies Wohnung jedoch chaotisch und vollgestopft wirkte, ein Sammelsurium von Ideen und flüchtigen Schwärmereien, verströmte dieses Apartment eine Atmosphäre zurückhaltender Eleganz. Es gab abstrakte Gemälde und Schwarz-Weiß-Fotografien, interessant aussehende Blumentöpfe und Skulpturen im Ethnostil, und dennoch schien alles zusammenzupassen wie die Teile eines künstlerischen Puzzles.

»Sie haben aber viele Bücher«, staunte Amy, als ihr Blick über die Bücherregale wanderte, in denen die verschiedensten gebundenen Ausgaben und Taschenbücher standen.

»Ich habe in der Verlagsbranche gearbeitet«, erklärte Georgia, deren Blick noch immer auf Amy ruhte. »Eine Berufskrankheit, fürchte ich, doch zu meiner Verteidigung sei vorgebracht, dass die Bücher nicht nur Präsentationszwecken dienen. Die meisten davon habe ich tatsächlich gelesen.«

»Ach, dann sind Sie *die* Georgia Hamilton«, rief Amy, was sie sofort bereute. Nun würde sie zugeben müssen, dass sie Nachforschungen über die ältere Frau angestellt hatte. *Bestimmt hält sie mich für eine Stalkerin*, dachte sie.

»Sie haben mich gegoogelt, nehme ich an?«, erwiderte Georgia zu Amys Überraschung, während sie ihr eine Tasse und Untertasse aus feinstem Porzellan reichte. »Das ist das Traurige an dieser Informationsüberflutung. In der heutigen Zeit kann man alles Wichtige über eine Person herausfinden, ohne sie je getroffen zu haben. Wo bleibt da der Überraschungseffekt? Das allmähliche, schrittweise Kennenlernen einer neuen Freundin, eines neuen Liebhabers?«

»Ich mag keine Überraschungen«, entgegnete Amy. »Jedenfalls nicht, wenn es um Liebhaber geht.«

Die alte Dame legte nachdenklich den Kopf schief und nahm einen Schluck von ihrem Tee. »Dann erzählen Sie doch mal, Amy, was machen Sie denn beruflich?«

Sie öffnete ihren Mund und wollte schon erklären, dass sie Tänzerin war, sich aber verletzt hatte und deshalb gerade nicht trainieren konnte, doch dann schien es auf einmal wesentlich einfacher, zuzugeben, dass sie als Kellnerin arbeitete.

»Ich kellnere im Forge in Islington. Dort muss ich auch gleich nach unserem Treffen hin.«

»Es ist zwar schon viele Jahre her, aber ich habe auch einmal als Kellnerin gearbeitet. Eine ideale Tätigkeit, um Leute zu beobachten und die menschliche Natur zu studieren. Vermutlich zieht der Beruf deshalb so viele kreative Menschen an. Man denkt, man macht das alles bloß, um seine Kunst zu finanzieren, doch in Wirklichkeit bringt es einen auch künstlerisch voran.«

Amy musste lächeln und die Atmosphäre wurde mit einem Mal etwas entspannter.

»Aber kommen wir zur Sache«, sagte Georgia und stellte ihre Tasse ab. »Ich habe eine Reise nach New York gebucht und der Flug ist bereits in drei Tagen. Ich weiß, es klingt unglaublich, aber ich bin noch nie in Manhattan gewesen und ich meine, ich bin nun in einem Alter, wo ich all die Orte aufsuchen sollte, die ich … nun ja, die ich bisher verpasst habe.«

»Wie diese Liste mit Sachen, die man noch machen will, bevor man stirbt?«, erwiderte Amy, ohne nachzudenken. *Merke: In Zukunft möglichst keine Andeutungen mehr machen, die der potenziellen Arbeitgeberin den Eindruck vermitteln, sie stünde mit einem Bein im Grab*, ermahnte sie sich.

Glücklicherweise lächelte Georgia. »Ja, so etwas in der Art. Ich hätte mich natürlich auch einer dieser grauenhaften Reisegruppen für reifere Alleinreisende anschließen können, aber die Vorstellung, im Gänsemarsch mit einer Horde von Greisen durch Manhattan zu schlurfen …« Sie winkte mit ihrer zierlichen Hand ab. »So kam ich darauf, ein Inserat für eine Reisebegleitung aufzugeben. Es besteht jedoch kein Anlass zur Sorge, ich habe nicht vor zu stürzen und mir die Hüfte zu brechen, aber natürlich bin ich auch nicht mehr so agil wie in meinen besten Zeiten.«

Amy hielt es für das Beste, nichts zu erwidern, um nicht erneut ins Fettnäpfchen zu treten.

»Doch wie kommt es, dass Sie mich begleiten können, Amy?«

Auf diese Frage war Amy nicht vorbereitet gewesen und

die Überraschung stand ihr offensichtlich ins Gesicht geschrieben.

»Schließlich ist doch Weihnachten. Bestimmt sind die meisten Leute in Ihrem Alter bis nach Neujahr verplant mit allen möglichen Feiern und Partys.«

»Es kam ein bisschen anders als geplant«, antwortete Amy verlegen.

»Beziehungswirrwarr?«

»Ist das so offensichtlich?«, fragte sie und hob den Kopf.

»Sie haben diesen speziellen Blick«, antwortete Georgia mit einem Nicken. »Sie machen nicht den Eindruck, als wollten Sie über die Feiertage aus London wegfahren, Amy. Sie sehen aus, als wollten Sie fliehen.«

Amy sah ein, dass Leugnen zwecklos war.

»Tja, das ist die Lage, in der ich mich befinde, Mrs Hamilton –«

»Miss«, gab die ältere Frau zurück. »Aber wollen wir uns nicht duzen? Ich bin Georgia.«

»Ich hatte eine echt beschissene Woche und im Moment wünsche ich mir nichts sehnlicher, als nach Hause zu fahren. Ich dachte, die Reise wäre eine gute Möglichkeit, um meine Familie zu sehen, auch wenn sie natürlich nach Manhattan kommen müssten, um mich zu treffen. Wenn das ein Problem für Sie … dich ist, sag es am besten gleich. Denn das ist der Grund, warum ich diese Reise machen will. Allerdings würde es höchstens ein paar Stunden in Anspruch nehmen, meine Mom und meinen Dad zu sehen, und die übrige Zeit wäre ich dann ausschließlich für Sie … dich da. Ich würde mir auch ganz viel Mühe geben und dir die zahlreichen tollen Orte zeigen, die nur New Yorker kennen, und ich würde dich auch bei den ganzen touristischen Sachen begleiten, die du bestimmt machen willst.«

Georgia gab darauf keine Antwort und Amys Herz machte einen kleinen Sprung, als ihr auf einmal bewusst wurde, wie sehr sie sich danach sehnte, ihre Mutter wiederzusehen und von ihrem Vater in den Arm genommen und gedrückt zu werden. Sie musste dringend nach Hause.

»Immerhin bist du ehrlich«, sagte die ältere Frau und verzog amüsiert den Mund. »Das ist gut, denn ich möchte es tunlichst vermeiden, dass sich meine Reisebegleitung als Hochstapler entpuppt oder sich an der Minibar vergreift und ich für Tausende von Dollar Spesen aufkommen muss.«

»Für das Geld kann man aber einige Tafeln Hershey-Schokolade essen«, schmunzelte Amy.

»Dennoch wäre ich dankbar, wenn du mir ein oder zwei Empfehlungsschreiben zukommen lassen könntest.«

»Das heißt, ich habe den Job?«

»Meine Liebe, ich habe fest vor, in drei Tagen nach Amerika zu reisen. Obwohl ich die Anzeige bereits vor zwei Wochen aufgegeben habe, bist du die einzige Bewerberin, die einen normalen und vernünftigen Eindruck macht. Kannst du dir vorstellen, dass ich einen Brief von einem Häftling aus dem Gefängnis Ihrer Majestät in Brixton bekommen habe, in dem er schrieb, er werde in Kürze auf Bewährung entlassen und würde mich sehr gern begleiten, allerdings sei er sich nicht ganz sicher, ob es nicht möglicherweise Probleme mit der US-Einwanderungsbehörde geben könnte? Außerdem wäre ich nicht da, wo ich heute stehe, wenn ich nicht eine gewisse Menschenkenntnis entwickelt hätte. Ich glaube, die Reise könnte für uns beide eine positive Erfahrung werden.«

»Ja, das glaube ich auch, toll, danke!«, rief Amy und sprang auf, um die alte Frau zu umarmen.

Georgia taumelte vor Überraschung einen Schritt zurück. »Schön, dass du auch einverstanden bist. Nachdem ja nun alles geklärt ist, darf ich dir noch eine Tasse Tee einschenken?«

Sie wurde unterbrochen von einem summenden Geräusch, das von der Türsprechanlage kam, wie Amy vermutete. Sie fragte sich, ob Cheryl irgendwie Wind von ihren Plänen bekommen hatte. Eigentlich hatte Amy sich nämlich bereit erklärt, die Schicht am zweiten Weihnachtsfeiertag zu übernehmen, und wenn sie nicht Nathan oder einen ihrer anderen Kollegen überreden konnte, für sie einzuspringen, hätte sie ein ernsthaftes Problem.

Georgia drückte einen Knopf in einem Kasten an der Wand. »Ja?«, fragte sie.

»Ich bin's, kann ich reinkommen?« Eine männliche Stimme, mehr ließ sich wegen des Knackens der Sprechanlage nicht sagen.

Hatte Georgia einen Freund? Amy ging durch den Kopf, dass sie nichts über diese Frau wusste, die sie, wie soeben vereinbart, über den Atlantik begleiten würde. Doch warum sollte sie eine Anzeige in einer Zeitschrift aufgeben, wenn sie schon einen Begleiter hatte? Amy würde sich wohl oder übel gedulden müssen, bis es der alten Dame in den Sinn kam, sie aufzuklären.

»Ich gehe dann mal besser«, sagte sie und stand auf.

»Nein, nein, bleib doch. Wir sollten noch die Details besprechen, bevor du losmusst.« Georgia griff nach der silbernen Teekanne. »Ich mache uns noch ein bisschen Tee und du kannst mir ja in der Zwischenzeit alles über diesen Flughafen in Heathrow erzählen, von dem ich schon so viel gehört habe.«

Amy war sich sicher, dass die Frau sie auf den Arm nahm. Ihre Wohnung war voller Bücher und *objets d'art* aus der ganzen Welt. Im Internet hatte sie gelesen, dass Georgia Hamilton als Verlegerlegende galt. Zweifellos war diese elegante, kultivierte Frau bereits Dutzende Male um den Globus gereist, selbst wenn es stimmte, dass sie bisher noch nie in New York gewesen war. Aber hatte nicht die amerikanische Verlagsindustrie ihren Sitz in Manhattan?

Ihr blieb keine Zeit, nachzufragen, da es bereits an der Wohnungstür klopfte.

Das ging aber schnell, dachte Amy. Es gab keinen Fahrstuhl, demzufolge hätte es nur eine junge und sportliche Person schaffen können, in der kurzen Zeit vom Erdgeschoss bis ins zweite Stockwerk zu gelangen.

Georgia verließ das Zimmer und Amy hörte gedämpfte Stimmen vom Ende des Flurs. Als die alte Frau zurückkam, bemerkte Amy überrascht, dass sie von einem wesentlich jüngeren Mann begleitet wurde. Er sah zweifellos gut aus, aber seine seit Wochen nicht mehr rasierten Bartstoppeln verdienten schon fast die Bezeichnung »Vollbart« und seine dunklen Haare wuchsen ihm über die Ohren und mussten dringend mal wieder geschnitten werden. Mit seiner dicken dunkelblauen Seemannsjacke und seinen schweren schwarzen Schnürstiefeln sah er aus, als wäre er unterwegs in den Wald zum Fallenstellen.

»Darf ich vorstellen? Amy Carrell, Will Hamilton, der Sohn meines Cousins«, sagte Georgia schnell.

»Hallo«, erwiderte Amy, doch Will nickte bloß und runzelte leicht die Stirn, bevor er sich an Georgia wandte und ihr einen weißen Umschlag übergab.

»Ich bin nur kurz vorbeigekommen, um dir das hier zu bringen«, erklärte er.

»Danke, Will.«

»Es ist von der Familie«, sagte er und warf Amy einen flüchtigen Blick zu, als ob er vor Fremden nicht mehr dazu sagen wollte.

»Mir ist sehr wohl bewusst, worum es sich handelt«, entgegnete Georgia und ihr Gesicht nahm einen etwas verkniffenen Ausdruck an.

»Und was hast du über die Weihnachtsfeiertage vor?« Er blieb verlegen an der Tür stehen. Amy fiel auf, dass Georgia ihm nicht angeboten hatte, seine Jacke abzulegen und ihnen beim Tee Gesellschaft zu leisten.

»Ich bin außer Landes«, antwortete Georgia eine Spur fröhlicher. »Ich entfliehe dem Londoner Wetter.«

»Na ja, in New York wird es bestimmt zehnmal kälter sein als hier«, warf Amy lachend ein, um die angespannte Stimmung etwas aufzulockern.

»New York?«, fragte Will und sah noch ernster drein. Er musterte Amy misstrauisch mit seinen dunklen, fast schwarzen Augen; die Art von Augen, die einem sofort Schuldgefühle einflößten, wenn sie auf einem ruhten.

»Wir machen eine Reise«, erwiderte Amy schnell und blickte zu Georgia hinüber, um sich zu vergewissern, dass sie ihm davon erzählen durfte.

»Ihr fliegt zusammen nach New York?«, fragte Will langsam. *Die Vorstellung behagt ihm gar nicht*, dachte Amy, als sie sah, wie er die Hände in den Hosentaschen vergrub.

»So ist es, und ich muss noch packen«, sagte Georgia, womit sie klarstellte, dass der Besuch beendet war.

»Willst du mir nicht sagen, wo man dich dort erreichen kann? Nur für den Fall, dass …«

»Für welchen Fall denn?«

»Nur für den Fall …«, sagte er und warf Amy einen schnellen Blick zu.

»Soll ich dir meine Nummer geben?«, bot Amy ihm an. Sie rasselte sie auswendig herunter und er tippte sie in sein Smartphone.

»Danke«, sagte er ausdruckslos.

»Und dir auch nochmals vielen Dank«, meinte Georgia. »Bitte richte doch deinen Eltern … frohe Weihnachten aus.«

Alle drei blieben einen Moment lang schweigend stehen.

»Frohe Weihnachten, Georgia«, sagte er schließlich. »Ruf an, wenn du jemanden brauchst, der dich zum Flughafen fährt.« Dann verschwand er und schloss die Tür hinter sich.

Amy blickte Georgia an, ohne etwas zu sagen. Sie hatte keine Ahnung, was sich soeben abgespielt hatte, aber wenn bei ihr zu Hause in der Carmichael Street ihre Cousins zu Besuch kamen, wurden ihre Eltern sie definitiv nicht so schnell los. Normalerweise machten sie sich erst mal eine Dose Bier auf, setzten sich vor den Fernseher und legten die Füße hoch oder warfen im Hof ein paar Körbe. Doch vielleicht war es in Großbritannien ja ein bisschen anders.

»Vielleicht solltest du ihm klarmachen, dass ich keine amerikanische Trickbetrügerin bin«, sagte sie schließlich.

»Das glaubt er nicht«, erwiderte Georgia höflich.

»Aber er fragt sich doch bestimmt, warum ein Mitglied seiner Familie zusammen mit einer Fremden nach New York reist.«

Georgia warf ihr einen freundlichen Blick zu.

»William hat ein gutes Herz«, sagte sie ruhig. »Aber ich fürchte, es mangelt ihm an gesellschaftlichen Umgangsformen, trotz der Tausende von Pfund, die seine Familie ausgegeben hat, um ihn auf die besten Schulen Englands zu schicken. Ich entschuldige mich, falls du dich seinetwegen unwohl gefühlt hast.«

»Schon gut«, gab Amy zurück und versuchte sich vorzustellen, wie sie sich fühlen würde, wenn ihr Onkel Chuck im Lotto gewinnen und dann verkünden würde, er werde mit einer zwanzigjährigen Blondine nach Europa reisen.

»So, Amy, wenn ich dir nun eine Karte des Central Park vorlege, könntest du mir dann zeigen, wo die Eislaufbahn Wollman Rink ist?«, fragte Georgia, die nun sichtlich entspannter wirkte. »Die wollte ich nämlich schon immer einmal sehen.«

Kapitel 4

22. Dezember 2012

»Es ist 14 Uhr 45 Ortszeit New York«, verkündete der Pilot. »Zurzeit herrschen kühle vier Grad, aber für morgen sind glücklicherweise einige sonnige Abschnitte vorhergesagt.«

Georgia beugte sich zum Fenster und spähte skeptisch hinaus. »Kein Schnee. Wie schade.«

»Glaub mir, Georgia, Schnee in New York ist nichts, was man sich wünschen sollte«, erwiderte Amy. »Wenn ein Schneesturm vom Battery Park hoch nach Manhattan bläst, kann es einem passieren, dass man an Ort und Stelle festfriert. Und die Schneepflüge draußen in Queens schieben drei Meter hohe Schneewehen zusammen.«

»Da magst du recht haben, meine Liebe«, sagte die alte Dame. »Ich hatte es mir nur so schön ausgemalt, mit einer leichten Schneedecke, die die Gehwege und den Park überzieht. Das muss ich in einem Gene-Kelly-Film gesehen haben.«

Sie blickte erneut aus dem Fenster, diesmal hinauf in den düsteren Himmel. Ihre von feinen Falten umgebenen Mundwinkel hingen nach unten. Vielleicht litt sie an dieser saisonalen Dingsbums-Störung, überlegte Amy – bei der die Leute depressiv wurden, weil sie kein Sonnenlicht abbekamen.

Doch andererseits lebte Georgia offenbar schon seit zwanzig Jahren in Nordlondon – da müsste sie ja das halbe Jahr über deprimiert sein. So oder so war es für Amy unvorstellbar, wie man nach acht Stunden Vorzugsbehandlung in der Ersten Klasse nicht glücklich sein konnte. Sie selbst war erst wenige Male in ihrem Leben Langstrecke geflogen und immer nur in der Holzklasse, daher hätte sie dem uniformierten Kellner in der Concorde Lounge in Heathrow am liebsten einen Kuss aufgedrückt, als er auf sie zutrat und ihr ein Glas Bollinger Rosé überreichte. In der Lounge selbst hatte es ausgesehen wie in einem Boutique-Hotel; zuerst hatte sie sich im Restaurant ein köstliches Drei-Gänge-Menü schmecken lassen und dann im Elemis Spa nebenan eine kosmetische Gesichtsbehandlung genossen – alles kostenlos. Als ihr Flug aufgerufen wurde, war sie versucht, sich in den hübschen kleinen Privat-Cabanas zu verstecken und einfach dortzubleiben – war das Besetzen von leerstehendem Eigentum eigentlich auch auf Flughäfen erlaubt? Falls ja, könnte sie gleich einziehen und müsste nie wieder in ihre Wohnung in Finsbury Park zurückkehren.

Als sie von Georgia aus der Lounge gelotst wurde, stellte sie jedoch mit Erstaunen fest, dass es in der Ersten Klasse mindestens genauso angenehm war. Während sie eine Hummersuppe, ein zartes Rinderfilet und eine cremige Pannacotta verschlang und nie Nein sagte, wenn ihr ein Glas Champagner angeboten wurde, saß Georgia die meiste Zeit über nur still da, las in einem Buch und blickte gelegentlich hinaus auf die Wolken. Amy hatte mehrmals versucht, sie in ein Gespräch zu verwickeln – sie war sich nicht sicher, ob das zu ihrem Job als »Reisebegleitung« gehörte; von einem Anhalter wurde schließlich auch erwartet, dass er sich die Fahrt verdiente, indem er den Fahrer unterhielt – doch obwohl Georgia stets höflich geblieben war, hatte sie jeden Vorstoß in diese Richtung abgewehrt, also hatte Amy sich irgendwann einfach zurückgelehnt und sich ohne schlechtes Gewissen verwöhnen lassen.

Nach der Landung waren sie die Ersten, die das Flugzeug verließen, und auch die Passkontrolle, bei der sie nur flüchtig gemustert wurden, passierten sie zügig. Amy spürte ein aufgeregtes, aber wohliges Prickeln, als sie die kalte, rauchige Luft ihrer Heimatstadt einatmete.

»Ich habe ein Taxi bestellt, das uns direkt am Flughafen abholt«, meinte Georgia, während Amy einen Gepäckwagen, beladen mit Georgias elegantem cremefarbenem Koffer, einem dazu passenden Kosmetikkoffer und ihrer eigenen Reisetasche, in Richtung Ausgang steuerte.

»Sind Sie Georgia Hamilton?«, fragte ein hochgewachsener Mann mit einer leichten Verbeugung. Er war hispanischer Abstammung und steckte in einer Chauffeursuniform. »Mein Name ist Alfonse, ich bin während Ihres Aufenthalts Ihr Fahrer.

Georgia schenkte ihm ein liebenswürdiges Lächeln. »Es freut mich sehr, Sie kennenzulernen, Alfonse. Darf ich Ihnen Amy Carrell vorstellen? Sie ist meine Reisebegleitung und gebürtige New Yorkerin.«

Alfonse wandte sich Amy mit einem breiten Lächeln zu. »Stimmt das? Na, dann herzlich willkommen zu Hause, Miss Amy. Sind wohl auf Familienbesuch, was? Das ist ja schön.«

Er führte sie zu einer schicken Mercedes-Limousine. *Das soll ein Taxi sein?*, schoss es Amy durch den Kopf, als er ihr die Tür aufhielt und sie hineinkletterte und in die weichen Ledersitze sank. Zwischen diesem Gefährt und den klapprigen Kombis ihres örtlichen Taxiunternehmens in Finsbury Park lagen Welten. Als sie losfuhren, blickte sie hinüber zu Georgia. Ihre Miene spiegelte dieselbe Gelassenheit wider, die sie auch an anderen Passagieren in der Ersten Klasse wahrgenommen hatte, eine gewisse Erwartungshaltung, die erkennen ließ, dass sie ein solches Maß an Luxus als normal voraussetzte. Vielleicht war es für sie ja auch normal. Im Grunde wusste sie immer noch sehr wenig über Georgia Hamilton, auch wenn sie an jenem regnerischen Nachmittag, gleich nachdem sie Georgias Wohnung verlassen hatte, noch einmal ihren Namen gegoogelt hatte. Viel hatte die Suchmaschine nicht ausgespuckt – Georgia hatte ihren Beruf in der Prä-Internet-Ära ausgeübt –, doch die wenigen Informationsfitzelchen, die sie hatte finden können, waren faszinierend gewesen. Die alte Dame, die ein Inserat hatte aufgeben müssen, um jemanden zu finden, der sie nach New York begleitet, war einst eine höchst erfolgreiche Geschäftsfrau gewesen. Die Bezeichnung »Verlegerlegende« schien es ganz gut zu treffen. Den Artikeln zufolge, die Amy gelesen hatte, war Georgia in den Achtziger- und Neunzigerjahren eine der einflussreichsten Größen der Branche gewesen, sie hatte zahlreiche literarische und kommerzielle Erfolge gefeiert und sowohl Kritikerlieblinge als auch populäre Bestseller verlegt. Amy hatte sogar etliche der Bücher gelesen, die in Georgias Verlag erschienen waren. Die letzte Meldung, die sie fand, handelte davon, dass sich Georgia aus dem Geschäft zurückziehen wollte, und es wurde eine erstaunliche Summe genannt, die eines der sechs großen internationalen Verlagshäuser für ihr Unternehmen bezahlt hatte. Kein Wunder, dass sie sich in dieser luxuriösen Umgebung wie zu Hause fühlte.

»Weißt du, was ich höchst merkwürdig finde?«, fragte Georgia mit Blick aus dem Fenster, als sie über den Freeway rasten. »Ich staune, wie groß die Autos hier sind. Die Schnellstraße könnte ja wirklich überall sein, aber die Autos sind unglaublich breit.«

Sie zeigte auf einen Lkw. »Auch die Laster – oder Trucks, wie ihr hier sagt – sind riesig, verglichen mit den Fahrzeugen, die man in England sieht. Aber das Land ist eben auch so weit. Vermutlich fährt deshalb jeder Auto.«

»Nicht in New York«, entgegnete Amy. »Wir sind anders.«

»Das habe ich gehört«, meinte Alfonse grinsend.

Amy blickte aus dem Fenster. Angesichts der Ironie ihrer Situation schlug ihr das Herz bis zum Hals. Denn um nach Manhattan zu gelangen, wohin sie Georgia begleiten sollte, musste man erst durch ihren eigenen Borough fahren – der Freeway verlief genau durch Queens. Sie sah Gebäude und Straßenschilder, die einen Strom von Erinnerungen wachriefen: In diesem Gebäude war ihre Cousine zum Stepptanzunterricht gegangen, dort war die Pizzeria, die ihre Nachbarschaft belieferte. Sie war fast zu Hause, aber eben doch nur fast.

»Himmel«, entfuhr es Georgia leise, als die Skyline von Manhattan plötzlich vor ihnen aufragte – eine Stadtlandschaft aus glitzernden Türmen vor einem goldenen Sonnenuntergang.

»Mhm«, bestätigte Alfonse nickend. »Ein Mordsanblick. Haut mich jedes Mal wieder um.«

»Und ich frage mich, warum ich nicht schon viel früher nach Hause geflogen bin«, seufzte Amy, die wusste, dass einen dieses Panorama unmöglich kaltlassen konnte, auch wenn man es wie sie schon viele Male gesehen hatte.

Georgia nickte nachdrücklich mit dem Kopf, doch ihre Augen wirkten melancholisch.

»So, die Herrschaften, in ein paar Minuten werde ich Sie dann auch schon am Hotel absetzen«, erklärte Alfonse, als sie in den Midtown Tunnel fuhren. Amy merkte, wie sie den Atem anhielt, als die Lichter des Tunnels an ihnen vorbeiflogen – und dann waren sie auch schon, wie durch Zauberhand, mitten im Herzen der Stadt. Durch den Tunnel hinein nach Manhattan zu fahren löste stets diesen Überraschungseffekt aus: Eben war man noch auf der Schnellstraße und eine Sekunde später befand man sich bereits inmitten von fünfzigstöckigen Hochhäusern, Feuerwehrautos und dampfenden Kanalschächten, und überall hupten und brüllten die Leute.

Das Auto bog in die breite Park Avenue ab, in deren Fahrbahnmitte über die ganze Länge hohe Weihnachtsbäume aufgereiht und in der alle Schaufenster weihnachtlich dekoriert waren, und kam dann vor einem Gebäude mit roten Markisen über den Erdgeschossfenstern zum Stehen.

»Ist das hier das Hotel?«, wunderte sich Amy, als Alfonse ihnen beim Aussteigen half. »Sieht eher aus wie eines dieser exklusiven Apartmenthäuser.«

»Das ist vermutlich Absicht, Miss«, meinte der Fahrer lächelnd. »Auf der Insel gibt es jede Menge protzige Hotels, das Plaza Athénée hingegen ist für Leute, die etwas Diskreteres und Eleganteres suchen. Elizabeth Taylor und Prinzessin Diana sind meines Wissens gern hier abgestiegen und ich bin mir sicher, dass es Ihnen ebenfalls gefallen wird.« Er reichte ihr eine Visitenkarte. »Bitte sehr. Falls Sie oder Miss Georgia etwas brauchen, können Sie mich anrufen. Tag und Nacht. Einverstanden?«

Amy nickte dankbar. »Super, danke.«

Alfonses Beschreibung hatte den Nagel auf den Kopf getroffen. Georgia war in einer Suite untergebracht, die zwar luxuriös, aber nicht übertrieben pompös war, während Amy ein wunderschönes Zimmer am Ende des Gangs bekommen hatte. Auch mit Daniel war sie schon öfter in Nobelhotels gewesen –

er bestand stets darauf, in den seiner Meinung nach »besten« Häusern abzusteigen –, in der steifen und überheblichen Atmosphäre, in der die Gäste sich in einer Art Olympiade der Humorlosigkeit gegenseitig zu übertrumpfen versuchten, hatte sie sich jedoch selten wohlgefühlt. Dieses Hotel hingegen hatte eher etwas von einem vorübergehenden Zuhause für Wohlhabende, genau wie Alfonse gesagt hatte. Und Georgia schien sich zweifellos ganz wie zu Hause zu fühlen, nachdem der Chefportier die Tür hinter ihnen geschlossen und sie allein gelassen hatte.

»Äh, was möchtest du denn jetzt machen?«, fragte Amy mit einem Seitenblick auf die Koffer, die an der Tür der Suite standen. Wurde von ihr erwartet, dass sie Georgias Gepäck auspackte? Ihre Kleider bügelte? Ihre müden Füße massierte?

»Als Erstes möchte ich, dass du dich entspannst«, bemerkte Georgia wie aufs Stichwort, als hätte sie all diese Fragen in Amys nervösem Gesichtsausdruck gelesen. »Ich habe jemanden gesucht, der mich auf meiner Reise begleitet, keine Animateurin auf einem Kreuzfahrtschiff. Ich will nicht, dass du das Gefühl hast, du müsstest mir hinterherräumen oder Aktivitäten für mich planen.«

»Verstehe. Aber was ist dann meine …«

»Deine Rolle?«

Amy zuckte mit den Schultern und wurde ein bisschen rot. »Ja, so in der Art.«

»Genau wie es in der Anzeige stand: Ich brauche eine Reisebegleitung, eine Person, die mich überallhin begleitet. Es kommt dir wahrscheinlich ein wenig seltsam vor, aber stell dir einfach vor, wir wären zwei alte Freundinnen, die Urlaub in New York machen. Was würdest du als Erstes unternehmen?«

Mich betrinken, dachte Amy, aber biss sich auf die Zunge.

»Vermutlich würde ich erst unter die Dusche springen und dann eine Pizza bestellen.«

Georgia lächelte leicht. Sie war den ganzen Tag über ziemlich reizbar und ernst gewesen, doch allmählich machte sie den Eindruck, als würde sie ein wenig auftauen.

»Ein ausgezeichneter Plan. Nur was die Pizza angeht, fällt uns bestimmt noch etwas Besseres ein. Warum richtest du dich nicht ein wenig in deinem Zimmer ein und ich versuche, uns irgendwo einen Tisch zu reservieren?«

»Irgendwo« stellte sich als ein Ort namens Ralph heraus, oder zumindest stand das auf dem goldenen Schild an der Außenwand eines Gebäudes in der 68th Street, das so klein war, dass Amy es fast übersehen hätte. Sie hatte noch nie von diesem Restaurant gehört, aber natürlich hatte die Upper East Side, selbst als sie noch in der Stadt wohnte, nicht unbedingt zu den Orten gehört, an denen sie sich regelmäßig aufhielt. Hier war der alte New Yorker Geldadel zu Hause; Wall-Street-Banker und Industrielle besaßen mehrere Millionen Dollar teure Häuserzeilen; Antiquitätengeschäfte reihten sich an Apartments, die verkniffen dreinblickenden alten Damen mit Pekinesen gehörten; und blonde Vorzeigefrauen verbrachten ihre Tage damit, von Friseurterminen zu Lunchverabredungen und von dort zum Chinesischunterricht für ihre Kinder zu hetzen. *Ein bisschen zu viel Reichtum für meinen Geschmack*, dachte Amy, die tausendmal lieber Pizza essen gegangen wäre.

»Ms Hamilton«, begrüßte sie der Maître d'hôtel, als sie das Restaurant betraten. »Willkommen im Ralph.« Er sprach es »Reyf« aus. »Darf ich Ihnen die Mäntel abnehmen?«

Amy bemühte sich, nicht eingeschüchtert zu wirken. Sie hatte Blattgold und Marmor erwartet, aber mit den gestärkten Leinentischdecken, den antiken Möbeln und der gedämpften Atmosphäre ähnelte der Ort eher dem eleganten Speisesaal einer reichen Dame, was Amys Befangenheit noch verstärkte.

Dann reichte man ihnen die Weinliste und die Speisekarte, in der alles auf Französisch stand.

Georgia holte eine Brille aus ihrer Tasche und setzte sie auf. Mit einem leisen, zustimmenden Geräusch schlug sie die Karte wieder zu und verkündete, sie werde das Lamm nehmen.

»Wo stand das doch gleich?«, fragte Amy, die lediglich die Worte *tarte tatin* erkannte, die immer freitags im Forge auf der Tafel mit den Tagesgerichten prangten.

»Soll ich übersetzen?«, fragte Georgia und blickte sie über den Rand ihrer Brille hinweg an.

»Ich nehme auch das Lamm«, erwiderte Amy, die in dieser Woche schon genügend Peinlichkeiten im Zusammenhang mit Essen erlebt hatte.

Der Sommelier trat an ihren Tisch und Amy beobachtete schweigend, wie sich Georgia mit ihm unterhielt und dabei nicht nur über verschiedene Jahrgänge, Anbauregionen und Rebsorten fachsimpelte, sondern sich ebenfalls erkundigte, welches Stück vom Lamm es geben würde und wie üppig die Sauce wäre, bevor sie sich für einen Cabernet Sauvignon aus dem Napa Valley entschied. Der Sommelier entfernte sich mit einem Lächeln, das besagte, dass sie nicht nur eine teure, sondern auch eine gute Wahl getroffen hatte.

»Du kennst dich ja wirklich aus«, meinte Amy und nippte verlegen an ihrem Wasserglas. »Französisch. Weine. Was das angeht, beschränkt sich mein Wissen auf die Szene aus *Pretty Woman*, in der der Hotelmanager Julia Roberts zeigt, wie man die Zinken der Gabel zählt.«

Georgia hob eine dünne graue Augenbraue. »Den Film

habe ich auch gesehen, aber glaub mir, da steckt weit mehr dahinter als bloßes Zinkenzählen. Im Mädchenpensionat hatten wir wochenlang Unterricht in diesen Fächern – und ich meine wirklich Unterricht.«

»Du hast ein Mädchenpensionat besucht?«, fragte Amy mit großen Augen.

»Ja.«

»In den Alpen?« Sie hatte unzählige Male *Blutsbande* gelesen, und am liebsten mochte sie die Stelle am Anfang, wo die Mädchen im Internat Schloss L'Hirondelle unherstolzierten, heiße Schokolade tranken und sich mit den jungen Prinzen anfreundeten.

»Nein, ich war in Paris«, antwortete Georgia. »Auf Madame Didiots Mädcheninternat. Damals galt es als kluge Wahl, nach Paris zu gehen, um dort den ›letzten Schliff‹ zu erhalten. Meine Mutter war zwar selbst mittellos, aber es war ein bisschen Geld für meine Ausbildung beiseitegelegt worden.«

»Wow«, staunte Amy. »Und da hast du dann alles über Wein gelernt?«

»Nicht alles, aber doch ein wenig. Eigentlich hatte ich überhaupt keine Lust, das Mädcheninternat zu besuchen, und ich war auch keine besonders gute Schülerin, wie Madame Didiot dir sicherlich bestätigen würde. Aber Wein hat mir geschmeckt. Höchstwahrscheinlich habe ich in den Achtzigern viel zu viel davon getrunken, doch das würden vermutlich die meisten Verleger in einem gewissen Alter von sich behaupten.«

Georgia hatte für sie beide bestellt, und als die Vorspeise kam, stocherte Amy gedankenverloren darin herum. »Aber wieso bist du dann auf das Mädcheninternat gegangen, obwohl du gar keine Lust hattest?«

»Weil ich musste. Weil ich wusste, ich würde danach debütieren.«

»Debütieren?«

Georgia hob die Augenbrauen. »Ich war Debütantin. Sinn und Zweck des Mädchenpensionats war es, eine junge Dame darauf vorzubereiten, in die Gesellschaft eingeführt zu werden. Sie wurde Ihrer Majestät der Queen vorgestellt, als Mädchen, das es würdig war, vor der englischen Gesellschaft zu erscheinen. Und es war nicht damit getan, einfach im Palast anzutanzen und einen Knicks zu machen, es gab eine ganze *Saison* mit Veranstaltungen, Bällen und Empfängen, wo von den vornehmen jungen Damen erwartet wurde, sich in jeder Situation untadelig zu verhalten. Und damit war vor allem gemeint, sich in Gegenwart junger Männer untadelig zu verhalten. Denn der eigentliche Zweck des Debütantinnensystems bestand natürlich darin, brave kleine Ehefrauen für die nächste Generation der Männer aus der Oberschicht heranzuziehen.«

»Und das hat Madame Didiot euch beigebracht? Wie man sich mit Männern unterhält?«, erkundigte sich Amy lächelnd. Sie wünschte, an der Kelsey High School in Queens hätte es ein solches Fach gegeben. Damals war sie nämlich so furchtbar schüchtern gewesen, dass sie rote Hektikflecken am Hals bekam, wenn gewisse Mitglieder der Football-Mannschaft sie auch nur anquatschten.

»Unter anderem«, erwiderte Georgia und trank einen Schluck von ihrem Wein. »Benehmen, Gedeckkunde, Blumen arrangieren, ein gepflegtes Erscheinungsbild, Musikverständnis, Rhetorik … die Liste war endlos. Und ich muss zugeben, dass ich mich damals dagegen aufgelehnt habe; ich sah überhaupt keinen Sinn darin, so etwas zu lernen. Aber heute? Vielleicht liegt es daran, dass ich als alte Frau, die schon vieles erlebt hat, die Welt mit anderen Augen sehe, aber inzwischen finde ich, es gibt Schlimmeres, als jungen Leuten beizubringen, wie man sich benimmt.«

»Und hast du ihn gefunden?«

»Wen?«, fragte Georgia und ließ das Messer in ihre Wachteln gleiten.

»Einen Ehemann?«

Georgia schwieg für einen Augenblick. »Ich habe tatsächlich geheiratet. Aber nicht jemanden, den ich während der Ballsaison kennengelernt habe.«

»Seid ihr immer noch zusammen?« Amy wählte ihre Worte mit Bedacht. Seit mehr als zwölf Stunden war sie Georgias ständige Begleiterin und trotzdem hatte sie bisher kaum etwas über sie herausgefunden.

»Es war eine kurze Ehe. Philip und ich haben uns vor vielen Jahren scheiden lassen, sind aber gute Freunde geblieben, bis er vor zwei Jahren verstorben ist.«

»Das tut mir leid.«

»Aber dennoch«, fuhr Georgia in einem etwas heitereren Ton fort, »habe ich in Paris und auch während der Ballsaison vieles gelernt, was mir später zugutegekommen ist, vor allem, als ich in den Siebzigerjahren Geschäftsführerin meines eigenen Unternehmens geworden bin. Damals war es eher ungewöhnlich für eine Frau, in eine derart hohe Position aufzusteigen. Ich wurde oft herablassend behandelt, ignoriert, belächelt und sogar bedroht, einzig und allein deshalb, weil ich eine Frau war. Doch dank meiner Erziehung wusste ich, dass ich in jeder Hinsicht mithalten konnte. Ich war genauso gebildet, kultiviert und kompetent wie die reichen und mächtigen Wichtigtuer, mit denen ich zu tun hatte, und wenn sie noch so selbstgefällig waren. Im Rückblick kann ich sagen, dass das Mädchenpensionat mich gut gewappnet hat.«

Noch vor zehn Minuten hätte Amy gedacht, zu lernen, wie man richtig knickst, sei ein Relikt aus der Mottenkiste, das es sich nicht zu entstauben lohnte, aber so wie Georgia es schilderte, klang es plötzlich gar nicht mehr so schlimm.

»Gibt es so was immer noch? Ich meine Mädchenpensionate?«

»Wieso, hast du vor, eines zu besuchen?«, erwiderte Georgia mit einem schmallippigen Lächeln.

»Natürlich nicht.«

»Heutzutage findet man kaum noch welche. Schon vor Jahren wurden die traditionellen Schweizer Mädcheninternate eines nach dem anderen geschlossen. Irgendwie passen sie nicht mehr so richtig in unsere heutige Zeit, findest du nicht? Heutzutage glauben die Menschen an Gleichberechtigung.«

»Du etwa nicht?«

»Ich glaube an die Meritokratie, was nicht ganz dasselbe ist. Derjenige, der am geeignetsten für eine bestimmte Position ist, sollte diese Position auch bekommen. Manche Frauen sind hervorragende Chirurginnen, Premierministerinnen und Richterinnen, andere hingegen sind eher dafür geschaffen, Ehefrauen und Mütter zu sein. Ich weiß, es mag altmodisch klingen, aber das ist eben meine Meinung.«

Amy lachte. »Ich kenne ein paar Feministinnen, die würden dunkelrot anlaufen, wenn sie das hören würden.«

»Und darin liegt die ganze Tragik. Ursprünglich ging es dem Feminismus darum, dass Frauen eine Wahl haben sollten – wenn sie beschlossen, Hirnchirurgin zu werden, sollten sie das auch werden können. Wenn sich aber eine Frau dafür entscheidet, zu Hause zu bleiben und Kinder großzuziehen – oder meinetwegen auf Cocktailpartys herumzustehen und fesselnden Small Talk zu führen –, dann sollte das ebenfalls zulässig sein, meinst du nicht? Meiner bescheidenen Meinung nach sind Feministinnen manchmal zu vorschnell in ihrem Urteil.«

Amy betrachtete Georgia etwas genauer. Sie hatte die Frau in nahezu jeder Hinsicht unterschätzt. Die Reise war mit einem Mal viel interessanter geworden als gedacht und sie merkte, dass sie am liebsten alles gewusst hätte, was auch Georgia Hamilton wusste.

»Und die Ballsaison? Ich vermute mal, die gibt es auch nicht mehr.«

»Ich war in der Tat eine der allerletzten Debütantinnen. Von Prinzessin Margaret stammte der berühmte Spruch: ›Jedes Flittchen in London wird mittlerweile zugelassen‹, und ich fürchte, das hat der Institution unter anderem den Todesstoß versetzt. Es gibt immer noch alle möglichen festlichen Bälle, die Mädchen besuchen können, wenn sie wollen. Oder, was eher der Fall ist, wenn ihre Eltern das wollen; und natürlich geht es immer noch darum, den richtigen Mann kennenzulernen. Der Debütantinnenball im Hôtel de Crillon in Paris zum Beispiel soll sehr schön sein – auch wenn heutzutage hauptsächlich Töchter von Rockstars an derartigen Veranstaltungen teilnehmen. Aber ja, es stimmt. Dass man der Queen vorgestellt wurde, dieser Brauch wurde tatsächlich 1958 abgeschafft, in dem Jahr, als ich debütierte. Wie sich herausstellen sollte, brachte das Jahr auch sonst etliche einschneidende Veränderungen mit sich«, fügte sie gedankenverloren hinzu und nippte an ihrem Sauvignon.

»Ich dachte, die Sechzigerjahre waren die Zeit, in der sich alles geändert hat. Miniröcke, die Pille …«

»Ja, das stimmt, die Sechziger waren der Beginn der sexuellen Revolution. Ich glaube, Philip Larkin hat einmal geschrieben, sie begann zwischen der Aufhebung des Verbots von *Lady Chatterley* und der ersten LP der Beatles. Aber die Gesellschaft war natürlich schon lange vorher im Umbruch. Anfang der Fünfzigerjahre hat sich ein Durchschnittsjugendlicher noch angezogen wie seine Eltern und 1958 gab es dann auf einmal Rock 'n' Roll, Teddy Boys, Rassenunruhen, Cafés – quasi die Geburtsstunde des Teenagers und mit Sicherheit das erste Mal, dass man zur Kenntnis nahm, dass Jugendliche anders sind.«

Amy fing an zu lachen, als sie an ihren Vater beim Werkeln in der Garage dachte, die alten Elvis-Songs so laut aufgedreht, dass die Werkbank wackelte. »Mein Dad sagt immer, Elvis sei schuld, dass sich die Welt verändert hat.«

Georgia verzog den Mund zu einem ironischen Lächeln. »Typisch für euch Amerikaner, ihr wollt immer für alles die Lorbeeren ernten. Aber vielleicht hast du recht. Ich glaube, wir waren damals einfach reif für einen Wandel. Alles passierte sehr schnell. 1958 gilt in der neueren Geschichtsschreibung als durchaus einschneidendes Jahr.«

»Siehst du das auch so?«

Georgia nickte und ihre Augen nahmen einen geistesabwesenden Ausdruck an. »Es war in der Tat ein Sommer, den ich nie vergessen werde«, sagte sie leise.

Kapitel 5

März 1958

»Ah, London, ich rieche es schon in der Luft, Liebes«, rief Estella Hamilton, öffnete das Fenster des Eisenbahnwaggons und schüttelte sich mit einer eleganten Handbewegung das lange, kupferfarbene Haar von den Schultern, als wäre sie eine berühmte Theaterdiva, die sich auf ihre Zugabe vorbereitete.

»Wurde auch Zeit«, murrte ihre Tochter Georgia, die nichts als graue Betonbauten, Fabriken und die Rückseite schmaler, baufälliger Reihenhäuser vorbeiziehen sah. Die Fahrt von Devon nach London war lang und eintönig gewesen und zudem hatte der Zug mehrmals aus unersichtlichen Gründen angehalten, daher brauchte sie jetzt dringend eine Zigarette. In ihrem Koffer im keine zwei Minuten entfernten Gepäckabteil besaß sie zwar noch einen ansehnlichen Vorrat an Gauloises, mit dem sie sich am Gare du Nord eingedeckt hatte, doch vermutlich würde es ihre Mutter trotz ihrer liberalen Haltung nicht verstehen, warum ihre achtzehnjährige Tochter nun unbedingt Nikotin benötigte, um ihre Nerven zu beruhigen. Genau genommen schien Estella überhaupt nichts mehr zu verstehen, wenn es um ihre Tochter ging.

»Was ist denn los?«, fragte sie und blickte argwöhnisch zu Georgia hinüber.

»Am liebsten würde ich wieder zurück nach Paris fahren«, seufzte ihre Tochter, während eine Bilderserie vor ihrem geistigen Auge vorbeizog, eine farbenprächtige Montage, die nur darauf angelegt war, sie zu quälen. Gutaussehende Männer, die in Straßencafés saßen und Gedichte schrieben, junge Mädchen in gestreiften Pullovern, die mit dem Fahrrad die Seine entlangfuhren, streng aussehende Damen mit Pelzstolen, die in den vornehmen Geschäften auf der Rue Saint-Honoré Ente und Macarons einkauften, Modeaufnahmen unter dem Eiffelturm. Die Stadt des Lichts war eine Stadt immerwährender Schönheit und Magie, und Georgia wünschte sich nichts sehnlicher, als immer noch dort zu sein.

»Und was würdest du in Paris machen?«, fragte Estella nicht unfreundlich.

»Ich will schreiben. Das weißt du doch.«

»Und wovon willst du leben, bis du etwas veröffentlicht hast?«

»Du warst doch auch in meinem Alter in Paris und bist zurechtgekommen.«

»Das ist etwas anderes. Ich habe dort als Modell gearbeitet.«

»Vielleicht könnte ich mir so auch ein bisschen Geld verdienen.« Bisher hatte sie sich nicht getraut, ihrer Mutter von ihrer Idee zu erzählen. Auch wenn Georgia die Vorstellung, stundenlang vor einem Fotografen zu posieren, langweilig und albern fand, hatte sie den Geschichten ihrer Mutter über ihre Abenteuer als junges Mädchen in Frankreich immer gern gelauscht. Als Tochter zweier Trapezkünstler hatte Estella niemals den Zwang verspürt, sich anpassen zu müssen. Zu klein – manche hätten auch gesagt zu apart – für die Modewelt, hatte sie für einige große Künstler der damaligen Zeit Modell gestanden, hatte zugesehen und beobachtet, bis sie zurück nach England gezogen war und dort selbst angefangen hatte, als Malerin und Bildhauerin zu arbeiten.

»Du willst Modell werden?«, fragte sie überrascht.

»Jeder sagt, wir würden uns sehr ähnlich sehen.«

Georgia beobachtete das Gesicht ihrer Mutter und fragte sich, ob Estella diese Bemerkung als Beleidigung auffassen würde. Obwohl sie vor drei Wochen vierzig geworden war, gab es keinen Zweifel, dass ihre Mutter noch immer wunderschön war – ihre Haare fielen in langen rotbraunen Locken ihren schmalen Rücken hinab, ihre Haut war makellos und ihre Gesichtszüge waren bewundernswert straff. Es gab durchaus Ähnlichkeiten zwischen ihnen – die strahlenden, wachen grünen Augen und der breite Mund, dessen Lippen an die Farbe von Rosenblüten erinnerte –, aber wenn die Leute sagten, sie würden aussehen wie Zwillinge, war das reine Schmeichelei.

»Du bist ein sehr hübsches Mädchen, Liebes, aber du hast nicht den richtigen Hals, um als Modell zu arbeiten.«

»Was hat denn mein Hals damit zu tun, ob ich ein gutes Modell wäre?«

Estella stand auf, setzte sich neben ihre Tochter und strich ihr über die dunkelblonden, kurzgeschnittenen Haare. »Ich weiß, dass du aufgeregt bist wegen der Ballsaison, aber du musst dich doch deswegen nicht verrückt machen«, erklärte sie mit verständnisvoller Stimme. »Die nächsten paar Monate werden dir Spaß machen. Weißt du nicht mehr? Du wolltest doch auch auf keinen Fall in das Mädchenpensionat und dann hat es dir dort so gut gefallen.«

»In Paris hat mir es gefallen, aber nicht im Internat. Blumen arrangieren und lernen, wie man eine Orange mit Messer und Gabel isst – so eine Zeitverschwendung.« Ein Windstoß blies durch das offene Fenster und ließ Georgia frösteln. »Ich weiß wirklich nicht, was in dich gefahren ist, Mutter. Diese ganze Debütantinnengeschichte passt überhaupt nicht zu dir. Du bist doch ein Freigeist, eine Bohemienne. Deshalb verstehe ich nicht, wieso du mich jetzt zu etwas zwingst, was du in meinem Alter unerträglich gefunden hättest.«

»Liebes, das haben wir doch alles bereits besprochen.«

»Und was ich dazu zu sagen habe, hat dich überhaupt nicht interessiert.«

»Doch, es hat mich interessiert. Ich verstehe, dass du Schriftstellerin werden willst. Ich verstehe, dass du in einer winzigen, bezaubernden Dachkammer in der Rive Gauche wohnen willst. Ich verstehe das alles, denn schließlich ist es mir genauso gegangen.« Sie setzte sich so hin, dass sie ihrer Tochter direkt in die Augen sehen konnte. »Ich weiß, dass ich dir ab und zu ein bisschen peinlich bin. Ich weiß, du hältst mich für eine realitätsferne Tagträumerin, aber ich bin durchaus in der Lage, praktisch zu denken. Ich möchte nicht mehr so leben. Du hast vielleicht nicht die richtige Größe oder den richtigen Hals, um als Modell zu arbeiten, aber du bist ein hübsches Mädchen. Du könntest eine gute Ehe eingehen, und glaub mir, deine Schriftstellerträume werden sich mit viel größerer Wahrscheinlichkeit erfüllen, wenn du finanziell abgesichert bist.«

Der Zug kam mit einem langgezogenen Pfeifen und einem ohrenbetäubenden Quietschen der Bremsen am Bahnhof Paddington zum Stehen. Georgia wusste, dass es zwecklos war, weiter zu streiten. Es war zwecklos, sich darüber zu beschweren, dass sie sich fühlte wie eine gemästete Kuh, die zum Markt getrieben wurde – oder sollte sie besser sagen, wie ein Lamm, das man zur Schlachtbank führte? Sie waren restlos pleite. Ihr

Schicksal war besiegelt: Sie hatte keine andere Wahl, als sich den Plänen ihrer Mutter, einen passenden Ehemann für sie zu finden, zu fügen.

Am Bahnhof spendierte Estella ihnen beiden ein Taxi und Georgia presste die Nase gegen das Fenster, während es sich durch die Straßen Londons schlängelte. Die Fahrt von Devon hatte über sechs Stunden gedauert. Inzwischen war es fast dunkel und hinter der regengesprenkelten Scheibe des Taxis zerfloss die Stadt zu einer Abfolge aus Licht und Schatten. Trotz ihrer Einwände im Zug hatte Georgia im Grunde nichts gegen London. Zwar fand sie die Stadt nicht so schön und romantisch wie Paris, das im Krieg von Luftangriffen verschont geblieben war, aber als sie den Hyde Park und das Dorchester Hotel erblickte, dessen Lichter in der Abenddämmerung funkelten, bekam sie trotz allem eine Gänsehaut.

Ihr Ziel war das stattliche weiße Wohnhaus ihrer Tante Sybil und ihres Onkels Peter in einer Häuserzeile hinter der Pimlico Road. Als das Taxi davor anhielt und der Fahrer die Koffer auslud, nahm sich Georgia für einen Augenblick Zeit, um die glatten Steintreppen und die glänzende Eingangstür zu bewundern.

Eine Haushälterin in Uniform öffnete ihnen die Tür, als hinter ihr auch schon Sybil die Treppe heruntergelaufen kam.

Georgia hatte ihre Tante seit dem letzten Sommer nicht mehr gesehen und fand, dass sie in dieser Zeit deutlich gealtert war. Sie wusste nicht genau, wie alt sie war, schätzte sie aber auf ungefähr fünfundvierzig. Allerdings sah sie mit ihrem eleganten Kleid, ihrer Perlenkette und den grauen Haaren zehn Jahre älter aus als Estella, die eine rosa Caprihose, einen Turbanhut und eine lange weiße Jacke aus Alpakawolle trug.

»Endlich«, rief Sybil und begrüßte sie mit einem flüchtigen Kuss auf die Wange. »Kommt doch herein«, fügte sie hinzu und wirbelte so schnell herum, dass der dunkelblaue, teuer aussehende Stoff ihres Kleides ein raschelndes Geräusch machte. »Peter und Clarissa sind bestimmt auch gleich da. Mrs Bryant hat Hühnchen zum Abendessen zubereitet, aber vermutlich wollt ihr erst einmal einen Tee trinken.«

Mrs Bryant, die Haushälterin, war an der Tür stehen geblieben und erbot sich, ihnen die Mäntel abzunehmen.

»Du hast ja renoviert«, meinte Estella.

Georgia sah sich im Zimmer um. Falls Sybil älter aussah, seit sie das letzte Mal in London gewesen war, so wirkte ihr Haus zweifelsohne moderner. Die klobigen Möbel und die verstaubten Antiquitäten, die gut in einen viktorianischen Salon gepasst hätten, waren allesamt verschwunden; die neuen Farbtupfer in sämtlichen Räumen entsprachen eher Estellas Einrichtungsstil.

»Ich habe erst vor kurzem den Hühnerstall auf unserem Bauernhof in genau demselben Fuchsienton gestrichen«, sagte Estella und fuhr mit dem Finger über eine Ottomane in kräftigem Rosa.

»Ach, wirklich? Das ist ja toll«, erwiderte Sybil mit einem Gesichtsausdruck, der im Widerspruch zu ihren Worten stand. Georgia hatte oft den Eindruck gehabt, dass ihre Tante und ihre Mutter keinerlei Gemeinsamkeiten hatten – Sybil kam aus einem wohlhabenden, adligen Elternhaus, während Estella einer unkonventionellen Künstlerfamilie entstammte. Dass sie sich ein so behagliches Zuhause leisten konnten, war genau genommen auch Sybils Stellung als jüngste Tochter des hochwohlgeborenen David Castlereagh zu verdanken und weniger Onkel Peters Beamtenstelle im Innenministerium.

»Ich habe einen wundervollen Innenarchitekten aufgetan, David Hicks. Jeder, der in London Rang und Namen hat, lässt sich zurzeit von ihm das Zuhause verschönern. Aber wie war denn eure Reise?«, fragte Sybil, während es im Hintergrund fünf Uhr schlug.

»Ich kann nicht behaupten, dass es mir schwergefallen ist, den Bauernhof zu verlassen«, antwortete Estella, während sie sich setzte. »Der Winter war äußerst hart dieses Jahr. Bei einem besonders schlimmen Kälteeinbruch sind fünfzehn meiner Hühner gestorben. Damit mich nicht dasselbe Schicksal ereilt, habe ich Toast mit Bratenfett gegessen, damit ich zunehme und besser vor der Kälte geschützt bin.«

»Ich weiß nicht, wie du das aushältst, so weit draußen auf dem Land zu wohnen«, sagte Sybil mit einem theatralischen Seufzer. »Du hättest schon vor Jahren zurück nach London ziehen sollen.«

Georgia musste sich beherrschen, um nicht zustimmend mit dem Kopf zu nicken. Gleich nach ihrer Rückkehr aus Paris war ihr aufgefallen, dass der kleine Landstrich in Devon, wo sie großgeworden war, erheblich an Reiz eingebüßt hatte.

»Vielleicht. Aber ich bin Künstlerin und brauche viel Platz und Licht. Der Bauernhof ist doppelt so groß wie euer Haus. Wenn wir nach London ziehen würden, könnten wir uns noch nicht mal eine Garage leisten, ganz zu schweigen von einer Wohnung mit einem Atelier und einer Töpferscheibe. Außerdem hätte James gewollt, dass wir dort wohnen bleiben.«

»James hätte gewollt, dass ihr es gemütlich habt, er hätte bestimmt nicht gewollt, dass ihr Gänseschmalz essen müsst, um euch vor Unterkühlung zu schützen.«

Die Erwähnung ihres Vaters löste in Georgia eine Welle von Emotionen aus. Er war im Krieg gestorben, als sie erst vier Jahre alt war – von Beruf Anwalt, hatte man ihn an die Front geschickt, wo er in seinem Schützenloch in der Normandie ums Leben gekommen war. Auch wenn Georgias Erinnerungen an ihn weitgehend verblasst waren, hatte Estella dafür gesorgt, dass seine Präsenz überall auf dem Bauernhof spürbar blieb. Seine Angeln standen unangetastet im Flur, überall im Haus hingen Fotos von ihm, und seine Bücher und Papiere befanden sich noch an genau derselben Stelle im Arbeitszimmer, wo er sie hingelegt hatte.

Mrs Bryant betrat das Zimmer und stellte eine weiße Teekanne aus feinem Porzellan in die Mitte des Tisches.

»Sybil, ich wollte nur noch einmal wiederholen, wie dankbar wir sind, dass du Georgia bei Hof vorstellen wirst.«

Fast hätte Georgia laut aufgeschnaubt. Nachdem Estella auf die Idee verfallen war, ihre Tochter solle an der Ballsaison teilnehmen, war Georgia zunächst erleichtert gewesen, als sie erfuhr, dass nicht jeder dazu berechtigt war. Die Vorstellung bei Hofe hatte durch jemanden zu erfolgen, der selbst Debütantin gewesen war, und üblicherweise übernahm diese Rolle die Mutter. Doch Estella hatte herausgefunden, dass es Mittel und Wege gab, diese Regel zu umgehen, und da Tante Sybil in den Dreißigerjahren selbst Debütantin gewesen war – ihr Debütantinnenfoto stand für alle sichtbar auf dem frisch lackierten Schränkchen –, wurde beschlossen, dass sie ihre Nichte vorstellen sollte, was bei Georgia zwei Wochen lang für Missstimmung gesorgt hatte.

»Keine Ursache«, erwiderte Sybil wenig überzeugend. »Auch wenn ich sagen muss, dass du relativ spät in London angekommen bist.«

»Ich weiß. Der Zug war so langsam«, antwortete Georgia und trank einen Schluck Orangensaft.

»So habe ich das nicht gemeint«, entgegnete Sybil in schärferem Ton. »Wie du sicherlich weißt, sind die Debütantinnen bereits seit Januar hier. Manche der Mütter sind sogar schon vor Weihnachten gekommen, um sich bei Mittagessen, Dinnerpartys und allen möglichen kleinen Soirees gegenseitig kennenzulernen. Die Einladungen zu den besten Veranstaltungen der Saison sind bereits vergeben worden, noch bevor ihr überhaupt gekommen seid.«

»Ich hatte zu tun«, erklärte Estella sichtlich unbeeindruckt von dem Rüffel, den sie soeben bekommen hatte. »Ich musste unter anderem eine wichtige Auftragsarbeit fertigstellen. Der Earl of St. Dartmouth hatte sich ein lebensgroßes Porträt seiner Frau gewünscht, doch die wollte leider nicht stillsitzen, daher hat es so fürchterlich lange gedauert. Außerdem ist Georgia erst vor einer Woche aus Paris zurückgekommen.«

»Ich dachte, Madame Didiots Schule endet bereits im Februar.«

»Hat sie auch«, erwiderte Georgia mürrisch.

»Aber warum bist du dann jetzt erst nach England zurückgekommen?«

Du kannst froh sein, dass ich überhaupt zurückgekommen bin, dachte Georgia und trank ihren Orangensaft in einem Zug aus.

»Wir können die verlorene Zeit doch einfach aufholen«, erklärte Estella fröhlich.

»Nicht, wenn keiner weiß, wer du bist. Ich habe gehört, dass du weder für die *Queen* noch für den *Tatler* ein Porträt eingereicht hast.«

»Mum wollte mich malen«, sagte Georgia, um ihre Mutter in Schutz zu nehmen.

Estella strich ihrer Tochter über das Haar. »Ich war der Meinung, sie würde fabelhaft aussehen in Öl gemalt. Aber dann ist uns die Zeit ein wenig davongelaufen, stimmt's? Und so wichtig ist das doch sicherlich nicht.«

»Es ist äußerst wichtig. Anhand der Porträts kann man genau sehen, welche Mädchen man im Auge behalten muss.«

Sybil schüttelte fassungslos den Kopf. »Ihr seid in keiner Weise vorbereitet. Das gilt für euch beide. In einer Woche findet bereits die offizielle Vorstellung im Palast statt und ihr seid noch nirgendwo eingeführt. Das sage ich nicht nur zum Scherz. Wenn ich Georgia bei Hof vorstellen soll, dann müssen wir das Ganze auch ernst nehmen.« Sie strahlte eine unerbittliche Strenge aus, wie sie noch nicht einmal die furchteinflößendsten Nonnen in Georgias alter Klosterschule besessen hatten.

»Ich hatte eigentlich einen Tag vor der offiziellen Vorstellung ein Gabelfrühstück geplant. Ein kleines Büfett mit Häppchen«, brachte Estella zu ihrer Verteidigung vor.

»Na, das ist doch immerhin ein Anfang. Wer kommt denn alles?«

Georgia zählte die Namen von fünf Mädchen auf, die kommen wollten. Vier von ihnen kannte sie aus dem Pensionat. Nur eine von ihnen hatte sie tatsächlich gemocht. Mit der fünften war sie durch die Verbindungen ihrer Mutter zur Kunstwelt bekannt; sie war die Tochter eines Börsenmaklers in der Londoner City, für den Estella einmal gearbeitet hatte.

»Ich kann nicht behaupten, schon einmal von ihnen gehört zu haben«, entgegnete Sybil kühl. »Soll ich nicht besser noch bei mir im Bekanntenkreis herumfragen? Ein paar Leute zusammentrommeln? Aber ich nehme an, dass du zumindest deine Garderobe bereits zusammengestellt hast.«

Sie hörten, wie die Eingangstür ins Schloss fiel, gefolgt von Schritten und Stimmen, und sofort nahm Tante Sybils Gesicht einen sanftmütigeren Ausdruck an. »Ah, da kommt Clarissa. Genau zur rechten Zeit, wo wir gerade über Mode sprechen wollten.«

Georgia stand auf und umarmte ihre Cousine.

»Wie geht es dir, George? Du hast die Haare geschnitten. Toll, ganz der Pariser Chic, was?«

»Und du siehst klasse aus«, sagte Georgia bewundernd, während sie den Blick über den dunkelblauen Bleistiftrock und den in hellem Türkis gehaltenen Pullover ihrer Cousine schweifen ließ.

»Ich arbeite doch jetzt für die *Vogue*. Zwar nur als Sekretärin, aber ich muss natürlich trotzdem einen guten Eindruck machen.«

»Clarissa, hast du eigentlich diese Liste wiedergefunden, die wir damals für deine Debütantinnensaison benutzt haben?«

»Ja, habe ich. Ich habe Estella vor ein paar Wochen eine Kopie davon zugeschickt.«

Georgia drehte sich zu ihrer Mutter, deren Gesicht Ahnungslosigkeit widerspiegelte.

»Die Post ist ziemlich unzuverlässig in unserer Gegend«, meinte sie schulterzuckend.

»Ich glaube nicht, dass ich sie weggeworfen habe«, meinte Clarissa hilfsbereit. »Ich sehe mal nach, ob ich sie finden kann.«

Ein paar Minuten später kam sie zurück und reichte Sybil ein hellblaues Blatt Papier, das diese sogleich laut vorlas.

»›Cocktailkleider – vier. Abendkleider – sechs. Drei dunkle, zwei helle, ein weißes für den Queen Charlotte's Ball. Kleid für den Palast – zartblaue Seide. Kleider für Ascot – zwei. Schuhe – sieben Paar. Handschuhe – diverse. Nylonstrumpfhosen – zwei Dutzend. Abendstolen – zwei, möglichst aus Kaschmir. Anzüge – einer. Handtaschen – sechs. Hüte – vier.‹ Mir fällt auf, dass wir Mieder und Parfüm gar nicht aufgeführt haben. Auch wenn man die Unterwäsche natürlich nicht sieht, halte ich Dessous für außerordentlich wichtig, damit sich ein

Mädchen als etwas ganz Besonderes fühlt, habe ich recht?« Sie sah hoch und musterte Georgia mit strengem Blick. »Ich gehe davon aus, dass du dich um all diese Sachen bereits gekümmert hast.«

Georgia lächelte matt, als sie an den Inhalt ihres Koffers dachte. Er war zur Hälfte gefüllt, und zwar ausschließlich mit Sachen, die sie in Paris getragen hatte – Jeans, gestreifte Oberteile und schwarze Rollkragenpullover. Dann gab es noch eine Jodhpurhose und ein paar alte Kaschmirpullover ihres Vaters, die die Motten verschont hatten, mehrere Pluderhosen, eine Bauernbluse, die ihre Mutter aus ihrer Zeit in der Provence aufbewahrt hatte, sowie einige Hauskleider, die sie im Laden der Heilsarmee in Totnes entdeckt hatten und von denen eines sogar zusammen mit einem passenden Ofenhandschuh verkauft worden war. Allerdings konnte sie sich nicht entsinnen, dass sich darin etwas so Elegantes wie ein Ascot- oder ein Cocktailkleid befunden hätte.

»Wir müssen auf jeden Fall einkaufen gehen«, erklärte Estella bestimmt.

»Das können wir uns doch alles gar nicht leisten«, entfuhr es Georgia entgeistert.

»Dann müssen wir eben improvisieren«, meinte Estella, als ihr Blick auf den eleganten, moosgrün gemusterten Stoff fiel, der den Tisch bedeckte.

Jetzt war es an Sybil, entsetzt dreinzublicken. »Ich bitte dich, Estella. Auch wenn du noch so geschickt mit Nadel und Faden umgehen kannst, kann Georgia in Ascot unmöglich in einer Tischdecke aufkreuzen.«

In dem Moment kam Peter Hamilton herein. Er trug noch seinen Mantel, hatte eine Pfeife im Mund und eine Ausgabe der *Racing Post* unter den Arm geklemmt. Trotz seiner knapp fünfzig Jahre war er nach wie vor ein gutaussehender Mann, und wenn Georgia die Augen zusammenkniff, erinnerte er sie ganz leicht an ihren Vater, wie sie ihn von Fotografien her kannte.

»Hallo, wen haben wir denn da? Meine Lieblingsnichte! Wie geht es denn meiner Kleinen?«, rief er und fuhr ihr über die Haare. »Was redet ihr da von Tischdecken und Ascot? Ich darf mich doch an eurem Gespräch beteiligen, oder bin ich aufgrund meines Geschlechts ausgeschlossen?«

»Georgia fehlt es an der richtigen Ausstattung für die Ballsaison«, erklärte Sybil in giftigem Ton.

»Clarissa, hast du denn nichts, was sie sich borgen könnte?«, wandte sich Peter fragend an seine Tochter. »Dein ganzer Schrank hängt voller Taftkleider und du ziehst in letzter Zeit doch ohnehin nur diese engen Röcke an.«

»Das sind aber doch ganz besondere Kleider, Peter«, widersprach Sybil.

»Unsinn. Ich habe fünfhundert Pfund dafür hingeblättert und habe sie seither nie wieder an ihr gesehen. So besonders können sie nicht sein. Clarissa, nimm Georgia mit nach oben und frag sie, ob sie sich etwas von deinen Sachen borgen möchte.«

»Peter ...«

Georgia sah, wie Mutter und Tochter einen erschrockenen Blick austauschten.

»Schon in Ordnung«, sagte Clarissa mit mehr Wohlwollen als ihre Mutter. »Komm, George, wir gehen mal nachschauen. Dann kannst du mir auch alles über Paris erzählen.«

Clarissas Zimmer befand sich im obersten Stock. Ihr Bruder Richard war immer noch Internatsschüler in Eton, daher hatte sie die ganze Etage für sich allein.

»Willst du eine rauchen?«, fragte sie, öffnete das Fenster und fischte eine Schachtel Sobranie aus ihrer Tasche. »Daddy meinte, ihr werdet gar nicht bei uns wohnen«, sagte sie dann, während sie sich aufs Bett setzte.

Georgia schüttelte den Kopf. »Stimmt. Dein Vater hat eine Wohnung für uns in Chelsea gefunden. Anscheinend gehört sie einem Freund von ihm, der Journalist ist und sich gerade in Kairo aufhält. Vermutlich ahnt er, dass Estella und Sybil es keine Woche zusammen unter einem Dach aushalten würden.«

»Chelsea. Klingt nach einer Menge Spaß«, grinste ihre Cousine vielsagend. »Es gibt ein tolles Café da, das muss ich dir unbedingt mal zeigen. Und jede Menge schnuckeliger Soldaten aus der Kaserne.«

»Und wie ist es so bei der *Vogue?*«

Die beiden Mädchen waren früher eng befreundet gewesen. Peter hatte darauf bestanden, dass Clarissa und Richard ihre Sommerferien in Devon verbrachten, doch diese Tradition war im Jahr vor Clarissas eigener Ballsaison zwei Jahre zuvor zu Ende gegangen. Auch wenn sie sich hin und wieder Briefe schrieben, wusste Georgia mittlerweile so gut wie nichts über das Leben ihrer Cousine.

»Es ist klasse. So habe ich immer eine Ausrede, neue Kleider zu kaufen, ohne dass mein Dad sich beschwert.«

»Dann zeig doch mal, was du alles hast. Ich habe ja fast einen Herzinfarkt bekommen, als deine Mutter diese Liste vorgelesen hat. Mit einem Hauskleid und türkischen Pantoffeln brauche ich im Buckingham Palace wohl nicht anzutanzen.«

Clarissa lachte und zündete sich ihre Zigarette an. »Schade, dass du in Paris nichts kaufen konntest. Ich würde so gern mal in der Rue Saint-Honoré bummeln gehen. Dior ist ein Genie. Ich habe geweint, als er gestorben ist.«

»Wie soll ich mir denn bitte schön Kleider von Dior zulegen, Issa? Als ich noch auf Madame Didiots Internat war, konnte ich mir kaum eine Tasse Kaffee leisten.«

Clarissa deutete mit dem Kopf in Richtung der großen Schränke, die beide Nischen des Zimmers ausfüllten. »Na, dann los, bedien dich. Du kannst alles haben bis auf das Kleid, das ich anhatte, als ich der Queen vorgestellt wurde.«

»Warum? Bewahrst du es für deinen Hochzeitstag auf?«

»Wohl kaum«, antwortete Clarissa und nahm einen tiefen Zug von ihrer Zigarette.

Als Georgia den Kleiderschrank aufmachte, blieb ihr fast die Luft weg. Er schien schier zu platzen vor lauter Schuhen, Mänteln und Abendkleidern. Sie öffnete eine riesige Hutschachtel und zog einen Ballen Seidenpapier heraus, das bereits etwas vergilbt aussah.

»Bist du wirklich sicher, dass du meine Kleider borgen willst, George? Ehrlich gesagt sind sie schon etwas aus der Mode. Mittlerweile ist doch die ovale Silhouette der letzte Schrei.«

»Unsinn – die sind wunderschön.« Georgia ließ ihre Hand über die Satin- und Tüllstoffe gleiten. »Das hier ist ja famos«, rief sie und zog ein Kleid mit ausgestelltem Rock in dunklem Jadegrün heraus. »Die Farbe sieht aus wie der Schwanz einer Meerjungfrau.«

»Das habe ich bei Fiona Meadows Cocktailparty im Claridge's getragen«, erklärte Clarissa und legte ihre Zigarette vorsichtig auf einem Aschenbecher ab, den sie unter dem Bett hervorgezogen hatte.

»Zieh es doch mal an.«

»Sei nicht albern.« Doch mehr Ermunterung brauchte Clarissa nicht; schon hatte sie sich bis auf ihren BH und die Unterhose ausgezogen und schlüpfte in das Kleid.

»Du siehst bildhübsch aus.«

»Genützt hat es mir wenig«, meinte Clarissa und ließ sich auf den Boden sinken. Die vielen Meter Stoff breiteten sich über den Teppich aus wie eine karibische Lagune.

»Apropos, wie steht's in Sachen Liebe?«, fragte Georgia, setzte sich neben sie auf den Boden und angelte sich eine Zigarette aus der Packung auf dem Bett.

»Ein äußerst gutaussehender Soldat aus dem Regiment der Coldstream Guards hat mich neulich um eine Verabredung gebeten.«

»Und gehst du hin?«

»Natürlich.«

Die beiden Mädchen kicherten.

»Und du? Freust du dich? Auf die Ballsaison, meine ich.«

»Nein. Hat es dir damals Spaß gemacht?« Georgia drehte sich weg und formte mit dem Mund einen Rauchring.

»Ja, es war eine schöne Zeit. Aber mach nicht denselben Fehler, den ich begangen habe.«

»Und der wäre?«

Clarissas Gesicht verdüsterte sich und nahm einen ernsten, lebenserfahrenen Ausdruck an. »Die Ballsaison ist nicht dazu da, dass man sich amüsiert, George. Es geht nicht um Partys, Kleider oder Tischmanieren. Es ist ein Wettkampf, das darfst du nie vergessen.«

Georgia prustete laut los. »Ein Wettkampf? Und was ist bitte schön der Preis?«

»Der beste Mann«, entgegnete Clarissa unverblümt. »Die guten werden ruck, zuck weggeschnappt. Anscheinend hat der Duke of Kent schon eine Freundin, was natürlich ziemlich ärgerlich ist. Und halte dich unbedingt von der Cirencester-Clique fern. Denk dran, du musst dir deine Stellung und deinen Status hart erkämpfen«, fuhr sie fort, ihre Rolle als Erfahrenere der beiden sichtlich genießend, auch wenn ihre

Ratschläge auf taube Ohren stießen. »Oder glaubst du etwa, dass man rein zufällig für den Queen Charlotte's Ball oder die Berkeley-Modenschau ausgewählt oder zur Debütantin des Jahres gekrönt wird? Du musst auch die Mütter im Auge behalten – die sind oft die Schlimmsten. Mach dir keine Illusionen, das ist nicht die feine Gesellschaft, das ist ein Dschungel in Tüll. Und glaub mir, der Konkurrenzkampf wird dieses Jahr besonders hart, weil die Queen vorhat, den Hofknicks abzuschaffen. Hast du die Porträts im *Tatler* gesehen? Da sind ein paar richtige Schönheiten dabei.«

Georgia lachte. »Clarissa, ich will nicht Debütantin des Jahres werden – ich bin noch nicht mal besonders scharf darauf, überhaupt zu debütieren.«

»Tja, du stehst kurz davor, der Queen vorgestellt zu werden. Ein bisschen spät, um einen Rückzieher zu machen, meinst du nicht? Warst du bei Madame Vacani?«

»Wer soll denn das sein?«

»Eine alte Dame, die in Kensington wohnt. Eine ehemalige Tänzerin – anscheinend hat *sie* der Queen und Prinzessin Margaret beigebracht, wie man Foxtrott tanzt. Außerdem ist sie die Königin des Knicksens. Jeder, der Rang und Namen hat, lässt sich von ihr unterrichten. Sie hat schon vor dem Ersten Weltkrieg Leuten gezeigt, wie man richtig knickst.«

»Mir noch nicht.«

»Aber wie willst du dann einen richtigen Knicks machen?«

»Du meinst, es gibt eine richtige Technik?« Georgia erinnerte sich dunkel an eine Unterrichtsstunde im Knicksen während ihrer Zeit bei Madame Didiot, aber offensichtlich hatte sie damals nicht richtig aufgepasst.

»Für solche Fragen ist es eigentlich längst zu spät, George.«

Clarissa drückte ihre Zigarette aus. »Dann muss ich es dir wohl beibringen. Steh auf«, befahl sie seufzend. »Es gibt zwei Arten des Knicksens. Der eine Knicks ist sehr förmlich, der andere ist weniger formell. Wenn du der Königin vorgestellt wirst, musst du den tiefen Hofknicks machen. Einen Fuß hinter den anderen, Gewicht auf den rechten Fuß und dann in die Knie.«

Sie führte die Bewegung formvollendet vor und Georgia, die Zigarette lässig im Mundwinkel, machte es ihr nach.

»So doch nicht«, schimpfte Clarissa. »Brust raus, wie Madame Vacani zu sagen pflegte.«

»Das ist doch albern«, rief Georgia und ließ sich lachend auf den Boden fallen. »Ich hole uns mal was zu trinken. Vielleicht schenkt uns Tante Sybil ja in Anbetracht der Umstände einen Schnaps aus.«

Unten in der Küche unterhielten sich ihre Mutter und Mrs Bryant über die Zubereitung von Aspik. Sie unterbrach die beiden kurz und fragte die Haushälterin, ob sie zwei Gläser Limonade haben dürfte. Auf dem Weg nach oben hörte sie die Stimmen von Tante Sybil und Onkel Peter im Wohnzimmer. Sie spitzte automatisch die Ohren, umso mehr, nachdem sie ihren Namen gehört hatte.

»Dann bezahle ich ihr eben einen Ball«, sagte Peter. Es war ihm anzuhören, dass er sich beherrschen musste, um nicht laut zu werden. »Er könnte doch bei uns im Garten stattfinden.«

»Ich werde nicht erlauben, dass fünfzig oder sechzig junge Leute durch unser Haus stolzieren, nur weil du Mitleid mit der Tochter deines Bruders hast«, entgegnete Sybil. »Niemand zwingt sie dazu, die Ballsaison mitzumachen. Wenn sie es sich nicht leisten können, sollen sie es eben bleiben lassen. Wo soll das nur hinführen, frage ich dich. Jetzt haben wir schon

Chruschtschow im Kreml sitzen und Estella ist auf einmal um sozialen Aufstieg bemüht.«

»Ich bin es James schuldig. Und seinem Andenken. Ich fühle mich verpflichtet, ihr zu helfen. Und außerdem möchte doch jedes Mädchen einmal im Leben Debütantin sein und sich wie eine Prinzessin fühlen. Ich werde jedenfalls alles tun, um sie zu unterstützen.«

Als Georgia mit den Limonadengläsern in der Hand die Treppe hinauflief, wusste sie nicht, ob sie lachen oder weinen sollte.

Kapitel 6

Georgia fühlte sich nicht anders als vor ihrer Präsentation bei Hof. Natürlich hatte sie nicht erwartet, dass es ein einschneidendes Erlebnis werden würde – keineswegs vergleichbar mit dem Verlust der Jungfräulichkeit, wenn man den getuschelten Gerüchten an der Klosterschule Glauben schenken konnte. Doch sie hätte gedacht, dass sie sich zumindest ein bisschen erwachsener und weltgewandter fühlen würde.

Trotzdem war es ein schöner Tag gewesen. Man hatte zwar die ganze Zeit warten müssen – erst in der langen Reihe von Autos, die entlang der Prachtstraße The Mall vor dem Buckingham Palace Schlange standen, dann auf den winzigen filigranen Stühlen, bevor man an der Reihe war, vor der Queen zu knicksen. Insgeheim jedoch war es ziemlich aufregend und unglaublich glamourös gewesen. Auch wenn sie sich anfangs gesträubt hatte, an der Ballsaison teilzunehmen, hatte sie sich doch schnell von der Euphorie der anderen Debütantinnen anstecken lassen. Ihr hellblaues Seidenkleid, in der Farbe eines Sommerhimmels in Devon, hatte ihr gut gestanden, wie sie fand. Es war ein Geschenk von Onkel Peter gewesen. Prince Philip, der während der Zeremonie neben der Queen gesessen hatte, war in natura atemberaubend attraktiv gewesen – Gott sei Dank hatte sie zuerst vor der Queen und dann vor ihm knicksen müssen, andernfalls wäre sie vermutlich zu abgelenkt gewesen, um den Knicks erfolgreich zustande zu bringen. Außerdem war es faszinierend gewesen, den Buckingham Palace auch einmal von innen zu sehen – sie hatten die verschiedenen Salons besichtigt, den Korridor und die große, von königlichen Leibgardisten gesäumte Prachttreppe und anschließend das Herzstück, das Thronzimmer, bevor sie sich in einen der Speisesalons begeben hatten, wo Tee und Schokoladenkuchen serviert wurden.

Als sie jedoch vor dem großen weißen Haus zum Stehen kam, das den Eaton Square säumte, spürte sie, wie ihre Begeisterung für die Saison schlagartig nachließ. *Wie kann irgendjemand an so einem Ort leben?*, dachte sie und blickte erst auf die Einladung aus weißem Pergamentpapier und dann auf das imposante Gebäude vor ihr.

»Wusste gar nicht, dass hier ein Hotel steht«, wunderte sich der Taxifahrer, als hätte er ihre Gedanken gelesen.

»Das ist kein Hotel«, erwiderte sie und suchte in ihrer kleinen Handtasche nach einem Zehn-Shilling-Schein, einer von hundert druckfrischen Banknoten, die Onkel Peter ihr in einem Umschlag überreicht hatte, damit sie die Kosten für die Ballsaison bestreiten konnte.

»Wer wohnt denn hier – Verwandte der Queen?«

»Sie sind im Kühlschrankgeschäft«, erklärte Georgia; das war alles, was ihr Tante Sybil über die Familie erzählt hatte. »Damit verdienen sie ihr Geld.«

Der Taxifahrer schüttelte noch beim Davonfahren ungläubig den Kopf. Bald waren seine Rücklichter in der Dunkelheit verschwunden und Georgia blieb allein auf dem Gehsteig zurück. Sie atmete tief ein, um ihre Nervosität zu bekämpfen.

Da es in diesem Jahr derart viele Debütantinnen gab, waren drei Vorstellungsrunden bei Hof nötig gewesen, die letzte hatte vor zwei Tagen stattgefunden. Allerdings läuteten sie nicht den Abschluss, sondern den Beginn der Saison ein, was sich auch daran zeigte, dass in ganz London auf einmal eine aufgeregte Partystimmung in der Luft lag.

Aus dem großen Haus drang Musik nach draußen und eine Gruppe junger Männer im Frack näherte sich von der südwestlichen Ecke des Platzes wie eine winzige Pinguinkolonie.

Georgia fühlte sich eingeschüchtert. Herrschaftliche Häuser und wunderschöne Abendkleider wie das, das sie heute Abend trug – Estella hatte eines von Clarissas Leinenkleidern mit einem Meter Seide kunstvoll umnäht und eigenhändig bemalt –, waren eine fremde Welt für sie. Sie fühlte sich zu klein darin, auch wenn das Kleid eigens geändert worden war, damit es ihr wie angegossen passte.

Mit Ausnahme der seltenen Abstecher nach London, wo sie Peter, Sybil, ihren Cousin und ihre Cousine besucht hatte, war Georgia mit dem Lebensstil der Wohlhabenden kaum vertraut. Ihre Klosterschule war bodenständig gewesen – ganz darauf ausgerichtet, die Töchter von Bauern, Geschäftsleuten und Anwälten aus der Gegend zu unterrichten; und auch ihr Mädchenpensionat galt, wie Sybil betont hatte, nicht als Eliteschule – kein Vergleich mit dem Institut Le Mesnil in der Schweiz.

Trotzdem hatte Madame Didiot ihre Mädchen natürlich darauf vorbereitet, auf die Saison und die Gesellschaft losgelassen zu werden. Sie hatte ihnen beigebracht, was sie zu beachten und zu unterlassen hatten, wenn sie während der königlichen Regatta in Henley die exklusive Tribüne Stewards' Enclosure betraten oder in der königlichen Tribüne in Ascot zu Gast waren. Und sie hatte ihnen eingeschärft, in jeder Situation Selbstbewusstsein an den Tag zu legen. Georgia konnte noch jetzt hören, wie sie ihnen mit ihrem starken Akzent einbläute: »Selbstvertrauen macht selbst gewöhnliche Menschen attraktiv. Steht aufrecht, zappelt nicht herum, seid interessiert, seid interessant, und wenn ihr nichts zu sagen habt, stellt eine Frage.«

Doch als sie sich dem Haus näherte, halfen ihr auch Madame Didiots Worte nicht weiter. Sie fühlte sich jämmerlich und verloren, ganz anders als während des Gabelfrühstücks, das ihre Mutter für sie organisiert hatte und das dank der Bewirtungskünste von Mrs Bryant ein Überraschungserfolg geworden war. Allerdings war sie dabei auch von Leuten umgeben gewesen, die sie kannte: von ihrer Mutter und ihrer Tante sowie einigen wenigen Freundinnen aus Madame Didiots Mädchenpensionat.

»Ich schaffe das«, machte sie sich Mut, ging tief Luft holend auf dem schwarz und weiß gepflasterten Weg weiter bis zum Haus und trat widerstrebend ein.

Nach der Kälte draußen empfand sie die Luft im Inneren als warm und drückend. Es war erst Viertel nach sieben, doch im Erdgeschoss drängten sich bereits die Gäste. Die Cocktailparty war Stadtgespräch gewesen – nicht nur, weil sie so bald nach der offiziellen Vorstellung bei Hof stattfand, sondern auch, weil die Familie von Emily Nightingale so unglaublich reich war.

Während sie sich umsah und nach einem bekannten Gesicht Ausschau hielt, wünschte sich Georgia, sie wäre während ihres Gabelfrühstücks und auch im Palast ein wenig kontaktfreudiger gewesen. Hier in Astley House waren mindestens zweihundert Leute versammelt und sie kannte keine Menschenseele.

Den Gesprächsfetzen nach zu urteilen, die sie aufschnappte, als sie sich durch die Menge schlängelte, schien es den meisten Debütantinnen ähnlich zu gehen. Doch offenbar spielte dies keine Rolle, da die Mehrzahl der Gäste von vornherein viele Gemeinsamkeiten hatten – Internate, Ponyclubs oder Freunde der Familie. Georgia hingegen zog ernsthaft in Zweifel, ob es außer ihr irgendjemanden gab, der die Sacred Hearts Convent School for Girls in South Hams besucht hatte.

Sie ließ sich von einem Kellner ein Glas Bowle reichen, zog sich in eine Ecke zurück und beschloss, die Gastgeberin ausfindig zu machen, sich bei ihr für die Einladung zu bedanken und anschließend zu verschwinden. Wenn sie noch ein paar Abstecher aufs Klo und ein kurzes Herumstehen vor den Kanapees einkalkulierte, würde sie ihre Anwesenheit vermutlich ohne allzu große Umstände auf dreißig Minuten ausdehnen können, überlegte sie.

»Deinen Zukünftigen wirst du nie im Leben auf der Toilette finden. Ich meine natürlich auf dem Klo«, hörte sie eine Stimme neben sich sagen, als hätte jemand ihre Gedanken gelesen.

Als sie sich umwandte, sah sie eine hübsche Blondine vor sich, deren Haar zu einem hohen Chignon geschlungen war und deren üppige Brüste aus ihrem Kleid hervorzuquellen schienen wie Partyballons.

»Es heißt doch Klo, oder?«, fügte das Mädchen stirnrunzelnd hinzu. »Nicht Toilette. Ich kann mir nie merken, was U und was Nicht-U ist.«

»Nicht-U?«, fragte Georgia, froh, eine Gesprächspartnerin gefunden zu haben.

»Upperclass und Nicht-Upperclass«, flüsterte diese. »In meiner Handtasche habe ich eine ellenlange Liste mit Wörtern, die ich mir notiert habe. Man sagt *Sofa*, nicht *Kanapee*, es heißt *sterben* und nicht *verscheiden*, und wenn man etwas nicht verstanden hat, sagt man nicht *Pardon*, sondern *was* – auch wenn ich finde, dass das furchtbar unhöflich klingt.«

»Tja, also ich benutze jedenfalls immer ›Klo‹. Was bin ich dann?«

»Upperclass natürlich. Übrigens finde ich dein Kleid wunderschön. Darf man fragen, von wem das ist?«

»Es ist meins«, gab Georgia zurück und merkte, wie sie rot wurde. Das Letzte, was sie gegenüber diesem bis in die Haarspitzen herausgeputzten Mädchen zugeben wollte, war, dass sie sich ihr Cocktailkleid hatte borgen müssen.

»Ich meinte, von wem es ist. Von welchem Modeschöpfer?«

Georgia sah an sich herunter und fuhr verlegen mit der Hand über das Leinenkleid. Sie war zugegebenermaßen begeistert gewesen, als Estella es ihr präsentiert hatte. Ihre Mutter hatte sich ein hellrosa Kleid von Clarissa geborgt, ein paar Änderungen an der Brustpartie und an den Ärmeln vorgenommen und dann, da sie fand, dass der Stoff eine wunderbare Leinwand abgab, den Saum ringsherum mit Pfingstrosen bemalt.

»Es ist eine Einzelanfertigung«, antwortete sie schließlich in sich hineinlächelnd.

»Sieht klasse aus«, meinte das blonde Mädchen anerkennend. »Als es hieß, ich würde zu den letzten Debütantinnen gehören, die der Queen vorgestellt werden, hat mich meine Mum direkt aus der Schule genommen und ist mit mir nach Paris gefahren. Mein Dad ist ein gewiefter Geschäftsmann und er hat gesagt, von nichts kommt nichts, also haben wir ordentlich investiert und die beste Garderobe angeschafft, die wir kriegen konnten.«

»Du wurdest aus der Schule genommen, um in Paris *einkaufen* zu gehen?« Georgia wusste nicht, ob sie darüber entsetzt oder abgrundtief neidisch sein sollte.

»Ja, meine Eltern wollten unbedingt, dass ich an der Saison teilnehme. Leider musste dann alles ziemlich schnell gehen. Gott sei Dank hatte meine Mutter schon vorher jemanden gefunden, der mich bei Hof vorstellt.«

»Wie, jemanden gefunden?«

»Wir haben jemanden bezahlt, damit ich bei Hof eingeführt werden kann«, sagte sie vertrauensselig. »Irgendeine alte Schachtel, die mit ihrer aristokratischen Herkunft ordentlich Kohle macht.«

»Damit würde ich aber nicht hausieren gehen. Manche der Leute hier sind ziemliche Snobs.«

»Aber du nicht. Das weiß ich.« Das Mädchen streckte Georgia die Hand entgegen. »Sally Daly, aus Birmingham. Erstaunlich, wie viele Leute heute Abend hier sind, wenn man es recht bedenkt.«

»Wenn man was bedenkt?«

»Wenn man bedenkt, dass nicht jede, die vor der Queen geknickst hat, in London bleibt und die Saison mitmacht. Die meisten tun das nämlich nicht.«

Georgia sah sie ungläubig an und fühlte sich mit einem Mal von Estella und Sybil hinters Licht geführt. »Ich wünschte, das hätte man mir vorher gesagt.«

»Wieso, willst du dir etwa die ganzen Partys entgehen lassen?«, fragte Sally, nun ihrerseits verblüfft. Dann wollte sie in etwas fröhlicherem Ton wissen: »Wo findet denn dein Ball statt?«

»Ich werde wohl gar keinen haben.«

»Ach so«, erwiderte ihre neue Freundin mit einer Spur von Mitgefühl in der Stimme. »Aber dann musst du unbedingt zu meinem kommen. Wir werden uns bestimmt ganz toll amüsieren, obwohl ich keine Ahnung habe, wie ich mit alldem hier mithalten soll. Dad wird völlig aus dem Häuschen sein, wenn er mich nachher abholt – bestimmt besteht er darauf, heimlich herumzuschnüffeln.«

»Er ist wohl ziemlich ehrgeizig, oder?«, fragte Georgia lachend.

»Für meinen Dad ist das Leben ein einziger Wettkampf.« Sally grinste zurück. »Aber ich kann mich nicht beschweren. Immerhin komme ich auf diese Weise zu Haute Couture.«

»Wirklich? Du trägst Haute Couture?« Als Georgia genauer hinsah, wurde ihr bewusst, dass Sallys Kleid von erlesener Qualität war – es war aus einem steifen, perlmuttfarben schimmernden Stoff geschneidert, mit Straußenfedern verziert und hob sich dadurch dezent, aber doch spürbar von den Kleidern der anderen Mädchen ab.

»Ich habe fünf davon«, erklärte Sally beiläufig und kippte ihre Bowle hinunter. »Aber sollen wir nicht langsam loslegen mit unserer Jagd auf die begehrten Junggesellen? Meine Mutter hat eine Liste mit den besten Partien erstellt, nach denen ich Ausschau halten soll. Die sogenannten Debütantinnenlieblinge.«

»Debütantinnenlieblinge?«

Sally lachte. »Na, die Männer«, meinte sie. »Bist du wirklich so unbedarft? Dann schau dich nur um, denn einer von denen wird dein zukünftiger Ehemann werden.«

»Sicher nicht«, schnaubte Georgia verächtlich.

»Aber wieso bist du dann hier?«

»Ich bitte dich, Sally. Du willst mir doch nicht ernsthaft erzählen, dass dir das Spaß macht. Auf Partys rennen, herumstehen und beten, dass einen jemand zum Tanzen auffordert, hoffen und träumen, dass sich daraus etwas Ernstes entwickelt. Hast du nicht die ganzen Elternpaare gesehen, die bei unserer Vorstellung steif herumstanden und sich kaum noch etwas zu sagen hatten? Vermutlich waren sie auch mal eigenständige Persönlichkeiten, aber damit war es nach der Trauung schnell vorbei. Warum sollen wir denn jetzt schon ans Heiraten denken? Unser ganzes Leben liegt doch noch vor uns. Oder willst du wirklich, dass man dir die Flügel stutzt, noch bevor du je geflogen bist?«

»Doch, ich will mich verloben. So schnell wie möglich«, sagte Sally erstaunt. »Vielleicht stimmt es ja, dass man erst ein bisschen leben sollte, bevor man heiratet. Aber ich glaube, dass man erst anfängt zu leben, wenn man seine bessere Hälfte gefunden hat, mit der man gemeinsam durchs Leben gehen will.«

Georgia ließ sich die Philosophie ihrer neuen Freundin durch den Kopf gehen und fragte sich, ob sie möglicherweise recht hatte. Von einem Silbertablett, das an ihr vorbeigetragen wurde, nahm sie sich ein Krabbenpastetchen und entspannte sich ein wenig. Es war offensichtlich, dass Sally nach einer Spielgefährtin für ihre Männerjagd suchte, und außerdem könnte sie sich damit ein wenig die Zeit vertreiben, bis sie sich, ohne unhöflich zu wirken, aus dem Staub machen konnte.

Sally zeigte ihr drei Stephens, ein halbes Dutzend Davids und einen Malcom, der anscheinend eine gute Partie war, auch wenn er im Ruf stand, ein ziemlicher Schwerenöter zu sein. Angeblich wurden Männer wie er in Debütantinnenkreisen als »nicht vertrauenswürdig in Taxis« bezeichnet.

»Das da ist Charles Darlington-Smith«, meinte Sally und zeigte auf einen vornehmen Rotschopf, der alle Umstehenden überragte. »Kommt aus einer guten Familie, ist attraktiv, aber anscheinend ist das hier so ungefähr seine zehnte Saison, und da fragt man sich natürlich schon, was mit ihm nicht stimmt.«

»Das heißt, die Debütantinnenlieblinge sind immer etwas älter als wir?«, fragte Georgia, während sie ihren Blick weiter durch den Raum schweifen ließ.

»Normalerweise schon«, bestätigte Sally. »Und das ist

auch gut so, ich will nämlich einen Mann und keinen kleinen Jungen.«

Inmitten der Menge stach Georgia auf einmal ein dunkelhaariger junger Mann mit aufrechter Haltung ins Auge, der etwas abseits von den übrigen Gästen stand und die Party genauso wenig zu genießen schien wie sie. »Gut gesehen«, lobte Sally und versetzte ihr einen Knuff. »Das ist Edward Carlyle. Sehr reich. Die Familie besitzt eine *eigene* Bank. Wahrscheinlich tut er deswegen immer so vornehm. Aber anscheinend hat er gute Manieren. SVITVS.«

»Was soll denn das heißen?«, wollte Georgia wissen und warf Edward Carlyle einen neugierigen Blick zu.

»Noch mehr Geheimsprache«, kicherte Sally. »Sehr vertrauenswürdig in Taxis, vermutlich schwul.«

Georgia brach gegen ihren Willen in Lachen aus und genau in dem Moment sah Edward Carlyle zu ihr herüber und fing ihren Blick auf. Schnell schaute sie weg und trat beschämt einen Schritt zurück. Ob er sie wohl gehört hatte? Zwar legte sie keinen Wert darauf, hier zu sein, aber sie wollte auch auf keinen Fall unhöflich erscheinen, besonders nicht gegenüber jemandem, der diesen Abend vermutlich als genauso unangenehm empfand wie sie.

»Na gut, ich gehe mal wieder rein«, erklärte Sally in entschlossenem Ton. »Die Männerjagd beginnt. Wäre doch schade, wenn die gute Haute Couture gar nicht zum Einsatz kommt.«

Georgia nahm sich noch ein Kanapee, sah zu, wie Sally im Gedränge verschwand, und wünschte ihr insgeheim viel Glück.

»Georgia Hamilton, was machst du denn hier?«

Sie blickte sich um und sah ein vertrautes Gesicht auf sie zukommen. Marina Ellis war eine ihrer Klassenkameradinnen in Madame Didiots Mädchenpensionat gewesen. Aber auch wenn Georgia es ihr hoch anrechnete, dass sie ihr Fenster im ersten Stock als geheimen Ausgang hatten benutzen dürfen, um sich verbotenerweise ins Pariser Nachtleben zu stürzen, hatte sie Marina insgeheim immer für eingebildet und versnobt gehalten.

»Nun tu mal nicht so überrascht«, erwiderte sie, so höflich sie konnte. Die versteckte Andeutung, dass sie auf einer so eleganten Party nichts zu suchen hatte, war ihr nicht entgangen. »Wie geht es dir? Hast du einen schönen Abend?«

»Wir amüsieren uns prächtig, stimmt's?«, sagte Marina zu ihrer Freundin gewandt, die sie als Melanie Archer vorstellte.

»Das Haus ist fast so interessant wie die Männer«, erklärte Melanie, deren Blicke durch den Saal huschten wie die eines hungrigen Falken.

»Ich wusste gar nicht, dass du mit Sally Daly befreundet bist«, sagte Marina und es klang, als wollte sie gleich anfangen, über sie herzuziehen.

»Ich habe sie gerade erst kennengelernt.«

Marina gab ein leises Schnauben von sich, das wohl erleichtert klingen sollte. »Dann pass bloß auf, dass sie sich nicht zu sehr an dich ranschmeißt«, flüsterte sie theatralisch.

»Wieso? Was ist denn mit ihr?«, fragte Georgia stirnrunzelnd.

»Was mit ihr ist? Leute von ihrer Sorte bringen mich einfach auf die Palme«, erklärte Marina, als wäre es vollkommen offensichtlich, was mit Georgias neuer Freundin nicht stimmte. »Sie sind schuld daran, dass die Saison abgeschafft wird. Wie sagte Margaret doch gleich? Jedes Londoner Flittchen erkauft sich mittlerweile den Zutritt zum Queen Charlotte's Ball.«

Georgia hatte den berühmten Ausspruch der Schwester der Queen ebenfalls gehört, aber so wie Marina ihn zitierte, klang es, als wäre die Prinzessin eine enge persönliche Freundin von ihr.

»Sally ist kein Flittchen«, erwiderte sie scharf. »Außerdem kommt sie noch nicht mal aus London.«

»Stimmt. Sie ist aus Birmingham, oder? Ihr Vater handelt mit Altmetall oder irgend so etwas Seltsamem.« Marina rümpfte ihre Stupsnase.

»Immerhin trägt sie Haute Couture«, gab Georgia zurück, »Mr Daly scheint also irgendwas richtig zu machen.«

»Haute Couture sollte man sich für die Aussteuer aufsparen und nicht zur Schau stellen, noch bevor man überhaupt einen Jungen geküsst hat«, erklärte Marina kühl und Melanie nickte zustimmend. »Typisch für diese Neureichen, gewollt, aber nicht gekonnt. Vor kurzem sollen sie sich ein Haus in der Schweiz gekauft haben, dabei können sie noch nicht mal Ski fahren.« Sie und Melanie fingen an zu kichern.

Da schlug jemand mit einem Löffel gegen ein Glas, was in dem allgemeinen Lärm fast unterging.

»Emilys Dad will eine Rede halten, was ihr natürlich furchtbar peinlich ist«, sagte Marina. »Komm, wir suchen sie und leisten ihr moralische Unterstützung.«

Georgia ließ die beiden ziehen. Sie hatte gar nicht gewusst, dass Marina so dick mit der wohlhabenden Emily Nightingale befreundet war. Manche Leute waren anscheinend nicht nur hier, um sich eine gute Partie zu angeln, sondern auch, um vorteilhafte Freundschaften zu schließen, dachte sie bei sich.

Bei der Erwähnung von Emilys Namen fiel ihr wieder ein, dass sie sich noch nicht bei der Gastgeberin bedankt hatte. Das musste sie unbedingt tun, bevor sie ging.

An einem Ende des Saals befand sich eine geschwungene Treppe, die zu einem Zwischengeschoss führte. Hier oben war es ruhig und man hatte eine gute Aussicht auf die Party und auf Emily, die nervös neben ihrem Vater stand. Als Georgia sich umdrehte, bemerkte sie hinter sich eine Flügeltür, die mit einem Seil abgesperrt war, was ihre Neugier noch verstärkte. Sie löste den Haken und öffnete die Tür, um zu sehen, was sich dahinter verbarg. Vor Entzücken verschlug es ihr den Atem, als sie sah, dass sie hinaus zu einem wunderschönen Balkon führte. Als sie hinaustrat, konnte sie die Rückseite der elegantesten Häuser in Belgravia sehen, deren riesige Erkerfenster in der Dunkelheit strahlten.

Undeutlich hörte sie, dass die Reden bereits begonnen hatten, und war froh, dem Trubel für einen Moment entflohen zu sein. Sie öffnete ihre Tasche, holte die Zigaretten heraus und zündete sich eine Gauloise an. Als sie inhalierte, schmeckte sie den Teer und atmete den Geruch der Heckenkirsche ein, die an einem Spalier neben ihr emporrankte.

»Kann ich auch eine haben?«

Sie drehte sich um und blickte in die strahlendsten blauen Augen, die sie je gesehen hatte.

»Ich habe nur noch zwei«, erklärte sie dem gutaussehenden jungen Mann, der ihr auf den Balkon gefolgt war, stammelnd. Er hatte kurze dunkelblonde Haare und einen Hauch von Winterbräune, und er füllte seinen Smoking deutlich besser aus als die anderen Debütantinnenlieblinge, die sie auf der Party gesehen hatte.

»Perfekt«, grinste er, als sie ihm die Überbleibsel ihrer Packung anbot. Er hielt die Zigarettenspitze in die Flamme ihres Feuerzeugs und lächelte ihr lässig zu. »Hattest du auch keine Lust auf die Reden?«

»Mr Nightingale ist wahrscheinlich einfach nur ein stolzer Vater«, entgegnete sie achselzuckend und nahm einen Zug von ihrer Zigarette. »Nein, eigentlich bin ich rausgegangen, weil ich kaum jemanden kenne und lieber allein mit meinen Gedanken sein wollte als allein unter Fremden.«

»Wenn du willst, kann ich dich ein paar Leuten vorstellen. Ich bin schon das zweite Jahr dabei. Wenn man sich erst mal dran gewöhnt hat, ist es gar nicht mehr so schlimm.«

»Dann bist du ja ein alter Hase, was die Ballsaison angeht«, erwiderte sie und lächelte ihn an.

»Immerhin wird man auf diese Weise ein halbes Jahr lang durchgefüttert und mit Getränken versorgt. Außerdem ist es ziemlich angenehm, bei Mondschein neben gutaussehenden Mädchen auf einem Balkon zu stehen.«

Verlegen blickte sie zur Seite.

Er blies schweigend einen Rauchring. Auch ohne dass er etwas sagte, vermittelte er einen äußerst selbstbewussten Eindruck.

»Ich habe mich noch gar nicht vorgestellt. Ich heiße Harry Bowen.«

»Ich bin Georgia Hamilton. Sehr angenehm.«

»Wem möchtest du denn vorgestellt werden? Wobei – eigentlich würde ich am liebsten die ganze Nacht hier draußen stehen und mich mit dir unterhalten.«

»Aber du kennst mich doch gar nicht.«

»Leute, die gern mit ihren Gedanken allein sind, sind meistens die interessanteren Menschen, finde ich.«

»Eigentlich würde ich jetzt viel lieber mit Freunden in einem Straßencafé sitzen oder mir in einem Jazzclub ein Konzert anhören. In Wirklichkeit bin ich gar nicht so einzelgängerisch«, entgegnete sie lächelnd.

»Warum tun wir es dann nicht?«

»Was denn?«

»Uns von hier verdrücken. Wir könnten nach Soho oder auf die King's Road. Oder warte, ich habe eine bessere Idee.

In ungefähr einer Stunde startet in Richmond eine andere Fete. Ein paar von meinen Freunden, die du bestimmt mögen würdest, kommen auch. Wir könnten doch hinfahren, die ganze Nacht aufbleiben und dann in Heathrow frühstücken gehen.«

»Richmond? Heathrow?«, wiederholte sie und musste insgeheim zugeben, dass sie die Aussicht auf ein nächtliches Abenteuer äußerst aufregend fand.

»Ich liebe den Flughafen. Zum Glück habe ich meinen Pass nicht dabei, wer weiß, wo wir sonst landen würden. Das ist auch einer der Gründe, warum ich zur Armee gegangen bin. Abgesehen davon, dass es mir für die Uni an Grips gefehlt hat. Ich finde es toll, dass wir überall stationiert werden können.«

Georgia sah ihn mit großen Augen an. »Aber wenn du irgendwo stationiert wirst, heißt das doch, dass du in den Krieg ziehen müsstest, oder? Da fallen mir deutlich ungefährlichere Möglichkeiten ein, um zu verreisen.«

»Das klingt, als würdest du dir Sorgen um mich machen.« Er lächelte und sie spürte, wie ihr Herz einen kleinen Satz tat. Außerdem errötete sie und war deshalb froh, dass das Mondlicht nicht so hell schien.

»Also was meinst du? Bleiben oder gehen?«

»Ich würde wahnsinnig gern von hier verschwinden, aber ich fürchte, die Reden werden noch eine Weile dauern. Mr Nightingale scheint sich gern selbst reden zu hören.«

»Dann lass uns einfach abhauen.«

»Wie denn? Die Kellner werden uns entdecken und zurück ins Haus zerren. Wahrscheinlich sind sie speziell für diesen Zweck mit Lassos ausgestattet.«

Er lachte und sie freute sich.

»Dann müssen wir eben einen Fluchtweg finden.«

»Dürfte für dich ja kein Problem sein. Du wurdest für so etwas ausgebildet.«

Harry spähte bereits über den Balkon. »Es sind nur etwa viereinhalb Meter bis nach unten«, verkündete er. »Und es gibt ein Regenrohr, das bis zum Boden reicht. Meinst du, du schaffst das?«

»Machst du Witze? Als ich noch in Paris gewohnt habe, bin ich aus doppelt so hohen Fenstern abgehauen.«

»Du wirst immer interessanter.«

Harry kletterte als Erster hinunter und kam innerhalb von Sekunden unten an. Georgia schwang vorsichtig erst ein Bein, dann das andere über die Balustrade, suchte Halt mit den Füßen und schob sich dann langsam am Rand des Balkons entlang, um ihm zu folgen. Ihr Herz klopfte schneller und ihr Nacken wurde schweißfeucht, als sie mit der Hand nach dem Regenrohr griff.

»Warum haben wir nicht einfach die Haustür genommen?«, rief sie, während sie, sich verzweifelt festklammernd, nach unten sauste.

Als ihre Fußsohlen auf dem Boden aufkamen, schnappte Harry ihre Hand und lief mit ihr zu einem Tor am Ende des Gartens.

»Sesam, öffne dich«, rief er, drehte den schweren Knauf und dann standen sie auch schon auf einer Seitenstraße mitten in Belgravia. Lachend und keuchend rannten sie an den imposanten weißen Häuserzeilen vorbei, als wären sie soeben aus dem Gefängnis ausgebrochen.

»Mein Auto steht gleich hier«, sagte er und führte sie zu einem kleinen Fiat. Er öffnete ihr die Beifahrertür und sie stieg ein, als auch schon der Motor aufheulte. Während er in den ersten Gang schaltete, konnte sie einen Blick auf seinen straffen gebräunten Unterarm erhaschen.

»Ich fühle mich ganz unanständig.«

»Fühlt sich doch nicht schlecht an, oder?«

Er fuhr schnell, das Auto sauste durch Straßen, die ihr immer weniger bekannt vorkamen. Dabei erzählte er ihr von seinem Leben als Soldat bei den Welsh Guards – von einem schwierigen Colonel und von der noch nicht lange zurückliegenden Stationierung des Regiments in der Suezkanalzone.

Als sie auf eine Brücke abbogen, um den Fluss zu überqueren, entfuhr Georgia ein entzückter Seufzer. »Das ist ja wunderschön«, schwärmte sie. Ihr wurde ganz schwindelig von dem Anblick. »An der Seine spazieren zu gehen war eine meiner Lieblingsbeschäftigungen in Paris.«

»Dann lass uns doch ein bisschen am Fluss entlangschlendern«, schlug Harry vor und brachte das Auto neben einem niedrigen Brückenpfeiler zum Stehen.

Dann stellte er den Motor ab und legte seinen Arm um den Beifahrersitz. »Na, meinst du, die Reden sind inzwischen vorbei?«, strahlte er sie an. Er hatte ein wunderschönes Lächeln, fiel ihr auf, mit perfekt ausgerichteten weißen Zähnen.

»Wahrscheinlich haben sie schon einen Suchtrupp nach uns losgeschickt. Ach du Schreck, und jetzt habe ich ganz vergessen, mich bei der Gastgeberin zu bedanken.«

»Ist sie eine Freundin von dir?«

»Nein, ich bin ihr heute zum ersten Mal im Leben begegnet. Meine Tante hat mir die Einladung besorgt.«

»Dann wird sie weder dein Kommen noch dein Gehen bemerkt haben, obwohl du einigen der Männer sehr wohl aufgefallen bist.«

»Warum sagst du das?«

»Es fällt eben auf, wenn das hübscheste Mädchen der Party auf einmal nicht mehr da ist.«

Sie blickte nach unten auf ihre Knie und merkte, wie er sich in seinem Sitz zu ihr hindrehte.

»Sieh mich an«, flüsterte er.

Als sie den Kopf wandte, fing er an, ihr über die Unterseite des Kinns zu streicheln, bevor er ihr Gesicht in beide Hände nahm. »Darf ich dich küssen?«, fragte er langsam.

Sie kannte ihn erst seit knapp einer Stunde, also hätte sie ihm mit Sicherheit verbieten müssen, sich ihren Lippen auch nur zu nähern. Doch in dieser engen, intimen Atmosphäre, nachdem sie Hand in Hand durch dunkle Straßen gerannt waren, fühlte es sich an wie die natürlichste Sache der Welt.

Sie nickte und sein Mund streifte sanft den ihren.

Er machte ein Geräusch, als würde er von ihr kosten, und ihr gefiel, wie es klang, ihr gefiel, wie sie sich dadurch fühlte – schön und begehrenswert.

Der Schaltknüppel drückte ihr dabei gegen das Bein, doch als er mit der Zunge in ihren Mund vordrang, war ihr das unbequeme Gefühl kaum noch bewusst.

Er hielt inne, um Luft zu holen. »Komm ein bisschen näher«, murmelte er dann.

Sie hörte den Stoff ihres Kleides rascheln und spürte seine Hand, die sanft an ihrem Bein entlangglitt und sich immer höher schob, während ihr Puls schneller und schneller raste.

Plötzlich fühlte es sich nicht mehr so richtig an. Sie spürte ein seltsames Flattern zwischen ihren Beinen, das ihr ein wenig Angst machte. Seine Fingerspitzen berührten den Streifen Haut oberhalb ihrer Strümpfe. Es fühlte sich an, als würde seine Hand sie versengen.

»Nein«, flüsterte sie leise, doch er schien sie nicht zu hören. Seine Finger betasteten sie immer weiter und hinterließen ein heißes und verschwitztes Gefühl auf ihrer Haut.

»Stopp«, brachte sie etwas entschlossener hervor. »Nimm deine Finger weg.« Mit einer Hand schob sie ihn von sich.

»Was ist denn?«, fragte er, ließ von ihr ab und warf ihr einen unwirschen Blick zu.

Mit einem Mal wirkte er überhaupt nicht mehr so attraktiv. So dicht bei ihm, in der Beengtheit des Autos, konnte sie die großen Poren auf seiner leicht geröteten Haut erkennen. Seine Lippen waren aufgesprungen und seine blauen Augen funkelten kalt.

»Hör einfach auf«, keuchte sie, wischte sich mit dem Handrücken über den Mund und merkte, dass sie dabei ihren Lippenstift und seinen Speichel über ihr Gesicht verschmierte.

»Wieso denn? Ich dachte, es gefällt dir.« Er verzog das Gesicht.

Sie ließ sich in ihren Sitz zurücksinken und wartete, bis ihr Atem wieder regelmäßig ging. »Es fühlt sich nicht richtig an. Wir haben uns doch gerade erst kennengelernt.«

»Als ich angehalten habe, hast du auch nicht nein gesagt«, entgegnete er höhnisch.

»Ich dachte, wir würden einen Spaziergang am Fluss machen.«

»Das sagen sie alle«, gab er zurück und schüttelte verächtlich den Kopf. »Ihr Debütantinnen seid doch alle gleich. Ihr tut so anständig in euren hübschen Kleidchen, aber tief in euch drin wollt ihr es doch auch.«

Ohne nachzudenken, knallte sie ihm eine.

»Du verdammtes Miststück«, knurrte er.

»Glaub mir, du hast noch viel Schlimmeres verdient«, entgegnete sie und versuchte schnell, die Autotür zu öffnen.

»Ja, los, hau ab.«

»Du bist ja ein toller Gentleman«, rief sie ihm nach, als der Motor röhrend ansprang und er in die Nacht davonfuhr.

Kapitel 7

Als sie an der Böschung stand und dabei zusah, wie sich die Rücklichter von Harrys Auto in der Dunkelheit verloren, begann es leicht zu nieseln. Fröstelnd schlang sie die Arme um den Körper und verfluchte das Wetter, verfluchte Harry und verfluchte die ganze blöde Saison. Sie hatte keine Ahnung, wo sie sich befand, und es war auch niemand zu sehen, den sie hätte fragen können. In der Ferne sah sie einen Landstreicher auf sich zukommen. Er schrie irgendwas und sie erschrak. Rasch wandte sie sich um und wollte in Richtung der Brücke gehen, als sie auf dem nassen Untergrund ausrutschte und vornüber auf den Boden fiel, wobei sie ihr Kleid mit Dreck verschmierte.

Nachdem sie sich mühsam wieder aufgerappelt hatte, fiel ihr auf, dass sie auf einmal ganz schief stand, und als sie an sich herabsah, bemerkte sie, dass an einem ihrer Schuhe der Absatz abgebrochen war. Wütend schleuderte sie den Schuh von sich in den Fluss, und als ihr klarwurde, dass es einfacher sein würde, barfuß weiterzugehen, warf sie den zweiten gleich hinterher.

Dann sprang sie schnell über das Kopfsteinpflaster auf den Gehweg, der sich unter ihren Füßen kalt und körnig anfühlte. Hier, weg vom Fluss, war die Straße etwas belebter. Sie blieb stehen und fragte einen Mann nach der nächstgelegenen Bus-

oder U-Bahn-Haltestelle und er deutete auf die gegenüberliegende Flussseite, wo sich die Haltestelle Putney Bridge befinden sollte.

Kopfschüttelnd ging sie weiter. Wie hatte sie nur so dumm sein können, in eine derartige Situation hineinzugeraten? Sie wusste, dass sie nicht gerade erfahren war, was das andere Geschlecht anging, aber völlig ahnungslos war sie nun auch wieder nicht.

Nachdem Madame Didiots Schule zu Ende gegangen war, hatte sie sich ein kleines Zimmer gemietet, das der Freundin einer Freundin gehörte. Endlich befreit von Unterrichtsstunden im Blumenarrangieren und in Stenografie, hatte sie angefangen, heimlich Vorlesungen an der Sorbonne zu besuchen – zwar war sie nicht offiziell an der berühmten Pariser Universität eingeschrieben, aber sie konnte inzwischen gut genug Französisch, um sich herauszureden, als sie einmal nach ihrem Studentenausweis gefragt wurde – und dort, in der letzten Reihe eines Hörsaals, in ihrer letzten Woche in Paris, hatte sie Jacques kennengelernt.

Nach der Vorlesung hatten sie sich im Innenhof eine Zigarette geteilt und er hatte sie auf einen Kaffee eingeladen, um mit ihr über das Werk von Molière zu fachsimpeln. Er war einundzwanzig, kam aus Nizza und bezeichnete sich stolz als Kommunist. Ein paar Tage später hatte er sie in einen Jazzclub und dann in eine Spelunke in der Rive Gauche mitgenommen, wo sie mit einer Gruppe von Freunden bis nachts um drei über die Freiheit der Kunst in der Sowjetunion diskutiert hatten.

An ihrem letzten Abend in Paris hatten sie in einem Café in der Rive Gauche, das schon Hemingway und Fitzgerald gern besucht hatten, Bier getrunken und *moules* gegessen. Anschließend waren sie an der Seine entlang über den Pont des Arts in Richtung Louvre spaziert, wo sie sich im Eingangsbereich des Museums leidenschaftlich geküsst hatten. Sie war furchtbar nervös gewesen, bevor es passierte. In Madame Didiots Internat waren sie, nachdem abends die Lichter gelöscht wurden, heimlich in die Zimmer der anderen Mädchen geschlichen, hatten über ihre sexuellen Erfahrungen – beziehungsweise deren Fehlen – geredet und Zungenküsse mit der Hand geübt, indem sie die Zunge durch ein schmales Loch zwischen Daumen und Zeigefinger geschoben hatten. Doch als es dann wirklich geschah, hatte sie instinktiv gewusst, was sie tun musste, und es sehr genossen, sogar als Jacques' Hand unter ihre Bluse gewandert war. Er hatte sie eingeladen, in seine Einzimmerwohnung in der Bastille mitzukommen, und als sie ablehnte, hatte er das akzeptiert und sich wie ein Gentleman verhalten, weshalb sie so überrascht gewesen war von Harry Bowens schlechten Manieren.

Inzwischen regnete es stärker. Als sie an sich herabsah, bemerkte sie, dass sie eine weinrote Farbspur hinter sich herzog.

»Das darf doch nicht wahr sein«, rief sie laut, als sie spürte, wie ihr Tränen in die Augen stiegen.

Da hörte sie ein Auto hinter sich abbremsen. Im ersten Moment traute sie sich nicht, sich umzublicken. Das hatte ihr gerade noch gefehlt – von der Polizei aufgelesen zu werden, weil sie im Verdacht stand, eine käufliche Dame zu sein.

»Alles in Ordnung?«

Als sie sich umdrehte, sah sie einen dunkelroten Sportwagen, der auf der Brücke angehalten hatte. Das Fenster auf der Beifahrerseite war heruntergekurbelt und sie spähte hindurch, um den Fahrer zu sehen. Er kam ihr vage bekannt vor, aber sie konnte ihn nicht gleich zuordnen und spürte, wie ihr Puls vor Nervosität schneller ging.

»Alles in Ordnung?«, wiederholte der Mann.

»Ja, mir geht es gut«, stammelte sie. *Ich sollte besser weitergehen*, dachte sie bei sich.

»Wir waren beide auf Emily Nightingales Party. In Belgravia. Mein Name ist Edward Carlyle – wir sind uns nicht offiziell vorgestellt worden, daher weiß ich leider nicht, wie du heißt.«

»Georgia. Georgia Hamilton.« Sie zögerte, doch dann fiel ihr wieder ein, was Sally Daly über ihn gesagt hatte – SVITVS –, und trat einen Schritt näher an das Auto heran.

»Soll ich dich irgendwohin mitnehmen?«, fragte er laut, um den Regen zu übertönen.

»Nein, schon gut. Gleich hinter der Brücke ist die Haltestelle der U-Bahn.«

»Wenn du dich bis dahin nicht mit Tetanus infizierst«, erwiderte er mit Blick auf ihre nackten Füße.

»Dann passe ich eben auf, dass ich nicht auf einen rostigen Nagel trete.« Regentropfen peitschten ihr ins Gesicht und sie musste sich die Augen reiben, um ihn besser sehen zu können. »Hör mal, ich möchte nicht unhöflich sein, aber ich kenne dich ja überhaupt nicht. Vielleicht hast du getrunken. Vielleicht bist du ein perverser Lüstling ...«

Trotz der Dunkelheit sah sie, wie er eine seiner buschigen Augenbrauen hob. »Vielleicht könntest du auch einfach riechen, ob ich eine Fahne habe, von der Telefonzelle da drüben deine Eltern anrufen, ihnen sagen, dass Edward Carlyle dich in einer Viertelstunde zu Hause abliefert, und vermeiden, dass du dir eine Lungenentzündung holst.«

Sie dachte eine Sekunde lang über seinen Vorschlag nach, bevor sie die Autotür öffnete.

Sofort fiel sein Blick auf den Saum ihres Kleids, an dem die nasse Farbe herabtröpfelte, und sie konnte an seinem Gesichtsausdruck ablesen, dass er sein Angebot bereits bereute.

Bei näherem Hinsehen handelte es sich bei seinem Auto um einen Aston Martin, der zweifellos sehr teuer war.

»Tut mir leid. Ich zerfließe.«

Er griff hinüber zum Handschuhfach, holte eine Zeitung heraus und breitete sie über dem Beifahrersitz aus.

»Es gibt also doch noch Kavaliere«, sagte sie dankbar.

»Interessantes Kleid. Ist es Absicht, dass es sich selbst zerstört?«

»Es ist handbemalt.«

»Wasserfarbe?«, fragte er schmunzelnd.

Sie nannte ihm die Adresse, stieg vorsichtig ein und betete, dass die Farbe nicht die schwarzen Ledersitze verschmieren würde.

»Was machst du eigentlich hier draußen?«, fragte sie ihn, als er den Motor startete.

»Ich war unterwegs zu einer Party in Richmond.«

»Ich auch«, sagte sie und fragte sich, ob er ein Freund von Harry war und ob sie ihm erzählen sollte, was gerade passiert war.

»Aber Richmond liegt doch in der anderen Richtung … Ich habe dich gesehen, als ich über die Brücke gefahren bin. Ich habe dich erkannt …«

»Und du hast gedacht, ich hätte den Verstand verloren.«

»So ungefähr«, murmelte er. »Bist du sicher, dass alles in Ordnung ist?«

»Vermutlich muss ich mich bei meiner Cousine entschuldigen. Es ist ihr Kleid.«

»Und wo sind deine Schuhe?«

»Unterwegs in Richtung Nordsee.« *Jetzt denkt er bestimmt wirklich, dass ich übergeschnappt bin*, ging ihr durch den Kopf.

»Und wie findest du es bis jetzt? Also, die Saison? Macht es dir Spaß?«, fragte er, um die peinliche Stille zu durchbrechen, die nach ihrer letzten Bemerkung entstanden war.

Sie schnaufte verächtlich. »Sobald dieser ganze Quatsch vorbei ist, gehe ich sofort nach Paris.«

»Aha. Sind wir frankophil?«

»Ich kenne die Stadt sehr gut«, gab sie ungehalten zurück. »Ich habe dort gewohnt. Ich hatte ein Leben dort, sogar einen Freund.«

»Wirklich?«, fragte er interessiert.

»Er war Kommunist«, erklärte Georgia nicht ohne Stolz.

»Du meine Güte. Dann hast du ihm hoffentlich nicht erzählt, dass du Debütantin wirst.«

Sie verzog das Gesicht, als ihr klarwurde, dass sein Hinweis berechtigt war. Vielleicht war das der Grund, weshalb Jacques keinen ihrer Briefe beantwortet hatte.

»Ich will Schriftstellerin werden«, erklärte sie schnell. »Deshalb gehe ich nach Paris zurück. Um ein Buch zu schreiben.«

»Um ein Buch zu schreiben, musst du aber nicht unbedingt in Paris wohnen«, stellte Edward mit nervenaufreibender Sachlichkeit fest.

Sie drehte sich zu ihm hin, betrachtete sein Profil – seine kräftige Nase und seine ausgeprägte Kieferpartie verliehen ihm ein selbstsicheres Aussehen, das an Arroganz grenzte – und beschloss, sich nicht unterkriegen zu lassen.

»Viele der berühmtesten Autoren des zwanzigsten Jahrhunderts würden dir vermutlich widersprechen. Joyce, Hemingway, Fitzgerald, Gertrude Stein, Ezra Pound … Sie haben einige ihrer besten Werke in Paris verfasst.«

»Aber sicher nicht wegen der schönen Aussicht und der halbwegs genießbaren Croissants.« Er zuckte mit den Schultern. »Sie sind entweder vor dem Krieg geflohen oder vor der Prohibition. Paris war damals schlicht und einfach unkonventioneller und liberaler, es hat Künstler magisch angezogen und dann haben sie sich gegenseitig inspiriert und gefördert. Aber das hätte in jeder anderen Großstadt auch passieren können. Wer weiß, vielleicht wird der nächste berühmte literarische Salon ja in einem Café in London gegründet. Was zählt, ist, was man hier und hier hat«, sagte er und deutete auf seinen Kopf und sein Herz. »Alles andere ist bloß Geografie.«

»Tja, ich jedenfalls konnte dort hervorragend arbeiten«, erwiderte sie pikiert. »Mein Lieblingsort war der kleine Park hinter Notre-Dame. Als ich vor zwei Wochen abgereist bin, hatte ich fünf Tagebücher voll mit Gedanken und Notizen.«

»Da hast du doch dein Buch. Eine Autobiografie. Und der Titel könnte lauten: *Ein englisches Mädchen in Paris.* Bestimmt kannst du es bequem zwischen den ganzen Partys vollenden.«

»Niemand wird sich für die Memoiren eines unbekannten achtzehnjährigen Mädchens interessieren. Ich will eine richtige Schriftstellerin werden, so wie Françoise Sagan.«

Sie konnte trotz der Dunkelheit sehen, wie er in sich hineinlachte, und das ärgerte sie. »Und was ist mit dir? Was hast du mit deinem Leben vor, wenn die Saison vorbei ist?«

»Ich werde in ein paar Monaten mein Studium beenden«, sagte er und erklärte, dass er am Christ Church College eingeschrieben war, das anscheinend zur Universität von Oxford gehörte. »Mein Vater arbeitet bei einer Bank. Ich habe vor, dort ebenfalls anzufangen, aber mein Traum ist es, irgendwann einmal in New York zu leben.«

»New York?«

»Ja, wieso? Was spricht dagegen?«

»Meine Mum sagt immer, New York hätte keine Kultur. Keine Geschichte.«

»Quatsch«, erwiderte Edward spöttisch, als hätte sie etwas vollkommen Lächerliches behauptet. »Das Metropolitan Museum of Art ist das beste Kunstmuseum der Welt. Und denk nur an Jazzmusik, Kunst, Theater, Film ... New York ist, wie Paris damals in den Zwanzigern war.«

»Jetzt hast du deine Meinung aber schnell geändert«, gab sie hochmütig zurück. »Noch vor einer Minute hast du lautstark von London geschwärmt.«

»London ist eine tolle Stadt, aber es wird noch zehn Jahre dauern, bis sie sich vollständig vom Krieg erholt hat. Das britische Weltreich ist tot. Das Klassensystem liegt im Sterben. Das siehst du schon daran, dass es die Ballsaison und die ganze Debütantinnentradition bald nicht mehr geben wird. Der neue Nabel der Welt ist New York. Deshalb habe ich vor, eine Filiale der Bank an der Wall Street zu eröffnen. Eines Tages wird die Londoner City wieder ein wichtiger Finanzplatz sein, aber bis dahin ist eindeutig New York das wirtschaftliche Zentrum der Welt.«

»Schön, wenn man seine Zukunft schon so genau geplant hat«, erwiderte sie eine Spur schärfer, als sie eigentlich gewollt hatte. »Das Einzige, worauf ich mich freuen kann, ist ein weiteres halbes Jahr voller bescheuerter Cocktailpartys und Bälle.«

»Such dir doch einen Job.«

»Was ist mit der Saison?«

»Abgesehen von gelegentlichen Fasanenjagden und Ausflügen nach Ascot hast du doch tagsüber frei.«

»Aber ich habe keinerlei Erfahrung.«

»Dann arbeite in einem Café. Dort kannst du Leute kennenlernen und Menschen beobachten. Deiner Schriftstellerei tut das bestimmt gut. Vielleicht könntest du ja sogar einen eigenen literarischen Salon ins Leben rufen.«

Sie war sich nicht ganz sicher, ob er sich nur über sie lustig machte. Er besaß das typische angeborene Selbstbewusstsein reicher Leute, diesen unerschütterlichen Glauben an sich selbst, der in ihr zwangsläufig Befangenheit auslöste, sosehr seine Vorschläge ihr zusagten. Sie fuhren inzwischen die King's Road entlang, in deren Pfützen sich die Neonlichter einer Reihe von Cafés widerspiegelten. Wie gern wäre sie jetzt in eins der Cafés gegangen. Sie hatte Lust, einen Espresso zu trinken und alles über Jazzmusik in New York zu erfahren. Bestimmt gehörte Edward Carlyle zu der Sorte Leute, die über alles Mögliche Bescheid wussten.

Sie wollte es gerade vorschlagen, doch er blinkte bereits rechts, um in ihre Straße einzubiegen, und sie spürte ein leises Gefühl der Enttäuschung in sich hochsteigen.

»Welche Hausnummer?«, fragte er und drosselte das Tempo.

Sie sah, dass oben in ihrer kleinen Wohnung noch Licht brannte. Estella war aufgeblieben, um auf sie zu warten.

Er fuhr an den Bordstein und einen Augenblick lang blieben sie beide schweigend sitzen. Die Stille war ihr unangenehm.

»Fährst du jetzt zurück nach Richmond?«

»Ich glaube, ich lasse die Party sausen«, entgegnete er mit Blick auf die Uhr.

»Das tut mir leid. Jetzt hast du wegen mir die Party verpasst.«

»Schon gut. Es ist ohnehin besser, wenn ich zurück nach Oxford fahre. Ich sollte dir vermutlich dankbar sein.«

»Nein, ich sollte dir dankbar sein«, sagte sie leise. Sie stieg aus und sah sich nochmals nach ihm um. »Danke, dass du mich gerettet hast.«

»Ich wünsche dir eine schöne Saison, Georgia Hamilton. Und wenn ich dir einen Rat geben darf: Vieles im Leben wird leichter und angenehmer, wenn man sich nicht mit aller Macht dagegen sträubt.«

Kapitel 8

»Georgia, das Taxi ist da.«

»Ich komme gleich«, rief sie von der wohligen Wärme ihres Betts aus ihrer Mutter zu, wobei sie sich Mühe gab, ihre Stimme nicht allzu schläfrig klingen zu lassen. Das heiße Bad, das sie nach ihrer Rückkehr aus dem Swiss Chalet genommen hatte, hatte sie ganz schön müde gemacht. Zwar mochte sie ihren Kellnerjob im angesagtesten Café von Chelsea, direkt hinter dem Kaufhaus Peter Jones – sie durfte umsonst Kuchen mit nach Hause nehmen, durfte sich hinsetzen und schreiben, wenn nicht viel los war, und hin und wieder weihte Andre, der Konditor, sie sogar in die Geheimnisse der Patisseriekunst ein. Aber immer wenn sie von der Arbeit nach Hause kam, war sie fix und fertig, was nicht schlimm war, wenn sie anschließend gleich ins Bett konnte, was jedoch eindeutig katastrophal war, wenn sie stattdessen eine Party besuchen musste.

Sie hörte, wie sich ihre Zimmertür knarrend öffnete, und als gleich darauf jemand theatralisch nach Luft schnappte, wusste sie, dass es mit ihrem süßen Schlummer augenblicklich vorbei sein würde.

»Du bist ja noch nicht mal angezogen!«, rief Estella voller Panik.

Georgia zog die Decke höher über ihr Gesicht und seufzte.

»Noch fünf Minuten«, flehte sie. Es war so warm und behaglich in ihrem Bett.

»Georgia, das Taxi steht vor der Tür. Und das Taxameter läuft …« Ihre Mutter ging zielstrebig auf das Bett zu und zog ihr die Decke weg.

»Tut mir leid. Ich war so müde …«

»Daran ist diese idiotische Arbeit schuld, stimmt's? Dann wird das in Zukunft ein Ende haben, wenn du danach zu nichts mehr zu gebrauchen bist und nur noch todmüde ins Bett fällst. Den lieben langen Tag Windbeutel zu servieren wird dir nicht –«

»Wird mir nicht was?«, fragte Georgia und setzte sich auf, verärgert über die Drohung ihrer Mutter, ihr die Arbeit im Café zu verbieten.

Insgeheim musste sie jedoch zugeben, dass es zunehmend schwierig wurde, ihren Job und die Saison, die inzwischen in vollem Gange war und sie ebenfalls ziemlich in Anspruch nahm, unter einen Hut zu bringen. Andererseits verdiente sie im Swiss Chalet fast zehn Pfund pro Woche und hatte bereits vierzig Pfund in ihrer Unterhosenschublade gehortet. Ihre französische Freundin Sylvie hatte ihr von einem Zimmer in einem Haus in der Bastille erzählt, das man für nur sechzig Francs im Monat mieten konnte, und wenn sie weiterhin so viel zurücklegen würde, hätte sie bald genug Geld gespart, um im Herbst wieder nach Paris zu ziehen.

»Wird mir nicht was?«, wiederholte sie. »Zu einem Ehemann verhelfen?«

Estella nahm das weiße Kleid, das Georgia an diesem Abend tragen sollte, und warf es aufs Bett. Es landete auf der Decke wie ein Schwan, den man vom Himmel geschossen hat. Georgia sah zu Estella hinüber und schüttelte den Kopf. Sie wusste, dass es als altmodisch galt, sich mit seiner Mutter gut zu verstehen, aber sie und Estella standen sich wirklich nahe. In letzter Zeit jedoch erkannte sie ihre Mutter kaum wieder. Nicht zu fassen, dass sie die dämlichen Anforderungen der Saison über das Glück ihrer eigenen Tochter stellte.

»Wir sehen uns unten«, sagte sie trotzig, schwang ihre Beine aus dem Bett und hielt sich das Kleid vor den Körper.

»Nein, ich warte auf dich«, entgegnete Estella in nachsichtigerem Tonfall.

Um sich umzuziehen, ging Georgia in das winzige Badezimmer und schlüpfte in das weiße Abendkleid. Es war ausnahmsweise keines von Clarissa. Estella hatte es ihr geschenkt, und auch wenn Georgia keine Ahnung hatte, woher das Geld dafür stammte, war es doch wunderschön – es war lang, in der Taille ausgestellt und glich durch die verschiedenen Lagen Tüll einem Tutu. Schnell kämmte sie sich die Haare hinters Ohr, steckte sie mit zwei kleinen juwelenbesetzten Haarklammern fest, zog ihre weißen Handschuhe an und blickte in den Spiegel. Für den Bruchteil einer Sekunde meinte sie, ein Bild von Degas zu betrachten.

»Ich hätte vermutlich erwähnen sollen, dass wir abgeholt werden ...«, rief Estella durch die Tür.

Georgia trat in den Gang. »Sind das Onkel Peter und Tante Sybil in dem Taxi?«

»Nein, wir treffen sie dort«, erwiderte Estella und wandte rasch den Blick ab.

Georgia trat ans Fenster und sah hinunter auf die Straße, wo ein Taxi vor dem Haus parkte. Selbst aus dieser Entfernung konnte sie erkennen, dass jemand auf der Rückbank saß, dass dieser Jemand männlich und in den Zwanzigern war und einen Frack trug.

»Mum, sag mir, was hier gespielt wird«, forderte sie ihre Mutter mit herausforderndem Blick auf.

»Tante Sybil war der Meinung, du bräuchtest für das Abendessen eine männliche Begleitung. Anscheinend gehört sich das so.«

»Und die männliche Begleitung sitzt jetzt da unten im Taxi?«

Estella fasste sie am Arm und führte sie entschlossen zur Tür. »Er ist nett, er kommt aus einer guten Familie ...«

»Ich gehe nicht auf die Party«, rief Georgia und versuchte, sich aus ihrem Griff zu winden.

»Doch, das tust du«, befahl Estella, schloss die Haustür hinter ihnen und zerrte Georgia die Treppe hinunter bis auf die Straße.

Ihr Begleiter war bereits aus dem Taxi ausgestiegen und hielt ihr die Tür auf. Sie sah, dass er etliche Zentimeter kleiner war als sie, rötlich blondes Haar hatte und an seinem kleinen Finger einen Siegelring trug.

»Frederick McDonald. Freut mich sehr«, sagte er mit einem augenscheinlich nervösen Lächeln. »Schön, dass wir uns endlich kennenlernen. Ich habe schon viel von dir gehört.«

Georgia konnte sich nicht dazu durchringen zu behaupten, dass das Vergnügen auf Gegenseitigkeit beruhe.

Der Queen Charlotte's Ball, einer der Höhepunkte der gesamten Saison, fand im Großen Saal des Hotels Grosvenor House statt. Vor dem Dinner, das um 20 Uhr 30 serviert wurde, wurden Cocktails gereicht. Es würde ein prunkvoller Abend werden, die Eintrittskarten hatten vier Pfund und vier Shilling pro Person gekostet. Nicht dass Georgias Familie dafür hatte bezahlen müssen – Donald Daly, Sallys Vater, hatte einen ganzen Tisch für zehn Personen gekauft und darauf bestanden, dass die Hamiltons seine Gäste sein sollten.

»Da bist du ja, George«, hörte sie Sally vergnügt quietschen, gleich nachdem sie ihre Stola in der Garderobe abgelegt hatte.

Georgia war froh, ihre beste Freundin in London zu sehen. Die beiden Mädchen waren eng befreundet, seit sie sich auf Emily Nightingales Cocktailparty kennengelernt hatten. Zwar hatten sie damals keine Adressen ausgetauscht, waren sich danach jedoch andauernd über den Weg gelaufen und hatten schon bald Pläne geschmiedet, um sich auch einmal privat, abseits der Veranstaltungen der Saison, zu treffen. Auch wenn Sally die Saison durchaus ernst nahm, war sie ein unbeschwertes Mädchen, das gern lachte und eine von Herzen kommende Freundlichkeit besaß, was Georgia sofort sympathisch war.

Nach der Auseinandersetzung mit ihrer Mutter war Georgia noch immer etwas missgelaunt, doch als sie das Abendkleid ihrer Freundin erblickte – eine bodenlange, vanillefarbene Kreation aus Duchesse und Tüll –, verschlug es ihr vor Entzücken den Atem.

»Und, wie ist deine Dinnerbegleitung?«, wollte Sally wissen und hakte sich verschwörerisch bei ihrer Freundin unter.

»Selbst du wusstest, dass man hinter meinem Rücken Frederick McDonald als Begleitung für mich organisiert hat?«

»Na ja, meine Mutter musste doch den Tischplan erstellen und hat dann Sybil angerufen und so haben wir gleich alles brühwarm erfahren.«

»Danke übrigens noch mal für die Eintrittskarten. Das war wirklich nett von euch.«

»Ich könnte ja jetzt lügen und sagen, dass mein Dad die Kohle hingeblättert hat, weil du die netteste und lustigste Debütantin der ganzen Saison bist«, flüsterte Sally theatralisch. »Allerdings musste ich erst meiner Mum erzählen, dass deine Tante adliger Herkunft ist, damit wir uns heute Abend einen Tisch teilen können. Aber sie wollen eben unbedingt in die feine Gesellschaft aufsteigen. Sie haben sogar meinen Bruder Keith mitgeschleppt, und ich glaube, Mum hat ihn neben Clarissa gesetzt. Ich hoffe, sie ist nicht schrecklich beleidigt deswegen. Schau, gerade werden sie einander vorgestellt.«

Georgia blickte sich im Saal um und sah, wie sich ihre Cousine mit einem rundlichen jungen Gentleman mit rötlicher Gesichtsfarbe und schlechtsitzendem Smoking unterhielt. Sally kam, was das Aussehen anging, ganz nach ihrer Mutter, Keith hingegen war das Ebenbild ihres wenig attraktiven Vaters. Clarissa würde nicht beleidigt sein. Sie würde schäumen vor Wut.

»Aber Frederick ist doch niedlich«, bemerkte Sally, während sie sich einen Weg durch das Getümmel bahnten und dabei alle paar Meter an einem Tisch stehenblieben, um ein Mädchen zu begrüßen, das ebenfalls Debütantin war. Georgia war selbst überrascht, wie viele der Anwesenden sie kannte. Nicht wenige von ihnen hatte sie im Swiss Chalet bedient, nachdem sich das Café zu einem beliebten Treffpunkt der Debütantinnen gemausert hatte, die sich dort mit ihren neuesten Eroberungen verabredeten. Vor ihren Augen hatte sich bei Apfelstrudel und heißer Schokolade schon so manche zarte Romanze entwickelt, und wenn man der Gerüchteküche trauen durfte, rechneten etliche ihrer Bekannten damit, sich noch vor Ende des Sommers zu verloben. Andere wiederum kannte sie von ihrer eigenen Cocktailparty, die vor ein paar Wochen stattgefunden hatte und überraschend erfolgreich verlaufen war. Onkel Peter war es gelungen, einen Raum im Chelsea Arts Club zu mieten, den sie mit mehreren Lichterketten dekoriert hatten. Es hatte ein etwas karges kaltes Büfett gegeben – Estellas Versuche, Aspik herzustellen, waren kläglich gescheitert; die erhoffte geleeartige Hauptattraktion war nicht fest geworden und daher kaum mehr als eine Schüssel mit kaltem Braten, der in einer wässrigen blassrosa Flüssigkeit herumschwamm. Allerdings hatte es eine hervorragende Auswahl an Cocktails gegeben. Georgia stand inzwischen in gelegentlichem Briefwechsel mit Edward Carlyle – nach jener Nacht in Putney hatten sie sich ein paar Mal geschrieben, woraufhin sie ihm eine Einladung zu ihrer Party geschickt hatte. Er hatte zwar nicht kommen können – anscheinend musste er dringend für die Abschlussprüfungen lernen –, doch dafür hatte er ihr ein Buch mit Cocktailrezepten geschickt, dem sie viele Ideen entnahm.

Suchend blickte sie sich im Saal um, um zu sehen, ob er heute Abend hier war. In seinem letzten Brief hatte er zwar nicht erwähnt, dass er kommen würde, aber sie hoffte trotzdem, inmitten der ganzen steifen, weißbehandschuhten Förmlichkeit ein bekanntes Gesicht zu erspähen.

Dann nahmen sie alle an dem runden Tisch Platz. Georgia war zwischen Frederick und Keith gesetzt worden – augenscheinlich wollte sich Mrs Daly alle Optionen offenhalten, ein Gedanke, den Georgia jedoch schnell wieder verdrängte.

»Rette mich«, flüsterte ihr Clarissa ins Ohr, bevor sie rechts von Keith Platz nahm. Georgia zwinkerte ihr aufmunternd zu.

Die Speisekarte war auf Französisch geschrieben, aber sie beherrschte die Sprache inzwischen so gut, dass sie übersetzen konnte. Suppe, Seezungenfilet, Hühnchen und Kartoffeln … Auf Französisch klang das alles wesentlich exotischer und köstlicher, dachte sie wehmütig.

»Ihre Krone sieht ja toll aus. Wo haben Sie die denn gekauft?«, wollte Sallys Mutter Shirley wissen, nachdem sie begehrliche Blicke auf Sybils Diadem geworfen hatte.

»Ein Geschenk meines Onkels zu meiner Hochzeit«, antwortete Sybil höflich.

»Vielleicht können wir ja auch so eine besorgen, wenn wir das nächste Mal in der Bond Street einkaufen gehen, was meinst du, Don?«

Georgia hoffte, dass ihre Tante nicht darauf hinweisen würde, dass sich das Schmuckstück schon seit Generationen in Familienbesitz befand, doch glücklicherweise schwieg Sybil taktvoll.

»Erzählen Sie mir von Ihrer Firma, Mr Daly«, wandte sie sich stattdessen an Sallys Vater.

»Die Geschäfte laufen gut«, erwiderte er lächelnd, stopfte sich die Serviette in sein Hemd und rief nach dem Weinkellner, um drei Flaschen Champagner bringen zu lassen. »Genau genommen laufen sie blendend. Nicht schlecht, wenn man bedenkt, dass ich mit ein paar alten Fahrrädern auf einem Pferdefuhrwerk angefangen habe, stimmt's?«

»Sie waren Lumpenhändler?«, fragte Clarissa entgeistert.

»Nicht ganz, aber fast«, Don Daly grinste. »Allerdings ist die Wiederverwertung von Metall ein äußerst zukunftsträchtiges Geschäft. Kennen Sie diese neuen Getränkedosen aus Aluminium? Die kann man alle wiederverwenden.«

»Geld für altes Gerümpel, soso.« Sybil lachte über ihren eigenen Witz.

»Sally hat erzählt, dass du für die *Vogue* arbeitest, Clarissa«, warf Shirley mit leuchtenden Augen ein.

»Das stimmt.«

»Darfst du auch mit zu Modeaufnahmen?«

»Bis jetzt noch nicht. Ich bin nur Sekretärin.«

»Aber nicht mehr lange, oder? Sie hat wohl vor, sich hochzuarbeiten«, warf Sybil mit kaum verhohlener Missbilligung ein. »Ich sollte dringend Audrey Withers anrufen und mit ihr über deine beruflichen Aussichten sprechen, jetzt, wo du beschlossen hast, eine Karrierefrau zu werden.«

Georgia blickte hinüber zu Clarissa, die beschämt den Kopf senkte. Es war ein offenes Geheimnis in der Familie, dass die Hamiltons Clarissa nur unter die Haube bringen wollten.

»Und Sally hat mir auch erzählt, dass du in einem Café arbeitest, Georgia«, bemerkte Shirley lächelnd, der die angespannte Atmosphäre am Tisch vermutlich nicht entgangen war.

»Es ist prima dort«, Georgia strahlte zurück. »Ich darf so viel Kuchen essen, wie ich will. Und ich werde sogar für die Pausen bezahlt, was toll ist, denn in der Zeit arbeite ich an meinem Buch und deswegen fühlt es sich so an, als würde ich endlich fürs Schreiben bezahlt werden.«

»Ach, da fällt mir ein, ich war neulich mit einem interessanten Burschen zum Abendessen verabredet«, meinte Peter und nahm einen großen Schluck Champagner. »Anscheinend ein recht erfolgreicher Autor. Ich sollte euch beide mal miteinander bekanntmachen, vielleicht kann er dir ein paar Tipps geben, wie man es schafft, einen Verleger zu finden.«

Peters Angebot hob Georgias Stimmung merklich, sodass das Abendessen ohne weitere Zwischenfälle und sogar recht erfreulich verlief. Die größte Überraschung des Abends war Frederick McDonald, der sich als außerordentlich interessanter und angenehmer Gesprächspartner erwies. Georgia fühlte sich zwar nicht im Geringsten zu ihm hingezogen, hoffte aber trotzdem, dass sie Freunde werden könnten.

Das eigentliche Ritual des Balls fand nach dem Abendessen statt. Über hundert der anwesenden Debütantinnen versammelten sich dazu zunächst im Obergeschoss, bevor sie die ausladende Treppe in den riesigen Ballsaal hinabschritten, wo in Anwesenheit der Herzoginwitwe von Northumberland eine gigantische weiße Torte angeschnitten wurde. Georgia konnte sich nicht erinnern, jemals etwas so Lächerliches erlebt zu haben, und das lag nicht etwa daran, dass sie neidisch war.

»Gehst du nicht mit?«, fragte Don Daly, als Sally aufstand, um sich zu den »Kuchen«-Debütantinnen zu gesellen.

»Ich wurde nicht ausgewählt«, flüsterte Georgia theatralisch.

»Das ist ja jammerschade«, erklärte Mrs Daly nicht unfreundlich. »Sally hat vor, noch ein paar Stunden bei Lucie Clayton zu nehmen. Komm doch beim nächsten Mal auch mit.«

»Ich glaube, das Problem ist weniger ihr Benehmen als ihre Einstellung«, erwiderte Sybil in scharfem Ton.

»Dann sollen sie doch Kuchen essen«, flüsterte Frederick McDonald. Normalerweise hätte seine Bemerkung Georgia zum Lachen gebracht, doch sie war zu aufgebracht über den unhöflichen Kommentar ihrer Tante.

Glücklicherweise dauerte das Prozedere nicht lange und dann fing auch schon das Orchester von Bill Savill an zu spielen und Onkel Peter forderte Georgia zum traditionellen Vater-Tochter-Tanz auf. Sie empfand einen plötzlichen Schmerz darüber, dass ihr Vater nicht hier sein konnte, doch in dem Moment drückte Peter ihre Hand, als ob er ihren Kummer gespürt hätte.

»Ich wollte dir schon lange einmal sagen, wie stolz ich auf dich bin. Du hast dich zu einer intelligenten und attraktiven jungen Frau entwickelt«, sagte ihr Onkel mit einem warmherzigen Lächeln.

»Danke«, sie strahlte. »Und danke auch dafür, dass du an mich gedacht hast, als du diesen Schriftsteller kennengelernt hast.«

»Mach dir nichts aus Sybil«, sagte er nach einem Augenblick des Schweigens. »Du weißt, dass sie nur das Beste für dich und Clarissa will.«

Georgia schnaubte verächtlich. Sie wollte nicht unhöflich sein nach allem, was ihre Tante und ihr Onkel für sie getan hatten, aber Sybils offen zur Schau getragene Enttäuschung war auf Dauer wirklich frustrierend.

»Warum lässt du dir das bieten, Onkel?«, wunderte sie sich laut.

»Eine Ehe besteht nun einmal aus Kompromissen«, antwortete Peter nüchtern.

»Eine Ehe ist doch kein Kompromiss! Eine Ehe muss sich hundertprozentig richtig anfühlen. Man muss füreinander geschaffen sein. Wozu heiratet man denn sonst?«

Georgia sah, wie Estella sie vom Rand der Tanzfläche aus beobachtete, und musste unwillkürlich an die Ehe ihrer Eltern denken. Sie konnte sich zwar nicht erinnern, als kleines Mädchen besonders romantisch veranlagt gewesen zu sein, doch sie hatte sich auf dem alten Bauernhof oft einsam gefühlt und daher stets fasziniert gelauscht, wenn ihre Mutter ihr erzählte, wie sie und James Hamilton sich kennengelernt und ineinander verliebt hatten, und sie wollte die Geschichte wieder und wieder hören, als wäre sie eine Art Märchen.

James war damals auf Geschäftsreise in Paris gewesen und hatte dort Estella kennengelernt, die in einem Straßencafé im 14. Arrondissement gesessen und gezeichnet hatte. Sie waren ins Gespräch gekommen und dann gemeinsam weiterspaziert, von der kleinen Straße in Montparnasse bis nach Montmartre auf der anderen Seite der Stadt, wo sie sich auf die Treppen unterhalb von Sacré-Cœur gesetzt und zugesehen hatten, wie die Sonne hinter dem Eiffelturm unterging. Bereits als sie am Ufer der Seine angelangt waren, hatte Estella beschlossen, dass sie James Hamilton heiraten würde. Kurz vor Kriegsausbruch hatten sie in der Stadt noch ihre Flitterwochen verbracht, sollten jedoch nie wieder gemeinsam dorthin zurückkehren.

Insgeheim hatte sich Georgia immer gefragt, ob ihre Mutter sie nicht deshalb nach Paris geschickt hatte, damit sie dort eine ähnlich romantische, berauschende Erfahrung machen konnte. Und jetzt? Jetzt versuchte man, sie mit Männern wie Frederick McDonald zu verkuppeln, der zwar nett und lustig war, der jedoch genauso wenig Chancen hatte, Georgias Herz zu erobern, wie auf dem Mars zu landen. Man konnte Liebe eben nicht erzwingen, befand sie. Sie durfte nicht vergessen, das in ihre Memoiren mit aufzunehmen.

Jemand tippte Onkel Peter auf die Schulter. Frederick fragte, ob er ihn ablösen dürfe. Georgia nahm seine Hand und sie fingen an, sich im Walzertakt zu drehen.

»Was hat es eigentlich mit dieser Knickserei vor der Torte auf sich?«, fragte er in lautem Tonfall, um die hohen Töne einer Klarinette zu übertönen.

»Du bist doch bestimmt nicht zum ersten Mal auf dem Queen Charlotte's Ball?«

»Doch. Ich weiß zwar nicht, ob sich deine Tante Sybil noch erinnert, aber vor zwei Jahren wollte sie, dass ich Clarissa auf den Ball begleite, ich konnte damals allerdings nicht.«

»Du bist ja sehr gefragt.«

»Das liegt wohl eher daran, dass ich schon vierundzwanzig bin und meine Eltern meinen, es wird höchste Zeit, dass ich eine Frau finde.«

Frederick tanzte so gut wie ein Franzose, was ein ziemliches Kompliment war. Sie war sich nicht sicher, ob er womöglich die ganze Zeit die Luft anhielt, aber sie konnte ihn jedenfalls nicht in ihr Ohr keuchen hören – eine Gefahr, die bei anderen Tanzpartnern durchaus bestand.

»Wie wär's, wenn wir bis zur anderen Seite des Saals tanzen, wo uns die Erwachsenen nicht sehen können, und uns dann einfach betrinken?«, fragte Frederick irgendwann. Georgia fand ihn von Minute zu Minute sympathischer.

Sie holten sich zwei Becher Bowle, Frederick zog einen Flachmann hervor und goss ihr und sich einen großzügigen Schluck ein.

»Um das hier durchzustehen, müssen wir uns ordentlich die Kante geben.«

»So schlimm bin ich nun auch wieder nicht, oder?«, Georgia lachte.

»So habe ich es nicht gemeint …«

»Und du wirst also Diplomat?«, fragte Georgia, als ihr wieder einfiel, was er ihr beim Abendessen erzählt hatte.

»Eines Tages. Vielleicht.«

»Du klingst nicht gerade begeistert über diese Aussicht.«

»Eigentlich will ich viel lieber Journalist werden. Überleg doch mal, man geht ins Theater oder besucht die Sommerausstellung der Royal Academy of Arts und wird dafür bezahlt, darüber zu schreiben.«

»Meine Mum sagt immer, dass es wunderschön ist, sein Hobby zum Beruf zu machen. Dann müsste man nie in den Ruhestand gehen, denn man empfindet das, was man macht, nicht als Arbeit.«

»Sie ist Künstlerin, oder? Sie soll auf deiner Cocktailparty großartige Zeichnungen von den Debütantinnen gemacht haben.«

»Du hast davon gehört?« Nach der Katastrophe mit dem Aspik hatte Estella improvisieren müssen, um die Party ein bisschen in Schwung zu bringen, und hatte deshalb beschlossen, von allen Gästen eine Fünf-Minuten-Skizze anzufertigen, die sie dann als Geschenk mit nach Hause nehmen durften.

»Eine Freundin meiner Schwester war auf deiner Fete. Sie ist ziemlich stolz auf ihr Porträt. Anscheinend ist ihr nicht aufgefallen, dass deine Mutter ihr eine Nase in Größe und Form einer Banane verpasst hat.«

»Meine Mutter meinte, sie hätte mit kubistischen Karikaturenzeichnungen experimentiert.«

»Sie sollte sich eine Bildergeschichte für die *Evening Post* ausdenken.«

»Das wäre bestimmt lustig«, stimmte Georgia zu.

Als sie sich nach Estella umblickte, sah sie, dass sie gerade von einem ziemlich attraktiven Debütantinnenliebling zum Tanzen aufgefordert wurde. Da sie kein weißes Kleid trug, musste der junge Mann wissen, dass sie keine Debütantin war. Allerdings sah sie wirklich umwerfend aus. Sie hatte eine gewisse Ähnlichkeit mit Lola Wigan, der engelsgleichen Debütantin, die vor kurzem auf der Berkeley-Modenschau das Brautkleid vorführen durfte und von der man munkelte, dass sie höchstwahrscheinlich im Spätsommer zur Debütantin des Jahres gewählt werden würde. Anders als Georgia war Estella schlicht unwiderstehlich.

Sie entschuldigte sich bei Frederick und ging auf die Toilette, um sich frischzumachen. Sie fand eine leere Kabine, klappte den Klodeckel hinunter und verschnaufte erst einmal. Angespornt von Onkel Peters Versprechen, sie mit dem Schriftsteller bekanntzumachen, nahm sie ihr kleines Notizbuch aus ihrem Seidentäschchen und begann aufzuschreiben, was sie an diesem Abend erlebt hatte. Sie notierte sich auch einige interessante Redewendungen, die Frederick benutzt hatte. Wozu ihre Notizen dienen würden, wusste sie noch nicht genau, abgesehen davon, dass sie beschlossen hatte, ihr nächstes Buch nach *Ein englisches Mädchen in Paris* würde von einem Mädchen vom Lande und ihren Erfahrungen als

Debütantin in London im Jahr 1958 handeln. Schon merkwürdig, dass sie bereits an ihrem zweiten Buch schrieb, noch bevor sie mit dem ersten fertig war, dachte sie, während die Worte nur so aus ihr herausflossen.

Sie zuckte zusammen, als sie ihren Namen hörte, und spitzte die Ohren.

»Wie ich sehe, sitzen die beiden seltsamsten Debütantinnen der Saison am selben Tisch«, sagte eine Stimme, die ihr vage bekannt vorkam.

»Wen meinst du damit?«, fragte eine zweite Stimme.

»Das Mädchen aus Birmingham mit der riesigen Oberweite und Georgia Hamilton.«

Georgia äugte durch einen Spalt in der Toilettentür und sah drei Mädchen, die vor dem Spiegel standen und sich den Lippenstift nachzogen – Marina Ellis, ihre Freundin Melanie von der Cocktailparty am Eaton Square und eine weitere Debütantin.

»Ich finde sie ziemlich hübsch«, sagte das unbekannte Mädchen.

»Hübsch?«

»Sie hat immer so schöne Kleider an.«

»Ach so, ich dachte schon, du meinst Georgia«, kicherte Marina. »Sie sieht die meiste Zeit aus, als käme sie direkt von der Heilsarmee.«

»Ich war trotzdem überrascht, dass Sally die Torte begleiten durfte.«

»Ihr Vater hat sich doch überall eingekauft, warum sollte es beim Queen Charlotte's Ball anders sein? Wahrscheinlich hat er der Herzoginwitwe eine Handvoll Guineen zugesteckt, damit sie dabei sein darf.«

»Allerdings ist er nicht der Einzige, der sich Gefälligkeiten erkauft«, sagte Melanie, die Stimme senkend.

»Was meinst du damit?«, flüsterte Marina, Klatsch witternd.

Sie drängten sich enger vor dem Waschbecken zusammen. Georgia fand, sie sahen aus wie die Hexen in *Macbeth*, die um den brodelnden Kessel herumstanden.

»Wie ich aus sicherer Quelle weiß, tobt sich Estella Hamilton nicht nur auf der Leinwand aus, wenn sie ein Bild malt.«

Marina schnappte nach Luft. »Du meinst, sie geht mit ihren Auftraggebern ins Bett?«

Melanie nickte. »Das habe ich zumindest gehört. Freunde meiner Mutter, die Chases, haben bei ihr ein Gemälde in Auftrag gegeben und dabei hat sie sich wohl blendend mit Mr Chase verstanden. So blendend, dass Mrs Chase am Ende das fertige Bild aus dem Fenster geschmissen hat.«

»Dass sie einen so liederlichen Lebenswandel führt, überrascht mich kein bisschen«, erklärte Marina boshaft. »Wie sie schon aussieht, mit ihrem roten Lippenstift und den roten Haaren.«

Georgia spürte, wie ihre Hände vor Wut zitterten. Am liebsten wäre sie aus der Toilette gestürmt und hätte die Lästermäuler zur Rede gestellt, aber da hatten die drei bereits das Thema gewechselt.

»Wie ist eigentlich deine Begleitung?«, wollte Melanie von Marina wissen.

»Sterbenslangweilig«, stöhnte sie. »Ich habe stattdessen ein Auge auf Charlie Edgerton geworfen. Er hat mich schon zweimal zum Tanzen aufgefordert, ich muss also zusehen, dass ich irgendwie meine Begleitung loswerde, damit ich seine Aufforderung annehmen kann.«

»Worauf warten wir dann noch? Komm, wir gehen ihn suchen ...«

Wutentbrannt klappte Georgia ihr Notizbuch zu und holte

tief Luft. »Was fällt denen überhaupt ein? Denen werd ich's zeigen!«, flüsterte sie zu sich selbst, wild entschlossen, sie nicht ungestraft davonkommen zu lassen.

Sie verließ die Toilette und ging zurück in den Ballsaal. Estella unterhielt sich gerade mit dem Vater einer der Debütantinnen. Melanies Worte hallten Georgia durch den Kopf, doch sie verdrängte sie mit aller Macht.

Da sah sie, wie Marina am anderen Ende des Raums mit einem hochgewachsenen, dunkelhaarigen Mann mit schwarzen, geheimnisvollen Augen flirtete. Zwar hatte Georgia, anders als Sally, keinen geistigen Katalog aller diesjährigen Debütantinnenlieblinge erstellt, aber Charles Edgerton war ein echter Jackpot, was Aussehen und Herkunft anging, und damit zu begehrt, als dass man ihn nicht kennen – oder zumindest erkennen – würde.

Die beiden schwebten im Walzertakt über die Tanzfläche, wobei seine Frackschöße vor- und zurückschwangen wie die Flügel eines Raben. Marina war bei weitem nicht die schönste der Debütantinnen, doch heute Abend hatte sie sich wirklich herausgeputzt, und selbst Georgia musste einräumen, dass die beiden ein hübsches Paar abgaben. Sie tanzten zwei Lieder lang, danach entschuldigte Charles sich. Georgia erkannte, dass das ihre Chance war. Sie tippte ihm auf die Schulter und er drehte sich um.

»Entschuldige bitte«, sprach sie ihn an und richtete sich zu ihrer vollen Größe auf.

»Ja?«, gab er zurück, wobei er sie flüchtig von oben bis unten musterte, als würde er ein preisgekröntes Pferd vor einem Rennen bewerten.

»Mir ist zu Ohren gekommen, dass die Mütter gewisser Debütantinnen eine Art Rangliste aller jungen Männer erstellt haben, die an der Saison teilnehmen. Die Einteilung richtet sich danach, wie begehrt jemand ist. Sie haben auch eine Art Geheimsprache entwickelt. Zum Beispiel NVIT: *Nicht vertrauenswürdig in Taxis.* SVITVS: *Sehr vertrauenswürdig in Taxis, vermutlich schwul.* Übrigens stehst du auf der Liste recht weit oben. Genau genommen giltst du als ausgezeichnete Partie.«

»Ähm, danke«, erwiderte er und sah einen Moment lang ziemlich überrumpelt aus.

»Ich bin gerade dabei, eine eigene Liste zu erstellen«, fuhr Georgia fort. »Angesichts der Tatsache, dass wir Mädchen so viele Informationen zur Verfügung haben, dachte ich mir, es ist nur fair, wenn auch die Herren erfahren, auf wen sie sich da einlassen.«

Er lächelte verhalten.

»Die junge Dame, mit der du zum Beispiel gerade getanzt hast. Sie müsste auch auf meiner Liste stehen«, sagte sie, holte ihr Notizbuch aus der Tasche und tat so, als müsste sie ihr eigenes Gekritzel entziffern. »Ah ja, hier ist sie ja. Marina Ellis. LLLVTEG.«

»Und was soll das heißen?«, fragte er stirnrunzelnd.

»*Lustig, liederlicher Lebenswandel, vermutlich Trägerin einer Geschlechtskrankheit.* Während ihrer Zeit in Paris soll sie eine unglückselige Liaison mit einem Matrosen gehabt haben.«

Dass sie Paris erwähnte, ließ ihn aufhorchen. Bestimmt hatte Marina ihm von ihrem Aufenthalt auf dem Kontinent vorgeschwärmt.

»Geschlechtskrankheit?«, sagte er langsam.

»Nur so ein Gerücht. Ich bin mir sicher, sie wird es abstreiten, aber man kann ja nie wissen«, meinte Georgia, klappte ihr Notizbuch zu und senkte die Stimme. »Ich habe gehört, dass man diese sexuell übertragbaren Krankheiten kaum mehr loswird, wenn man sich einmal angesteckt hat, also viel Glück. Nimm dich lieber in Acht.«

Sie wartete noch einen Moment und sah zu, wie ihm vor Verblüffung der Mund aufklappte, dann drehte sie sich auf dem Absatz um und kehrte an ihren Tisch zurück.

»Äh, Mum, wir sollten jetzt besser gehen«, sagte sie zu ihrer Mutter und nahm ihr das Champagnerglas aus der Hand.

»Aber es ist doch noch so früh«, protestierte Estella.

»Ich bin müde …«

»Ach, hör schon auf, Georgia. Warum unterhältst du dich nicht noch ein bisschen mit Freddie?«

»Sollen wir noch ein Tänzchen wagen?«, fragte Frederick und bot ihr seinen Arm an.

»Na los«, drängte Estella, als Frederick sie auch schon auf die Tanzfläche führte.

»Versteck mich«, flüsterte Georgia, während sie sich bei ihm unterhakte.

»Was um alles in der Welt hast du denn angestellt? Etwa heimlich Alkohol in die Bowle geleert? Oder Arsen in die Torte der Herzoginwitwe gemischt?«

»Schlimmer.«

»Na, du bist mir ja eine.«

Vorsorglich ließen sie sich an der Garderobe Georgias Stola geben, um im Ernstfall schnell entwischen zu können. Als sie in den Saal zurückkehrten, um Estella abzuholen, stand auf einmal Sybil mit grimmiger Miene vor ihnen.

»Wir müssen reden«, donnerte sie und warf Georgia einen strengen Blick zu.

»Ich wollte gerade gehen.«

»Das wäre durchaus angebracht«, antwortete ihre Tante. Ihr Mund war zu einem unerbittlichen, harten Strich verzogen.

Georgia schluckte schwer.

»Dort drüben sitzt eine Debütantin, die in Tränen aufgelöst ist, und offenbar bist du schuld daran.«

Georgia schielte in Richtung Ausgang und fragte sich, ob sie nicht einfach die Flucht ergreifen sollte.

»Anscheinend hast du bösartige Lügen über sie verbreitet. Ist dir nicht in den Sinn gekommen, dass die betroffene Person davon erfahren könnte? Hast du nicht daran gedacht, dass es sie verletzen und kränken würde?«

»Das ist mir egal«, erwiderte Georgia trotzig. »Sie hat es verdient.«

»Verdient! Georgia, die Veranstalter des Balls haben bereits Wind davon bekommen und verlangen, dass du dich umgehend entschuldigst.«

»Ich werde mich aber nicht entschuldigen. Nicht nach dem, was sie über meine Mutter und meine Freundin gesagt hat.«

»Selbst die Herzoginwitwe hat gesehen, wie das Mädchen in Tränen ausgebrochen ist!«, rief Sybil empört. »Du wirst dich auf keiner einzigen Veranstaltung der Saison mehr blicken lassen können.«

»Umso besser. Ich habe sowieso keine Lust mehr, bei diesem Zirkus mitzumachen. Bescheuerte, arrogante Ziegen, doofe Diademe und Männer, die einem sowieso nur an die Wäsche wollen.«

Sybil schnappte nach Luft. »Wenn dein Vater noch leben würde …«

»Wenn mein Vater noch leben würde, dann würde er auf keinen Fall wollen, dass ich bei diesem Affentheater mitmache. Er hat meine Mutter aus *Liebe* geheiratet, und nur auf diese Weise kann man auch glücklich werden.«

Sybil schien ihr gar nicht mehr zuzuhören. Ihr Blick war über Georgia hinweggeschweift und sie runzelte verdutzt die

Stirn. »Was um alles in der Welt macht denn Mrs Bryant hier?«, fragte sie leise.

Georgia drehte sich um und erblickte die Haushälterin. »Was ist denn passiert?«, wollte Sybil sichtlich angsterfüllt wissen.

»Mrs Hamilton, ich muss dringend mit Miss Estella sprechen.«

»Sie war gerade noch hier am Tisch«, meinte Georgia und blickte sich suchend nach ihr um. »Was wollen Sie denn von ihr?«

Mrs Bryant senkte den Kopf und sah dann wieder hoch zu Georgia.

»Bei uns ist ein Anruf eingegangen. Ein Anruf aus Devon. Es ist etwas Schreckliches passiert, Miss Georgia. Ihr Bauernhof, Ihr Bauernhof in Devon. Anscheinend ist er abgebrannt.«

Kapitel 9

Arthur sah gar nicht gut aus. Als der Zug pfeifend und dampfspuckend in den Bahnhof einfuhr, erblickte Georgia den hochgewachsenen Mann auf dem Bahnsteig, wo er verlegen seine Mütze zwischen den riesigen Händen drehte, als ob er sie auswringen wollte. Er erspähte Estella, die sich aus dem offenen Fenster hinauslehnte, und winkte ihr zu, doch ohne dabei zu lächeln. Georgia erschrak zutiefst. Arthur Hands zu sehen, ohne dass ein breites Grinsen auf seinem Gesicht lag, war wie Rosen im Winter zu betrachten: trostlos und kahl. Seit Georgia denken konnte, hatten der rotbäckige Bauer und seine Frau im Auftrag der Hamiltons die Moonraker Farm geführt, und für sie war Arthur ebenso ein Teil der Landschaft in Devon wie die Felsen oder die Eichen, und er war ebenso robust und stark wie sie. Und doch stand er jetzt mit gesenktem Kopf und rotgeränderten Augen vor ihnen. In dem Augenblick wusste Georgia, dass es schlimmer war, als sie befürchtet hatten.

»Miss Estella, Miss Georgia«, begrüßte Arthur sie betreten. »Ich wünschte, ich könnte sagen, dass ich mich freue, Sie zu sehen.«

Estella erwiderte nichts, sondern schlang stattdessen die Arme um den großen Mann und drückte ihn. »Ach Arthur, was soll nur aus uns werden?«, flüsterte sie. Sie blieben eine lange Weile so stehen, dann machte Estella sich los, holte tief Luft und wirkte auf einmal energisch und sachlich. »Aber sag doch mal, wie geht es dir und Marjorie? Wir stehen hier und jammern, dabei habt ihr ja genauso euer Zuhause verloren.«

»Ach, mit uns ist alles in Ordnung«, entgegnete Arthur und fing wieder an, seine Mütze zu kneten. »Zum Glück ist Marjorie mitten in der Nacht aufgewacht; ihre Kehle war ganz ausgedörrt, wahrscheinlich wegen dem Rauch. Sie hat mir 'nen Stoß verpasst, und ich hab' gleich gerochen, dass es brennt, sonst …« Er schüttelte seinen großen Kopf. »Das Feuer ist durch die Gebäude gefegt wie durch Zunder. Wir hätten keine Chance gehabt.«

Georgia und ihre Mutter tauschten einen Blick. Sie wusste, dass sie beide das Gleiche dachten: Wenn sie nicht weit weg in London gewesen wären, wären sie womöglich zusammen mit dem Bauernhof in Flammen aufgegangen.

Estella straffte die Schultern und sah zu Arthur hoch. »Wie schlimm ist es?«

Arthur verzog das Gesicht zu einer schmerzvollen Grimasse. »Schlimm. Ich werd' Sie nicht anlügen, Miss Estella. 's ist schlimm.«

Georgia spürte eine heftige Wut in sich aufsteigen, als sie sah, wie ihre Mutter mit den Tränen kämpfte. Wie hatte er zulassen können, dass so etwas passiert war? Dazu waren die Handsens doch da, oder? Um auf den bescheuerten Bauernhof aufzupassen. »Weiß man, wie es passiert ist?«

»Noch nicht sicher, Miss Georgia. Der Leiter der Feuerwehr meint, dass wir es unter Umständen nie erfahren werden. Er ist seit heute Morgen da. Sie vermuten, dass es im Atelier ausgebrochen ist.«

»Aber das verstehe ich nicht, Arthur«, erwiderte Georgia, unfähig, ihre Wut und ihren Kummer länger zu unterdrücken.

»Ein Feuer bricht doch nicht einfach so aus. Jemand muss irgendetwas angelassen haben, eine Kerze, ein Licht – oder vielleicht eine Zigarette?«

Arthur sah sie gekränkt an. Der Vorwurf war ihm nicht entgangen und Georgia bereute ihre Äußerung sofort. Estella hatte recht, immerhin hatten die Handsens ebenfalls ihr Zuhause verloren.

»Wir rauchen nie in Ihrem Haus, Miss Georgia«, gab er zurück. »Glauben Sie mir, wir haben nichts Verbotenes getan. Wir sind nur ins Atelier, um die Pflanzen zu gießen. Marjorie meinte, ein paar hätten schon die Köpfe hängen lassen.« Mit schmerzerfüllter Miene wandte er sich an Estella. »Vielleicht war's ja die Elektrik. Die alten Leitungen oder so.«

»Ja, ja, natürlich«, entgegnete Estella und warf Georgia einen vorwurfsvollen Blick zu. »Niemand unterstellt dir, dass du etwas falsch gemacht hast. Im Gegenteil, wahrscheinlich würde kein Stein mehr auf dem anderen stehen, wenn du nicht Alarm geschlagen hättest.«

»Vermutlich nicht«, sagte Arthur leise. Er blickte dabei zu Boden, doch Georgia sah ihm an, dass es schlimmer war, als sie und ihre Mutter vermuteten. Seinem Gesichtsausdruck nach zu urteilen, bezweifelte sie, dass auf der Moonraker Farm überhaupt noch ein Stein stand.

Die Fahrt ins Dorf dauerte fünfundzwanzig Minuten. Normalerweise genoss es Georgia, in Arthurs knallrotem Morris Minor die Landstraße entlangzuzuckeln, das Radio laut aufgedreht und die Fenster heruntergekurbelt, doch heute war es eine Qual. Jeder Meter, jede Biegung der Straße brachten sie einem Anblick näher, von dem sie nicht wusste, ob sie ihn ertragen konnte. Im Stillen schämte sie sich dafür, in den vergangenen Monaten den Bauernhof unzählige Male als alt, rückständig und unverzeihlich öde abgetan zu haben. Sie konnte sich noch lebhaft daran erinnern, wie sie neben ihren schicken, großstädtischen Freunden am linken Seineufer entlangspaziert war und sich dabei über den Bauernhof mit seinen baufälligen Hühnerställen und matschigen Bächen lustig gemacht hatte. Sie alle hatten sich über die lächerlich altmodischen Bauern und ihre winzigen Bauernhäuser mokiert. Und jetzt? Jetzt hätte Georgia alles dafür gegeben, das baufällige Haus mitsamt seinen im Dreck herumpickenden und scharrenden Hühnern stolz im Hof stehen zu sehen. Sie wollte aus dem Küchenfenster hinüber zu dem fernen Wäldchen sehen können, sie wollte sich in ihr quietschendes Himmelbett legen und dem Geräusch der Rohre lauschen können, während nebenan die alte gusseiserne Badewanne volllief. Doch als sie in den Feldweg einbogen, der zu ihrem Haus führte, wusste sie, dass sie all diese Dinge nie wieder würde tun können. Der Bauernhof war verschwunden. Für einen Augenblick stockte ihr der Atem und sie schlug erschrocken die Hand vor den Mund.

Das Feuer hatte nicht nur die Balken versengt und Brandmale am Kamin hinterlassen; es hatte das Haus vollkommen zerstört. Die Backsteinmauern standen zwar noch, aber dort, wo sich früher die Fenster mit den Fensterläden und die fröhliche gelbe Tür befunden hatten, klafften jetzt riesige Löcher wie Zahnlücken. Vom Dach waren nichts als rußgeschwärzte Sparren zurückgeblieben, die von der Hitze verbogen worden oder geborsten waren und nun in den Himmel ragten wie die Finger einer Hexe.

Wie in Trance stiegen sie aus dem Auto. »Es ist weg«, flüsterte Estella. »Es ist alles weg.«

»Manches kann man bestimmt noch retten«, meinte Arthur leise. »Die Wände sind doch noch …« Er verstummte.

»Nein, Arthur.« Estella schüttelte fassungslos den Kopf. »Schau es dir doch an. Alles ist weg.«

Eine kleine, rundliche Frau mit einem tränenverschmierten Gesicht kam auf sie zugelaufen und umarmte Arthur. Marjorie Hands sah furchtbar aus, bleich und erschöpft, und als Arthur seine Arme um sie legte, schien sie völlig zu verschwinden.

»Marjorie«, wandte sich Estella in strengem Ton an sie. »Hast du überhaupt schon ein Auge zugetan?«

Die Frau schüttelte den Kopf.

»Dann müssen wir dringend ein Bett für dich finden.«

Georgia warf ihrer Mutter einen überraschten Blick zu. Normalerweise bekam sie schon einen Nervenzusammenbruch, wenn sie mal ihren Lieblingsmalerkittel nicht finden konnte, doch jetzt, inmitten dieses ganzen Chaos, schien sie über sich hinauszuwachsen.

»Wir wollten zu meiner Schwester und erst mal bei ihr bleiben«, erklärte Arthur.

»Die Schwester, die in Minehead wohnt? Um Himmels willen, Arthur, das ist zwei Autostunden von hier entfernt. Warum quartierst du dich denn nicht im Feathers ein?«

Arthur machte eine verlegene Miene. »Na ja, um ehrlich zu sein, hab ich schon mit Phil in der Bar gesprochen und abgemacht, dass Sie und Miss Georgia dort unterschlüpfen.«

»Unsinn«, erwiderte Estella bestimmt. »Das Feathers hat nur ein einziges Zimmer und dass müsst ihr beziehen.«

»Mum …«, warf Georgia ein.

»Nein, Liebes, Marjorie braucht jetzt dringender ein Bett als wir. Wir kommen schon zurecht. Bitte, Arthur, sei so gut und bring sie gleich hin, ja?«

Sehnsuchtsvoll sah Georgia mit an, wie das Ehepaar in das Auto stieg, kehrtmachte und wieder auf die Straße zurückfuhr.

In einiger Entfernung vom Hauptgebäude stand immer noch ein Feuerwehrauto, und eine Gruppe von Feuerwehrleuten hatte sich um die Scheune versammelt. Sie zog ihre Mutter beiseite, außer Hörweite der Männer.

»Mum, wie stellst du dir das denn vor? Wie sollen wir hier bitte schön zurechtkommen?«, stieß sie hervor. »Du siehst doch, dass das Haus nicht mehr steht.«

»Es gibt doch noch den Schuppen«, entgegnete Estella. »Und dort liegen bestimmt mehr als genug Pferdedecken herum.«

»Wie bitte? Wir sollen im Schuppen übernachten?«, fragte Georgia ungläubig. Meinte ihre Mutter das ernst?

»Tja, ich glaube, wir müssen unsere Erwartungen von nun an etwas herunterschrauben, Georgia«, gab Estella trocken zurück.

»Das Feathers ist nicht gerade das Ritz.«

»Jetzt sei doch nicht so herzlos. Wir sind verantwortlich für die Handsens, vergiss das nicht. Außerdem sind wir jünger und robuster als sie. Es wird schon gehen.«

Sie mochte ja jünger als Arthur Hands sein, aber um jemanden zu finden, der zarter und leichter aus der Fassung zu bringen war als Estella Hamilton, musste man lange suchen. Dass sie jetzt ernsthaft in Betracht zog, unter Pferdedecken zu schlafen, machte Georgia stutzig und sie warf ihrer Mutter einen prüfenden Blick zu. Vielleicht war der Schock zu viel für sie gewesen. Sie wollte gerade etwas erwidern, als ein hochgewachsener Mann in Uniform auf sie zutrat.

»Mrs Hamilton? Ich bin Geoffrey Marks, der Leiter der örtlichen Feuerwehr. Es tut mir sehr leid, dass wir uns unter diesen Umständen kennenlernen.«

Estella streckte ihm ihre zierliche Hand entgegen. »Aber nicht doch, Mr Marks, es ist sehr freundlich von Ihnen, dass Sie hier sind. Was können Sie uns denn berichten?«

»Die Gebäude können derzeit noch nicht untersucht werden, da sie einsturzgefährdet sind«, erklärte er und blickte zu den Überresten des Hauses hinüber, aus denen noch immer Rauch aufstieg. »Was die Brandursache angeht, kann ich daher nur mutmaßen. Es sieht allerdings so aus, als wäre das Feuer dort ausgebrochen.« Er zeigte auf das Atelier – oder vielmehr auf das Wenige, was davon übrig geblieben war: ein Kaminsims und ein Stapel aus verkohltem Holz. »Von dort aus hat es sich auf das Haupthaus und bis hinüber in den Anbau ausgebreitet, wo Mr und Mrs Hands wohnen, wenn ich richtig informiert bin. Die beiden haben großes Glück gehabt, wenn ich das so sagen darf. Als sie aufgewacht sind, muss die Hitze schon unerträglich gewesen sein.«

Er führte sie um den abgebrannten Bauernhof herum, wobei er darauf achtete, nicht zu nahe heranzutreten, und erst in dem Moment wurde Georgia das wahre Ausmaß der Zerstörung bewusst. Es war buchstäblich nichts mehr übrig. Bilder, Teppiche, Vorhänge, selbst das quietschende Himmelbett waren zu Asche geworden.

»Wenn ich zurück auf der Feuerwache bin, werde ich ein bisschen herumtelefonieren«, sagte Mr Marks. »Ich bin sicher, dass sich eine vorübergehende Bleibe für Sie finden lässt. Und wenn alle Stricke reißen, können Sie bei mir und meiner Familie unterkommen.«

Georgia musste fast lächeln, als sie das hörte. Sie war überzeugt davon, dass niemand aus ihrem Bekanntenkreis in London angeboten hätte, sie bei sich aufzunehmen, und das, obwohl sie alle so riesige Häuser hatten. *Und ich habe mich über die Leute auf dem Land lustig gemacht*, dachte sie und wurde rot vor Scham.

Sie blieben allein zurück und sahen zu, wie das Feuerwehrauto auf den Feldweg abbog und verschwand.

»Ach, Georgia«, flüsterte Estella.

Georgia nahm ihre Mutter in den Arm, während diese sich an ihrer Schulter ausweinte. Bestimmt hatte sie – typisch britisch – versucht, sich in Gegenwart anderer Leute nichts anmerken zu lassen und Haltung zu bewahren, aber jetzt, wo sie allein waren, brach mit einem Mal der ganze Kummer aus ihr heraus.

»Ach komm, so schlimm ist es doch gar nicht«, sagte Georgia unsicher. »Schau, die Wände stehen noch. Wir können das Haus wieder aufbauen.«

»Womit denn?«, fragte ihre Mutter zurück. »Womit sollen wir das bezahlen? Wir sind nicht versichert. Und alles, was wir besaßen, befand sich in diesem Haus.«

Ihre Stimme bebte, ihre stoische Haltung von vorhin war offenkundiger Verzweiflung gewichen und sie zitterte am ganzen Körper.

»Dann machen wir es eben selbst.«

»Wie denn? Ich besitze nicht einmal mehr einen Pinsel.«

»Ich habe doch meine Ersparnisse aus dem Café«, warf Georgia ein. »Fast vierzig Pfund.«

»Das ist lieb gemeint, Darling. Aber was glaubst du, wie weit wir damit kommen? Glaubst du, das reicht, um den Bauernhof wieder aufzubauen? Glaubst du, es reicht, um ein neues Apartment mieten zu können, wenn Peters Freund im Herbst aus Kairo zurückkommt und seine Wohnung wiederhaben will? Meine Kriegswitwenrente ist nicht gerade hoch, das kannst du mir glauben. Ich habe keine Ahnung, wie wir über die Runden kommen wollen.«

»Wir schaffen das«, erwiderte Georgia mit fester Stimme und drückte die schmalen Schultern ihrer Mutter. »Und vergiss nicht, wir haben immer noch einander, das ist das Allerwichtigste.«

»Wenn du meinst«, sagte Estella, klang jedoch nicht sehr überzeugt.

»Außerdem«, betonte Georgia, bemüht, sich nicht unterkriegen zu lassen, »haben wir doch gar nicht alles im Feuer verloren. Unsere ganzen Sachen sind noch in London. Und du hast immer noch die Gemälde, die du für die Ausstellung letztes Jahr an Weihnachten gemalt hast.«

»Du meinst die Bilder, die sich nicht verkauft haben …« Estella blickte auf den schwarzen Trümmerhaufen, der einst ihr Bauernhof gewesen war. »Es ist nichts mehr von ihm da«, flüsterte sie kaum hörbar.

Georgia wusste, wovon sie sprach. Mit »ihm« war ihr Vater gemeint. Alles, was ihnen von James Hamilton geblieben war, war in drei großen Koffern verstaut und hier und da über das ganze Haus verstreut gewesen: Fotos, Erinnerungsstücke, Briefe, Kleider, all die Dinge, die nicht zu ersetzen waren, selbst wenn sie Geld wie Heu gehabt hätten. Noch nicht einmal das kleinste Papierfitzelchen, noch nicht einmal die winzigste Spur von ihm waren dem Feuer entgangen. Es war, als wäre seine Existenz vollständig ausgelöscht worden.

Georgia umarmte ihre Mutter ein zweites Mal. Es gab nichts, was sie hätte sagen können. Schließlich trat sie einen Schritt zurück und atmete tief durch. »Ich mache jetzt einen Spaziergang.«

»Wohin denn?«, fragte Estella stirnrunzelnd.

»Zwischen hier und Dartmouth gibt es drei Pubs und ein Gasthaus. Eins davon wird doch bestimmt noch ein freies Zimmer haben. Ich kann mir ehrlich gesagt nicht vorstellen, dass wir uns im Schuppen besonders wohlfühlen.«

»Aber Liebes, es ist bereits kurz vor vier. Bis du von hier nach Dartmouth und wieder zurück gelaufen bist, wird es schon dunkel sein.«

»Mach dir keine Sorgen, ich komme zurecht«, antwortete Georgia. »Warum gehst du nicht in der Zwischenzeit zum Feathers und siehst nach den Handsens? Vielleicht hat Arthur ja schon eine Idee, wie man den Bauernhof wieder aufbauen könnte.«

Georgia fühlte sich besser, als sie über die Wiese stapfte. Jetzt, wo sie eine Aufgabe hatte, fühlte sie sich weniger hilflos, außerdem musste sie dringend weg von dieser schrecklichen ausgebrannten Ruine und allem, wofür sie stand. Vor ihr lagen Felder und das in der Ferne schimmernde Meer. Hinter ihr war ein Leben, in das sie, selbst wenn sie gewollt hätte, nicht mehr zurückkonnte.

Sie atmete die warme Luft ein, roch das frisch geschnittene Gras und die Wiesenblumen und hörte das beständige Summen der Bienen.

Wenn wir doch auch aus dem Nichts ein gemütliches Nest schaffen könnten, wie die Bienen es tun, dachte sie.

Ihre Freundin Flip kam ihr in den Sinn, das einzige Mädchen aus der Schule, das sie während der Ferien zu sich nach Hause eingeladen hatte. Flip war sehr ruhig, aber sie hatte, anders als viele ihrer boshaften Mitschülerinnen an der Sacred Hearts Convent School, ein großes Herz. In der Schule wirkte sie eher ängstlich und ihr Reinlichkeitsfimmel war so groß, dass sie die Toilettensitze mit Wundbenzin abrieb. Georgia hatte deshalb befürchtet, ihre Freundin würde angesichts des Saustalls, in dem sie wohnten, die Hände über dem Kopf zusammenschlagen – Estella hatte nie viel Wert auf ein sauberes, aufgeräumtes Zuhause, ja auf irgendeine Art von Ordnung gelegt. Doch Flip war in der Woche, die sie bei den Hamiltons verbracht hatte, richtiggehend aufgeblüht. Die Mädchen hatten das Dart Valley durchstreift und an den

Stränden von Blackpool Sands nach Krabben gefischt, sie hatten sich die Knie aufgeschürft, Sand in die Schuhe und Dreck unter die Fingernägel bekommen. Estella hatte erklärt, mit den ganzen Zweigen im Haar sähen sie aus wie kleine Wilde, und Flip hatte Georgia gestanden, dass die Moonraker Farm ihr vorkomme wie das Paradies. Vielleicht hatte sie recht gehabt.

South Hams zeigte sich heute von seiner schönsten Seite. Die Felder sahen aus wie ein bunter Flickenteppich – von zartestem Gelb bis hin zu sattestem Dunkelgrün waren alle Farben vertreten. Links von ihr war ein Maisfeld mit hohen gelben Blüten, dazwischen wuchs wie hingetupft leuchtend roter Klatschmohn, und hin und wieder sah sie sogar das ferne Meer in der Sonne glitzern.

Das erste Pub, an dem sie vorbeikam – The Swan –, hatte keine freien Zimmer mehr und auch das Gasthaus an der Kreuzung war voll. Aber etwa anderthalb Kilometer vor Dartmouth entdeckte Georgia ein »Zimmer frei«-Schild an einem kleinen Bed and Breakfast. Nachdem sie die runzlige alte Besitzerin ausfindig gemacht hatte – Georgia schätzte sie auf mindestens achtzig –, gelang es ihr, sie auf ein Pfund pro Nacht herunterzuhandeln. Sie vereinbarte mit ihr, dass sie in jedem Fall zwei Nächte, eventuell sogar länger bleiben würden, und ging dann weiter den Hügel hinunter Richtung Dartmouth.

Je näher sie dem Hafen kam, desto stärker wurde der Salzgeruch in der Luft. Das winzige Postamt auf der gewundenen Hauptstraße war zwar noch offen, aber die Frau wollte gerade mit der Abrechnung beginnen. Zähneknirschend gestattete sie es Georgia, einen Schreibblock, einen dicken schwarzen Stift und eine Schachtel Reißzwecken zu kaufen. Georgia zuckte zusammen, als sie hörte, wie viel es kostete – plötzlich schien jeder einzelne Penny überlebenswichtig –, aber sie wusste, dass es richtig war, Mr und Mrs Hands zu helfen. Sie hatte ein schlechtes Gewissen, weil sie Arthur vorher zu Unrecht beschuldigt hatte – er hätte nie im Leben etwas getan, was Estella oder ihre Familie in Gefahr gebracht hätte. Außerdem waren die beiden ohne die Moonraker Farm in genau der gleichen Situation wie Georgia und ihre Mutter, und sie konnte nicht zulassen, dass ihre Mutter sich die zusätzliche Verantwortung aufbürdete, sich um das ältere Ehepaar zu kümmern.

Sie ging hinunter bis zum Hafen, setzte sich auf die Kaimauer und ließ die Beine über den Rand baumeln. Ihr Blick schweifte über den River Dart zu den Booten, die auf dem silbrig-grünen Wasser auf- und abschaukelten. Nachdenklich tippte sie sich mit dem Stift an die Lippen und begann dann zu schreiben.

ZUHAUSE DURCH BRAND VERLOREN

Fleißiges älteres Ehepaar bietet seine Dienste an.
Möglichst mit Unterkunft. Bitte melden bei Arthur Hands,
zurzeit wohnhaft im Feathers in Capton

Sie nickte befriedigt – kurz, aber aussagekräftig, und wenn sie die Zettel erst einmal überall in der Stadt verteilt hatte, würden sie ihre Wirkung bestimmt nicht verfehlen. Sie beschrieb alle fünfzig Blätter und hängte sie an Anschlagtafeln, Bäume und Telegrafenmasten, wobei sie einen ihrer robusten Stiefel benutzte, um die Reißnägel hineinzuhämmern – nicht, dass die Zettel noch fortgeweht würden, wo sie sich doch so viel Mühe gemacht hatte.

Zufrieden mit ihrem Werk begab sich Georgia auf den

Rückweg zum Bauernhof. Sie lief den Hügel hinauf und durch Wäldchen und überwucherte Feldwege hindurch, während hinter ihr langsam die Sonne unterging und die Luft kühler wurde. Erst als sie sich dem Bauernhof näherte und ihr der Geruch von verkohltem Holz entgegenwehte, kam ihr jäh wieder zu Bewusstsein, was sie am Ende des schmalen Wegs erwarten würde.

Sie erblickte Estella, die dabei war, die Überreste ihres Ateliers zu durchforsten. Ihr Rücken war gekrümmt wie der Haken eines Kleiderbügels. Von weitem sah sie aus wie eine alte Frau, und ihr Gesicht war so blass wie die Asche, die sich auf den Zaunpfählen niedergesetzt hatte.

»Liebes, du warst Ewigkeiten weg«, begrüßte sie Georgia und richtete sich mühsam auf. »Ich habe mir schon Sorgen gemacht.«

Georgia biss sich auf die Lippen, als ihr Blick auf die jämmerliche Ansammlung von Gegenständen fiel, die ihre Mutter aus den schmutzigen Trümmern hervorgezogen hatte: eine Öllampe, einen verkohlten Bilderrahmen und eine rauchgeschwärzte Teekanne. Sie durfte jetzt nicht weinen; nicht, nachdem sie sich den ganzen Tag bemüht hatte, nicht untätig zu sein, sich nicht unterkriegen zu lassen, nach vorn zu blicken. Sie musste stark sein – Estella zuliebe. »Der Feuerwehrmann hat dir doch verboten, hier reinzugehen«, sagte sie.

»Unsinn!«, erwiderte Estella und rieb sich die Hände an ihrem bereits schmutzigen Rock ab. »Als ob es hier noch irgendwas geben würde, das einstürzen könnte. Egal. Ich dachte auch nur, ich finde …« Sie schüttelte den Kopf. »Dumm eigentlich. Ich werde mich wohl langsam an die Vorstellung gewöhnen müssen, dass alles weg ist, oder?«

»Ich habe eine Unterkunft für uns gefunden – in diesem schwarz-weißen Bed and Breakfast kurz vor Dartmouth. Anscheinend sind sie erst im Hochsommer wieder ausgebucht, wir haben also jede Menge Zeit, um alles zu regeln.«

Ihre Mutter blickte sie mit weit aufgerissenen Augen an. »Nein, nein. Wir können nicht in Devon bleiben«, entgegnete sie erstaunt. »Das kommt überhaupt nicht in Frage.«

»Aber Mutter«, meinte Georgia und deutete auf den abgebrannten Bauernhof, »es gibt so viel zu tun. Wir können doch nicht einfach zurück nach Chelsea gehen und so tun, als wäre nichts geschehen.«

»Hier können wir jedenfalls nichts ausrichten«, erklärte Estella. »Zumindest nicht, bis wir ein bisschen Geld aufgetrieben haben. Nein, wir werden zurück nach London gehen und dann werde ich gleich anfangen.«

»Womit?«

»Damit, einen Mann zu suchen, natürlich«, sagte Estella.

»Einen ... Mann?«

»Keine Sorge. Ich muss ihn ja nicht lieben«, erklärte Estella leichthin. »Niemand wird je den Platz deines Vaters einnehmen. Ich sehe das ganz pragmatisch. Im Grunde ist es wie ein Berufswechsel. Ich werde einfach neutralere Sachen tragen, mich dezent schminken und mir die Haare schneiden lassen. Inzwischen bin ich ohnehin zu alt für lange Haare.«

»Aber Mutter, du brauchst dich nicht zu verändern.«

»Doch, das muss ich sogar. Das alles«, sie deutete auf ihre zerzausten Haare und ihre nachlässige Kleidung, »das alles vergrault die Männer. Ich bin zu *ungewöhnlich*.«

Zu exzentrisch, zu sensibel, zu kreativ. Das meinte sie damit. Unkonventionell. Leichtlebig. All die Wörter, die sich die sogenannten Damen der feinen Gesellschaft hinter ihrem Rücken zugeraunt hatten. Georgia hatte es selbst gehört. Dabei waren sie bloß neidisch auf Estellas Schönheit. Doch wenn es darum ging, einen Ehemann zu finden, hatten sie vermutlich nicht ganz unrecht. Nach Kriegsende war ihre Mutter nicht gerade mit Anträgen überhäuft worden. Einige Interessenten hatte es natürlich gegeben, aber eben auch Klatsch und Tratsch. Sie musste an Marina und ihre Freundinnen denken, die sich über die künstlerische Estella Hamilton lustig gemacht, ihr kichernd und flüsternd alles Mögliche unterstellt hatten.

»Darf ich dich etwas fragen?«, sagte Georgia.

»Natürlich, Liebes, wir haben keine Geheimnisse voreinander.«

»Hast du mit den Männern geschlafen?«

»Welchen Männern?«, wollte Estella wissen und wurde noch eine Spur blasser.

»Den Männern, deren Frauen du porträtieren solltest.«

Estella wich ihrem Blick aus. »Das ist nicht die Sorte Frage, die man seiner Mutter stellen sollte.«

»Dann stimmt es also?«

Estella schüttelte den Kopf, doch Georgia war sich nicht sicher, ob sie damit ihre Frage beantwortete oder darüber nachsann, wie tief sie gesunken war.

»Was meinst du, warum ich unbedingt wollte, dass du die Saison mitmachst?«, sagte sie schließlich. »Ich habe versucht, mich gut zu verheiraten, aber es ist mir nicht gelungen. Es ist mir nicht gelungen, weil sich kein Mann für mich interessiert hat. Niemand, jedenfalls nicht ernsthaft.«

»Aber du bist eine so attraktive Frau«, sagte Georgia mit weicher Stimme.

Estella lachte kurz und höhnisch auf. »Natürlich hätte ich jemanden finden können, der mich aushält, der eine kleine Wohnung in Marylebone für mich anmietet und mich dort am Wochenende besuchen kommt. Ich hätte Pelze und Schmuck haben können und jede Menge Zeit, mir die Nägel zu feilen. Aber mehr als das? Fehlanzeige.«

Georgia runzelte die Stirn. Sie wusste, dass geschiedenen Frauen in der feinen Gesellschaft ein Stigma anhaftete, aber Estella war verwitwet – genau genommen war sie eine Kriegswitwe, was keine Schande war. Es konnte also nur eine Erklärung geben, weshalb Männer nicht an einer so gutaussehenden Frau wie ihrer Mutter interessiert waren. Georgia selbst. Die lästige Tochter.

»Bin ich der Grund?«, fragte sie. »Hat es sie abgeschreckt, dass du schon ein Kind hast?«

Estella lachte bitter. »Sei nicht albern. Es liegt nicht an dir, es liegt an mir. Schau mich doch an. Was siehst du?«

Georgia musterte Estellas Kleidung, schmutzig, aber auf ihre Art stilvoll, das rußverschmierte Gesicht, das selbst hinter der Schwärze noch bezaubernd war, und ihre elegante Figur. Sie fand, ihre Mutter wirkte ein bisschen wie eine älter werdende Fee. Sie war nicht mehr ganz jung und das Leben hatte ein paar Spuren hinterlassen, aber es ging immer noch ein strahlender Zauber von ihr aus.

»Ich sehe eine ganz besondere, wunderbare Frau, die unglaublich viel zu bieten hat«, erklärte sie aufrichtig.

Estella schnaubte verächtlich. »Tja, das sehen die Männer leider nicht so. Sie finden mich vielleicht attraktiv – für ein oder zwei Abende. Aber in London gibt es jede Menge hübscher Frauen.«

»Nicht so hübsch wie du.«

»Das mag sein, aber der Unterschied ist, dass es gewissen Frauen nichts ausmacht – wie soll ich sagen? –, schlicht und unscheinbar zu sein. Einfach dazusitzen, zu lächeln, zu nicken und ab und zu an der richtigen Stelle zu lachen. Und leider ist genau das die Sorte Frau, die reiche Männer heiraten wollen: unkompliziert und ohne eigenen Kopf. Sie wollen eine Ehefrau, keine Herausforderung. Und ganz bestimmt wollen sie keine Frau, deren Herz einem anderen gehört – und immer gehören wird.«

Georgia sah noch einmal wehmütig in Richtung des Bauernhofs, als würde dort ihr Vater sitzen und sie durch das Küchenfenster beobachten. Aber das konnte er natürlich nicht. Er war tot, sosehr sie sich auch wünschte, es wäre nicht so. Und überhaupt gab es keine Küche und keinen Bauernhof mehr. Sie brauchten einen Plan – und zwar schnell.

»Aber es gibt doch bestimmt noch andere Möglichkeiten, Mutter«, meinte Georgia. »Ich hätte sogar schon eine Idee. Eigentlich stammt sie von meinem Freund Frederick. Du bist doch Künstlerin, oder? Du malst natürlich, aber du kannst noch sehr viel mehr, stimmt's?«

»Ach Georgia, du musst mir nicht schmeicheln. Ich liebe meine Arbeit und ich glaube, dass ich auch ganz gut darin bin, aber ich mache mir diesbezüglich keine falschen Hoffnungen. Mir ist sehr wohl klar, dass die große Künstlerkarriere nicht mehr kommen wird.«

»Aber du könntest doch auch mal andere Sachen probieren. Die Karikaturen, die du auf meiner Party gezeichnet hast, waren fantastisch. Warum versuchst du nicht, damit deinen Lebensunterhalt zu verdienen?«

»Mit Karikaturen?«

»Ja, zum Beispiel mit einem Cartoon für eine Zeitung. Es gibt so viele verschiedene Arten von Kunst und so viele Möglichkeiten, um als Künstler sein Geld zu verdienen. Und ich gehe solange nach London zurück, mache die Saison mit – und zwar dieses Mal so, wie es sich gehört – und angle mir einen anständigen, reichen Jungen.«

Estellas Gesicht verdüsterte sich. »Jetzt sei nicht albern. Wenigstens *du* musst aus Liebe heiraten. Bei mir ist das etwas anderes. *Ich* kann mir eine Ehe aus pragmatischen Gründen vorstellen, aber nur deshalb, weil ich meine Liebesheirat schon gehabt habe.«

»Ja, aber du und Dad, ihr wart etwas Besonderes.«

Estella schüttelte den Kopf. »Liebes, du wirst bald neunzehn. Jedes Mädchen in deinem Alter träumt davon, einmal in seinem Leben eine richtige Liebesgeschichte zu erleben. Was ist denn mit diesem Jungen aus Frankreich, Jacques?«

Georgia schüttelte den Kopf. »Jacques, der auf keinen einzigen meiner Briefe geantwortet hat? Wohl kaum die große Liebe.«

In diesem Moment fiel es ihr wie Schuppen von den Augen. Die ganzen Gefühle, die sie in ihre Briefe hineingelegt hatte, ihre Sehnsucht und ihre Tagträumereien – all das waren lediglich Spinnereien. Alberne Fantasien eines Schulmädchens. Ja, sie hatte Jacques geliebt, auch wenn er ihre Gefühle nicht erwidert hatte. Doch wozu? Wozu sollte man einem Mann hinterhertrauern, der einen ohnehin nur als Spielzeug betrachtete? Wenn die Männer derart wankelmütig und unzuverlässig waren, dann konnte sie ihre Zuneigung auch gleich jemandem schenken, der wenigstens etwas beisteuern konnte. Wie zum Beispiel Geld. Oder Sicherheit. Oder ein Haus mit einem richtigen Dach und richtigen Fenstern, anstelle von verkohlten Balken und klaffenden Löchern.

»Nein«, sagte sie. »Ich werde mich nicht irgendeinem begehrten Junggesellen an den Hals werfen, nur weil er ein riesiges Herrenhaus in Gloucestershire besitzt, aber es kann ja auch nicht schaden, einen Mann zu finden, der uns etwas mehr bieten kann als das hier.«

Die beiden drehten sich um, als sie ein rumpelndes Geräusch den Feldweg heraufkommen hörten, und da rollte auch schon der rote Morris Minor der Handsens auf den Hof.

»Komm, Mutter«, befahl Georgia und trat zielstrebig auf

das Auto zu. »Wir gehen jetzt schnurstracks in das Bed and Breakfast und dort nimmst du erst mal ein heißes Bad. Und morgen früh sieht die Welt schon wieder anders aus, das verspreche ich dir.«

»Miss Georgia, Miss Georgia«, rief Arthur strahlend, als er aus dem Auto stieg. »Sie werden nicht glauben, was passiert ist. Gerade hat uns ein Hotel in Dartmouth angerufen. Sie suchen jemanden für Gartenarbeiten gegen Kost und Logis!«

Georgia lächelte ihm zu und erlaubte sich dann einen letzten Blick zurück auf das Bauernhaus. *Es ist nur ein Haus*, sagte sie sich. *Es sind nur Ziegelsteine und Mörtel.* Es war Zeit, das alles hinter sich zu lassen. Es war Zeit, nach vorn zu schauen. Es konnte nur besser werden.

Kapitel 10

23. Dezember 2012

Amy holte zwei schwarze Kaffee aus der Kaffeemaschine in der Lobby des Plaza Athénée und nahm einen willkommenen Schluck aus einem der Becher. Sie lächelte, während die heiße Flüssigkeit durch ihre Kehle rann. Zum einen brauchte sie dringend einen Koffeinschub, um den Jetlag loszuwerden, zum anderen erinnerte sie das schwarze Gebräu daran, wie gut der Kaffee in New York stets schmeckte. Kaffee war nur eines der vielen Dinge, die sie an ihrer Heimatstadt vermisste. Sie war sehr froh, wieder hier zu sein, auch wenn ein eisiger Wind wehte und sie immer noch kein einziges Weihnachtsgeschenk für ihre Familie hatte, abgesehen von einer Dose Kekse von Fortnum and Mason, die ihre Mutter so liebte und die sie das Trinkgeld von drei Tagen gekostet hatte.

Durch die Hoteltür konnte sie Georgia sehen, die auf dem Gehweg stand und den Kragen ihres Kaschmirmantels hochgeschlagen hatte, um sich vor der Kälte zu schützen.

»Hier. Ein Kaffee für dich. Der wird dich aufwärmen«, sagte sie, nachdem sie sich zu ihr gesellt hatte.

Georgia betrachtete argwöhnisch den Styroporbecher und schüttelte höflich den Kopf. »Das ist sehr nett von dir, aber nein, danke.«

»Wirklich nicht? Ein Becher Kaffee ist so ziemlich der beste Handwärmer der Welt.«

Amy bemerkte Georgias Gesichtsausdruck und sah auf den Becher hinunter. »Ist das wieder eine von diesen Regeln aus dem Mädchenpensionat?«, fragte sie, als ihr Georgias Erzählungen vom Vorabend in den Sinn kamen.

Georgia lächelte. »Leuten aus deiner Generation, die mit Starbucks aufgewachsen sind, mag es schrecklich altmodisch vorkommen, aber uns wurde noch beigebracht, dass man Essen und Trinken ausschließlich drinnen zu sich nimmt. Es sei denn, es handelt sich um ein Picknick, natürlich.«

Amy wusste nicht, was sie mit den beiden Bechern machen sollte, die sie immer noch in der Hand hielt.

»Ma'am?« Da trat zum Glück der Portier auf sie zu und nahm sie ihr ab. »Ich kümmere mich darum«, meinte er augenzwinkernd.

»Danke«, erwiderte sie mit rotem Kopf. Als sie sich wieder zu Georgia umwandte, sah sie, dass Alfonse neben dem Bordstein angehalten hatte. »Wo fahren wir denn hin?«, fragte sie.

»Ich dachte, wir könnten heute Morgen die Frick Collection besuchen«, antwortete Georgia, während Alfonse rasch um das Auto herumging, um ihr die Tür aufzuhalten. »Ich würde mir sehr gern van Goghs *Alten Bauern* ansehen. Anscheinend ist das Museum gleich hier um die Ecke, aber in meinem Alter könnte es sich genauso gut am anderen Ende der Stadt befinden.«

Es war wirklich nicht weit bis dorthin – nur etwa sechs Blocks –, aber Amy hatte nichts dagegen, gefahren zu werden, noch dazu auf derart luxuriöse Weise. Außerdem war sie noch nie in der Frick Collection gewesen, obwohl sie schon oft an dem herrschaftlichen Gebäude vorbeigegangen war. Selbst der

Eingang war beeindruckend, mit seinen grauen Steinsäulen und der breiten glänzenden Eichentür.

»Wussten Sie, dass hier früher mal jemand gewohnt hat?«, fragte Alfonse, als er Georgia die Tür öffnete.

»Sie meinen Henry Clay Frick, den Geschäftsführer der Carnegie Steel Company«, erwiderte Georgia schnell.

»Genau. Wer hat, der hat, stimmt's?«

Auch von innen war das Gebäude äußerst luxuriös ausgestattet. Wunderschöne Parkettböden, lange Gardinen mit versteiften Schabracken, eine deckenhohe Holzvertäfelung, alles eigens dafür geschaffen, um Fricks Kunstsammlung zu beherbergen. Amy versuchte, sich die Villa als Privathaus vorzustellen, mit Dienstmädchen und Butlern, die geschäftig herumwuselten, um ihrem Herrn sämtliche Wünsche zu erfüllen.

»Es muss märchenhaft gewesen sein, hier zu leben«, sinnierte sie.

»Bestimmt, dafür, dass …«

»Was?«

»Dafür, dass Frick das Haus nach eigener Aussage nur gebaut hat, um das Anwesen seines Partners und Konkurrenten Carnegie aussehen zu lassen wie die Hütte eines Bergarbeiters.«

»Unter den Reichen herrscht wohl immer Konkurrenz?«, meinte Amy, die sich kaum vorstellen konnte, wie es wäre, so viel Geld zu besitzen.

Georgia nickte. »Vermutlich ist das der Grund dafür, dass sie so reich sind.«

Amy holte sich einen Audioguide, um etwas über die Sammlung zu erfahren, doch als sie Georgia auch einen bringen wollte, hob diese ablehnend die Hand und nahm sich stattdessen einen Museumsführer. Wieder hatte Amy das Gefühl, etwas falsch gemacht zu haben, was sich offenbar in ihrem Gesicht spiegelte, denn Georgia berührte sie leicht am Arm.

»Die Macht der Gewohnheit. Ich habe mein ganzes Leben umgeben von Büchern verbracht, deshalb sind sie für mich stets erste Wahl.«

Amy nickte, setzte die Kopfhörer auf und begann, den Erklärungen über das Museum zu lauschen. Während sie sich die Geschichte des herrschaftlichen Hauses erzählen ließ, wurde ihr bewusst, wie wenig sie nicht nur über Kunst, sondern auch über das historische Erbe New Yorks wusste. Bestimmt war sie schon tausendmal an den prächtigen Gebäuden entlang der Museum Mile vorbeigekommen, doch ihr war nicht klar gewesen, dass die meisten davon einst den reichsten Industriellen der Stadt als Wohnhäuser gedient hatten. Es war ihr peinlich, dass sie so wenig wusste, doch es überraschte sie nicht. Das Tanzen hatte in ihrem Leben stets an erster Stelle gestanden. Seit ihre Mutter sie im Alter von vier Jahren zum ersten Mal zu Miss Josephines Tanzakademie gebracht hatte, die in Wirklichkeit nichts weiter als ein Übungsraum über einem Waschsalon war, hatte Amy jede freie Minute mit Trainieren und Tanzen, Tanzen und nochmals Tanzen verbracht. Sie war nicht dumm – immerhin hatte sie ihren Schulabschluss an der Kelsey High mit einem Notendurchschnitt von Drei plus gemacht. Was gar nicht so schlecht war, wenn man bedachte, dass sie den Großteil ihrer Schulzeit in Spitzenschuhen verbracht hatte. Allerdings war sie selbstkritisch genug, um sich einzugestehen, dass ihre Bildung einige Lücken aufwies. Lücken, die immer dann besonders deutlich zutage getreten waren, wenn sie mit Daniel und seinen Freunden aus Oxford und Cambridge Essen gegangen war und sie angefangen hatten, über Politik, Literatur oder das Weltgeschehen zu diskutieren.

Schließlich nahm sie die Kopfhörer ab und schlenderte hinüber zu Georgia, die vor dem Porträt eines Mannes in einem fleckigen Pelzmantel stehengeblieben war.

»Die Sammlung Alter Meister ist durchaus beeindruckend, findest du nicht?«, bemerkte Georgia, den Blick auf Amy gerichtet, bevor sie sich wieder in die Betrachtung des Gemäldes vertiefte.

Amy beäugte das Porträt mit Skepsis. Sie sah darin lediglich das eher düstere Bildnis eines längst verstorbenen jungen Adligen, aber sie hatte nicht vor, das zuzugeben. Sie ging näher heran, um die Beschriftung zu lesen. »Tizian, circa 1488–1576«. *Muss man den kennen?*, fragte sie sich im Stillen.

»Äh, wann wird eigentlich aus einem Neuen Meister ein Alter Meister?«, fragte sie, da sie fand, sie müsse sich interessiert zeigen und auf die Situation einlassen.

Georgia lächelte. »Offiziell werden als Alte Meister alle europäischen Maler bezeichnet, die in der Zeit vor 1800 künstlerisch tätig waren – Vermeer, Fragonard, Albrecht Dürer. Alles, was danach kommt, gilt als Moderne. Henry Frick soll ja ein schwieriger und umstrittener Mensch gewesen sein, aber zumindest für seinen Kunstgeschmack und für seine Weitsicht muss man ihn loben. Seine Sammlung ist wirklich hervorragend.« Sie warf Amy, die verstummt war, einen fragenden Blick zu. »Findest du nicht?«

»Ehrlich gesagt sind die Bilder nicht so mein Geschmack«, entgegnete sie diplomatisch. »Ich finde sie ein bisschen altmodisch.«

Georgia nickte und berührte sie am Arm. »Komm mal mit«, sagte sie und führte sie zu einem anderen Gemälde, dieses Mal das Bildnis eines eher griesgrämig dreinschauenden Mannes, der eine wuchtige Kette um den Hals trug.

»Das ist Hans Holbeins Porträt von Thomas Morus. Nun

denk dir mal für einen Augenblick den ganzen Samt weg«, sagte sie. »Konzentriere dich nur auf das Gesicht und auf die Hände.«

Amy musterte das Bild genauer. Sie musste zugeben, dass es ein faszinierendes Gemälde war. Die Haut schien vor Lebendigkeit zu leuchten und man konnte sogar die Bartstoppeln des Mannes erahnen.

»Jetzt stell dir mal vor, er würde Anzug und Krawatte tragen. Oder meinetwegen eine Baseballkappe, wenn dir das lieber ist. Könnte er nicht auch ein Schauspieler oder Folksänger sein, jemand, der vielleicht im Fernsehen auftritt?«

»Ja, stimmt, eigentlich wirkt das Bild wie ein Foto«, pflichtete Amy bei. »Nur irgendwie noch realistischer.«

»Das Gemälde ist fast fünfhundert Jahre alt und trotzdem kann man noch erahnen, wie der Mann gewesen sein muss.«

»Ja, er sieht aus, als hätte er gerade einen Anpfiff kassiert«, Amy lachte.

»Lustig, dass du das sagst: Kurz darauf wurde er nämlich von König Heinrich VIII. hingerichtet.«

»Hingerichtet?«

»Ja, er wurde im Tower von London geköpft.«

»Mit dem Ort habe ich auch so meine Erfahrungen«, meinte Amy und verzog das Gesicht.

Ihr Blick wanderte erneut über das Gemälde, doch anstatt über jenen letzten Abend mit Daniel nachzugrübeln, fühlte sie sich zurückversetzt in die Zeit von Thomas Morus und Heinrich VIII., und obwohl sie nur sehr wenig über diese geschichtliche Epoche wusste, wurde sie vor ihren Augen plötzlich lebendig.

Langsam streiften sie weiter durch die einzelnen Säle. Amy, die die Kunstwerke nun in einem ganz anderen Licht betrachtete, fragte sich, wer all diese Leute waren, was sie für eine Lebensgeschichte hatten und wie es dazu kam, dass sie nun eingefroren in der Zeit an den Wänden dieses herrlichen Gebäudes hingen, das aus reiner Gier und Gehässigkeit erbaut worden war.

»Es ist wirklich faszinierend hier«, sagte sie. Am liebsten hätte sie die Hand ausgestreckt und alles berührt. »Das Haus muss ein Vermögen wert sein.«

»Das Geld des vergoldeten Zeitalters, wie Mark Twain diese Ära nannte.«

»Georgia, darf ich dich was fragen?«

»Nur zu.«

»Wie kommt es, dass du so viel über Kunst weißt? Na ja, nicht nur über Kunst, sondern über alles Mögliche.«

Georgia blieb stehen und sah auf die schmale goldene Uhr an ihrem Handgelenk. »Diese Frage beantworte ich wohl am besten beim Mittagessen.«

Amy blickte auf ihre eigene Uhr. Mist, war es schon so spät? Sie hatten tatsächlich mehrere Stunden in der Frick Collection verbracht.

»Äh, ich muss dir etwas gestehen. Ich habe einen Tisch für uns reserviert.«

Georgia wirkte überrascht.

»Ja, ich weiß, es ist natürlich deine Reise und so, du kannst also ruhig nein sagen, aber ich dachte, da ich ja eine Art Stadtführerin bin, könnte ich dir einen kleinen Einblick in mein persönliches New York geben. Es ist auch nicht weit.«

Sie biss sich auf die Lippe. Als sie die Reservierung vorgenommen hatte, hatte sie sich ausgemalt, was für eine wundervolle Überraschung es werden würde, aber nun fand sie ihre Idee, die ahnungslose alte Dame mit ihrem Insiderwissen zu beeindrucken, lediglich anmaßend. »Es tut mir leid, ich hätte nicht …«

»Nein, nein«, sagte Georgia, fasste sie am Arm und wandte sich Richtung Ausgang. »Ich würde sehr gern das echte New York kennenlernen, während ich hier bin.«

Amy schnitt eine Grimasse. »Keine Ahnung, ob das als echtes New York durchgeht, aber mir bedeutet der Ort sehr viel.«

»Dann haben wir doch Grund genug, um hinzugehen«, die alte Dame lächelte.

Amys Bedenken wuchsen, als Alfonse vor dem Restaurant zum Stehen kam. Eine lange Schlange zog sich vom Eingang die Straße entlang.

»Serendipity 3«, las Georgia auf dem Schild über der schwarzen Ladenfront, nachdem sie aus der Limousine gestiegen waren. »Das ist das Restaurant?«

»Keine Sorge, wir müssen nicht anstehen, wir haben ja reserviert«, meinte Amy und ging voran durch den schmalen Eingang, vorbei an Regalen mit Schürzen, Kochbüchern, typischem New Yorker Krimskrams und knallbunten Süßigkeiten, die aussahen, als kämen sie direkt aus Willy Wonkas Schokoladenfabrik. Kein Wunder, dass das Serendipity zu einer New Yorker Institution geworden war, eine Art Disneyland in Form eines Restaurants, das Kinder unbedingt an ihrem Geburtstag besuchen wollen. Amy wusste noch genau, wie sie ihren Eltern damit in den Ohren gelegen hatte. Während ihrer Kindheit in Queens war ein Ausflug ins Serendipity zusammen mit ihrer Mom wie ein Zirkus- und Jahrmarktbesuch in einem gewesen. Sie hatte unter den riesigen Lampenschirmen aus Buntglas gesessen und Bananensplit gefuttert, bis sie dachte, sie würde gleich platzen. Außerdem waren sie dort immer Kuchen essen gegangen, bevor sie wie jedes Jahr ins Macy's gepilgert waren, um Santa Claus zu bestaunen. Als sie die Treppen hochstiegen, kamen ihr all diese glücklichen Momente wieder in den Sinn und sie musste trotz des ohrenbetäubenden Lärms unwillkürlich lächeln – wie zu erwarten, waren die meisten Tische voll besetzt mit Achtjährigen, die ganz aus dem Häuschen waren vor lauter Aufregung und Zucker. Georgia wirkte vollkommen perplex.

Die Kellnerin führte sie zu einem Tisch für zwei und brachte ihnen die riesigen schwarz-weiß gehaltenen Speisekarten. Georgia setzte ihre Lesebrille auf und begann, die Karte minutiös zu studieren.

»Dreißig Zentimeter lange Hotdogs«, las sie vor und blickte Amy über ihre Halbbrille hinweg an. »Aber sag mal, was genau ist denn ein Chili Dog? In Filmen hört man das ja manchmal, aber ich habe mich schon immer gefragt, was das eigentlich sein soll.«

Amy schmunzelte. »Das ist ein Hotdog mit Chili con Carne obendrauf.«

»Wie, beides zusammen? Das Chili con Carne kommt oben auf das Brötchen?«

»Genau.«

Georgia widmete sich kopfschüttelnd wieder der Speisekarte. »Meine Güte!«, rief sie aus. »Es gibt hier einen Pudding für tausend Dollar.«

»Der Eisbecher ›Goldene Schwelgerei‹«, erklärte Amy. »Ich habe ihn zwar noch nie probiert, aber ich glaube, er wird mit Blattgoldstreuseln und gesüßtem Kaviar serviert. Und man bekommt einen goldenen Löffel, mit dem man ihn aufessen kann.«

»Hmm, meine Mutter hätte dazu wohl gesagt: ›Mehr Geld als Verstand‹«, brummte Georgia.

»Tja, wenn wir an meinem Geburtstag hier waren, hat meine Mutter immer gesagt: ›Man kommt nicht hierher, um einen Salat zu bestellen.‹ Hier muss man sein Geld verprassen, denn es ist ja auch ein besonderer Anlass.«

»Apropos besonderer Anlass. Wann hast du denn vor, deine Eltern zu besuchen?«

»Das hängt von dir ab …«

»Dann solltest du natürlich morgen Abend zu ihnen fahren. An Heiligabend. Am ersten Weihnachtsfeiertag solltest du auf jeden Fall in deinem eigenen Bett aufwachen.«

Georgias Vorschlag war sehr viel großzügiger, als Amy zu hoffen gewagt hatte. »Aber was ist mit dir?«

Georgia winkte mit ihrer dünnen, kreppartigen Hand ab. »Mach dir um mich keine Gedanken. Ich habe vor, einen ruhigen Abend mit einem guten Glas Wein zu verbringen. Aber lass uns doch bestellen, oder? Wie wäre es mit einem Pot-Pie und dieser sogenannten gefrorenen heißen Schokolade?«

Amy lachte. »Kannst du Gedanken lesen?«

Sie gaben ihre Bestellung bei der Kellnerin auf und Amy schmunzelte beim Anblick eines Tischs voller lärmender, lachender Kinder, die eine herrliche Sauerei veranstalteten. Während sie ihre gefrorene heiße Schokolade schlürfte, blickte sie hoch und sah, dass Georgia sie beobachtete.

»Gestern Abend im Restaurant hast du dich nicht besonders wohlgefühlt, stimmt's?«

Amy zuckte mit den Schultern. »Na ja, das Essen und der Wein waren natürlich toll, aber ich musste die ganze Zeit an einen Abend vor einer Woche in London denken. Das war der Abend, als mein Freund und ich uns quasi getrennt haben.«

Georgia hakte vorsichtig nach, und ehe sie sich's versah, schüttete Amy auch schon der alten Dame ihr Herz aus und erzählte ihr die ganze Geschichte des Abendessens im Tower of London.

»Ich hätte nie gedacht, dass es *so* wichtig ist, welches Glas oder Messer man benutzt, aber für manche Leute scheint es eine große Rolle zu spielen.«

»Das klingt, als hätten die Eltern deines Freundes es absichtlich darauf angelegt, dich zu blamieren. Meiner Meinung nach ist Gemeinheit eine viel schlimmere Sünde als ein Lapsus bei den Tischmanieren.«

»Ich glaube, Daniel hat sich einfach zu sehr von seinen Eltern und seinem Umfeld beeinflussen lassen.«

»Nimmst du ihn etwa ihn Schutz?«

»Nein«, gab Amy zurück. »Ich bin einfach nur traurig. Traurig, dass es immer noch Leute gibt, die einem einreden wollen, man wäre aufgrund seiner Herkunft weniger wert.«

»War es nicht Eleanor Roosevelt, die einmal gesagt hat, niemand kann dir ohne deine Zustimmung das Gefühl geben, minderwertig zu sein?«

»Ach, jetzt bin ich selber schuld, oder wie?«, erwiderte Amy gekränkt.

»Durchaus nicht. Ich finde nur, du solltest aufhören zu denken, dass du nicht gut genug bist, und dir stattdessen ins Gedächtnis rufen, wie wunderbar du doch bist.«

»Das ist leichter gesagt als getan«, erwiderte Amy und drehte den Löffel in ihrem leeren Glas zwischen den Fingern. »Ich lebe in einer winzigen Einzimmerwohnung. Ich arbeite als Kellnerin, wo ich zwar einen tollen Kumpel habe, aber so wenig verdiene, dass es knapp für die Miete reicht. Mit meiner Karriere geht es nicht voran, und in meinem Leben auch nicht.«

»Dann sorge dafür, dass es vorangeht.«

»Du hast leicht reden.«

»Warum? Weil ich Geld habe?«

Amy nickte.

»Das war nicht immer so.«

»Aber du hast eine klassische Erziehung genossen. Und damit kann man weit kommen.«

Georgia schien sich ihren Einwand durch den Kopf gehen zu lassen. »Bildung kann in der Tat ein Schlüssel sein, der viele Türen öffnet. Doch zu meiner Zeit galt ein Studium nicht als ernsthafte Option für wohlerzogene junge Damen.«

»Aber du hast doch studiert, oder?«

»Ja, in Cambridge.«

»Siehst du.«

Georgia lachte leise. »Ich musste mich allerdings sehr anstrengen, um es dorthin zu schaffen, und ich habe sehr wenig Unterstützung bekommen. Mit Ausnahme einer Person … einer Person, die ich während der Saison kennengelernt habe. Einer Person, die ich sehr gern hatte. Er hat mir beigebracht, wie wichtig Neugier ist und Bildung, egal, in welcher Form. Als es dann so weit war, habe ich mir vorgenommen, einen Studienplatz an einer möglichst guten Universität zu bekommen, da alle ja nur darauf warteten, mich scheitern zu sehen.«

»Warum wollten die Leute nicht, dass du Erfolg hast?«

»Tja, gewisse Leute.« Die Miene der alten Frau war undurchdringlich. »Ich habe sehr hart gearbeitet, um ihnen zu beweisen, was in mir steckt«, fuhr sie fort, als wollte sie nicht näher auf die Details eingehen. »Ich habe meinen Abschluss gemacht, bin zu einem Verlag gegangen. Ich hatte immer hochfliegende Ambitionen, hatte mich schon als Schriftstellerin gesehen, doch wie sich herausstellte, war ich besser darin, die Wörter und Ideen anderer Leute zu formen. Ich habe dann jemanden aus der Verlagsbranche geheiratet, habe mich wieder scheiden lassen, hatte daher ein wenig Geld und beschloss, mein eigenes Unternehmen zu gründen.«

»Lieber sein eigenes Geld verdienen als für andere Leute arbeiten«, warf Amy verständnisvoll lächelnd ein.

»Natürlich war ich äußerst ehrgeizig. Aber was mich angetrieben hat, war vor allem die Liebe zu Büchern. Und ich wollte in der Lage sein, die Bücher auf meine Weise zu verlegen.«

»Bei dir klingt das alles so leicht«, meinte Amy, stützte die Ellbogen auf den Tisch und legte das Kinn in die Handflächen.

»Ich hatte keine Familie und keine Kinder, die mich abgelenkt haben. So konnte ich mich ganz darauf konzentrieren, meinen Verlag aufzubauen.«

»Meine Rede. Wer braucht schon Männer?«, meinte Amy trotzig, während Georgia um die Rechnung bat. An dem Abend bei Annie, als es ausgesehen hatte, als wären all ihre Träume von einer gemeinsamen Zukunft mit Daniel zerplatzt, war sie noch todunglücklich gewesen. Doch die Unterhaltung mit Georgia führte ihr vor Augen, dass es neue Träume gab, die man verfolgen, Chancen, die man ergreifen konnte, wie die Schirmchen einer Pusteblume auf einer Sommerwiese, die man versuchte zu erhaschen.

»Kannst du mir helfen?«, bat sie leise.

»Wobei denn, Liebes?«, fragte Georgia zurück, während sie ihre Geheimzahl in das Kartenlesegerät tippte, das die gutgelaunte Kellnerin an ihren Tisch gebracht hatte.

»Dabei, noch mal neu anzufangen, mein Leben zu verändern, mehr aus meinem Leben zu machen …«

»Tja, ehrlich gesagt, weiß ich nicht, wie ich dir dabei helfen sollte. Ich könnte dir wohl einige interessante Autoren nennen, dir Bücher leihen …«

»Sag mir, was ich tun kann, damit ich mich nicht mehr wie ein Trampel fühle. Ich möchte elegant sein. Ich möchte mich wie eine Dame verhalten. Kannst du mir nicht zeigen, wie das geht?«

Georgia lachte leise, aber nicht unfreundlich, in sich hinein. »Ich dachte, wir reden davon, eine moderne Frau zu sein, nicht eine Debütantin der alten Schule, deren ganzes Leben sich nur um einen Mann dreht.«

»Bitte«, flehte Amy, als ihr wieder einfiel, wie dumm und ungebildet sie sich auf Daniels Dinnerpartys gefühlt hatte. »Bitte bring mir bei, wie ich eine Dame werden kann.«

»Amy, Liebes, vieles von dem, was ich im Mädchenpensionat gelernt habe, ist doch inzwischen völlig überholt. Und dir als ausgebildeter Tänzerin muss ich bestimmt nicht beibringen, wie man knickst. Es ist nicht mehr wie früher, die Zeiten haben sich geändert. Außerdem finde ich, du solltest schleunigst vergessen, wie Daniel und seine Familie dich behandelt haben. Lass dir von diesen Leuten nichts einreden. Was sie denken, zählt nicht.«

»Aber du hast doch selbst gesagt, dass das Mädchenpensionat dich für vieles gewappnet hat. Es geht mir auch überhaupt nicht darum, Daniel oder seine Eltern zu beeindrucken. Ich will mich nur einfach nie wieder so fühlen wie letzte Woche im Tower of London. Ich will mich nie wieder fühlen wie ein ungehobelter Klotz, nur weil ich nicht weiß, wie ich mich benehmen soll, ich will mich nie wieder dumm fühlen, auch wenn die Leute wahrscheinlich gar nicht gemerkt haben, dass ich zu ihrer intelligenten Unterhaltung nichts beitragen konnte. Ich will mich einfach nie wieder so fühlen, als wäre ich nicht gut genug.«

Amy merkte, wie sie die Schultern hängen ließ und überwältigt von ihren Gefühlen in sich zusammensackte.

»Tja, zumindest das kann ich sehr gut nachvollziehen«, sagte Georgia leise.

Sie sah Amy lange Zeit an.

»Also gut«, sagte sie schließlich, tupfte sich mit der Serviette über die Lippen und legte sie neben ihren Teller. »Erste Lektion: Die Serviette wird immer dort abgelegt, wo man sie vorgefunden hat.« Sie stand auf.

»Wo gehen wir hin?«

»Wenn du wirklich in die Rolle der feinen Dame schlüpfen willst, dann müssen wir dort anfangen, wo alle guten Schauspieler anfangen.«

»Und wo soll das sein?«

Georgia zwinkerte ihr zu. »Natürlich bei den Schuhen.«

Kapitel 11

Alfonse ließ sie auf der Madison Avenue aussteigen. Sofort zog Amy ihren dünnen Mantel fester um sich – sie hatte nicht übertrieben, als sie Georgia erklärt hatte, New York könne einer der kältesten Orte der Welt sein. Der Wind zerrte an ihrem Rock. Er schien unterwegs noch rauer und eisiger zu werden, wenn er an der Liberty Island vorbei über die Hudson Bay und durch die Betonschluchten von Lower Manhattan wehte.

»Brrr!«, rief sie und stampfte mit den Füßen. »Müssen wir noch weit laufen?«

Georgia lächelte. »Weit? Aber wir sind doch schon da.«

Amy sah an dem riesigen Kalksteingebäude empor, das sich vor ihnen erhob und in seiner herrschaftlichen Pracht fast der Frick Collection Konkurrenz machte. Dann fiel ihr Blick auf die kleine Schrift zu beiden Seiten des bogenförmigen Eingangs.

»Ralph Lauren?«

»Meinen New Yorker Freunden zufolge das eleganteste Geschäft der Welt.«

»Da kann ich nicht reingehen«, protestierte Amy.

»Aber warum denn nicht?«

»Na ja, erstens kann ich mir nichts von all dem, was hier verkauft wird, leisten.«

»Du bist eine Frau, Amy«, wandte Georgia ein. »Ich kann mir nicht vorstellen, dass das je ein Hinderungsgrund für dich war.«

»Genau das befürchte ich ja«, erklärte Amy und hatte sofort ein Bild von einer hochnäsigen Verkäuferin vor Augen, die sie überreden würde, ein fünfhundert Dollar teures Paar Schuhe zu kaufen, das sie dann die nächsten zwei Jahre abstottern würde. Doch der wahre Grund, der sie davon abhielt, die Boutique zu betreten, war, dass sie schon oft vor solchen Geschäften gestanden hatte, dann aber jedes Mal weitergegangen war, weil sie sich nicht selbstsicher genug gefühlt und befürchtet hatte, jemand würde sie erkennen und laut »Hochstaplerin!« rufen.

Georgia hakte sich bei Amy unter. »Komm, wir gehen hinein, bevor wir beide erfrieren«, sagte sie.

Amy sträubte sich immer noch.

Georgia hob mahnend den Zeigefinger. »Du hast doch schon unzählige Male auf der Bühne gestanden. Was wir jetzt vorhaben, ist genau dasselbe. Du spielst eine Rolle. Denk dran, niemand in diesem Laden weiß, wer du bist und was du machst, und sie können auch nicht auf magische Weise auf dein Konto sehen. Wenn du auftrittst, als wäre es die natürlichste Sache der Welt, dass du hier einkaufst, wenn du dich verhältst, als könntest du es dir leisten, das ganze Geschäft zu kaufen, dann werden sie dich auch entsprechend behandeln. Das verspreche ich dir.«

Amy nickte und trat ein.

Obwohl Georgias Worte noch in ihr nachhallten, fiel es ihr schwer, nicht einfach mit offenem Mund stehenzubleiben. Das hier war nicht irgendein x-beliebiges Geschäft, es war, als würde man geradewegs in ein Filmset hineinstolpern. Der Eingangsbereich wurde von einer eleganten geschwungenen

Treppe beherrscht. Von riesigen Kronleuchtern hingen Kristalltropfen herab. Ein mit dicken austerngrauen Teppichen ausgelegter Raum im oberen Stockwerk, mit Kleiderstangen, auf denen pastellfarbene Seidenhemdchen hingen, sah aus wie das Ankleidezimmer einer Milliardärsgattin, war aber in Wirklichkeit die Lingerieabteilung. Ein anderer Raum war eingerichtet wie ein luxuriöses Wohnzimmer, in dessen Wände ringsum Regale voller wunderschöner Kleider eingelassen waren.

»Sieh mal, was die kosten«, raunte Amy aus dem Mundwinkel und hielt das Preisschild einer Unterhose hoch.

Georgia legte die Hand darüber. »Schau niemals auf den Preis«, sagte sie nur.

»Das meinst du jetzt nicht ernst, oder?«

»Doch, meine Liebe. Sieh dir erst das Kleidungsstück an, befühle die Qualität, beurteile, ob es viele Jahre halten wird. Und stelle dir zum Schluss die Frage – und beantworte sie ehrlich: ›Ist es das Richtige?‹«

»Was meinst du damit, ist es das Richtige?«

»Passt es *zu mir*? Schmeichelt es mir? Vergiss, was die Zeitschriften dir als letzten Schrei der Saison weismachen wollen, gehe nicht danach, was bequem ist, und kaufe *niemals* irgendwas, von dem du glaubst, es könnte dir passen, wenn du erst einmal zwei Kilo abgenommen hast. Wenn du dich an diese Regeln hältst, wirst du nur noch Kleider kaufen, die dich von deiner besten Seite zeigen.«

»Aber Georgia, die kosten …«

Die alte Dame hob den Zeigefinger. »Der Preis spielt keine Rolle. Wenn man ausschließlich klassische, qualitativ hochwertige Teile kauft, hat man zwar nur wenig Garderobe, aber dafür Kleider, die man auch tatsächlich trägt. Sie mögen teuer gewesen sein, aber dafür freut man sich darauf, sie anzuziehen.

Und das allerwichtigste Argument: Wenn man jeden Morgen in die richtigen Kleider schlüpft, wird man nicht nur umwerfend aussehen, sondern sich irgendwann auch so fühlen.«

Amy wollte gerade einwenden, dass es schwierig war, mit ihrem mageren Budget eine solche Garderobe zusammenzustellen, doch da war Georgia bereits auf dem Weg nach unten zu den Schuhen. Ihr Magen zog sich zusammen. *O Gott, sie erwartet doch jetzt nicht von mir, dass ich mir ein Paar Schuhe aussuche, ohne auf den Preis zu achten, oder? Ich werde bis zum nächsten Thanksgiving Doppelschichten im Forge schieben müssen.*

»Größe neununddreißig?«, fragte Georgia, während sie bereits die ausliegenden Schuhe musterte.

»Achtunddreißig«, antwortete Amy und griff seufzend nach einem Paar pinkfarbener Riemchen-High-Heels. Sie hatte eine Schwäche für hohe Schuhe mit Riemchen. Ihr größtes Schnäppchen aller Zeiten war ein Paar glitzernder High Heels der Marke Gina gewesen, das sie in einem Secondhandshop in Chelsea gefunden und so lange getragen hatte, bis sich die Riemchen sprichwörtlich aufgelöst hatten, denn in den Schuhen hatte sie sich selbst bei so alltäglichen Pflichten wie Bügeln so aufreizend gefühlt wie Beyoncé.

Doch als sie hochblickte, sah sie, dass Georgia den Kopf schüttelte. Mit nur einem Blick gab sie ihr zu verstehen, dass sie die pinkfarbenen Schuhe wieder zurücklegen sollte. Stattdessen hielt sie ihr einen schwarzen, spitz zulaufenden, tief ausgeschnittenen Wildlederpumps mit halbhohem Absatz hin.

Amy konnte nicht anders, als die Nase krauszuziehen.

»Probier mal den hier.«

»Ich glaube, der passt nicht zu mir«, erwiderte sie diplomatisch.

»Aber wieso denn nicht?«, fragte Georgia überrascht.

»Na ja, ich arbeite doch nicht in einem Büro.«

»Ein Schuh wie dieser sollte auch nicht unter einem Schreibtisch versteckt werden«, entfuhr es ihrer Freundin entrüstet. »Das sind Schuhe für besondere Anlässe.«

Amy lächelte matt, als sie an ihren letzten großen Ausgeh-Abend, vor der Party im Tower of London, zurückdachte. Damals war sie mit ein paar Jungs vom Forge in King's Cross durch die Clubs gezogen – ihre inoffizielle After-Work-Party. Der Boden war verklebt, überall wurde Bier verspritzt, doch zumindest hatte sie Turnschuhe angehabt. Schuhe für besondere Anlässe, wie der, den Georgia in der Hand hielt, hätten so einen Abend nicht heil überlebt, und wenn sie im Forge mit diesem Paar aufkreuzen würde, dann würde Cheryl denken, sie wäre auf dem Weg zu einem Vorstellungsgespräch. Nein, ohne Daniel in ihrem Leben hatten solche Schuhe in ihrem Kleiderschrank nichts verloren.

»Probier sie doch einfach mal an«, ermunterte Georgia sie in sanfterem Tonfall, während die Verkäuferin ihr den zweiten Schuh brachte.

Als Amy hineinschlüpfte, hörte sie zufällig, wie eine Kundin um drei Paar des gleichen Wildlederpumps in Größe 41 bat und der Verkäuferin auftrug, eines in ihr Apartment in New York, eines in ihr Haus in Houston und das letzte in ihr Skichalet in Aspen schicken zu lassen.

»Ich weiß, was du jetzt denkst«, sagte Georgia, als die Kundin zur Kasse ging. »Es ist leicht, elegant auszusehen, wenn Geld keine Rolle spielt. Aber ich will dir ein Geheimnis verraten. Eine stilsichere Frau muss kein Vermögen ausgeben, um schick auszusehen. Sie muss sich lediglich die Zeit nehmen, um ihren Stil zu finden.«

Amy hörte nur mit halbem Ohr zu. Sie konnte kaum glauben, wie toll ihr Bein in dem schlichten schwarzen Schuh aussah – ein Schuh, den sie unter anderen Umständen einfach übersehen hätte, selbst wenn er nur halb so teuer gewesen wäre.

»Ich wusste doch, dass das Modell dir steht«, sagte Georgia mit Nachdruck und gab der Verkäuferin ein Zeichen, sie zurück in den Schuhkarton zu legen.

Amy musste ein Lächeln unterdrücken. Jetzt bekam sie schon Modetipps von einer über Siebzigjährigen.

»So, dann wieder ab nach oben.«

Amy gehorchte und folgte Georgia in einen Raum, in dem Ankleidepuppen luxuriöse Abendkleider zur Schau stellten. Sie ging umher, fuhr mit dem Finger über die Stoffe und stellte sich vor, sie wäre selbst herausgeputzt für einen Ball. Allmählich wurde sie entspannter und fing an, Spaß an ihrer Einkaufstour zu finden. »O wow, sieh mal die in den Rock eingenähten Federn! Tallulah Bankhead trifft *Schwanensee* oder so ähnlich.«

»Ich hätte ja nicht gedacht, dass junge Leute Tallulah Bankhead kennen«, wunderte sich Georgia.

»Meine *nonna* – meine Großmutter – war ein großer Fan von ihr, sie hatte alle ihre Filme auf Video. Sie hat oft erzählt, wie sie sie einmal getroffen hat, in irgendeiner illegalen Kneipe in Harlem, aber ich weiß nicht, ob *nonna* dafür überhaupt alt genug gewesen sein konnte. Trotzdem war es eine schöne Geschichte.«

Georgia nahm auf einem langen Sofa Platz und Amy ließ sich neben sie fallen.

»Hier könnte ich mich häuslich niederlassen«, seufzte sie.

Georgia schmunzelte. »Es ist keine Boutique, sondern ein Haus voller Kleider. Perfekter geht es gar nicht.«

Amy warf der älteren Frau einen neugierigen Blick zu. »Ich hätte nicht gedacht, dass du dich so für Mode interessierst, Georgia.«

»Darf ich etwa keine schönen Kleider mögen, nur weil ich alt bin?«

»Nein, nein«, erwiderte Amy schnell, obwohl sie immer noch Mühe hatte, sich vorzustellen, wie Georgia in der *Vogue* blätterte. »So hab ich das nicht gemeint. Du hast einen tollen Stil.«

»Es gibt Frauen, die einfach zwei, drei Teile kombinieren und darin großartig aussehen. Zu denen gehöre ich leider nicht. Trotzdem kann man sich von gutgekleideten Frauen einiges abschauen. Als ich das Mädchenpensionat in Paris besuchte, hatte ich eine französische Freundin, die in einem Café gegenüber von unserem Internat gekellnert hat. Sie war arm wie eine Kirchenmaus, aber trotzdem so elegant wie ein Hausmodell von Dior. Sie hatte jede Menge Stil, aber ich merkte schnell, dass sie nur ganz wenige Kleider besaß. Eigentlich war es eine Art Uniform: schwarze Zigarettenhosen, weiße Blusen und diese gestreiften Oberteile, die gerade so beliebt sind, und alles so geschnitten, dass es ihre Figur möglichst gut zur Geltung brachte. Natürlich besteht wahrer Stil darin, zu wissen, wer man ist, und sich nicht darum zu scheren. Der Spruch stammt von meinem alten Freund Gore Vidal und ist heute noch genauso wahr wie damals, als er ihn gesagt hat.«

»Aber du musst zugeben, dass schöne Kleider trotzdem hilfreich sein können.«

»Kleider können einem Macht verleihen, das stimmt«, meinte Georgia. »Die Wahl des richtigen Outfits – ein Outfit, das einem schmeichelt, in dem man sich gut fühlt – kann die ganze Persönlichkeit verändern.« Sie lächelte und tätschelte Amys Hand. »Das nächste Mal, wenn du in den Tower of London eingeladen bist, ziehst du vorher deine Rüstung an.«

Sie gab Amy ein Zeichen, aufzustehen.

»Du hast eine hervorragende Haltung«, sie nickte zufrieden. »Die Körperhaltung einer Tänzerin, das ist mir gleich aufgefallen. Natürlich hast du eine wundervolle Figur, aber deine Haltung ist viel wichtiger. Jede Frau wirkt automatisch größer, eleganter und selbstbewusster, wenn sie ihren Kopf aufrecht hält.«

Sie stand auf, ging hinüber zu einer Kleiderstange und begann, die einzelnen Kleidungsstücke durchzusehen. »Hmm … das vielleicht … nein, zu kurz …«, sinnierte sie und meinte dann schließlich: »Hier ist nicht das richtige dabei.« Sie wandte sich an eine Verkäuferin: »Könnten Sie uns vielleicht behilflich sein? Meine Freundin sucht ein kleines Schwarzes. Schlicht, klassisch, nicht zu weit ausgeschnitten.«

»Größe vierunddreißig?«, fragte die Verkäuferin, taxierte Amy mit fachmännischem Blick, nickte dann, verschwand und kam mit drei schwarzen Kleidern über dem Arm wieder.

Georgia hielt sie nacheinander hoch und betrachtete Amy mit zusammengekniffenen Augen wie ein Künstler sein Aktmodell. »Probier mal das hier«, sagte sie dann und reichte es ihr.

»Georgia …«, begann Amy und blickte sie eindringlich an, aber die andere Frau schüttelte nur kurz und bestimmt den Kopf.

»Los, probier es an, hopp, hopp!«

Noch während sie in das Kleid stieg, wusste Amy bereits, dass sie darin fantastisch aussehen würde. Georgia hatte maßlos untertrieben; sie hatte zweifellos einen sehr guten Blick, was Mode anging. Das Kleid schmiegte sich an den entscheidenden Stellen an ihre Rundungen, ohne in irgendeiner Weise freizügig zu wirken. Es war schick und kultiviert; ihr armseliges, Pailletten abwerfendes Kleidchen sah verglichen damit aus, als käme es aus der Verkleidungskiste eines kleinen Mädchens. Sie drehte sich um und trat aus der Umkleidekabine.

»Fabelhaft«, seufzte Georgia anerkennend, als sie Amy erblickte. »Ich glaube, Wallis Simpson hat einmal gesagt, wenn ein kleines Schwarzes passt, gibt es nichts, was man sonst tragen könnte.« Sie stand auf und kniff die Rückseite des Kleids leicht zusammen. »Es sitzt fast perfekt«, überlegte sie laut. »Ich kann dir einen guten Schneider in London empfehlen, der es dir etwas enger näht. Alle eleganten Frauen lassen sogar ihre feinsten Kleider passgenau ändern. So kommst du zu maßgeschneiderten Sachen zu Preisen von der Stange.«

»Es ist wunderschön«, sagte Amy mit einem verlegenen Lächeln. »Am liebsten würde ich mich mit einem Doughnut in der Hand vor das Schaufenster von Tiffany's stellen. Schade, dass ich es mir nicht leisten kann.«

»Hast du etwa auf das Preisschild geschaut?«

»Nein, aber …«

»Dann tu es auch nicht. Wir nehmen es«, sagte Georgia schnell zu der Verkäuferin.

»Georgia, ich meine es ernst. Ich kann es mir wirklich nicht leisten«, flüsterte Amy flehentlich.

»Aber ich bezahle es doch«, erklärte Georgia trocken. »Und die Schuhe auch.«

Amy blickte sie mit großen Augen an. »Das kann ich nicht annehmen.«

Georgia neigte den Kopf zur Seite. »Egal, ob es ein Geschenk ist oder ein Kompliment, eine Dame sollte es höflich annehmen.«

Amy sah sie an und dann wieder an ihrem Kleid herab. »Das ist jetzt kein Scherz, oder?«

»Nein, das ist kein Scherz«, entgegnete Georgia und schüttelte den Kopf. »So, aber dann mal los. Um sechs Uhr haben wir schon den nächsten Termin. Und feine Damen – zumindest diese beiden – sind niemals zu spät.«

Draußen war es bereits dunkel und New York wirkte noch bezaubernder als zuvor. Alfonse hatte auf sie gewartet, und während sie auf der Fifth Avenue vorbei am Central Park fuhren, sog Amy alles in sich auf. Die Straßen waren voller dick eingemummelter New Yorker, die ihre letzten Weihnachtseinkäufe erledigten. Alle waren beladen mit Einkaufstüten – den markanten, braun-weiß gestreiften von Henri Bendel oder den festen, schwarz-weißen von Saks. Doch am interessantesten waren immer noch die Schaufenster. *Die New Yorker Geschäfte sind an Weihnachten immer wunderschön dekoriert*, dachte Amy seufzend, als sie die vom Art déco inspirierte Schaufensterdekoration bei Bergdorf Goodman erspähte.

»Sieh doch nur«, rief Georgia beschwingt und zeigte auf die Schaufensterpuppen. »Sehen die nicht aus wie Zwanzigerjahre-Schönheiten, die auf dem Weg zu einer von Gatsbys legendären Partys in West Egg sind?«

Die Limousine fuhr weiter in Richtung Lower Manhattan bis auf Höhe der 24th Street, wo die Madison Avenue begann.

»Hier wären wir«, sagte Georgia entschlossen und stieg aus dem Auto aus.

»Eleven Madison Park. Das kenne ich gar nicht. Ist das ein Hotel?«

»Nein«, erwiderte Georgia schmunzelnd. »Hier findet die Weiterbildung für angehende Damen statt.«

Sie gingen hinein, weg von der kalten Straße, und Georgia fragte nach einem gewissen Clive.

Amy sah unterdessen fasziniert zu den glamourösen und einflussreichen Gästen hinüber. Als sie noch in New York lebte, war sie häufig an diesen Nobellokalen vorbeigegangen – Restaurants mit französischen Namen oder Namen, die in winziger Schrift eingraviert waren, als wäre es selbstverständlich, dass man sie kennt; berühmte Restaurants, Bistros, über die man in den Klatschspalten der *New York Post* las, Restaurants, die auf den Bestenlisten der Zeitschriften oder im *Guide Michelin* auftauchten –, aber sie war noch nie in einem solchen Restaurant gewesen. Sie wünschte, sie hätte das kleine Schwarze von Ralph Lauren an, das sich in der edlen Einkaufstüte in ihrer Hand befand, doch dann wurde ihr bewusst, dass sie ein noch viel besseres Accessoire dabeihatte – Georgia, deren bloße Gegenwart bewirkte, dass sie sich nicht mehr unsicher fühlte, etwas, das sie an Daniels Seite stets vermisst hatte, wenn sie in London derartige Orte besucht hatten.

»Wer ist denn Clive?«, flüsterte sie.

»Ein alter Freund von mir, der viele Jahre im Claridge's gearbeitet hat. Ah – da ist er ja schon.«

Ein etwas über fünfzigjähriger Gentleman in einem perfekt geschnittenen Anzug streckte Georgia die Hand entgegen. In seiner Gegenwart wirkte sie sogleich milder.

»Schön, Sie wiederzusehen«, sagte sie herzlich, als sie sich die Hände schüttelten.

»Es ist viel zu viel Zeit vergangen, Miss Hamilton.«

»Tja, nun habe ich es endlich geschafft. Ich vermute, es ist zwecklos, Sie nach all der Zeit zu bitten, mich Georgia zu nennen?«

Alle drei lachten, dann machte Georgia ihre Begleiterin mit Clive bekannt, bevor er sie aus dem großen Speisesaal nach oben führte. Amy war davon ausgegangen, dass sie zum Essen hierhergekommen waren, doch vielleicht hatte Georgia ja etwas anderes vor.

»Da wären wir. Der South Room«, erklärte Clive und bat sie in einen kleinen, eleganten Essbereich in einem Zwischengeschoss über dem eigentlichen Restaurant.

»Das ist ja unglaublich hier«, rief Amy, als sie durch die

langen Fenster hinunter auf den Madison Square Park blickte. »Sind wir etwa die einzigen Gäste?«

»Dies ist einer unserer privaten Speisesäle«, erläuterte Clive und reichte ihr das Menü.

»Ich dachte, wir könnten zwei Fliegen mit einer Klappe schlagen. Wir kommen in den Genuss außergewöhnlicher Kochkunst und ich kann dir ein bisschen helfen.«

»Wobei?«

»Dabei«, antwortete Georgia und zeigte auf den Tisch, der festlich eingedeckt war wie für ein Bankett für zwei.

Amys Augen weiteten sich verblüfft. »Jetzt? Wir reden *jetzt* über Brötchen und Besteck und dieses ganze Zeug?«

»Warum denn nicht?«

»Na ja, keine Ahnung, ob ich mir das alles merken kann. Ich habe überhaupt kein Notizbuch oder so dabei. Normalerweise würde ich es ja einfach auf eine Serviette kritzeln, aber hier gibt es wohl nur Stoffservietten.«

Georgia tätschelte ihre Hand. »Keine Angst, Amy. Der Sinn dieser Übung ist nicht, eine Expertin aus dir zu machen. Wir wollen erst einmal erreichen, dass du dich in einer solchen Umgebung nicht mehr unbehaglich fühlst. Und dir zeigen, dass manches auch gar nicht so wichtig ist.«

»Na gut, dann mal los.«

»Also, das Essen wird stets von links serviert«, begann Clive und beugte sich nach vorn, um einen kleinen Teller vor ihr abzustellen. Dann trat er um sie herum und nahm ihn von der anderen Seite wieder weg. »Und von rechts abgeräumt.«

»Ursprünglich sollte dadurch verhindert werden, dass die Bediensteten zusammenstoßen«, erklärte Georgia. »Aus dem gleichen Grund werden auch Getränke immer von rechts serviert.«

»Das merke ich mir für das Pub«, warf Amy lachend ein, doch Georgia warf ihr einen mahnenden Blick zu.

»Du möchtest doch, dass ich dir etwas beibringe, oder?«

»Tut mir leid«, meinte sie und hob entschuldigend die Hand. »Ich bin bloß ein bisschen nervös. Und verwirrt. Schließlich arbeite ich jetzt schon eine ganze Weile als Kellnerin und niemand im Forge hat mir je gezeigt, wie man richtig serviert.«

»Was weißt du über Weingläser?«, fragte Georgia, bereits zum nächsten Thema übergehend.

»Ohne sie würden wir aus der Flasche trinken wie ein Stadtstreicher?«

Ein weiterer strenger Blick.

»Schon gut, schon gut, darauf weiß ich sogar die Antwort«, sagte Amy schnell, da sie nicht schon wieder einen Rüffel kassieren wollte. »Rotwein kommt in das große, Weißwein in das kleinere Glas, obwohl ich persönlich ja grundsätzlich das größere nehmen und es bis obenhin vollschenken würde.«

»Und vergiss nicht, dass das größte Glas das Wasserglas ist«, betonte Georgia, ihren Kommentar ignorierend, und zeigte auf die Gläserschar, die Clive auf dem Tisch angeordnet hatte.

»Sie müssen uns jetzt in die Gläserkunde für Fortgeschrittene einweihen, Clive. Was können Sie uns erzählen?«, sagte Georgia mit der Andeutung eines Lächelns.

Clive stellte zwei Champagnergläser vor Georgia und Amy hin, die jeweils eine unterschiedliche Form hatten. Er erklärte, dass es sich bei dem einen um eine Flöte, bei dem anderen um eine Schale handelte – und dass die Form der Letzteren anscheinend Marie Antoinettes rechtem Busen nachempfunden war.

»Doch welches Glas ist besser, um Champagner daraus zu trinken?«, wollte Amy wissen.

»Tja, die Schale sieht natürlich hübscher aus«, meinte Georgia mit einem Lächeln. »Aber das Flötenglas hat weniger Oberfläche, wodurch der Champagner länger perlt. Mir persönlich ist die Form einerlei, bei mir bleibt der Champagner ohnehin nie allzu lange im Glas.«

Als Nächstes wurde ihr das Magnumglas präsentiert, das anscheinend besonders aromatischem Burgunder vorbehalten war und üblicherweise nur halbvoll eingeschenkt wurde, damit sich das Bukett im Glas entfalten konnte.

»Aber was ist eigentlich der Unterschied zwischen Burgunder und anderen Weinsorten?«, erkundigte sich Amy. Daniel eine solche Frage zu stellen hätte sie sich nie getraut, noch nicht einmal, wenn sie ungestört zu Hause saßen, geschweige denn während einer der eleganten Dinnerpartys, zu denen er sie manchmal mitnahm. In Georgias und Clives Gegenwart dagegen fühlte sie sich schon nach dieser kurzen Zeit so wohl, dass es ihr überhaupt nichts ausmachte, peinliche Fragen zu stellen, was möglicherweise aber auch daran lag, dass sie die beiden kaum kannte.

»Der Name Burgunder leitet sich schlicht von der Region in Frankreich ab, wo der Wein herkommt«, erläuterte Clive. »Das Burgund ist ein sehr berühmtes Weinanbaugebiet – den Namen Chablis hast du bestimmt schon einmal gehört –, in dem viele der besten Weine der Welt produziert werden. Am bekanntesten ist die Region allerdings für ihre Rotweine – wie diesen hier beispielsweise. Vollmundig, samtig, aromatisch …« Er schenkte ihr ein wenig davon ein und fragte sie, was sie riechen könne.

Vorsichtig griff Amy nach dem großen Glas, hielt es sich unter die Nase und schnupperte daran. Es roch wunderbar:

süß, fruchtig und intensiv, wie ein Korb frisch gepflückter Beeren. Dann sah sie hoch zu Clive, unsicher, was sie sagen sollte.

»Kirschen«, meinte sie dann zögernd. War das die richtige Antwort?

»Sehr gut«, lobte er und zwinkerte ihr freundlich zu. »Ich rieche ebenfalls Kirschen und außerdem Schokolade.«

»Klingt gut«, Amy lachte und nahm einen langen, köstlichen Schluck.

Clive entfernte sich, um die Vorspeisen zu holen, augenscheinlich war die kleine Weinverkostung schon vorbei.

»Puh, meine Familie wird mich nicht wiedererkennen, wenn sie am ersten Weihnachtsfeiertag den billigen Fusel rausholen und ich meine Nase reinstecke.«

»Halt – der Preis ist nicht immer ein Qualitätsmerkmal. Ich habe schon oft, wenn ich auf Dinnerpartys eingeladen war, einen tollen Wein für zehn Pfund mitgebracht. Einfach deshalb, weil er mir gut geschmeckt hat und ich ihn mit Freunden teilen wollte. Vertraue auf deinen Geschmack. Stehe dazu, wer du bist, stehe zu deinen Meinungen. Es spielt keine Rolle, ob du Kirschen oder Schokolade oder meinetwegen Kreidestaub riechen kannst, vorausgesetzt, du glaubst an das, was du sagt, und du respektierst, was andere glauben.«

»Selbst wenn ich etwas Falsches sage?«

»Und wer bestimmt, ob etwas falsch ist? Warum sollte deine Meinung weniger wert sein als die eines anderen, nur weil derjenige vielleicht mehr Geld auf dem Konto oder auf der richtigen Universität studiert hat?«

Clive servierte ihnen nacheinander drei köstlich schmeckende Gänge und Georgia nutzte die Gelegenheit, um Amy in die Feinheiten moderner Tischmanieren einzuführen. Brötchen beispielsweise wurden anscheinend immer in mundgerechte Stücke gebrochen, niemals mit dem Messer aufgeschnitten; Suppenschüsseln wurden leicht vom Körper weg geneigt; Servietten wurden auf den Schoß gelegt und zum Salz- und Pfefferstreuer sollte erst gegriffen werden, nachdem man das Essen probiert hatte. Teller wurden nicht beiseitegeschoben und Ellbogen gehörten niemals auf den Tisch, egal, wie merkwürdig sich das zunächst anfühlen mochte; allerdings war ein leichtes Abstützen mit den Unterarmen erlaubt, solange kein Essen auf dem Tisch stand. Herumzuzappeln galt als unfein, Lächeln hingegen als elegant.

»Kommst du auch?«, fragte Amy irgendwann leise.

»Wohin?«

Sie blickte in Georgias müde graue Augen und stellte sich vor, wie sie sich am nächsten Abend ein Menü und eine gute Flasche Burgunder aufs Zimmer bestellen würde. Niemand hatte es verdient, an Weihnachten allein zu sein, selbst wenn die betreffende Person sich einredete, dass das ihr Wunsch war.

»Zu mir nach Hause. Nach Queens.«

»Red keinen Unsinn. Du willst doch Zeit mit deiner Familie verbringen.«

»Nein, wirklich, Georgia. Ich würde mich sehr freuen, wenn du kommst, und ich glaube, es würde dir auch gefallen. Zwar kann dort keiner einen Beaujolais von einem Budweiser unterscheiden, aber dafür kocht meine Mom diese leckeren karamellisierten Möhren, die dir hundertprozentig schmecken würden.«

»In diesem Fall müssten wir noch Alfonse Bescheid sagen«, willigte Georgia ein und Amy hätte schwören können, dass ihre Augen bei diesen Worten aufleuchteten.

Kapitel 12

Mai 1958

»Ich bin so froh, dass du mitgekommen bist«, rief Sally Daly aufgekratzt, als sie durch die Eingangspforte von Giles House fuhren, das am Rand eines malerischen Dorfs nahe Wytham Woods in Oxfordshire gelegen war.

Inzwischen fanden die Debütantinnenpartys und Bälle draußen auf dem Lande statt, und Georgia hielt den kleinen cremefarbenen Koffer mit ihren Übernachtungssachen fest umklammert, bis die zwei Mädchen an ihrem Ziel angekommen waren.

»Wir werden uns bestimmt prächtig amüsieren«, gab sie mit einem gezwungenen Lächeln zurück, obwohl ihr bang ums Herz wurde beim Gedanken daran, dass sie die nächsten zwölf Stunden in dem fremden Haus vor ihr verbringen sollte. Doch sie hatte es sich selbst und ihrer Mutter versprochen, dass sie die Saison von nun an ernst nehmen würde. Wie hatte kürzlich jemand zu ihr gesagt? Ihr Leben wäre wesentlich leichter und angenehmer, wenn sie sich nicht mit aller Macht dagegen sträuben würde.

Also hatte sich Georgia in der Kosmetikabteilung von Debenham & Freebody verschönern und sich beim Friseur einen eleganten, modischen Kurzhaarschnitt verpassen lassen, wodurch ihre Haare ein wenig blonder aussahen. Sie war beim Polo im Cowdray Park und beim Reitturnier in Badminton gewesen und meisterte die Veranstaltungen inzwischen so souverän, dass sich sogar Tante Sybil zu einem wohlwollenden Lächeln herabließ.

Die Party des heutigen Abends wurde von Mr und Mrs Charles Fortescue für ihre Tochter Judy ausgerichtet. Die hochgewachsene rothaarige Debütantin gehörte zu einer ziemlich ehrgeizigen, pferdeversessenen Clique, die am liebsten unter sich blieb. Laut Sally, die jede einzelne Debütantin der diesjährigen Saison zu kennen schien und auch beim neuesten Klatsch immer auf dem Laufenden war, sollte der heutige Abend kein Ball, sondern eine Hausparty sein. Über sechzig Gäste würden auf dem Anwesen übernachten. Außerdem hatten die Gastgeber offenbar dafür gesorgt, dass ganze Busladungen von Debütantinnenlieblingen von der Universität und der landwirtschaftlichen Hochschule in Cirencester herangekarrt wurden, und man hoffte auf tiefergehende Begegnungen, auch wenn die Männer sich alle um Mitternacht wieder verabschieden würden.

Georgia hatte ihre Zehennägel lackiert, sich die Beine gewachst und eine Gesichtsmaske gegen Hautunreinheiten aufgelegt. Vielleicht würde sie sich derartige Partys ja ersparen können, wenn sie möglichst bald einen zukünftigen Ehemann fand, hatte sie gemutmaßt. Während das Taxi die lange Einfahrt hinauffuhr, hatte sie Gelegenheit, das Anwesen der Fortescues in Augenschein zu nehmen, das zwar imposant war, aber bei näherer Betrachtung einige Altersspuren aufwies. Die vergangenen paar Wochen waren ziemlich verregnet gewesen, doch an diesem Abend war es wolkenlos und warm und die hinter einer Baumreihe untergehende Sonne schickte goldene Lichtstrahlen über das Grundstück.

An der Eingangstür wurden die Mädchen von einer streng dreinblickenden, ganz in Schwarz gekleideten Haushälterin empfangen. »Sie sind zu spät«, erklärte sie vorwurfsvoll, machte sich dabei jedoch noch nicht einmal die Mühe, die Mädchen direkt anzusehen.

»Wir haben den falschen Zug erwischt.«

»Die anderen Gäste sind schon alle draußen und spielen Krocket. Wahrscheinlich wollen Sie erst mal in Ihre Zimmer gehen und Ihre Koffer auspacken, Sie sollten sich aber beeilen, denn auf der Terrasse werden jeden Augenblick die Getränke serviert.«

Im Garten erblickte Georgia mindestens siebzig Leute. Die Tische ächzten unter dem Gewicht der Krüge voller Pimm's und der Silberschalen mit Erdbeeren.

»Ich nehme an, Sie sind Georgia Hamilton und Sally Daly?«, fragte die Haushälterin und fuhr mit dem Finger eine Liste auf ihrem Klemmbrett entlang. »Sie sind die Einzigen, die hier noch nicht vermerkt sind.«

Die beiden nickten.

»Dann folgen Sie mir. Ich zeige Ihnen Ihre Zimmer.«

Die Mädchen folgten ihr durch das Haus, vorbei an einem Stiefelzimmer, in dem zwei gewaltige Elefantenfüße als Schirmständer dienten, und über eine Treppe ins Obergeschoss. Sally war in einem Einzelzimmer mit Blick auf den Garten untergebracht. »Juchhu, ich hab ein Zimmer für mich allein«, frohlockte sie.

»Sie schlafen ein Stockwerk höher«, sagte die Haushälterin zu Georgia und führte sie weiter durch das immer dunkler werdende Haus in Richtung Dachboden. Viele der Schlafzimmertüren standen offen und sie konnte Feldbetten und Matratzen erspähen, die überall auf dem Boden ausgebreitet waren. Es sah aus wie in einer Kaserne, gar nicht wie in einem Wohnhaus.

Schließlich kamen sie in einem kleinen Zimmer unter dem Dach an, in das man ein Bett und zwei Klappbetten gequetscht hatte und in dem es folglich so eng war wie in einer Sardinenbüchse.

Trotz der herablassenden Kommentare, die immer noch hinter ihrem Rücken über Sally geflüstert wurden – dass ihre Mutter sich schon zum dritten Mal die Nase operieren ließ und dass der Rolls-Royce, mit dem sie auf Partys vorfuhr, definitiv übertrieben war –, überraschte es Georgia nicht, dass sie das schöne Zimmer bekommen hatte, während sie selbst nach Sibirien verbannt worden war. Schließlich verbrachte Sally ihre Zeit damit, verarmte Adlige in das Ferienhaus der Dalys in Biarritz einzuladen, während Georgia sich ein ums andere Mal Ausreden einfallen lassen musste, warum sie noch immer keinen eigenen Ball veranstaltet hatte.

Nachdem sie in ein blassgrün schimmerndes Seidenkleid geschlüpft war, steckte sie sich eine weiße Gardenienblüte an, die sie draußen gepflückt hatte, um den Zigarettengeruch von der Zugfahrt zu überdecken. Auf dem Weg nach unten schaute sie kurz in Sallys Zimmer vorbei, doch ihre Freundin war schon verschwunden. Noch bevor sie im Erdgeschoss angelangt war, konnte sie den ersten der Busse voller Studenten aus Cirencester hören, der sie von der Dorfgaststätte, wo sie untergebracht waren, bis zum Anwesen fuhr.

»Beeilung, Beeilung«, rief ihr ein Mann mit einem prächtigen Schnurrbart zu. Sie nahm an, dass es sich um Judys Vater handelte. »Schnapp dir ein Gläschen und dann ab in die Scheune.«

Kurz darauf fand sie auch ihre Freundin wieder. »Ich wusste doch, dass das eine tolle Party wird«, rief Sally ihr kichernd zu und nahm sich ein Glas Orangensaft. »Hast du gesehen, wie gut die Jungs aus Cirencester aussehen? Die haben Oberschenkel wie Baumstämme.«

»Mir sind eher die hübschen Kellner aufgefallen.«

»Judy meinte, ihre Mutter hätte höchstpersönlich die attraktivsten Jungs aus dem Dorf ausgewählt und ihnen drei Shilling dafür bezahlt, dass sie uns den ganzen Abend lang bedienen.«

Als Georgia sah, wie ihre Freundin einen Flachmann herausholte und sich beherzt einen Schluck Brandy in ihr Glas kippte, mahnte sie: »Immer langsam, Sal. Denk dran, es ist ein Marathon, kein Sprint.«

»Ich muss mir Mut antrinken«, verteidigte sich Sally. »Siehst du den großen Kerl da drüben? Mit den breiten Schultern? Der hat mir gleich, als er aus dem Bus gestiegen ist, zugezwinkert.«

»Vielleicht hat ja nur sein Auge gezuckt und es war nicht als Einladung gemeint.«

»Das wäre aber jammerschade«, erwiderte Sally und zupfte ihr Dekolleté zurecht.

Dann ging sie auf den hochgewachsenen, kräftigen Studenten aus Cirencester zu und stellte sich ihm vor, während Georgia zurückblieb. Sie hatte noch gut in Erinnerung, dass ihre Cousine Clarissa ihr geraten hatte, sich von der Cirencester-Clique fernzuhalten. Am liebsten wäre sie zu der kichernden und flirtenden Sally hingegangen, um ihr zu sagen, sie solle sich zusammenreißen. Im Zug hatte Sally ihr anvertraut, dass sie den Ausschnitt ihres kobaltblauen Couture-Kleids mit einer Schere vergrößert hatte, sodass ihre Brüste nun fast aus dem Kleid zu quellen drohten. Es gab bereits mehrere Debütantinnen, die im Ruf standen, etwas leichtlebig zu sein, und Georgia wollte auf keinen Fall, dass ihre Freundin dazugehörte.

Doch bevor sie etwas unternehmen konnte, wurde sie auch schon in die nach Heu und Pferdemist riechende Scheune geschoben und Judys Tante Betty vorgestellt, die eigens für die Party aus Cumberland angereist war. Tante Betty hielt sie die nächste Stunde in Beschlag und diskutierte mit ihr die künstlerischen Verdienste John Donnes gegenüber William Wordsworth, bis die Appetithäppchen serviert wurden.

In London fingen die Bälle normalerweise nicht vor acht Uhr abends an, aber hier war schon seit dem späten Nachmittag Bowle oder Pimm's ausgeschenkt worden, sodass die meisten der Feiernden inzwischen einen ziemlich betrunkenen Eindruck machten. Judys Eltern und die älteren Gäste hatten sich bereits vor längerer Zeit mit einem Glas Gin in den Salon zurückgezogen, und auch mehrere Pärchen hatten sich aus der Scheune geschlichen, zweifellos, um im Gebüsch zu knutschen.

»Na, hast du Lust?«, fragte einer der mit gewaltigen Oberschenkeln ausgestatteten Studenten aus Cirencester und gesellte sich mit einem Kanapee in der Hand zu ihr.

»Lust worauf?«, gab sie scharf zurück, da sie annahm, dass er damit nicht sein Käse-Ananas-Häppchen meinte. Ein vernichtender Blick reichte aus, um ihn in die Flucht zu schlagen, und sie beschloss, dass sie nun dringend eine Zigarette brauchte.

Sie hatte es wirklich versucht an diesem Abend, sie hatte sich wirklich Mühe gegeben. Das Problem war, dass sie außer Sally kaum Leute auf der Party kannte. Abgesehen davon hatten sich sowieso schon überall Pärchen gebildet, und selbst wenn es noch ein paar Männer gab, die allein herumstanden, war sie, was das Flirten anging, ein hoffnungsloser Fall.

Missmutig ging sie nach draußen, um eine Zigarette zu rauchen. Unter so vielen Paaren fühlte sie sich komplett fehl am Platz. Im Gebüsch sah sie ein wohlbekanntes Kobaltblau aufblitzen und sie überlegte kurz, ob sie hingehen und Sallys Rendezvous unter freiem Himmel unsanft beenden sollte.

Stattdessen sah sie zum Haus empor, das hell erleuchtet war und in der Dunkelheit strahlte. Es schien sie auszulachen.

Ihr könnt mich alle mal, dachte sie und trat wütend ihre Zigarette aus. Inzwischen war sie so müde, dass ihr selbst das Feldbett auf dem Dachboden verlockend erschien. Sie schleuderte ihre Schuhe von sich, rannte über den Rasen und registrierte erfreut, wie angenehm sich das kühle Gras unter ihren Füßen anfühlte. Dann stieg sie weiter die Treppen hoch bis zum Dachboden, wobei sie unterwegs an einem knutschenden Paar vorbeischlüpfen musste. Als sie die Tür zu ihrem Zimmer aufstieß, sah sie eine Debütantin auf einem der Feldbetten liegen. Ihr Rock war bis zur Taille hochgezogen, sodass Georgia freie Sicht auf ihre weiße Unterhose hatte. Ein junger Mann im Smoking wälzte sich herum und knurrte, das Zimmer sei besetzt.

»Aber mir wurde gesagt, das sei mein Zimmer«, entgegnete Georgia bestürzt, bevor ihr zugerufen wurde, sie solle sich verziehen.

Eilig schnappte sie sich ihren Koffer, den sie zum Glück noch nicht richtig ausgepackt hatte, und knallte die Tür hinter sich zu.

Im Zimmer nebenan bot sich ihr das gleiche Szenario, im darauffolgenden Raum ebenfalls. Sie hatte keine Ahnung, was die Erwachsenen im Erdgeschoss taten, aber offensichtlich schien es sie nicht zu kümmern, welche Art von Kontakten im oberen Stockwerk geknüpft wurde.

»Es sollte nicht Saison, sondern Brunftzeit heißen«, murmelte sie aufgebracht vor sich hin, als sie ein weiteres Schlafzimmer besetzt vorfand. »So paarungsbereit, wie hier alle sind.«

Frustriert ließ sie sich auf dem abgenutzten Teppich auf der Treppe nieder, bis sie von der Haushälterin wieder nach draußen gescheucht wurde. Sie hatte nicht die geringste Lust, zurück in die Scheune zu gehen, und im Haus konnte sie auch nirgendwohin, stellte sie ernüchtert fest. Sie fühlte sich unglücklich und ausgeschlossen.

Da kam ihr auf einmal in den Sinn, dass sie ja nicht hierbleiben musste.

Dass sie unsichtbar war, hatte in diesem Fall auch Vorteile. Keinem würde auffallen, dass sie sich aus dem Staub gemacht hatte. Sie sah auf die Uhr. Bis nach Oxford waren es nur wenige Kilometer und es war erst kurz nach neun. Sie könnte mit dem Zug zurück nach London fahren und wäre noch vor Mitternacht wieder zu Hause. Und selbst wenn so spät keine Züge mehr fuhren, könnte sie sich immer noch ein Hotel suchen. Ihre Mutter war mit siebzehn allein in die Provence gezogen, da würde es Georgia ja wohl von einer bescheuerten Party in Oxfordshire zurück nach Hause schaffen.

Ihr Entschluss stand fest. Zwar waren ihr im Mädchenpensionat gute Manieren und Etikette eingebläut worden, doch inzwischen war es Georgia egal, was Leute wie die Fortescues von ihr hielten. Ein schlechtes Gewissen hatte sie nur, weil sie Sally im Stich ließ, doch ihre Freundin war ohnehin mit Trinken und den Landwirten aus Cirencester beschäftigt und würde frühestens beim Frühstück merken, dass sie nicht mehr da war.

Sie schlich in Sallys Zimmer, auf deren Nachttisch eine Wasserkaraffe stand; daneben lagen drei Blätter Briefpapier mit eingeprägtem Familienwappen. Rasch kritzelte Georgia einige Worte der Entschuldigung, bat Sally, ihre Abwesenheit zu vertuschen, und riet ihr, eine Banane zu essen und ein Ginger Beer ohne Kohlensäure zu trinken – die von Estella empfohlene Katerkur für den Morgen danach. Sie legte den Zettel auf Sallys Kopfkissen und nahm ihren Koffer.

In der Ferne hörte sie Schritte – die flinken, tüchtigen Schritte der Haushälterin auf dem Steinfußboden des Hauses –, aber sie schienen sich in die entgegengesetzte Richtung zu entfernen, also ergriff sie ihre Chance und huschte eilig nach unten.

Die Eingangstür war zwar zu, aber nicht abgeschlossen. Schnell schlüpfte sie nach draußen. Als sie den Kiesweg entlangrannte, konnte sie die Jazzband spielen hören. Die Klänge von »I've Got You Under My Skin« erfüllten die Abendluft. Sie mochte das Lied sehr, aber auch das konnte sie nicht zum Bleiben bewegen.

Die Taxifahrt vom Oxforder Bahnhof bis zum Haus der Fortescues hatte höchstens ein paar Minuten gedauert, schätzte sie, aber da Sally und sie die ganze Zeit geschwatzt hatten, konnte sie es nicht mit Sicherheit sagen. In jedem Fall war die Strecke zu weit, um zu Fuß zu gehen. Als sie daher einen Bus kommen sah, der zum Stadtzentrum fuhr, winkte sie ihn heran. »So spät noch unterwegs, junge Dame?«, fragte der Busfahrer in missbilligendem Tonfall. »Es wird schon dunkel.«

»Ich muss zum Bahnhof in Oxford. Könnten Sie mir Bescheid geben, wann ich aussteigen muss?«, entgegnete sie, so höflich sie konnte.

Dann suchte sie sich einen Sitzplatz, lehnte den Kopf gegen das Fenster und genoss das angenehm kühle Gefühl, das die Glasscheibe an ihrer Wange hinterließ. Zum Glück war es ihr gelungen, von der Party zu entkommen. Sie war ganz in Gedanken, als der Busfahrer ihr zurief, sie müsse aussteigen. Sie zuckte zusammen, stand eilig auf, schnappte sich den Koffer und sprang aus dem Bus.

Der Bahnhof war fast menschenleer. Es schien hier kälter zu sein als im Rest der Stadt und es roch nach Rauch und Ruß.

»Ist der letzte Zug nach London schon weg?«, erkundigte sie sich nervös bei dem Bahnbediensteten am Schalter.

Er schüttelte den Kopf. »Die Abfahrt ist in wenigen Minuten.«

»Dann eine Fahrkarte nach Paddington, bitte. Einfache Fahrt.« Sie lächelte erleichtert.

Er nannte ihr den Preis und sie wollte nach ihrem Portemonnaie greifen.

»Mein Geldbeutel, meine Tasche …«, rief sie entsetzt, als ihr klarwurde, dass sie ihre kleine schwarze Handtasche im Bus hatte liegenlassen.

»Zwei Shilling und Sixpence«, wiederholte der Bahnbedienstete.

»Aber ich habe überhaupt kein Geld«, stieß sie mit panikerfüllter Stimme hervor.

Der Mann hob entschuldigend die Schultern.

Georgia rannte hinaus auf die Straße, doch der Bus war schon außer Sichtweite. Als sie hörte, wie ein Pfiff ertönte und der letzte Zug nach London abfuhr, sank sie zu Boden, nahm den Koffer zwischen die Knie und vergrub den Kopf in den Händen.

Ich sitze fest, dachte sie und merkte, wie die Käse-Ananas-Häppchen in ihrem Magen einen Kloß bildeten.

Sie zwang sich zum Nachdenken. Schnell wurde ihr bewusst, dass sie zwei Möglichkeiten hatte. Von der Taxifahrt hatte sie noch einen Shilling übrig. Damit könnte sie entweder mit dem Bus zurück zum Haus der Fortescues fahren oder sie könnte Onkel Peter anrufen und ihn bitten, sie abzuholen. Beide Alternativen schienen nicht sonderlich verlockend. Oder gab es vielleicht noch eine dritte Möglichkeit?, fragte sie sich, als ihr plötzlich Edward Carlyle in den Sinn kam, der ihr in letzter Zeit häufiger ungebeten im Kopf herumspukte.

Er wohnte in Oxford. Bestimmt war es nicht schwer, ihn ausfindig zu machen. Edward Carlyle. Er würde sie noch einmal retten müssen.

Kapitel 13

Georgia fand ein kleines Tabakgeschäft, das noch offen hatte, und bat den Besitzer, sie einen Blick auf den Stadtplan werfen zu lassen, den er auf seiner Ladentheke zum Verkauf anbot.

Da sie sich erinnerte, dass Edward am Christ Church College studierte, suchte sie ihren jetzigen Standort und überlegte, wie sie von dort zu seiner Uni gelangen konnte. Dann trat sie aus dem Laden und ging los in Richtung Christ Church Meadow, entlang schmaler Gassen und vorbei an honigfarbenen Gebäuden und Toreinfahrten, durch die hindurch sie in Innenhöfe und Gärten spähen konnte. Es war schon fast dunkel und ihr Koffer war schwer, doch obwohl sie so schnell wie möglich Edwards College finden wollte, wäre sie am liebsten alle paar Minuten stehengeblieben, um die bezaubernde Atmosphäre Oxfords in sich aufzusaugen.

Schließlich bog sie links in eine Straße ein, die St. Aldate's hieß, und sah sich nach dem Eingang zu dem Universitätsgebäude um. Ein eisiger Schreck durchfuhr sie, als ihr einfiel, dass es Samstagabend war und sie Edward dort vielleicht gar nicht antreffen würde. Mit klopfendem Herzen entdeckte sie einen Eingang mit der Aufschrift Tom Tower. Zumindest auf der Karte hatte es so ausgesehen, als gehörte er zum College.

»Kann ich Ihnen helfen?«

Vor einem Pförtnerhäuschen stand ein alter Mann und hinderte sie mit einer Geste am Weitergehen.

»Ich bin auf der Suche nach Edward Carlyle«, sagte sie und stellte ihren Koffer ab. »Er wohnt hier.«

»Und Sie sind?«

»Seine Cousine«, brachte sie wenig überzeugend vor. »Ich war unterwegs zu einem Debütantinnenball, aber dann habe ich aus Versehen meine Handtasche im Taxi liegenlassen, und jetzt sitze ich in Oxford fest …«

»Sie wollten zu einem Debütantinnenball?«, hakte er misstrauisch nach.

Sie nickte, nun etwas selbstsicherer, und als sie ihre kleine Lügengeschichte weiterspann, klang sie in ihren Ohren beinahe wahr. »Ich muss unbedingt mit meinem Cousin Edward sprechen und ihn bitten, mir etwas Geld zu leihen, damit ich zu dem Ball fahren kann. Die Gastgeber werden sonst furchtbar wütend sein, und ihre Tochter würde es mir nie verzeihen, wenn ich es nicht zur wahrscheinlich wichtigsten Veranstaltung in ihrem Leben schaffe …«

Kurz befielen sie Schuldgefühle, als sie daran dachte, wie sie von der Party geflohen war. Sie fragte sich, ob Sally wohl schon ihren Zettel gefunden und jemanden auf ihr Verschwinden aufmerksam gemacht hatte.

»Sie sitzen fest, sagen Sie?«, fragte der alte Mann nach. »In dem Fall sehe ich wohl besser einmal nach, ob ich ihn finden kann … Warten Sie bitte hier, Miss …«

»Hamilton. Georgia Hamilton. Wir sind mütterlicherseits verwandt«, fügte sie schnell hinzu.

Der Pförtner runzelte die Stirn und verschwand auf einem gepflasterten Weg, der quer durch den Innenhof verlief. Ein wunderschöner steinerner Brunnen inmitten des Hofs schickte zarte Wasserstrahlen in den Nachthimmel.

Weitere fünf Minuten – eine gefühlte Ewigkeit – vergingen, bis er ohne Eile wieder auf sie zukam. »Es tut mir leid. Mr Carlyle ist weder in seinem Zimmer noch im Gemeinschaftsraum der Studenten.«

»Aber was soll ich denn jetzt machen?«, fragte Georgia, von plötzlicher Panik erfasst.

Der Mann schien die Dringlichkeit der Situation nicht erfasst zu haben. »Es tut mir leid, aber junge Damen dürfen das College um diese Uhrzeit nicht betreten«, sagte er in seinem langsamen, bedächtigen Tonfall. »Möchten Sie vielleicht mein Telefon benutzen?«

Und wen soll ich bitte schön anrufen?, fragte sie sich im Stillen, da sie genau wusste, wie besorgt – nein, wie *wütend* alle in London auf sie sein würden.

»Die Pubs Eagle and Child und The Bear sind bei den Studenten sehr beliebt. Vielleicht finden Sie Ihren Cousin ja dort«, versuchte der Pförtner behilflich zu sein. »Aber ehrlich gesagt ist es für eine junge Dame schon reichlich spät, um noch unterwegs zu sein.«

»Ich probier's mal dort«, sagte sie schnell, nahm ihren Koffer und machte sich auf den Weg. Die abendliche Kühle ließ sie erschauern. Sie kam an einem Pub nach dem anderen vorbei und fragte sich, ob sie mit ihrem letzten Shilling nicht einfach ein Pint Bier bestellen sollte.

In jeder Kneipe, in die sie hineinschaute, drängten sich selbstbewusste, intelligent wirkende Studenten. Mehrmals dachte sie, sie hätte Edward erkannt, obwohl sie sich ehrlich gesagt kaum noch erinnern konnte, wie er aussah.

Schließlich gab sie enttäuscht auf, stellte sich an die Bushaltestelle und beschloss, das Schicksal über ihr weiteres Vorgehen entscheiden zu lassen. Wenn in den nächsten zehn Minuten ein Bus in Richtung des Fortescue-Anwesens kommen würde, dann würde sie einsteigen. Wenn nicht …

Als sie den Kopf hob, sah sie eine Gestalt auf sich zukommen, die Hände in den Taschen vergraben und in der Armbeuge eine Zeitung.

»Edward!«, rief sie erfreut und rannte auf ihn zu.

Sie ließ ihren Koffer zu Boden fallen und umarmte ihn, woraufhin er überrascht einen Schritt zurücktrat.

»Georgia. Was um alles in der Welt machst du denn hier? Bist du durchgebrannt?«, fragte er mit Blick auf ihren Koffer.

»Ja! Woher weißt du das?«, fragte sie lachend. »Ich bin von einer Party abgehauen. Ich habe mich komplett fehl am Platz gefühlt, und obwohl ich mir wirklich Mühe gegeben habe, mich zu amüsieren, war es ganz schrecklich.«

»War die Party in Oxford?«

»Nein, irgendwo auf dem Land«, winkte sie ab. »Ich wollte eigentlich mit dem Zug zurück nach London fahren, aber dann habe ich meine Geldbörse im Bus vergessen und konnte keine Fahrkarte kaufen und ich kenne doch niemanden hier, und dann bin ich zu deinem College gegangen und habe mich als deine Cousine ausgegeben und –«

»Warte, warte, nicht so schnell … Soll das heißen, du hast keine Möglichkeit mehr, nach Hause zu kommen?«

Sie schüttelte den Kopf und sah beschämt zu Boden. »Sieht ganz so aus, als müsstest du mich zum zweiten Mal retten.«

»Ich hatte dich eigentlich für ziemlich selbstständig gehalten. Und jetzt brauchst du schon wieder einen Retter in der Not?«

»Was hätte ich denn tun sollen? Meine Handtasche ist weg und den letzten Zug habe ich auch verpasst.«

»Da hast du ja Glück gehabt, dass du mich getroffen hast«, meinte er sarkastisch.

»Natürlich hatte ich auch einen Plan B«, erwiderte sie und versuchte, dabei möglichst würdevoll zu klingen. Auf keinen Fall wollte sie vor Edward den Eindruck erwecken, als wäre sie völlig verzweifelt. »Auf dem Stadtplan von Oxford habe ich gesehen, dass es hier ganz in der Nähe einen Park gibt, die Christ Church Meadow, und da dachte ich, ich könnte mich einfach mit Bier betäuben, zum Schlafen unter einen Baum legen und mich mit den Kleidern aus meinem Koffer zudecken.«

»Das klingt ja äußerst idyllisch. Trotzdem könnte ich mir vorstellen, dass du unter diesen Umständen lieber im Randolph nächtigen möchtest«, erwiderte er mit einem leicht belustigten Unterton.

»Im Randolph?«

»Das ist ein Hotel, gleich neben dem Ashmolean Museum. Am besten, ich begleite dich dorthin, wir besorgen dir ein Zimmer und gleich morgen früh kannst du mit dem Zug zurück nach London fahren.«

»Das würdest du tun?«

Edward lächelte leicht. »Dafür sind Cousins doch da, oder?«

Er nahm ihren Koffer und sie machten sich auf den Weg. Während sie durch kleine Seitenstraßen wanderten, zeigte er ihr die verschiedenen Sehenswürdigkeiten, an denen sie vorbeikamen: das traditionsreiche New College, das Brasenose College und das Queen's College. Außerdem erzählte er ihr von all den berühmten Leuten, die hier studiert hatten: etwa J. R. R. Tolkien, der seinen Roman *Herr der Ringe* zunächst einer Gruppe gleichgesinnter Gelehrter vorgelesen hatte, den sogenannten Inklings, und zwar im Eagle and Child Pub; oder Lewis Carroll, der seine Romanfigur Alice nach der Tochter des Dekans des Christ Church College benannt hatte.

»Alles ist so wunderschön hier, so zauberhaft«, seufzte Georgia, die ihm noch die ganze Nacht hätte lauschen können. »Zum Glück ist die Stadt im Krieg nicht bombardiert worden.«

»Und weißt du auch, warum? Nach der Eroberung Englands wollte Hitler Oxford zur neuen Hauptstadt machen. Also gab er den Befehl, die Stadt nicht zu bombardieren. Es wird sogar gemunkelt, dass er vorhatte, im Blenheim Palace zu wohnen, der hier ganz in der Nähe steht.«

»Du weißt aber viel.«

»Ich habe eben viel gelesen. Das ist der Vorteil, wenn man vier Jahre lang studiert. Man liest viel und lernt viel und muss noch nicht mal ein schlechtes Gewissen haben, denn genau aus dem Grund ist man ja hier.«

»Das klingt wundervoll.«

»Hast du dich nicht beworben?«

»Für die Universität? Nein«, gab sie zurück und schüttelte schnell den Kopf. »Das hätten wir uns nicht leisten können.«

»Aber es gibt doch Stipendien. Vom Bildungsministerium oder von verschiedenen Wohltätigkeitsorganisationen.«

»Nein, danke. Ich will keine Almosenempfängerin sein.«

»Hast du die A-Levels gemacht?«

Sie nickte.

»Warum versuchst du dann nicht, im September einen Studienplatz über das Losverfahren zu bekommen? Hast du einigermaßen gute Noten gehabt?«

»Zwei Einsen und eine Zwei«, antwortete sie fast entschuldigend.

»Mensch, Georgia, dann könntest du, nein, dann *musst* du dich auf jeden Fall in Oxford bewerben.« Er sagte es in einem ernsten Tonfall, als ob er sie anspornen wollte. »Es gibt mehrere Colleges für Frauen – St. Hilda's, Lady Margaret Hall,

Somerville. Wobei ich finde, dass ein geisteswissenschaftliches College wie St. Anne's besser zu dir passen würde. Ich sehe dich schon, wie du mit dem Fahrrad zum Eagle and Child fährst, die Inklings wiederauferstehen lässt …«

Für einen Augenblick klang die Vorstellung, in dieser wunderschönen, geschichtsträchtigen Stadt zu wohnen, die so viele berühmte Leute hervorgebracht hatte, fast verlockend. Doch dann brachte sich Georgia ihre jetzige Lage in Erinnerung. »Aber wie um alles in der Welt soll ich es denn nach Oxford schaffen, Edward?«

»Es gibt eine Aufnahmeprüfung im November.«

»Ich habe schon genug Prüfungen absolviert. Außerdem war ich auf dem Mädchenpensionat. Ich fürchte, es ist nicht vorgesehen, dass ich studiere.«

»Was ist denn dann vorgesehen?«

»Dass ich mich gut verheirate«, sagte sie leise.

Er sah sie überrascht an. »Das klang neulich aber noch ganz anders.«

»Seither hat sich auch einiges geändert.«

Er legte die Stirn in Falten und bat sie darum, ihm alles zu erzählen.

»Vor zwei Wochen ist unser Bauernhof abgebrannt. Zwar ist niemandem etwas passiert, aber unser gesamtes Hab und Gut ist in dem Feuer zerstört worden, auch die meisten Gemälde meiner Mutter. Das Einzige, was ihr geblieben ist, sind ein paar Leinwände in einem Lagerraum in Hammersmith. Es gibt also zwei Möglichkeiten: Entweder wir landen auf der Straße oder ich gehe eine vorteilhafte Ehe ein.«

»Aber es muss doch noch einen anderen Ausweg geben«, meinte Edward nachdenklich.

»Eine Ehe ist doch nur ein Vertrag«, entgegnete sie wegwerfend. »Aber sieh mal, ist das nicht das Randolph?«, fragte sie dann schnell, um ihn vom Thema abzulenken. »Es sieht ziemlich teuer aus …«

»Mach dir deswegen keine Sorgen«, beruhigte er sie, fasste sie an der Schulter und führte sie in das Gebäude. Sie hielt sich im Hintergrund, während er ein Zimmer buchte und ein Hotelpage mit ihrem Koffer im oberen Stock verschwand.

»Vielen Dank, Edward, das ist wahnsinnig nett von dir«, bedankte sie sich bei ihm. »Ich habe jetzt übrigens einen Job, wie du mir geraten hast. Ich habe ein bisschen was gespart, ich kann dir das Geld also zurückzahlen, sobald ich wieder in London bin.«

»Warum gibst du mir nicht einfach ein Getränk aus?«

»Ich habe nur noch einen Shilling.«

»Dann strecke ich dir den Rest eben vor.« Er lächelte. »Na komm. Vielleicht schaffen wir es noch zur letzten Runde, bevor die Pubs schließen.«

Normalerweise wirkte sein Gesicht ziemlich ernst, aber wenn er lächelte, bildeten sich in den Winkeln seiner dunkelgrauen Augen winzige Fältchen und auf seiner rechten unteren Wange wurde ein Grübchen sichtbar. Georgia wollte ihm gerade sagen, wie gut es ihm stand, als sie vom Concierge unterbrochen wurde, der ihnen zwei Zimmerschlüssel überreichte.

»Ich wünsche Ihnen einen angenehmen Aufenthalt im Randolph, Mr und Mrs Carlyle.«

Georgia musste ein Lachen unterdrücken und sie liefen beide schnell nach draußen.

»Jetzt bin ich also schon deine Ehefrau?«, kicherte sie. »Das ist ja eine ziemliche Beförderung, nachdem ich vorher bloß eine Cousine war.«

»Das war einfacher, als zu erklären, warum eine alleinstehende junge Frau um diese Uhrzeit ein Hotelzimmer sucht«, er schmunzelte. »Das Randolph ist schrecklich seriös. Hier hast du übrigens noch Geld für die Zugfahrt morgen.«

Sie gingen los und kamen an drei oder vier Pubs vorbei, die sie jedoch nicht betraten. Georgia hatte inzwischen keine Augen mehr für die Schönheit Oxfords, sondern hörte stattdessen gebannt Edwards Erzählungen zu, dessen eigenes Leben mindestens so faszinierend und märchenhaft war wie die Gebäude um sie herum. Sie konnte nicht glauben, dass er allein im letzten Jahr so viel erlebt hatte wie sie in ihrem ganzen Leben. Er war zweiundzwanzig und studierte Klassische Philologie im vierten Studienjahr, was bedeutete, dass er viele lange Semesterferien voller Abenteuer verbracht hatte. Er war in der Schweiz Ski gefahren, hatte in Kenia an einer Safari teilgenommen und war im vergangenen Sommer mit dem Auto von London nach Konstantinopel gereist. Im Gegenzug erzählte Georgia ihm alles von Paris – von den kleinen versteckten Orten, die sie so liebte: den Bienenstöcken im Jardin du Luxembourg, den Kanälen, die in die Seine mündeten, der Bibliothèque Forney mit ihren Rapunzeltürmchen und dem japanisch anmutenden Kino La Pagode. Und während sie durch die Straßen schlenderten und sich unterhielten, lachten und einander zuhörten, hatte sie ausnahmsweise einmal das Gefühl, etwas Interessantes zu sagen zu haben, auch wenn sie ab und zu den Faden verlor, etwa wenn er lachte und sich auf seiner Wange dieses Grübchen bildete oder wenn er sie mit seinen dunkelgrauen Augen anblickte und ihr wieder einmal auffiel, wie attraktiv er war.

»Tja, das hätte ich jetzt nicht erwartet«, meinte er, als sie eine Brücke überquerten und dann an einem wunderschönen College namens Magdalen vorbeigingen.

»Was hättest du nicht erwartet?«

»Dass es noch so ein schöner Abend werden würde. Ich bin nur kurz rausgegangen, um Zigaretten zu holen.«

»Und ich saß vor zwei Stunden noch auf einer schrecklichen Party fest.«

Edward nickte. »Das ist das Beängstigende und Spannende am Leben. Alles kann sich von einer Minute zur anderen ändern.«

»Wenn man zum Beispiel leicht angeheitert eine Entscheidung trifft«, warf Georgia ein.

»Oder zufällig jemandem auf der Straße begegnet.«

Sie spürte, wie seine Hand die ihre streifte, und zuckte wie elektrisiert zusammen. Sie hatte keine Ahnung, ob es Absicht oder bloßer Zufall gewesen war, ob er einfach mit ihr zusammengestoßen war oder wirklich ihre Hand hatte nehmen wollen. Was auch immer der Grund gewesen war, ihr Herz hatte angefangen, wie wild zu klopfen, und die Luft zwischen ihnen schien plötzlich mit einer Energie aufgeladen, die vor ein paar Minuten noch nicht spürbar gewesen war.

Plötzlich hupte hinter ihnen ein Auto und sie zuckte erschrocken zusammen.

»Carlyle! Bist du das?«

Vor ihnen kam ein großes Cabrio zum Stehen. Mindestens sechs oder sieben junge Leute saßen darin, alle im Smoking, mit Ausnahme von zwei Mädchen, die in mehreren Tüllschichten steckten.

»Hallo Jungs, das ist ja eine Überraschung. Wo soll's denn hingehen?« Edward schien sie gut zu kennen, auch wenn in seiner Stimme ein Zögern lag, das darauf hindeutete, dass er nicht übermäßig erfreut war, sie zu sehen.

»Wir wollten uns in den Ball des Pembroke College reinschmuggeln. Hat aber nicht geklappt«, rief ein Junge mit blondem, zerzaustem Haar, der auf der Rückbank fläzte. »Die passen dort noch schärfer auf als ein Schotte auf sein Portemonnaie. Deswegen fahren wir jetzt zu Mark Headinglys Party. Gleich da vorn in der Circus Street. Kommst du mit?«

»Heute nicht, Bradders«, entgegnete Edward und Georgia atmete im Stillen erleichtert auf.

»Ach, komm schon. Es ist Samstagabend und außerdem ist es doch gleich um die Ecke. Man kann das Haus schon fast sehen. Oder weißt du was? Ich gehe mit dir zu Fuß. Die gute Julia sitzt ohnehin schon die ganze Zeit auf meinem Bein.«

»Ach, das war dein Bein?«, rief eine andere Stimme und erntete schallendes Gelächter.

Die Autotür öffnete sich knarrend und drei junge Männer purzelten auf den Gehweg, wobei sie Champagner aus einer Flasche verschütteten, die einer von ihnen in der Hand hielt.

»Nein, ehrlich, lass gut sein«, protestierte Edward. »Ich war schon auf dem Weg ins Bett.«

»Red keinen Quatsch«, meinte Bradders und zog an seiner Zigarette. »Die Nacht ist noch jung und wir haben den ganzen Kofferraum voller Champagner. Wer braucht schon Pembroke?«, krakeelte er.

Zwei der jungen Männer schnappten Edward an den Armen, hoben ihn schwungvoll hoch und rannten mit ihm die Straße entlang, als würde er auf einem unsichtbaren Stuhl sitzen. Georgia fühlte eine bittere Enttäuschung in sich aufsteigen, die so stark war, dass ihr Atem stockte.

»Fahr doch mit uns mit«, rief ihr das Mädchen zu, das Julia hieß, und Georgia sah ein, dass sie keine andere Wahl hatte, als in das Auto einzusteigen, das sie in weniger als einer Minute zur Circus Street kutschierte. Als sie an Edward und Bradders vorbeibrausten, hupten sie und Georgia machte ein halbherziges Daumen-hoch-Zeichen.

Bis sie das Auto geparkt hatten, hatte Edward sie bereits eingeholt.

»Tut mir leid, ich wurde entführt.«

»Nicht schlimm«, erwiderte Georgia und setzte ihr strahlendstes Lächeln auf.

»Wir können ja fünf Minuten bleiben und dann wieder gehen.«

»Unsinn, wir können so lange bleiben, wie du willst«, entgegnete sie, da sie nicht wusste, ob er lediglich höflich war und in Wirklichkeit lieber bei seinen Freunden bleiben wollte.

Sie betraten das Haus, das voller Leute war, manche in Abendkleidern und Smoking, andere eher leger gekleidet. Im Hintergrund war laute Jazzmusik zu hören und eine Wolke aus Zigarettenrauch verbarg mehrere Paare, die knutschend in dunklen Ecken standen.

»Wer sind die eigentlich?«, flüsterte Georgia.

»Freunde von der Uni. Normalerweise sind sie ganz in Ordnung. Wahrscheinlich wollen es alle noch mal so richtig krachen lassen, bevor wir unseren Abschluss machen und der Ernst des Lebens beginnt.«

»Ich schulde dir noch einen Drink, oder?«, sagte Georgia unsicher.

»Bestimmt gibt es in der Küche irgendwas scheußliches Selbstgebrautes. Komm, wir sehen mal nach.«

Und dann nahm er sie doch bei der Hand. Diesmal, als sich seine Finger zwischen ihre schoben, wusste sie, dass es wirklich geschah, und sie spürte, wie ihr vor Anspannung und Aufregung ganz schwindlig wurde.

In der Küche fand sich tatsächlich selbstgebrauter Alkohol, der ganz furchtbar roch. Edward vermutete, dass es sich um Kartoffelschnaps handelte, und sie beschlossen beide, lieber nicht davon zu trinken. Edward machte sich auf die

Suche nach Bradders, um ihn nach dem im Kofferraum gebunkerten Champagner zu fragen, während Georgia schnell aufs Klo flitzte. Im Badezimmer unter der Treppe schaute sie in den winzigen Spiegel und versuchte, ihre Haare zurechtzuzupfen. Da sich ihr Lippenstift und ihr Rouge in der Handtasche befanden, die sie im Bus vergessen hatte, kniff sie sich in die Wangen, um ihnen etwas Farbe zu verleihen.

Als sie aus der Toilette kam, fühlte es sich an, als würde sie das Haus verlassen, um zu einer Verabredung zu gehen. Ja, sie hatte es schöner gefunden, als sie beide allein waren. Durch die Straßen von Oxford zu schlendern war einzigartig und zauberhaft gewesen und zugleich angenehm und vertraut, so als würde sie ihre eigene Version von Estellas Nacht-in-Paris-Geschichte nachspielen, die sie schon so oft gehört hatte.

Die prickelnde Atmosphäre der Party jedoch verhieß eine ganz andere Art von Vertrautheit, und der Gedanke daran, sich mit Edward in eine der dunklen Ecken zurückzuziehen, ließ sie vor Aufregung erzittern.

»Wie um alles in der Welt hast du es nur geschafft, Edward an einem Samstagabend zwei Wochen vor den Abschlussprüfungen aus dem Haus zu locken?«

Georgia drehte sich um und erblickte Julia, die mit einer Zigarette in der Hand wenige Zentimeter von ihr entfernt stand.

»Wieso?«

»Er hat sich den ganzen letzten Monat über eingeschlossen, um zu lernen. Reine Zeitverschwendung, wenn du mich fragst. Seine Familie hält ihm den Chefsessel in der Bank so oder so warm, auch wenn er sein Examen nur mit Ach und Krach besteht.«

Sie lachte und ihre vom Rotwein gefärbten Lippen ließen ihre Zähne strahlend weiß aussehen, was in der Dunkelheit etwas gruselig wirkte.

»Aber dich sehe ich heute zum ersten Mal. Auf welchem College bist du?«

»Ich studiere gar nicht.«

»Oh, gehst du auf die Oxforder Sekretärinnenschule?«, fragte sie mit leicht herablassendem Unterton.

»Ich lebe in London.«

»Ach so, aber was hat dich dann nach Oxford verschlagen?«

»Lange Geschichte.« Georgia lächelte gequält. »Eigentlich bin ich unterwegs zu Freunden und Edward hilft mir dabei, hinzukommen.«

»Er ist ein Schatz, stimmt's?«, erwiderte Julia und blies einen Rauchring in die Luft. »Oxfords bester Fang. Annabel muss das glücklichste Mädchen der Welt sein, sagen wir immer.«

»Annabel?«

»Na, seine Freundin. Dafür sind alle jungen Männer in Oxford ein bisschen in sie verliebt. Beim Abschlussball des Magdalen College will sich garantiert keiner neben ihnen fotografieren lassen – die zwei sind Oxfords hübschestes Paar. Außerdem habe ich das Kleid gesehen, das Annabel sich ausgesucht hat. Sie wird umwerfend aussehen.«

Georgia fühlte sich, als hätte ihr jemand einen Schlag in die Magengrube versetzt. Er war gutaussehend, intelligent und reich – natürlich hatte er eine Freundin. Das erklärte auch, warum er auf keiner anderen Debütantinnenparty mehr gesehen wurde – jemand hatte sich zwischenzeitlich Oxfords besten Fang geangelt. Julia entschuldigte sich und mischte sich wieder unter die Gäste. In dem Moment sah Georgia Edward auf sich zukommen. Ihre Blicke trafen sich, und als er sie anlächelte, war ihre Enttäuschung fast körperlich spürbar.

»Champagner«, rief er triumphierend und hielt eine Flasche hoch.

»Ich glaube, ich sollte jetzt besser gehen«, sagte Georgia schnell. »Es ist schon spät. Nicht, dass das Hotel mich nicht mehr hineinlässt.«

»Dann bleiben wir eben die ganze Nacht auf.«

»Das ist keine gute Idee. Ich muss doch morgen früh den ersten Zug erwischen.«

»Was ist mit Frühstück?«

Georgia schüttelte den Kopf. Sie wollte auf keinen Fall, dass ihr Gesichtsausdruck ihre Gefühle verriet.

»Ich glaube, der erste Zug fährt schon sehr früh morgens.«

»Aber du kannst doch auch einen späteren Zug nehmen. Es fahren jede Menge Züge nach London.«

»Ich muss jetzt aber trotzdem gehen.«

»Natürlich.« Er nickte. »Ich begleite dich noch zum Hotel.«

»Das musst du nicht.«

»Ich sollte auch nach Hause gehen.«

Sie gingen auf dem kürzesten Weg zurück, die High Street entlang und dann rechts auf die Cornmarket Street. Georgia faselte zusammenhangslos von den vielen Debütantinnenpartys, die bald stattfinden würden, und warf zur Sicherheit noch eine Bemerkung über Jacques – einen inzwischen schon fast vergessenen Namen – ein.

»Gute Nacht, Mrs Carlyle«, sagte Edward, als sie vor den Stufen des Hotels standen.

»Danke noch mal, Edward. Du bist ein echter Freund.«

Eine Sekunde lang standen sie schweigend da. Er streckte seine Hand aus und berührte ihre Finger, doch sie entzog sich ihm sofort.

Schnell murmelte sie »Gute Nacht« und lief hinauf ins Hotel. Als sie sich umdrehte, um ihm nachzusehen, war er bereits verschwunden.

Kapitel 14

Juni 1958

»Da hat sich aber jemand schick gemacht. Hast du etwa eine Verabredung?« Andre, der Konditor des Swiss Chalet Café, stieß einen anerkennenden Pfiff aus, als Georgia in einem dunkelgrünen Bleistiftrock und einer weißen, in der Taille geknoteten Bluse aus der Mitarbeitertoilette trat.

»Keine Verabredung, sondern einen Geschäftstermin«, erwiderte sie schmunzelnd und zog ihr Manuskript aus ihrer Tasche, um es ihm zu zeigen. »Meine Pariser Memoiren sind fast fertig, und jetzt treffe ich mich mit einem bekannten Schriftsteller, der mir vielleicht dabei helfen kann, einen Verlag zu finden.«

Da flog die Tür des Cafés auf und brachte die Kuhglocke zum Läuten, die Andre von seinem letzten Besuch in Innsbruck mitgebracht hatte.

»Tut mir leid, wir haben geschlossen«, rief Georgia, sah auf die Uhr und merkte, dass sie bereits zwanzig Minuten zu spät war.

»Habt ihr nicht mal ein Stück Sachertorte für uns übrig?«, fragte eine vertraute Stimme.

Georgia schaute hoch und musste loslachen. »Sally, was in aller Welt machst du denn hier?«

»Ich war gerade in der Nähe und habe Gianni von eurem unglaublich leckeren Kuchen vorgeschwärmt.«

Sally war Hand in Hand mit einem großen, dunkelhäutigen jungen Mann hereingekommen, der eine beige Hose, ein weißes Hemd mit hochgestelltem Kragen und eine dunkle Sonnenbrille trug. Er hätte bloß noch einen Ferrari oder eine Jacht gebraucht, dann hätte er ausgesehen wie Gianni Agnelli, der Fiat-Erbe, der häufig die Seiten des *Paris Match* zierte – und vermutlich legte es dieser Gianni auch bewusst darauf an, ihn zu kopieren, dachte Georgia.

»Gianni, darf ich dir meine gute Freundin Georgia Hamilton vorstellen? Georgia, das ist mein italienischer Freund Gianni.«

»Hier entlang, Gianni«, rief Andre. »Du wirst diesseits von Salzburg kein köstlicheres Stück Sachertorte finden.«

»Wer ist denn Gianni?«, flüsterte Georgia tonlos, während sie ihre Freundin zu einem Ecktisch führte.

»Ich habe ihn letzte Woche auf dem Ball von Penny Pringle im Dorchester Hotel kennengelernt. Er ist ein echter Schatz, oder?«

»Er ist wahnsinnig attraktiv«, gab Georgia zu.

»Und er ist ein Graf«, erklärte Sally, die ihr Entzücken nicht verbergen konnte. »Er hat einen richtigen Adelstitel und ein Schloss in Perugia, nicht, dass ich darauf Wert lege, denn er ist ohnehin so bezaubernd und ich bin wahnsinnig verknallt in ihn … Oje, du musst mir den Mund zuhalten, ich kann gar nicht aufhören, von ihm zu schwärmen.«

Georgia ersparte sich den Hinweis, dass Sally noch vor einem Monat verkündet hatte, sie sei unsterblich in Andrew aus Cirencester verliebt. Es hatte sie nicht im Geringsten gestört, dass Georgia von der Party der Fortescues verschwunden war, denn an jenem Abend hatte sie »den Richtigen«

gefunden – bis Andrew sich geweigert hatte, ihre Anrufe entgegenzunehmen, und schließlich sogar seinen Mitbewohner vorgeschickt hatte, um Sally am Telefon ausrichten zu lassen, sie solle ihn gefälligst nicht mehr belästigen.

»Du siehst, es gibt doch noch anständige Männer auf dieser Welt«, bemerkte Sally altklug. »Du musst bloß den Richtigen finden. Nur weil es mit Edward nicht geklappt hat, heißt das nicht, dass dein Märchenprinz nicht noch irgendwo da draußen auf dich wartet.«

»Ich hab die Nase voll von Männern.«

»Ich weiß. Ich hab dir so viele vorgestellt und du hast sie alle abblitzen lassen. Du denkst doch hoffentlich nicht immer noch an ihn, oder?«

»An wen?«

»An Edward Carlyle natürlich.«

»Ich habe schon seit Wochen nicht mehr an ihn gedacht«, erwiderte Georgia verächtlich und wünschte sich insgeheim, sie hätte Sally nie etwas von ihrem Abenteuer in Oxford erzählt. »Er hat eine Freundin. Ende der Geschichte. Und ich konzentriere mich jetzt auf meine Karriere. Apropos Karriere, ich muss los. Ihr könnt aber gern noch hierbleiben, bis Andre geht.«

In der U-Bahn sagte Georgia sich, dass sie Sally ja nicht bewusst belogen hatte. Seit jenem Abend in Oxford hatte sie sich wirklich alle Mühe gegeben, Edward Carlyle zu vergessen. Sie hatte sich ihre Tage und Abende mit Arbeiten und Schreiben und so vielen Einladungen, wie sie annehmen konnte, vollgepackt – sie war in Ascot gewesen, hatte auf Bällen getanzt und sich sogar am vierten Juni in Eaton die traditionelle feierliche Bootsprozession auf der Themse angesehen. Ihr Cousin Richard hatte sie begleitet und dabei in seinen beigen Flanellhosen und seinem Strohhut unglaublich schick ausgesehen. Außerdem war sie zahlreichen attraktiven und höflichen jungen Männern vorgestellt worden, und ein paar von ihnen hatten sie sogar zum Kaffee oder ins Kino eingeladen. Es war jedoch unmöglich gewesen, sie nicht mit Edward zu vergleichen, und dabei waren sie allesamt schlecht weggekommen. Sie schwankte zwischen dem Gefühl, getäuscht worden zu sein – immerhin hatte Edward ihre Hand genommen und damit eine Verbindung hergestellt, die so wirklich, so greifbar schien, dass sie sie immer noch spüren konnte, wenn sie nachts wach lag –, und bloßer Traurigkeit über ihr Pech. Schließlich hatte er sie nicht geküsst oder ihr falsche Hoffnungen gemacht. Er war bloß freundlich und großzügig gewesen und hatte ihr sogar das Geld zurückgesandt, das sie ihm für das Hotel und das Zugticket geschickt hatte, zusammen mit einem Zettel, auf dem stand, dass es ihm ein Vergnügen gewesen war.

Sie stieg am Piccadilly Circus aus und ging mit zügigen Schritten hinein nach Soho, sah noch einmal in ihrem Tagebuch nach, wie die Adresse lautete, und stand schließlich vor dem Wheelers Restaurant in der Old Compton Street. Dort erfuhr sie, dass ihre Verabredung bereits eingetroffen war, und während man sie durch das Restaurant führte, hielt sie eifrig Ausschau nach jemandem, der aussah wie ein Schriftsteller.

Ian Dashwood war ganz anders, als sie erwartet hatte. Sie war davon ausgegangen, einen Mann in den Fünfzigern oder Sechzigern zu treffen, doch er war erst Mitte dreißig, hatte buschige Augenbrauen und war leicht gebräunt. Der blassgraue Anzug, aus dessen Brusttasche ein blaues Dreieck aus Seide herausschaute, wirkte sowohl modisch als auch elegant.

Er stand auf und schüttelte ihr die Hand.

»Freut mich sehr, Sie kennenzulernen«, sagte er, nachdem sie sich einander kurz vorgestellt hatten. »Ich habe schon viel von Ihnen gehört. Alles, was es sich über mich zu wissen lohnt, können Sie meinem neuesten Buch entnehmen.« Er schob ein gebundenes Buch über die weiße Tischdecke.

»Ist das Ihre Autobiografie?«

»Nein. Es reicht, wenn Sie die Autorennotiz lesen«, erwiderte er lachend. »Die enthält alle interessanten Details über mich und ist nur dreihundert Wörter lang.«

Er schenkte ihr ein Glas Wein ein und sah dann interessiert zu ihr hoch. »Sie wollen also Schriftstellerin werden.«

»Ich bin Schriftstellerin«, entgegnete sie lächelnd. »Ich habe nur noch nichts veröffentlicht.«

»Sie sind selbstbewusst. Ich mag es, wenn junge Autoren selbstbewusst sind. Sie werden die Erfahrung machen, dass man Ihre eingereichten Manuskripte ablehnt. Das ist uns allen schon passiert. Deshalb müssen Sie sich ein dickes Fell zulegen und Sie müssen fest entschlossen sein, weiterzuschreiben, weiterhin Geschichten zu erzählen, auch wenn Sie damit zunächst kein Geld verdienen und alle Welt Ihnen einreden will, wie schwierig es ist. Ich hoffe, Sie haben nichts gegen Austern«, fügte er hinzu, nachdem er in der Speisekarte geblättert hatte.

»Ich habe noch nie welche probiert.«

»In London bekommen Sie nirgends bessere. Bacon ist Stammgast hier. Schade, anscheinend ist er gerade gegangen. Normalerweise spendiert er dem ganzen Lokal Champagner, wenn er hier ist.«

»Bacon?«

»Francis Bacon.«

»Der Künstler«, staunte Georgia ehrfürchtig. »Kennen Sie ihn?«

Ian nickte. »Einer der vielen Vorteile, wenn man in Soho lebt. Man trifft alle möglichen interessanten Leute und sieht interessante Orte. In der Meard Street zum Beispiel gibt es ein Café, in dem ich mir immer Jazzmusik anhöre. Die Tische sind wie Särge geformt und die Aschenbecher sind aus Totenköpfen.«

»Aus echten Totenköpfen?«, fragte Georgia, fasziniert von diesem Mann.

»Das weiß ich gar nicht. Aber es ist ein guter Ort zum Schreiben.«

Die Austern wurden serviert und Ian bestellte noch eine Flasche Wein. Er erklärte ihr, woher er Onkel Peter kannte, und erzählte ihr von seinem morgendlichen Treffen mit einem Hollywood-Produzenten, der seinen neuesten Roman verfilmen wollte. Er war nicht immer Schriftsteller gewesen – er hatte eine Schauspielausbildung gemacht und war verhalten optimistisch, was seinen Traum anging, Drehbücher zu schreiben und irgendwann selbst Regie zu führen. Außerdem schilderte er ihr seinen Tagesablauf: Er stand zur Mittagszeit auf, spielte dann in diversen Cafés in Soho wie dem 2i's, dem White Monkey und dem Le Grande mit exzentrischen Lebenskünstlern Schach und verbrachte die Abende damit, entweder zu schreiben oder sich mit anderen Kreativen in Spelunken wie dem Colony Room zu treffen. Aus seinem Mund klang es zwar alles ein wenig zu anrüchig und zu glamourös, doch für Georgia bestand trotzdem kein Zweifel daran, dass es keinen angenehmeren Weg geben konnte, um seinen Lebensunterhalt zu verdienen. Und auch wenn es ihm nicht an Selbstvertrauen mangelte, sobald es darum ging, seine zahlreichen Erfolge aufzuzählen, so geizte er andererseits auch nicht mit Ratschlägen und Informationen und versprach ihr sogar, sie seinem Agenten vorzustellen und alles zu lesen, was sie geschrieben hatte.

»Ich habe ehrlich gesagt schon etwas dabei«, sagte sie und holte ihr Manuskript aus ihrer Tasche. »Es ist bloß ein erster

Entwurf, aber vielleicht können Sie daran bereits sehen, ob es etwas taugt oder nicht.«

»Selbstbewusstsein, junge Dame«, sagte er und wackelte mahnend mit dem Zeigefinger.

»Na gut. Also, ich finde es ziemlich gelungen. Ich glaube, ich habe das Zeug dazu, die englische Françoise Sagan zu werden«, meinte sie keck. Der Wein ließ sie auf einmal viel mutiger werden.

»Haben Sie den Film gesehen?«

»*Bonjour Tristesse?*« Sie strahlte, als er ihr Lieblingsbuch erwähnte. »Ja, ich mochte ihn sehr. Nicht ganz so gut wie der Roman, aber Jean Seberg war einfach großartig darin.«

»Sie sehen ihr sehr ähnlich«, sagte er sanft. »Ihr Haar. Ihr Lächeln.«

Sie fasste seine Worte als enormes Kompliment auf, das mehr als schmeichelhaft war. Dadurch, wie er es sagte und sie dabei ansah, fühlte sie sich als etwas Besonderes. Sie mochte dieses Gefühl. Sich schön und intellektuell und kultiviert zu fühlen. Sie genoss es, mit einem berühmten Schriftsteller in einem angesagten Restaurant zu sitzen, in dem interessante Künstler ein und aus gingen. Sie fühlte sich, als wäre sie eine von ihnen.

Als sie merkte, wie ihr das Blut in die Wangen stieg, trank sie schnell noch einen großen Schluck Wein. Im Restaurant war es heiß und sie fühlte sich schon leicht beschwipst.

»Ich sollte dich langsam nach Hause bringen.« Sie waren mittlerweile zum vertrauteren Du übergegangen.

Sie nickte und wartete, während er die Rechnung beglich.

»Einen Parkplatz zu finden ist ein Ding der Unmöglichkeit, wenn man in Soho wohnt. Ach, jetzt habe ich meinen Autoschlüssel gar nicht dabei. Ich springe schnell hoch und hole ihn.«

»Nein, das musst du nicht. Ich nehme einfach die U-Bahn.«

»Aber es ist schon dunkel«, beharrte er. »Und es dauert auch nur einen Augenblick. Warum kommst du nicht mit hoch und siehst dir meine Wohnung an? Ich muss nur noch schnell in New York bei meinem amerikanischen Agenten anrufen, bevor er Feierabend macht, dann können wir los. Bei der Gelegenheit könnte ich ihm gleich von dir erzählen.«

Georgia strahlte vor Aufregung und folgte ihm die Dean Street entlang.

Der Hauseingang befand sich in einer Seitenstraße und er forderte sie mit einer Handbewegung auf, einzutreten. Die Wohnung war kleiner und dunkler, als sie erwartet hatte; das Fenster gab lediglich einen Blick auf eine schmale Straße und ein paar Mülltonnen frei. Er ging hinüber zu einem kleinen Barschrank, schenkte etwas Wermut und Wodka in einen Mixbecher und füllte damit zwei Gläser.

Der Geschmack ließ sie das Gesicht verziehen, doch sie versuchte, ihre Reaktion zu verbergen.

»Köstlich, oder? Ich wusste doch, dass du auf Martini stehst.«

Dann entschuldigte er sich und ging hinüber ins Schlafzimmer, um zu telefonieren, während sie in ihrem Manuskript blätterte und sich fragte, ob es nicht etwas vorschnell gewesen war, es ihn lesen zu lassen.

Nach ein paar Minuten kam er wieder zurück.

»Ich weiß, was du denkst«, sagte er und zeigte auf das Manuskript. »Es kostet Überwindung, andere lesen zu lassen, was man selbst geschrieben hat.«

»Bis jetzt hat noch niemand meinen Text zu Gesicht bekommen«, gab sie zu und empfand eine komplizenhafte Verbundenheit zwischen ihnen.

Er trat auf sie zu und blieb wenige Zentimeter von ihr entfernt stehen. »*Ein englisches Mädchen in Paris*«, las er auf der Titelseite, nachdem er ihr das Manuskript aus der Hand genommen hatte. »Bist du das?«

Sie nickte und wurde rot.

»*Très chic*. Du solltest meine Muse werden.«

»Was ist denn eine Muse?«

»Das Wort kommt aus der griechischen Mythologie. Eine Muse ist eine Inspiration für die Literatur und die Künste.«

»Und ich soll eine Muse sein?« Sie lachte verlegen und wusste nicht, wo sie hinsehen sollte.

»Ja, du«, antwortete er und streichelte ihr über die zarte Haut unter ihrem Kinn.

Dann sah er sie durchdringend an, und sie wusste nicht mehr, ob das berauschende Gefühl von dem Martini und dem Wein herrührte oder einen tiefer sitzenden, fleischlicheren Ursprung hatte.

»Zieh deine Bluse aus.«

Erst war sie sich nicht sicher, ob sie ihn richtig verstanden hatte.

»Ich will dich sehen. Ich will von dir inspiriert werden.«

Ihr Hals schnürte sich zu und ihr Herz fing an, wie wild zu klopfen.

»Meine Muse«, flüsterte er, während sie die Augen schloss und spürte, wie er ihre Bluse aufknöpfte.

Sie registrierte, wie der Stoff von ihren Schultern glitt und ein kühler Luftzug an ihre Haut drang. Seine Fingerspitzen streichelten über ihren Arm.

»Du bist wunderschön. Ich will über dich schreiben. Ich will dich in eine Geschichte bannen, dich unsterblich machen.«

Sie stand immer noch regungslos da und hatte die Augen

geschlossen, als er sie aufforderte, sich umzudrehen. Er öffnete ihren BH und er fiel zu Boden.

»Wie fühlt sich das an?«, fragte er, die Lippen ganz nah an ihrem Ohr.

Sie erschauerte, als sie merkte, dass ihre Brustwarzen hart wurden. Zugleich errötete sie vor Scham und war daher froh, dass er hinter ihr stand. Sie hörte, wie er noch näher trat, und nahm gleich darauf den Baumwollstoff seines Hemds an ihrem nackten Rücken wahr.

»Ich werde dich zur Frau machen«, hauchte er leise. Der metallene Reißverschluss ihres Rocks leistete keinen Widerstand, als seine Finger ihn öffneten.

Ihr Atem ging schneller und sie spürte eine merkwürdige erregende Empfindung zwischen den Beinen.

»Nein«, stieß sie hervor, wirbelte herum und umklammerte ihre Taille, um den Rock festzuhalten.

»Nein?«

»Nein«, wiederholte sie mit Nachdruck, hob rasch ihren BH und ihre Bluse vom Boden auf und streifte sich beides hastig über. Ihre Wangen glühten und sie schämte sich, ihn anzusehen.

»Es ist nicht, wie du denkst«, wandte Ian schnell ein.

»Sondern?«, fragte sie und fühlte Tränen in ihre Augen schießen.

»Du hast die Situation völlig missverstanden«, versuchte er sich stotternd herauszureden. »Ich wollte mich für mein neues Buch inspirieren lassen. Die Hauptperson darin ist ein junges Mädchen. Ungefähr in deinem Alter. Unschuldig, schön, genau wie du. Sie wird von einem älteren Mann verführt, einem reichen weißen Grundbesitzer in Rhodesien. Und du warst jetzt meine Inspiration, meine Recherche.«

»Ach ja?«, entgegnete sie, tief Luft holend, um ihren

Atem zu beruhigen. Sie schnappte sich ihre Tasche und ihr Manuskript und eilte zur Tür.

»Kein Wort zu deinem Onkel.«

»Wieso? Er hat bestimmt Verständnis, wenn es nur um Recherche und Inspiration ging.«

Sie polterte die Treppe hinunter und rannte hinaus auf die Straße. Vor Beschämung liefen ihr Tränen über die Wangen, als sie sich in den Bus Nummer 22 schwang.

Es war fast Mitternacht, als sie zu Hause ankam. Sogar von der Straße aus konnte sie sehen, dass das Licht im Wohnzimmer noch brannte, daher wusste sie, dass Estella ihretwegen aufgeblieben war. Sie wischte sich die Tränen ab, rieb sich über die Wangen und hoffte, dass die verräterische Röte um ihre Augen verschwunden war.

Dann betrat sie die Wohnung, in der Estella in ihrem besten Kleid mit einem Glas Champagner in der Hand auf sie wartete.

»Mein Schatz, ich habe eine Überraschung für dich! Du sollst deinen Ball bekommen!«, rief sie lächelnd und auf ihren hohen Absätzen leicht hin- und herschwankend.

»Wovon redest du?«, murmelte Georgia. Am liebsten hätte sie sich gleich in ihrem Zimmer verkrochen.

»Meine Ausstellung. *Schleifen* … Alle Bilder sind verkauft. Colin hat mich heute Nachmittag angerufen, um mir zu sagen, dass ein reicher Sammler die Broschüre zu meiner Ausstellung gesehen hat und so begeistert war, dass er gleich alle Werke gekauft hat. Am Wochenende holt er sie aus dem Lager und bringt sie ihm. Wir haben Geld, Liebes. Wir können einen Ball für dich organisieren.« Sie ging schwankend auf Georgia zu und legte ihr beide Hände auf die Schultern. »Was ist denn los, meine Kleine? Ich dachte, du wolltest einen Ball?«

Eine Träne rollte über Georgias Wange. Sie konnte es nicht verhindern. »Aber nur weil wir uns über einen kleinen Geldsegen freuen können, heißt das doch nicht, dass wir gleich alles wieder ausgeben sollten.«

»Doch. Das haben wir uns nämlich verdient«, erwiderte Estella und nahm das Gesicht ihrer Tochter in beide Hände. »Weine doch nicht, Liebling. Heute ist unser Glückstag. Ich dachte, wir könnten den Ball nächsten Monat an deinem Geburtstag veranstalten. Ich habe im Kopf schon die Einladungskarten entworfen. Ich denke an dunkelblaues Pergamentpapier, auf dem in Schönschrift der Text steht, umrahmt von einem Mond und Sternen. Und wir sollten alle einladen. Alle, die wir kennen.«

Georgia nickte langsam.

»Aber wie war denn dein Abend?«, fragte Estella fröhlich. »Wie war der Autor? Du musst mir alles ganz genau erzählen. War er interessant? Konnte er dir helfen?«

»Er war ganz in Ordnung«, antwortete Georgia, ging in ihr Zimmer und schloss die Tür ab.

Kapitel 15

Juli 1958

Georgia war so mit der Planung ihres eigenen Balls beschäftigt, dass sie gar nicht dazu kam, über ihren Abend mit Ian Dashwood nachzudenken. Sie hatte niemandem davon erzählt und hatte auch nicht vor, die Erfahrung in eines ihrer Bücher einfließen zu lassen. Manche Dinge sollte man besser aus der Erinnerung streichen, obwohl sie Onkel Peter jedes Mal, wenn sie ihn sah, am liebsten geraten hätte, seine Freunde und Bekannten künftig mit etwas mehr Bedacht auszuwählen. Ian Dashwood stand selbstverständlich nicht auf ihrer Gästeliste, auch wenn es ansonsten den Anschein hatte, als hätte jeder eine Einladung erhalten, den Georgia und Estella je kennengelernt hatten.

»Wer kommt denn alles?«, fragte Clarissa neugierig. Sie saß in Estellas und Georgias Wohnung und trank noch schnell einen Kaffee, bevor sie aufbrechen würden, um den Raum zu dekorieren, in dem der Ball stattfinden sollte.

»Die Gästeliste liegt auf dem Tisch«, rief Georgia ihr zu, während sie auf allen vieren herumkroch und versuchte, die vierte Schachtel mit Lichterketten ausfindig zu machen, die sie am Tag zuvor bei Peter Jones gekauft hatten.

Clarissa schnappte sich die Liste und studierte sie eingehend. »Edward Carlyle mit Begleitung?«, fragte sie mit vor Erstaunen weit aufgerissenen Augen.

Georgia kam wieder hochgekrabbelt, in der Hand die Lichterkettenschachtel, die in den vergangenen vierundzwanzig Stunden aus unerfindlichen Gründen unter das Sofa gerutscht war. »Er hat mir ein paar Mal aus der Klemme geholfen, deshalb bin ich ihm eine feuchtfröhliche Party schuldig«, erklärte sie beiläufig, während sie an die vielen Stunden dachte, in denen sie sich den Kopf darüber zermartert hatte, ob sie ihn einladen sollte oder nicht.

»Aus der Klemme geholfen?« Clarissa hob eine ihrer elegant gewölbten Augenbrauen.

»Nein, nicht, was du denkst«, sagte Georgia schnell. »Außerdem hat er eine Freundin. Deshalb ›mit Begleitung‹.«

Da tauchte Estella an der Tür auf. »Wir müssen los«, sagte sie. »Und jetzt heißt es für alle mit anpacken.«

Auch wenn sie nicht gerade als Organisationstalent galt, war Estella in der vergangenen Woche in die Rolle eines Oberfeldwebels geschlüpft und hatte sogar Mr und Mrs Hands aus Devon herbeordert, die inzwischen im Bigbury Sands Hotel arbeiteten, wo es ihnen gut gefiel. Wie es aussah, wurde nichts dem Zufall überlassen.

»Clarissa, willst du dich nicht umziehen?«, fragte Estella mit einem kritischen Blick auf das hübsche zitronengelbe Sommerkleid ihrer Nichte. »Wir müssen Wände streichen, den Fußboden kehren und wahre Wunder bewirken. Nur weil Georgia heute Geburtstag hat, heißt das nicht, dass wir uns nicht ordentlich ins Zeug legen müssen.«

Clarissa verdrehte die Augen, während Georgia loslachte. Es war nett von Clarissa gewesen, sich das Auto ihres Vaters zu leihen, um damit alle möglichen Sachen, die sie für die Party brauchten, an den Veranstaltungsort zu transportieren –

meterweise weißen Tüll und billigen Satinstoff, Hunderte langer Weidenkätzchenzweige, mehrere Dosen silberner Farbe, Sturmlaternen aus Luftschutzbunkern sowie das Essen und die Getränke.

Stattfinden sollte der Ball in einem ehemaligen Bootshaus, das an einem ruhigen Abschnitt der Themse zwischen Putney und Barnes gelegen war. Vor vielen Jahren war es der Vereinssitz eines Londoner Ruderclubs gewesen, bis es nicht mehr zeitgemäß gewesen war und schließlich aufgegeben wurde. Es gehörte einem Freund von Colin Granger, dem Galeristen ihrer Mutter, der seit dem Verkauf ihrer *Schleifen*-Serie in ständigem telefonischen Kontakt mit ihr stand.

Bevor sie losfuhren, hob Georgia noch schnell den Stapel Post von der Fußmatte auf und sah ihn durch. Vermutlich eine bunte Mischung aus Geburtstagskarten und Antworten auf ihre Einladung. Edward Carlyles Handschrift erkannte sie nicht darunter, daher stopfte sie die Briefe in ihre Tasche, um sie später zu lesen.

»Wie sieht es denn hier aus?«, stieß Clarissa erschrocken hervor, als sie am Bootshaus ankamen. Der Weg zum Eingang war mit Dornensträuchern überwachsen und selbst aus der Entfernung konnte man erahnen, dass das Haus ziemlich baufällig aussah. »Habt ihr es nicht vorher besichtigt?«

»Doch, ich habe kurz vorbeigeschaut«, erwiderte Estella und machte eine wegwerfende Geste. »Nichts, was wir nicht hinkriegen können. Hab ich recht, Arthur?«

Arthur Hands öffnete den Kofferraum und holte eine Bügelsäge heraus. »Keine Sorge, wir machen hier klar Schiff. Das schaffen wir im Handumdrehen«, gab er zurück. Georgia bezweifelte, dass ein rostiges Werkzeug reichen würde, um das Haus bis September auf Vordermann zu bringen, geschweige denn bis neunzehn Uhr.

Doch in den folgenden fünf Stunden strichen sie und fegten und putzten, bis das Bootshaus nicht mehr wiederzuerkennen war. Inzwischen war es später Nachmittag geworden.

»Clarissa, kannst du Georgia nach Hause bringen, damit sie sich umziehen kann?«, fragte Estella und wischte sich mit dem Handrücken über die Stirn.

»Bevor wir gehen, wollte ich mich noch bei euch allen bedanken«, rief Georgia voller Anerkennung darüber, wie viel Mühe und harte Arbeit in die Vorbereitungen für den Ball geflossen waren.

»Könnte ganz amüsant werden heute Abend, meinst du nicht?«, sagte Clarissa und warf ihr vom Steuer aus einen kurzen Blick zu, während sie die New King's Road entlangfuhren.

»Glaubst du, es kommt überhaupt jemand?«, fragte Georgia, die eine plötzliche Nervosität in sich aufsteigen fühlte.

»Natürlich kommt jemand. Vor der eigenen Party ist man immer aufgeregt, das ist ganz normal. Außerdem ist heute dein Geburtstag, die Leute haben also doppelten Grund zu kommen.«

Georgia nickte, obwohl sie wusste, dass ihre Cousine bloß nett sein wollte – der Stadtteil Barnes war nicht gerade zentral gelegen und Georgia gehörte keinesfalls zur ersten Liga der Debütantinnen, deren Partys eine solche Strahlkraft hatten, dass sich alle um eine Einladung rissen.

Um sechs Uhr dreißig waren die beiden Mädchen wieder am Bootshaus. Es würde kein traditioneller Debütantinnenball werden, denen in den meisten Fällen eine Dinnerparty im Haus der Gastgeber vorausging. In ihrer Wohnung in Chelsea war es ohnehin so eng wie in einer Sardinenbüchse, besonders, da nun auch noch Mr und Mrs Hands bei ihnen übernachteten, es wäre also schlecht möglich gewesen, dreißig Leute zum Abendessen einzuladen. Außerdem, wenn Georgia schon die Saison mitmachen musste, dann wollte sie es wenigstens auf ihre eigene, unkonventionelle Weise tun.

Dieses Mal verschlug es Clarissa vor Begeisterung die Sprache, als sie am Bootshaus ankamen. Die um die Baumstämme und das Geländer gewickelten Lichterketten funkelten in der Abenddämmerung wie Diamanten. In der Ferne hörte man Nachtigallen singen, über ihren Köpfen flatterten Fledermäuse und durch das geöffnete Fenster drang leise Jazzmusik.

Estella, die irgendwann in der letzten Stunde ihren mit Farbspritzern verschmierten Kittel mit einem bis zum Boden reichenden Abendkleid vertauscht haben musste, kam ihnen mit einem strahlenden Lächeln entgegen. »Da ist sie ja, da ist sie ja«, rief sie und breitete die Arme aus. »Das Geburtstagskind. Unsere Ballkönigin. Hereinspaziert. Dein erster Gast ist schon da.«

Georgia hielt den Atem an, halb hoffend, dass es Edward war, ging dann nach drinnen und bewunderte erst einmal die weiß und silber gestrichenen Wände und die mit silberner Farbe besprühten und kunstvoll in Terrakottatöpfen arrangierten Weidenzweige.

Am Fenster, das einen Blick auf die Themse gewährte, stand Andre vom Swiss Chalet.

»Andre! Du bist wirklich gekommen!« Vielleicht war ihre Sorge, dass niemand sich auf ihre Party verirren würde, doch unbegründet gewesen.

»Ich habe dir etwas mitgebracht, meine Liebe. Etwas ganz Besonderes.«

»Immer diese leeren Versprechungen«, neckte sie ihn.

»Na, dann komm mal mit«, entgegnete er und führte sie

ans andere Ende des Raums, wo auf einem Büfetttisch eine fünfstöckige Kokosnusstorte thronte.

»Ich glaube, ich habe ein Déjà-vu. Die sieht ja aus wie auf dem Queen Charlotte's Ball!«

»Ich habe die gleiche Torte schon einmal für eine High-Society-Hochzeit gebacken. Das Rezept ist super.«

»Du hast die Torte gebacken? Für mich? Und wie um alles in der Welt hast du sie hierhertransportiert?«

»Freddie McDonald hat sie in seinem Auto hergebracht. Ich kann nicht glauben, dass mir die Überraschung gelungen ist.«

»Ich weiß! Ich war doch gestern noch im Café – wieso habe ich nicht mitbekommen, dass dort eine ein Meter hohe Köstlichkeit entsteht?«

»Ich habe bis spät in die Nacht daran gewerkelt. Bin ich doch gewohnt.«

Sie fiel ihm dankbar um den Hals. »Ich habe wirklich tolle Freunde«, flüsterte sie ihm freudestrahlend ins Ohr.

»Liebes, deine ersten Gäste kommen«, ermahnte sie Estella in ernstem Ton.

Tante Sybil, Onkel Peter und ihr Cousin Richard waren unter den Ersten, die eintrafen. Georgia beobachtete, wie Sybil ihren Blick durch den Raum schweifen ließ, und fragte sich, was sie wohl heute zu beanstanden hätte.

»Deine Mutter hat sich sehr viel Mühe gegeben. Die Dekoration sieht wunderschön aus. Und du übrigens auch.«

Georgia atmete erleichtert auf und legte ihrer Tante dankbar eine Hand auf den Arm.

»Wenn ich manchmal überkritisch bin, dann doch nur, weil ich das Beste für dich will«, sagte Sybil, wandte sich um und sah ihr in die Augen. »Denk an Clarissa, sie hat noch immer nicht den Richtigen gefunden. Manchmal frage ich mich, ob sie es nicht zu lange hinausgeschoben hat. Ich will nicht, dass du denselben Fehler machst.«

»Aber Clarissa ist doch erst einundzwanzig«, nahm Georgia ihre Cousine in Schutz.

»Vielleicht wird einundzwanzig für eure Kinder einmal kein Alter mehr sein. Sie werden in einer anderen Zeit leben, einer Zeit der Freiheit, der Verantwortungslosigkeit. Aber so weit ist es zum Glück noch nicht gekommen. Ich will nicht, dass meine Tochter ihre Chance verpasst, eine gute Ehe einzugehen. Denn das Leben allein ist schwierig. Ich bewundere Estella, ehrlich.«

»Georgia, wie geht es dir?«, erklang eine vertraute Stimme.

Sie sah hoch und erblickte Frederick McDonald. Tante Sybil entfernte sich, nicht ohne ihr zuvor ermunternd den Arm gedrückt zu haben.

»Alles Gute zum Geburtstag, meine Liebe«, rief er und küsste sie auf die Wange. »Eine klasse Fete hast du da auf die Beine gestellt. Was sagst du zu deiner Torte?«

»Allererste Sahne«, antwortete Georgia lachend, froh, ihren guten Freund zu sehen. »Ich kann nicht glauben, dass ihr das alles heimlich geplant habt. Wer steckt denn noch mit euch unter einer Decke? Sally etwa?«

»Soweit ich weiß nicht.« Er lächelte und sah sich suchend um. »Ist sie eigentlich schon da? Sie hat nämlich versprochen, für heute Abend aus dem Weinkeller ihres Vaters ein paar Flaschen Krug zu stibitzen.«

»Unser Pomagne-Cider ist euch wohl nicht gut genug, wie?«, fragte sie augenzwinkernd. »Ehrlich gesagt habe ich Sally heute noch gar nicht gesehen. Eigentlich wollte sie Clarissa und mir heute Nachmittag beim Dekorieren helfen, aber sie ist nicht aufgetaucht.«

»Wahrscheinlich überlegt sie immer noch, welches Haute-

Couture-Kleid sie heute Abend anziehen soll«, mutmaßte Freddie und beide lachten, wohl wissend, dass ihre gut gemeinten Frotzeleien ihre Freundin nicht störten. Seit dem Queen Charlotte's Ball hatten Sally und Freddie zahlreiche Nachmittage im Swiss Chalet verbracht und gemeinsam darauf gewartet, dass Georgias Schicht zu Ende ging, und inzwischen waren sie alle drei enge Freunde geworden.

Das Bootshaus hatte sich in der Zwischenzeit deutlich gefüllt. Onkel Peter hatte die Musik aufgedreht und Mr und Mrs Hands, die darauf bestanden hatten, sich ebenfalls in Schale zu werfen, reichten die Kanapees herum, die Mrs Hands den ganzen Morgen über vorbereitet hatte.

Freddie forderte Georgia zum Tanzen auf und sie begannen, sich im Walzertakt neben dem offenen Fenster zu drehen, durch das vom Fluss her eine zarte Brise hereinwehte. Sie schmiegte sich an seinen Körper und fühlte eine tiefe Zufriedenheit. Freddie schaffte es stets, ihr ein Gefühl von Sicherheit und Geborgenheit zu vermitteln. Das mochte zwar nicht so magisch und aufregend sein wie die Momente mit Edward Carlyle – das schwindelerregende Gefühl, wenn er sie ansah, das Prickeln, wenn er nur ihre Hand berührte –, doch es war immer noch tausendmal besser als ihr Erlebnis mit Ian Dashwood.

Diese Nacht war ihr eine Lehre gewesen. Sie hatte sich schmutzig und benutzt gefühlt, und dieses Gefühl wollte sie nie wieder erleben. Wenn es wirklich so schwierig war, einen Ehemann zu finden, wenn man sich dazu in Bars, Clubs und Restaurants mit wildfremden Männern treffen und sich jemandem so schutzlos ausliefern musste, wie es ihr in Ian Dashwoods Wohnung in Soho ergangen war, dann konnte sie gut und gern darauf verzichten.

Sie legte ihren Kopf auf Freddies Schulter, wiegte sich im

Takt der Musik und fragte sich, ob das reichte. Fragte sich, ob man, wenn schon nicht mit einem aufregenden Liebhaber, dann wenigstens mit einem guten Freund eine glückliche Ehe führen konnte.

»Soll ich dir was erzählen? Als Kind durfte ich nie ein Haustier haben. Meine Mutter hat es nicht erlaubt«, meinte Freddie leise, als hätte er ihre Gedanken gelesen. »Sie meinte, das sei es nicht wert. Haustiere sterben und ich wäre dann so traurig und verzweifelt, dass es besser wäre, erst gar kein Haustier zu haben.«

Georgia hob ihren Kopf und sah ihn an.

»Aber das ist kompletter Unsinn«, fuhr Freddie nach einer kurzen Weile fort. »Du bist jetzt neunzehn Jahre alt, George. Du musst dich rauswagen, dein Herz öffnen und dich verlieben, auch auf die Gefahr hin, dass dir jemand dieses Herz bricht. Doch glaub mir, das ist es wert, denn nur so kann man sich lebendig fühlen, wahre Liebe erleben und sich selbst treu bleiben. Ein guter Freund reicht nicht, und außerdem willst du dich doch sicher nicht mit mir begnügen.«

»Du stehst auch nicht auf mich, stimmt's?«, erwiderte sie traurig.

»Ich mag dich wirklich sehr, George. Aber unsere Verlobung bekanntgeben, nur damit unsere Eltern glücklich sind?« Er schüttelte den Kopf.

»Du hast ja recht. Aber gibt es dann jemand anderen auf der Party, der dir gefällt?«, fragte sie neckisch.

»Über diese Frage muss ich erst einmal bei einem Drink nachdenken. Was sagtest du? Pomagne …?«

Georgia wollte sich gerade umdrehen, als sie mit einem Mann in einem makellosen schwarzen Smoking zusammenstieß.

»Alles Gute zum Geburtstag, Georgia.«

Als sie hochsah, verschlug es ihr den Atem. »Edward! Du bist wirklich gekommen«, rief sie, während Freddie sich diskret entfernte.

»Du hast mich doch eingeladen.«

Sie bemerkte, dass er etwas rot geworden war. Er ließ sich ein Glas Pomagne von Mr Hands reichen, der ganz in seiner Rolle als Butler Jeeves aufging.

»Wie geht es dir?«

»Ausgezeichnet. Heute ist ja schließlich mein Geburtstag«, erwiderte sie. »Ich habe getrunken, getanzt ...«

»Willst du mich nicht deinem Freund vorstellen?«

Sie wusste nicht, wovon er redete, aber ertappte sich dabei, wie sie unwillkürlich nickte. Vielleicht war es keine schlechte Idee, so zu tun, als wäre sie beliebt und begehrt und in festen Händen, dachte sie. Schließlich musste sie damit rechnen, dass jeden Moment die wunderschöne Annabel vor ihr stand.

»Sei's drum. Hier ist jedenfalls dein Geschenk.«

»Du musst mir doch nichts schenken«, entgegnete sie lächelnd und riss das rote Seidenpapier auf, hinter dem sich eine marineblaue Schachtel verbarg. Als sie den Deckel hochhob und die Schneekugel sah, die darin lag, verschlug es ihr die Sprache. Der Sockel war mit Gold und Lapislazuli bemalt und die Kugel selbst zeigte eine nächtliche Pariser Straßenszene.

»Aber gut, dass du es getan hast«, rief sie strahlend und nahm die Kugel aus ihrem Bett aus Seidenpapier heraus.

»Du wirst ja bestimmt bald wieder dort sein. Aber in der Zwischenzeit ... kannst du einfach den kleinen Schlüssel drehen und von ›La Vie en Rose‹ träumen.«

Sie tat wie geheißen und schon erklang die berühmte französische Melodie. Ihre Augen suchten seinen Blick und sie hätte zu gern gewusst, was er jetzt dachte und warum er ihr diese kleine Kostbarkeit geschenkt hatte. »Danke, Edward. Die Schneekugel ist wirklich wunderschön«, sagte sie und spürte einen Kloß im Hals.

»Gern geschehen. Kompliment übrigens zu deiner Party. Es ist ja brechend voll hier.«

»Meine Mutter ist durch glückliche Umstände zu ein bisschen Geld gekommen. Wahrscheinlich hat sie unsere gesamten Ersparnisse verpulvert und damit die Leute bestochen, zu meiner Party zu kommen.«

»Na ja, mich zumindest musste sie nicht bestechen.«

Er schenkte ihr ein sanftes Lächeln und sie hätte schwören können, dass er mit ihr flirtete. Am liebsten hätte sie ihm gesagt, dass er damit aufhören solle, dass es nicht fair sei, aber sie wollte auf keinen Fall preisgeben, dass sie Gefühle für ihn hegte. Sie hatte den ganzen letzten Monat gebraucht, um sich für die Begegnung mit ihm zu wappnen. Jetzt durfte sie auf keinen Fall Schwäche zeigen.

»Und es hat sich sogar jemand hierherverirrt, den du gar nicht eingeladen hast. Zumindest nicht offiziell. Georgia Hamilton, darf ich dir meinen Bruder Christopher vorstellen?«

Eine jüngere, schlankere Version Edwards kam auf sie zu und schüttelte ihr die Hand.

»Ich weiß zwar nicht, womit ich das verdient habe, aber er ist heute meine Begleitung.«

»Dein Bruder ist deine Begleitung?«, fragte sie nach und spürte, wie ihr Herz klopfte.

»Deine Party ist echt klasse, Georgia«, meinte Christopher anerkennend. »Ich bin noch keine zehn Minuten hier und habe schon einen berühmten Konditor, einen Künstler und einen italienischen Grafen aus Perugia kennengelernt.«

»Einen berühmten Konditor?«, Georgia lachte und fühlte sich ganz schwindlig. »Das muss Andre sein. Ich wusste gar nicht, dass er sich inzwischen so bezeichnet.«

»Bitte entschuldigt die Unterbrechung, ich müsste dich kurz unter vier Augen sprechen, Georgia.« Estella sah ernst aus, als sie Georgia zur Seite nahm.

»Was ist denn los?«, fragte Georgia, als sie außer Hörweite der Gäste waren.

»Don Daly ist gerade gekommen. Anscheinend haben sie Sally seit gestern Abend nicht mehr gesehen. Heute Morgen haben sie dann bei uns angerufen, um zu fragen, ob sie bei dir ist, aber da waren wir vermutlich schon auf dem Weg zum Bootshaus. Da sie wussten, dass heute Abend dein Ball ist, dachten sie, sie wäre vielleicht aufgetaucht.«

»Ich glaube nicht«, erwiderte Georgia, sich umblickend. »Ich habe mich ohnehin schon gewundert, dass ich noch nichts von ihr gehört habe, obwohl doch heute mein Geburtstag ist. Außerdem hatte sie versprochen, mir heute Nachmittag beim Dekorieren zu helfen.«

»Aber hast du irgendeine Ahnung, wo sie stecken könnte? Mr und Mrs Daly sind außer sich vor Sorge.«

»Warte, lass mich überlegen … Ich glaube, ich habe eine Idee«, sagte sie dann, als ihr der Stapel Briefe in den Sinn kam, der an diesem Morgen ins Haus geflattert war. In dem Moment hatte sie nur auf Edwards Handschrift geachtet, aber wenn sie es sich recht überlegte, war darunter auch ein unfrankierter Umschlag mit Sallys mädchenhafter Krakelschrift gewesen.

Sie holte die Segeltuchtasche, die sie heute Morgen dabeigehabt hatte, fischte den purpurroten Umschlag heraus und riss ihn auf.

Es befand sich ein einzelnes Blatt Papier darin.

Herzlichen Glückwunsch zum Geburtstag, liebste Georgia.
Ich hoffe, du verbringst einen wunderschönen Tag. Ich hätte heute Abend sehr gern mit dir zusammen gefeiert, aber es ist etwas Wunderbares und Aufregendes dazwischengekommen: Ich ziehe nämlich mit Gianni nach Italien und wir reisen schon heute ab. Ich weiß, dass manche Leute diesen Schritt nicht verstehen werden oder vielleicht sogar versuchen würden, uns aufzuhalten. Deswegen habe ich auch meinen Eltern noch nichts davon erzählt. Ich hoffe aber, dass du ihnen meinen Brief zeigen wirst, nachdem du ihn gelesen hast.
Du kannst ganz beruhigt sein, ich bin rundum glücklich. Ich habe immer gesagt, dass mein Leben dann anfangen wird, wenn ich denjenigen gefunden habe, mit dem ich es zusammen verbringen will. Und jetzt ist es so weit, mein Abenteuer kann beginnen.
Bitte mach dir an deinem großen Abend keine Sorgen um mich. Gianni ist tüchtig und stark. Ich werde mich bei euch allen melden, wenn wir in Italien angekommen sind, was schätzungsweise in wenigen Tagen sein wird.
Deine Freundin Sally

»Das kann ja wohl nicht wahr sein.« Estella riss ihr den Brief aus der Hand und überflog ihn ein zweites Mal. »Und wer ist überhaupt dieser Gianni?«

»Ein italienischer Graf.«

Einen Augenblick lang sah Estella recht beeindruckt aus. Dann murmelte sie: »Meine Güte, Don wird toben. Ich werde es ihm sagen müssen.«

Georgia beobachtete, wie ihre Mutter mit Don sprach, der vor Wut rot anlief. Wenige Minuten später kam er auf sie zugestürmt und forderte Georgia auf, ihm alles zu erzählen, was sie über Gianni wusste.

»Ehrlich gesagt, weiß ich überhaupt nichts über ihn, Mr Daly. Ich habe ihn nur einmal ganz kurz gesehen.«

»Das heißt, du weißt noch nicht einmal, wie er mit Nachnamen heißt? Wie soll die Polizei uns helfen, wenn wir nicht einmal seinen Nachnamen kennen? Wir müssen die beiden zur Fahndung ausschreiben lassen und alle Grenzübergänge verständigen, und zwar unverzüglich«, rief er, preschte, ohne ihre Antwort abzuwarten, aus dem Bootshaus und stieg in seinen wartenden Rolls-Royce.

Georgia, die ihm hinterhergelaufen war, blieb mitten auf dem Weg stehen, der von Tausenden von Lämpchen erleuchtet wurde. Eine plötzliche Sorge um ihre Freundin ergriff sie.

Zwar hatte Sally geschrieben, dass es ihr gut ging, aber genau genommen hatten sie keine Ahnung, wer dieser Gianni überhaupt war, und nur weil er aus gutem Hause stammte, hieß das noch lange nicht, dass er auch ein guter Mensch war. Zudem ließen Sallys bisherige Eskapaden mit dem männlichen Geschlecht nicht gerade auf eine überragende Menschenkenntnis schließen.

Sie runzelte die Stirn, als ihr etwas in den Sinn kam, was Christopher Carlyle gesagt hatte, während sie einander vorgestellt wurden. Eilig lief sie zurück ins Bootshaus.

Dort tippte sie Edward auf die Schulter, der sichtlich erfreut wirkte, sie wiederzusehen.

»Ich suche deinen Bruder. Weißt du vielleicht, wo er stecken könnte?«

»Bestimmt quatscht er mit irgendeinem hübschen Mädchen, das sich erbarmt hat, ihm zuzuhören«, antwortete er, lächelte sie an und seine grauen Augen funkelten.

Sie fanden ihn an der provisorischen Bar, wo er sich mit Clarissa unterhielt.

»Christopher, du hast doch erzählt, dass du heute Abend

einen italienischen Grafen kennengelernt hast. Wer war das denn?«

Christopher rieb sich das Kinn und sah sich suchend um. »Er hatte dunkle Haare und trug einen Smoking.«

»Tolle Beschreibung. Das trifft auf so ziemlich jeden männlichen Gast hier zu«, entgegnete Edward kopfschüttelnd.

»Außerdem hatte er eine rote Nelke im Knopfloch. Das haben doch sicher nicht viele«, erwiderte Christopher unsicher.

»Du musst mir helfen, ihn zu finden«, bat Georgia und erklärte ihnen schnell, was in Sallys Brief gestanden hatte.

»Sie ist tatsächlich mit ihrem Freund durchgebrannt?«, fragte Edward ungläubig.

»Sieht ganz danach aus.«

»Okay. Du gehst in diese Richtung, ich sehe auf der anderen Seite nach.«

Im Bootshaus war kein Graf zu sehen, also setzte Georgia ihre Suche draußen fort. Dort standen etliche Paare händchenhaltend im Gras und blickten hinunter auf die Themse, die im Abendlicht schimmerte wie Tusche, doch keiner der Männer trug eine rote Nelke am Revers. Sie hoffte inständig, dass er noch nicht gegangen war. Neben dem Clubhaus wuchs ein dichtes Gewirr an Bäumen und Büschen – der perfekte Ort für junge Liebespaare, wie sie noch von der Party in Oxfordshire her wusste. Wenn sie ihn dort nicht fand, hätten sie keinen Anhaltspunkt mehr, der sie zu Sallys Gianni führen konnte.

Sie hörte ein Rascheln und gleich darauf ein leises Geräusch, das wie ein Seufzen klang.

Neugierig schob sie das Gestrüpp beiseite und sah zwei Personen vor sich, die so nah beieinanderstanden, dass sie sich fast berührten. Während ihre Augen noch nach einer roten Nelke suchten, wurde das Paar von einem Strahl Mondlicht erfasst, und sie erkannte, dass es Andre und Frederick waren.

Die beiden fuhren herum und erblickten Georgia, doch sie wandte sich rasch ab und rannte zurück in Richtung Bootshaus.

Draußen auf dem Balkon fand sie Edward wieder. Er hielt einen dunkelhaarigen Mann fest, in dessen Knopfloch die verräterische Blume steckte.

»Na, dann lass mal hören«, herrschte er ihn an, als Georgia näherkam.

Der schwarzhaarige junge Mann blickte verlegen drein.

»Was ist denn hier los?«, wollte Georgia wissen, noch immer schockiert davon, was sie im Gebüsch gesehen hatte.

»Georgia, das ist Pietro. Er ist ein Graf aus Perugia. Oder zumindest macht er das den Debütantinnen und ihren Müttern weis, wenn er sich auf ihren Partys einschleicht.«

»Du bist gar kein Graf?«, rief Georgia entgeistert.

»Erzähl ihr, was du mir gerade erzählt hast«, befahl Edward. Georgia musste zugeben, dass es ihr insgeheim imponierte, wie er die Dinge in die Hand genommen hatte.

»Ich arbeite im Rubens Hotel«, sagte er, ihrem Blick ausweichend.

»Als was?«

»Ich bin dort Hilfskellner im Restaurant«, erklärte er verlegen. »Das Ganze hat als Witz angefangen, als Irrtum. Einmal sind wir in unserem Smoking von der Arbeit nach Hause gegangen. Da sind wir an einem Fest vorbeigekommen, mit vielen Leuten und hübschen Frauen, die hinaus auf die Straße geströmt sind. Wir haben die Tür gesucht und sind einfach reingegangen. Jemand hat uns gefragt, wer wir sind, und weil wir ja schlecht sagen konnten, dass wir zwei italienische Kellner aus dem Rubens Hotel sind, haben wir behauptet, wir wären Adlige aus Perugia. Wir dachten, es wäre eine gute Idee, um Mädchen kennenzulernen.«

»Wer ist wir?«, wollte Georgia wissen.

»Gianni und ich.«

»Sallys Gianni?«

»Und wo sind die beiden jetzt?«, fragte Edward streng.

Pietro zögerte.

»Wenn du nicht augenblicklich mit der Sprache rausrückst, hole ich die Polizei, und die wird dich schneller nach Italien zurückschicken, als du Hochstapler sagen kannst.«

»Sie wollten nach Italien.«

»Das wissen wir schon aus Sallys Brief. Aber wo genau wollten sie hin? Und seit wann sind sie weg?«

»Sie wollten zuerst nach Schottland. Sie wollten dort heiraten.«

»Heiraten!«, entfuhr es Georgia entsetzt.

»Er liebt sie«, beharrte Pietro.

»Er liebt sie? Er ist ein Heiratsschwindler, der es nur auf ihr Geld abgesehen hat.«

»Wann sind sie losgefahren?«, fragte Edward mit ruhigerer Stimme.

»Sie haben den Nachmittagszug nach Carlisle genommen.«

»Weißt du, wo sie übernachten wollen?«

Pietro schüttelte den Kopf.

»Wie alt ist Sally?«, fragte Edward schnell.

»Siebzehn.«

»Dann sind sie bestimmt in Gretna Green«, erwiderte Edward finster.

»Gretna Green?«

»Man muss mindestens achtzehn sein, wenn man ohne die

Erlaubnis seiner Eltern heiraten will. In Schottland darf man allerdings schon mit sechzehn heiraten. Und Gretna ist die erste schottische Stadt hinter der Grenze, vielleicht fünfzehn Kilometer von Carlisle entfernt – also perfekt für minderjährige Ausreißer, die sich trauen lassen wollen.«

»Wir müssen Sallys Eltern Bescheid sagen und die Polizei verständigen.«

»Die armen Eltern«, erwiderte Edward trocken. »Wenn wir die Polizei einschalten, bekommt sicher auch die Presse Wind davon. Eine Debütantin, die nach Gretna durchbrennt, um dort heimlich zu heiraten ... Das gibt mit Sicherheit einen saftigen Skandal.«

Georgia stellte sich vor, wie beschämend es für ihre Freundin sein würde, wenn die Zeitungen über sie berichteten. Sie wusste, wie unerbittlich die vornehme Gesellschaft sein konnte, und sie dachte daran, welchen Aufwand Mr und Mrs Daly betrieben hatten, um ihre Tochter gut zu verheiraten. Und das sollte jetzt alles umsonst gewesen sein, nur weil Sally dem Charme eines gerissenen Hilfskellners erlegen war?

»Dann müssen wir sie eben aufhalten«, rief Georgia aus.

»Aufhalten?«

»Wir müssen verhindern, dass sie heiraten. Das ist meine Pflicht, Edward.«

»Dann sollten wir am besten gleich los«, entgegnete Edward entschlossen.

»Heißt das, du kommst mit? Nach Gretna Green?«

»Wenn du es schaffst, von deiner eigenen Party zu verschwinden und ins Auto einzusteigen, bevor ich es mir noch mal anders überlege.«

Kapitel 16

Sie warteten noch etwa eine Stunde, bis sich das Bootshaus weitgehend geleert hatte und Peter, Sybil, Clarissa und Estella aufbrechen wollten. Georgia erklärte ihrer Mutter, dass sie noch mit ein paar Freunden nach Soho fahren würde. Das war nichts Außergewöhnliches, viele Debütantinnen zogen von Ball zu Nachtclub und von dort aus weiter auf eine Hausparty und die Eltern drückten beide Augen zu, wenn ihre Töchter erst im Morgengrauen wieder nach Hause kamen.

Leider war es nicht möglich, mit dem Zug nach Schottland zu fahren. Edwards Eltern besaßen nördlich der Grenze eine Jagdhütte, daher kannte er die Fahrpläne in- und auswendig. Es gab den Royal-Scot-Frühzug, einen Zug am Nachmittag und den Caledonian am Abend, aber wenn sie bis zum nächsten Tag warten würden, liefen sie Gefahr, dass sie zu spät kamen und Sally bereits verheiratet war. Ihnen blieb nichts anderes übrig, als das Auto zu nehmen.

Die Straßenkarte Großbritanniens war dabei, sich zu verändern – die ersten Autobahnen wurden gebaut, wodurch sich die Fahrtdauer nach Norden um mehrere Stunden verkürzen würde. Doch bis es so weit war, mussten sie die A1 bis nach Birmingham und dann weiter nach Manchester nehmen. Edwards Aston Martin war zwar schnell, doch die Fahrt war trotzdem lang und ermüdend. Georgia redete, so viel sie konnte, um ihn wach zu halten, ertappte sich aber dabei, wie sie hin und wieder einnickte.

Sie kurbelte die Scheibe herunter, um ein wenig frische Luft hereinzulassen.

»Ich finde es traurig, dass Sally heiraten will, ohne dass jemand dabei ist«, seufzte sie, während sie an einem der Sherbert Lemons lutschte, die sie in einem Tabakladen gekauft hatten.

»Aber zumindest Gianni wird doch wohl an ihrer Seite sein«, erwiderte Edward schmunzelnd, den Blick auf die Straße gerichtet.

»Sie war schon immer verliebt in die Vorstellung, verliebt zu sein, und bestimmt hat ihr die Aussicht auf *la dolce vita* als Gräfin in Italien vollends den Kopf verdreht. Es ist nur so schade, dass sie einem Hochstapler auf den Leim gegangen ist. Garantiert wird sie durch diese Erfahrung kalt und zynisch werden.«

»Ein bisschen wie du?«

»Inwiefern bin ich denn kalt und zynisch?«, fragte sie irritiert und richtete sich in ihrem Sitz auf.

»Na ja, ›eine Ehe ist nur ein Vertrag …‹. Weiß dein Freund eigentlich davon?«

»Mein Freund?«, wunderte sie sich.

»Auf der Party. Du hast mit ihm getanzt. Dein Kopf lag auf seiner Schulter. Du hast ausgesehen, als wärst du selbst ganz verliebt in die Vorstellung, verliebt zu sein.«

»Ach so, Frederick«, entgegnete sie ruhig. »Ich bin mir nicht ganz sicher, ob ich sein Typ bin«, sagte sie ausweichend. »Wir sind nur gute Freunde.«

Mehrere Minuten lang saßen sie schweigend da. Edward wirkte nachdenklich und schien sich ganz auf die Fahrbahn zu konzentrieren. Als sie ihn von der Seite ansah, überkam sie ein derart überwältigendes Gefühl, dass es ihr fast den Atem verschlug. Sie sagte sich, dass sie schlicht und einfach müde war, und hoffte inständig, dass die Saison sie nicht zu einem dieser albernen Mädchen gemacht hatte, für die verliebt zu sein das höchste der Gefühle war. Trotzdem – nun, wo sie auf engstem Raum mit ihm zusammen war, wünschte sie sich, die Fahrt würde nie zu Ende gehen. Sie mochte es, dass sie ihm alles erzählen konnte, was passiert war. Sie mochte es, gespannt darauf zu warten, was er als Nächstes über sich preisgeben würde. Sie mochte, wie es sich in ihrem Bauch anfühlte – so kribbelig und leicht –, wenn sie zu ihm hinübersah und sein Profil betrachtete: die gerade Nase, die langen, dunklen Wimpern und diese Augen, die tief in sie hineinzublicken und zu wissen schienen, was sie als Nächstes sagen würde, noch bevor sie es überhaupt ausgesprochen hatte. Sie mochte das Gefühl, dass sich einfach alles richtig anfühlte, wenn sie mit ihm zusammen war. Selbst wenn sie gerade gegen ihren Willen von einem Soldaten des Welsh-Guards-Regiments begrapscht worden war, ihre Handtasche verloren oder ihre kaputten Schuhe in den Fluss geworfen hatte. In seiner Gegenwart war alles wieder gut.

Es dämmerte bereits und die aufgehende Sonne, die ihre zarten Strahlen über die sanft geschwungene Hügellandschaft des Lake District schickte, bot einen zauberhaften Anblick. Nach weiteren anderthalb Stunden passierten sie das »Willkommen in Schottland«-Schild und folgten der Straße nach Gretna, vorbei an den Trauzimmern, in denen seit 1830 angeblich schon über tausend Ehen geschlossen worden waren. Sie hoffte nur, dass Sally und Gianni nicht darunter waren.

Im Dorf war es noch ruhig, als Edward den Motor abstellte.

»Sie könnten überall sein«, seufzte Georgia und hörte zu, wie der Motor langsam verstummte.

»Wenn sie überhaupt in Gretna sind.«

»Das sagst du jetzt«, stöhnte sie, als ihr klar wurde, dass ihre endlos lange Fahrt möglicherweise reine Zeitverschwendung gewesen war.

»Der Ort ist klein. Es gibt hier bestimmt nicht allzu viele Pensionen und Hotels.«

»Und Sally hat es gern luxuriös. Selbst wenn sie noch so glücklich ist über die Aussicht, Gräfin zu werden, wird sie sich bestimmt nicht in einer winzigen Hütte einquartieren.«

»Da könntest du recht haben«, erwiderte Edward.

Er stieg aus und sie liefen los, wobei sie nach einem besseren Hotel Ausschau hielten. Schließlich sahen sie ein schwarz-weißes Herrenhaus, zu dem man über eine lange Einfahrt gelangte.

»Hier vielleicht?«, sagte er, während Georgia das Schild mit dem Namen las – Gretna Hall.

»Ich wette, das ist das prächtigste Hotel im ganzen Dorf«, stimmte sie zu.

Sie gingen hinein und spähten in den Speisesaal, wo sich die ersten Paare zum Frühstück einfanden. Von Sally und Gianni fehlte jedoch jede Spur.

Edward trat auf den Empfangschef zu und fragte, ob eine gewisse Sally Daly bei ihnen wohne.

»Wir legen sehr viel Wert auf die Privatsphäre unserer Gäste«, antwortete er diplomatisch und mit einem leichten schottischen Akzent.

»In diesem Fall hätte ich gern zwei Zimmer«, verlangte Edward und holte seine Geldbörse heraus.

»Hast du vor, das Hotel zu beschatten?«, wollte Georgia wissen. Sie empfand eine leise, aber bohrende Enttäuschung darüber, dass er um zwei Zimmer gebeten hatte.

»Als Erstes müssen wir Sally finden, und ich weiß nicht,

wie es dir geht, aber ich zumindest muss mich danach unbedingt aufs Ohr legen.«

Sie betrachtete sein attraktives Gesicht, in dem sich halbmondförmige Schatten unter den Augen gebildet hatten, und ihr wurde auf einmal ganz warm ums Herz, dass er ihretwegen all diese Strapazen auf sich genommen hatte. Sallys wegen, korrigierte sie sich schnell.

»Wir sollten uns in den Frühstücksraum setzen und abwarten, ob sie herunterkommen«, schlug er vor.

»Wenn sie überhaupt hier sind.«

Sie setzten sich an einen Tisch am Fenster und bestellten geräucherte Makrele.

Georgias Blick schweifte nach draußen und sie erblickte ein Paar, das Hand in Hand über den Rasen schlenderte.

»Das gibt's doch nicht. Da sind die beiden!«, rief sie und sprang von ihrem Stuhl hoch. »Was ist? Kommst du nicht mit?«

»Ich glaube, das ist eine Unterhaltung, die du mit Sally alleine führen solltest.«

Georgia rannte aus dem Hotel auf ihre Freundin zu, die völlig verdattert aussah, als sie näherkam.

»Georgia! Was machst *du* denn hier?«

»Ich habe dich gesucht«, keuchte sie. »Deine Familie ist außer sich vor Angst um dich. Du darfst nicht heiraten. Oder hast du etwa schon geheiratet?« Sie musterte Gianni mit finsterer Miene. »Kann ich mit meiner Freundin kurz allein sprechen?«

Gianni wechselte einen Blick mit Sally, die nickte. Daraufhin drückte er ihre Hand und ging in Richtung Hotel.

Georgia konnte gar nicht schnell genug loswerden, was ihr auf dem Herzen lag. »Du darfst ihn nicht heiraten«, flehte sie. »Geh auf keinen Fall mit diesem Mann in die Nähe irgendeiner Schmiede. So läuft es doch hier, stimmt's? In Gretna könntest du dich hier und jetzt von einem Schmied trauen lassen. Aber das darfst du nicht tun, es gibt etwas, was ich dir unbedingt sagen muss.«

»Wir können heute nicht heiraten«, sagte Sally mit ruhiger Stimme. »Wir dachten, es ginge, aber die Gesetze haben sich geändert und man muss jetzt zwei Wochen warten. Doch das macht nichts, denn ich weiß, dass ich Gianni heiraten will, und niemand kann mich davon abbringen, George.«

»Nein, das willst du nicht«, rief Georgia, die nicht einmal Zeit hatte, Erleichterung darüber zu verspüren, dass Sally noch nicht verheiratet war. »Es gibt etwas, was du wissen solltest. Gianni ist kein Graf. Er ist ein Hilfskellner in einem Londoner Hotel und hat sich zusammen mit seinem Freund auf Partys eingeschlichen, um hübsche, reiche Mädchen abzuschleppen. Du darfst ihn nicht heiraten, denn er hat es nur auf dein Geld abgesehen, Sally. Selbst wenn du jetzt wahrscheinlich denkst, dass du glücklich bist, wird dir deine Entscheidung am Ende nur das Herz brechen und dich todunglücklich machen.«

»Ich weiß, dass er kein Graf ist«, antwortete Sally schlicht.

Mit dieser Antwort hatte Georgia nicht gerechnet. »Du weißt es?«, rief sie vollkommen verblüfft.

»Ich weiß, dass er Kellner ist und aus Padua kommt. Er heißt Gianni Adami. Er ist nach London gekommen, um dort zu arbeiten, weil er seinen Vater in Mussolinis Krieg verloren hat und er seiner Familie Geld schicken muss. Das wusste ich seit unserer zweiten Verabredung«, erklärte sie fast fröhlich. »Er hat es mir bei einer heißen Schokolade und *Chelsea buns* erzählt, in einem Café in der Victoria Station, ganz in der Nähe des Hotels, wo er arbeitet.«

»Du weißt, dass er Hilfskellner ist? Und du glaubst nicht, dass er ein Hochstapler ist?«

Sally lachte. »Ach, Georgia, du denkst immer gleich das

Schlimmste von den Leuten. Gianni und sein Freund haben ein bisschen geschwindelt, um auf die Debütantinnenbälle und Partys zu kommen. Na und? Sie sind eben junge Männer und wollten ein bisschen Spaß haben.«

»Dann liebst du ihn?«

»Von ganzem Herzen. Er sieht gut aus, er ist liebevoll und nett und ich weiß, dass er verrückt nach mir ist. Mehr kann man sich von einem Ehemann nicht erhoffen, oder?«

»Ich kann ja verstehen, dass du ihn magst«, seufzte Georgia kopfschüttelnd. »Vielleicht denkst du ja sogar, du liebst ihn. Aber deswegen musst du ihn doch nicht gleich heiraten, Sally. Lass dir doch noch ein bisschen Zeit«, flehte sie.

»Ich bin schwanger«, entgegnete ihre Freundin schlicht.

Georgia schnappte unwillkürlich nach Luft. »O nein, Sally ... Aber Gianni ... Wie konnte das denn passieren?«

»Das Baby ist nicht von Gianni. Wir haben ... wir haben es, du weißt schon, noch nicht getan.«

»Aber von wem ist es dann?«

Sally wirkte auf einmal kleinlaut und verlegen. »Kannst du dich noch an die Hausparty in Oxfordshire erinnern?«

»Andrew aus Cirencester«, stöhnte Georgia, die sich plötzlich ganz elend fühlte. Hätte sie ihre Freundin doch damals nur nicht im Stich gelassen! Sie hätte sie aus dem Gebüsch zerren und retten sollen.

»Es tut mir so leid, Sally. Ich hätte damals nicht verschwinden dürfen.«

»Quatsch, das war ganz allein meine Schuld. Wir haben es in einer Abstellkammer getan, noch bevor ich überhaupt bemerkt habe, dass du weg bist. Nach ein paar Minuten war es schon vorbei ... Mit den Folgen werde ich allerdings etwas länger zu tun haben.« Ihre Stimme klang nüchtern und beherrscht, doch ihre Augen schimmerten feucht.

Schnell legte Georgia ihr den Arm um die Schultern, um sie zu trösten. »Aber es gibt doch Mittel und Wege, Sally ...«

»Und die wären?«, entgegnete ihre Freundin tonlos. »Irgendein schmutziges Hinterzimmer, wo sie mein Baby mit Karbolseife und einer Stricknadel töten und mich gleich dazu? Ich kenne die Horrorgeschichten aus der Zeitung.«

Georgia hatte die Berichte ebenfalls gelesen. In Paris war ein womöglich von Madame Didiot platzierter Zeitungsausschnitt von Zimmer zu Zimmer gereicht worden, als eine Art Warnung an widerspenstige Schülerinnen, die einen allzu lockeren Lebenswandel führten.

»Weiß Gianni davon?«, fragte sie vorsichtig.

»Aber verstehst du denn nicht, Georgia? Das ist doch genau der Grund, warum ich Gianni so wundervoll finde. Ich bekomme allmählich schon einen kleinen Bauch, deswegen wusste ich, dass ich es nicht mehr lange geheim halten kann. Außerdem habe ich es nicht mehr ausgehalten, ich wollte unbedingt mit jemandem darüber reden. Deswegen habe ich mich Gianni anvertraut. Ich dachte, bestimmt macht er auf der Stelle Schluss mit mir, aber er war so unglaublich lieb und verständnisvoll. Also haben wir zusammen einen Plan geschmiedet.«

»Zu heiraten«, sagte Georgia mit leiser Stimme.

»Wir wollten so tun, als sei das Baby von ihm. Aber wir dachten, dass die Leute es vielleicht eher glauben, wenn wir vorher durchbrennen und heiraten. Mir war klar, dass es natürlich trotzdem einen Riesenskandal geben würde, deswegen hat Gianni vorgeschlagen, dass wir nach Venedig gehen und dort leben könnten. Er hat eine Tante, die dort wohnt, und es klingt alles so wunderbar, Georgia. Man kann dort Orangen kaufen, die so groß wie Fußbälle sind, und mit der Gondel zur Arbeit fahren. Ist das nicht das Romantischste, was du je gehört hast?«

»Aber wie soll es denn jetzt weitergehen?«

»Jetzt müssen wir überlegen, was wir tun sollen. Wir können erst in zwei Wochen heiraten, und ich kann meine Eltern nicht so lange im Ungewissen lassen.«

»Sie sind wirklich außer sich vor Sorge«, sagte Georgia in sanftem Tonfall.

»Das kann ich mir denken. Danke, dass du gekommen bist, George. Danke, dass du für mich da bist.«

»Ich habe mir Sorgen um dich gemacht. Wir sind die ganze Nacht durchgefahren, um hier zu sein, bevor die Hochzeiten losgehen.«

Sally warf ihr einen misstrauischen Blick zu. »Wer ist *wir*? Du bist doch nicht etwa mit meiner Familie gekommen, oder?«

»Nein, mit Edward Carlyle. Er ist die ganze Nacht durchgefahren.«

Sally nickte nachdenklich. »Und er sieht gut aus, er ist liebevoll und nett und ich weiß, dass er verrückt nach dir ist.«

»Ich wünschte, es wäre so«, seufzte Georgia und ließ die Schultern hängen. »Aber er hat eine Freundin und ich glaube, er sieht in mir einfach bloß diese alberne kleine Debütantin, die er andauernd retten muss. Vielleicht leidet er ja an einem Helfersyndrom …«

»Aber bist du in ihn verliebt?«

Georgia sah hoch und nickte.

»Dann geh zu ihm und sag es ihm. Denk gar nicht darüber nach, sag es ihm einfach.«

»Und was ist mit dir?«, fragte Georgia, deren Herz auf einmal bis zum Hals schlug.

»Ich habe meine große Liebe gefunden. Jetzt bist du dran. Einen besseren Ort, um auf sein Herz zu hören, kann es außerdem gar nicht geben. Also los!«, befahl sie.

Georgia ging zurück in den Speisesaal, doch Edward war schon weg.

»Ihr Mann hat mich gebeten, Ihnen auszurichten, dass er nach oben gegangen ist«, erklärte die Kellnerin, die gerade die Teller mit den Makrelen abräumte.

»Könnten Sie mir noch mal kurz die Zimmernummern sagen?«, bat Georgia.

Die Kellnerin ging die Liste der Gäste durch. »Sechzehn und siebzehn.«

Georgia folgte der Beschilderung und klopfte wenig später an die Tür mit der Nummer 16 im ersten Stock. Es dauerte eine Weile, bis die Tür sich mit einem leisen Knarren öffnete. Vor ihr stand Edward mit leicht zerzaustem Haar und schläfrigen Augen.

»Kann ich reinkommen?«, fragte sie.

»Ach so, tut mir leid. Du brauchst ja deinen Zimmerschlüssel«, erwiderte er und rieb sich über das Gesicht.

Ihr Blick fiel auf das zerwühlte Bett und sie fühlte eine plötzliche Nervosität und Anspannung in sich aufsteigen.

»Wie geht es ihr denn?«, fragte Edward. »Sie ist hoffentlich noch nicht verheiratet, oder?«

»Es geht ihr gut. Sally geht es gut. Sie können erst in zwei Wochen heiraten und sie weiß Bescheid über Gianni. Sie hat es von Anfang an gewusst, aber sie liebt ihn trotzdem. So einfach ist das.«

»Wirklich?« Edward rieb sich über die Wange.

»Tja, man hofft ja immer, dass die Liebe einfach ist, aber manchmal … manchmal ist sie es eben nicht, stimmt's?«

»Nein, manchmal ist sie es nicht«, entgegnete er leise.

»Warum bist du hier?«, flüsterte sie, schloss die Zimmertür hinter sich und zwang sich, stark zu sein. »Alles, was wir zusammen erlebt haben, sagt mir … sagt mir, dass du mich magst. Ich weiß, dass du eine Freundin hast, und ich weiß, dass sie bestimmt unheimlich intelligent und reich und schön ist, aber manchmal ist das eben nicht alles. Manchmal geht es einfach nur darum, dass sich zwei Menschen glücklich fühlen, wenn sie zusammen sind, und wenn das passiert, dann sollten diese zwei Menschen auch zusammen sein.«

Er antwortete nicht sofort und im Zimmer breitete sich ein peinliches Schweigen aus.

»Georgia, ich mag dich nicht«, sagte er irgendwann.

»Oh«, flüsterte sie und sie fühlte, wie ihr Mut schwand und ihr Herz in tausend Stücke zersprang.

»Ich glaube, ich habe mich in dich verliebt.«

»In mich?«

»Ich habe keine Freundin. Nicht mehr. Ja, es gab jemanden namens Annabel und ich war mit ihr zusammen auf dem Abschlussball, aber dann waren wir fertig mit der Uni und jetzt ist es vorbei. Weil ich nämlich die ganze Zeit an jemand anderen denken musste. Und ich die ganze Zeit jede einzelne Frau, die ich kennenlerne, mit jemandem vergleiche, der auf einmal in meinem Leben aufgetaucht ist und es zum Leuchten gebracht hat wie ein Feuerwerkskörper.« Er trat einen Schritt auf sie zu und nahm ihre Hand. »Gleich hier draußen gibt es ein kleines Tor, das die ›Kusspforte‹ genannt wird.«

»Müssen wir so weit gehen?«, flüsterte sie.

Er nahm ihr Gesicht in seine Hände und küsste sie sanft auf die Lippen. Und in dem Moment spürte sie, wie irgendwo tief in ihrem Herzen ihr eigenes Feuerwerk entzündet wurde.

Kapitel 17

24. Dezember 2012

Es war ein ereignisreicher Tag gewesen. Amy konnte sich nicht erinnern, an Heiligabend je so viel unternommen zu haben. Einen Großteil des Tages hatten sie mit Essen verbracht: Frühstückspfannkuchen mit Erdbeerbutter und Ahornsirup im Good Enough to Eat, heiße Schokolade und Kürbismuffins in Sarabeth's Bakery im Chelsea Market und Cupcakes von Sprinkles auf der Lexington Avenue. Bei Bloomingdale's hatte sie Weihnachtsgeschenke für ihre Familie gekauft, im Plaza Hotel den riesigen, im *Great Gatsby*-Stil geschmückten Weihnachtsbaum bewundert, im Central Park den Eisläufern auf der Eisbahn zugeschaut, und zu guter Letzt hatte sie sogar Schlange gestanden, um einen Blick in den berühmten Spielzeugladen FAO Schwarz zu werfen – all das gehörte eben zu Weihnachten in New York dazu, das hatte auch Georgia gefunden.

Als sie jedoch in der Carmichael Street anhielten, war sich Amy nicht mehr sicher, ob es so klug gewesen war, die ältere Dame in ihr Elternhaus einzuladen, das auf einmal so viel kleiner und schäbiger wirkte, als sie es in Erinnerung hatte. Ihr Dad hatte nur gesagt: »Je mehr wir sind, desto lustiger wird es«, als sie angerufen hatte, um zu fragen, ob Georgia mitkommen dürfe. Allerdings hatte ihr Vater auch einmal einen Landstreicher zum Abendessen eingeladen, den er vor seiner Stammkneipe Dempsey's hatte betteln sehen: Ihm war fast jeder Vorwand recht, um seinen Old Navy Rum herauszuholen. Sie wusste, dass ihre Mom sich den Kopf über das Essen, die Sitzverteilung und das Geschirr zerbrechen würde. Wahrscheinlich war sie genau in diesem Moment dabei, mit Feuereifer das »gute« Besteck zu polieren – das Tafelsilber von Macy's, das zur Feier des Tages anstelle des Alltagsbestecks von Kmart zum Einsatz kommen würde. Mehr Sorge bereitete Amy allerdings der Rest der Familie. Würde ihr Bruder Billy peinliche Geschichten aus ihrer Kindheit erzählen? Würde sich Onkel Chuck betrinken und unanständige Lieder grölen? Genauer gesagt, wäre das Ganze nicht viel zu kleinbürgerlich und gewöhnlich für eine kultivierte Dame wie Georgia Hamilton?

»Ein schönes Haus habt ihr«, meinte Georgia, als hätte sie Amys Gedanken gelesen. »Ich freue mich sehr darauf, deine Familie kennenzulernen.«

»Erwarte aber bitte nicht zu viel«, warnte Amy.

»Ganz im Gegenteil, Amy«, erwiderte Georgia und hakte sich bei ihr ein, als sie gemeinsam den Weg zum Haus hinaufgingen. »Ich bin überzeugt davon, dass die Erziehung einen Menschen weit mehr prägt als seine Anlagen. Ich glaube nicht, dass man bereits fertig auf die Welt kommt. Du bist ein Produkt deiner Familie, Amy Carrell, daher rechne ich damit, dass sie äußerst liebenswert sein werden, genau wie du.«

Amy war drauf und dran, zu sagen, dass ihre Erwartungen ja schön und gut waren, dass das Onkel Chuck jedoch nicht davon abhalten würde, ihren Hintern zu begrapschen, als die Tür aufflog und Amy in eine feste Umarmung gezogen wurde.

»Frohe Weihnachten, Tante Amy!«, quiekten die zwei Kinder und klammerten sich an ihre Taille.

»Hoppla, nicht so stürmisch«, sie lachte. »Und Vorsicht, sonst zerdrückt ihr noch die ganzen Geschenke, die ich mitgebracht habe.«

Sofort fingen die Kinder an, lautstark um ihre Geschenke zu betteln, aber Amy hielt sie außer Reichweite, bis sie das Haus betreten hatten. »So, nun dürft ihr sie unter den Baum legen.«

Erst jetzt hatte sie Gelegenheit, sich umzusehen. Sofort wurde sie von einer Welle der Zärtlichkeit und Nostalgie erfasst. Der Baum stand auf seinem angestammten Platz im Flur, die Äste bogen sich unter viel zu viel Weihnachtsschmuck und der alte, abgenutzte Engel, den sie als Kind so geliebt hatte, hing immer noch tapfer an der Christbaumspitze. Wie jedes Jahr waren in allen Zimmern entlang der Deckenbalken altmodische Papierketten befestigt, und die Fenster zierten Rentiere und Schneemänner aus Krepppapier. Doch vor allem war es der Duft, bei dem Amy vor Sehnsucht weiche Knie bekam: diese Mischung aus Kiefernnadeln, Küchendüften, Punsch und Kerzen, die zusammen jenen undefinierbaren Geruch nach »zu Hause« ergab.

»Hallo Spatz«, rief eine tiefe, polternde Stimme. »Willkommen zu Hause.«

Amy fiel ihrem Vater in die Arme. Wie gut sich das anfühlte: seine Stärke, seine Wärme. Sie fühlte sich sicher und geborgen. In seiner Umarmung war sie wieder fünf Jahre alt und schlug vor Aufregung Räder, während sie auf Santa Claus wartete.

»Dad«, sagte sie dann. »Das ist meine Freundin Georgia Hamilton.«

»Hallo. Freut mich, Sie kennenzulernen«, erwiderte er, trat einen Schritt vor und streckte ihr seine grobschlächtige

Pranke entgegen. »Nick Carrell. Wie ich höre, kümmern Sie sich um meine Kleine.«

»Dad …«, warf Amy ein.

»Nein, ganz im Gegenteil, Mr Carrell. Amy kümmert sich um mich«, sagte Georgia und sah ihn lächelnd an. »Und das macht sie ganz hervorragend.«

Nun kam auch Connie Carrell aus der Küche gestürmt. »Amy! Mein Schatz!«, rief sie.

Ihre Mutter hatte buchstäblich Freudentränen vergossen, als Amy ihr eine Woche zuvor verkündet hatte, dass sie an Weihnachten nach Hause kommen würde, und die Aufregung darüber war ihr noch deutlich anzumerken.

»Das ist das schönste Weihnachtsgeschenk, das ich mir hätte wünschen können. Meine Kleine hier bei uns zu Hause«, rief sie. »Nick, hol Georgia doch mal etwas zu trinken.«

»Mögen Sie vielleicht einen Whiskey?«

»Nick!« Connie gab ihm einen Klaps auf den Arm. »Du kannst doch dieser netten Dame keinen Whiskey anbieten.«

»Ehrlich gesagt würde ich ja zu gern einmal Ihren Eierpunsch probieren. Amy hat mir auf der Reise davon erzählt. Ich muss gestehen, ich habe noch nie im Leben Eierpunsch getrunken.«

»Kommt sofort«, meinte Nick vergnügt.

Amy sah Georgia mit einem Lächeln von der Seite an. Die ältere Frau wusste offensichtlich genau, wie sie Amys Vater eine Freude bereiten konnte.

»Kommen Sie doch herein, dann können Sie alle kennenlernen«, forderte Connie sie auf. Nacheinander wurde Georgia Amys Bruder Billy, seiner Frau Helen und ihren drei Kindern Candice, Billy jr. und dem Baby Gretel sowie Onkel Chuck vorgestellt, der einen halbwegs nüchternen Eindruck machte und Georgia auf der Stelle ins Herz schloss, mit dem Ergebnis, dass er ihr den ganzen Abend nicht mehr von der Seite wich, ihr Knabbereien reichte und ihr Glas wieder auffüllte, sobald sie einen Schluck daraus getrunken hatte. Amy lehnte sich entspannt zurück und beobachtete das Geschehen, froh, ihre Familie wiederzusehen, aber auch froh darüber, dass sie ihre Freundin so freundlich willkommen hießen. Sie war erst seit zwei Jahren von zu Hause fort, aber es hatte sich angefühlt wie Jahrzehnte. Zu lang.

Schließlich klatschte Connie in die Hände, um alle in das winzige Esszimmer zu bitten. »Eine alte Familientradition«, erklärte sie Georgia. »An Heiligabend gibt es bei uns immer einen richtig schönen großen Schinken. Zwar sind wir danach so voll, dass wir am nächsten Tag keinen Bissen Truthahn mehr runterbringen, aber wir wollen nun mal so früh wie möglich mit dem Weihnachtsfest beginnen und dann so lange wie möglich weiterfeiern. So lauten die Regeln hier bei uns im Haus, und zwar von jeher.«

»Solange es morgen keine Gans gibt, wie im letzten Jahr«, brummte Onkel Chuck. »Sie hätten das verdammte Ding mal sehen sollen. Es war kaum größer als eine Taube.«

Während alle Platz nahmen, wurde noch ein wenig weiter über die Vorzüge von Truthahn gegenüber Gans diskutiert. An dem Tisch, an dem sie nun zu zehnt saßen, hatten höchstens sechs Leute bequem Platz gehabt, doch die Nähe und Ellbogen-an-Ellbogen-Beengtheit verstärkten das Gefühl der Zusammengehörigkeit lediglich noch.

»Wieso ist eigentlich dein Macker Dan nicht mitgekommen?«, wollte Billy wissen. Er lehnte sich in seinem Stuhl zurück und rieb sich den Bauch, über dem das blaue Hemd spannte. »Ich dachte, ich lerne endlich mal deinen schnieken Engländer kennen.«

»Wir wollten beide die Weihnachtsfeiertage bei unserer Familie verbringen«, gab Amy zurück und fragte sich, was Daniel wohl in diesem Moment tat. Bestimmt war er in seinem Elternhaus, einem aus honigfarbenem Sandstein erbauten Herrenhaus, das einem Roman von Jane Austen entsprungen schien. Sie war erst einmal dort gewesen und hatte sich die ganze Zeit über unwohl gefühlt, da sie befürchtete, sie könnte die perfekte Idylle zerstören, indem sie sich beispielsweise irgendwo hinsetzte und die Sofakissen durcheinanderbrachte. Sie stellte sich vor, wie er an dem förmlich gedeckten Esstisch saß, seine Wachtel – oder was auch immer vornehme britische Familien an Weihnachten aßen – zerteilte, eine gezwungene Konversation mit Vivienne führte und mit seinem Vater Pläne schmiedete, die Welt zu erobern. Tja, er hatte seine Wahl getroffen. Das hatte er sich selbst eingebrockt, wie ihre Freundin Annie zu sagen pflegte. Jetzt musste er die Suppe auch auslöffeln.

»Aber Candice, erzähl doch mal. Wie läuft es denn beim Ballett?«, fragte sie ihre siebenjährige Nichte, um das Thema zu wechseln.

»Es macht Spaß«, sie grinste Amy mit ihrem breiten Zahnlückenlächeln an.

Billys Frau Helen fing an, die kleine Gretel auf ihrem Schoß zu wiegen. »Neulich waren wir zusammen im Lincoln Center. Sie wollte unbedingt mal ein richtiges Ballett sehen. Also hab ich monatelang auf die Eintrittskarten gespart und dann war ihr so langweilig, dass wir schon nach zwanzig Minuten wieder gehen mussten.«

Candice zog eine Grimasse und stopfte sich eine Kartoffel in den Mund.

»Aber sie will immer noch Tänzerin werden, wenn sie groß ist. Ich hab ihr gesagt, dass sie fleißig üben muss, wenn sie so gut werden will wie ihre Tante Amy.«

Amy rang sich ein Lächeln ab und beschloss, dass dies

nicht der richtige Zeitpunkt war, um Candice klarzumachen, wie schwer und schmerzhaft es war, professionelle Tänzerin zu werden, wie oft man abgelehnt wurde und dass es durchaus passieren konnte, dass die Eltern des eigenen Freundes einen für eine Schlampe hielten. Sie wollte der Kleinen nicht ihre Träume nehmen. Schließlich war sie genauso gewesen, als sie noch Miss Josephines Tanzschule in der Quebec Street besucht hatte, dieselbe Ballettschule, in die nun auch Candice ging. Sie stand immer noch in Kontakt mit Miss Josephine, die in ihrer Jugend wie eine zweite Mutter für sie gewesen war. Als sie nach England gezogen war, hatten sie sich anfangs noch regelmäßig Briefe und E-Mails geschrieben, doch diese waren immer seltener geworden, je peinlicher es Amy wurde, dass es mit ihrer Karriere nicht voranging. Sie wollte Miss Josephine im Glauben lassen, zumindest eine berühmte Tänzerin hervorgebracht zu haben.

Nick Carrell schenkte Georgia nochmals nach. »Amy meinte übrigens, Sie hätten so eine tolle Wohnung. Die soll eine Million Dollar wert sein, stimmt das?«

»Das hab ich nicht gesagt!«, entfuhr es Amy.

»Du hast deiner Mutter erzählt, es hätte dort ausgesehen wie im Haus einer Herzogin in irgendeinem Nobelstadtteil«, erwiderte ihr Vater.

»Ich hatte Glück, ich habe die Wohnung zum richtigen Zeitpunkt gekauft«, bestätigte Georgia schmunzelnd. »Und ja, Primrose Hill ist wirklich ganz bezaubernd. Die Atmosphäre ist so dörflich wie nirgendwo sonst in London und trotzdem hat man, wenn man den Hügel hinaufspaziert, die ganze Stadt vor Augen: den BT Tower, das London Eye, die St. Paul's Cathedral.«

»Haben Sie Familie, Georgia?«, fragte Connie höflich. Amy sah, wie ihre Freundin bei diesen Worten versteifte.

»Ja, aber ich sehe sie nur sehr selten. Sie wohnen außerhalb Londons auf dem Land.«

»Und was treiben die so an Weihnachten?«

»Onkel Chuck …«, warf Amy in warnendem Tonfall ein.

»Nein, nein, schon gut«, beschwichtigte Georgia. »Vermutlich vertreiben sie sich so ähnlich die Zeit wie wir. Sie feiern zusammen, essen und trinken zu viel. Aber ich wette, es ist nicht annähernd so lustig wie bei Ihnen. Und außerdem ist das Essen hier viel besser.«

Amy sah, wie sich ein Lächeln auf dem Gesicht ihrer Mutter ausbreitete.

»Vor den Briten muss man sich in Acht nehmen«, meinte Onkel Chuck und wackelte mit dem Zeigefinger. »Schlechte Zähne, schlechtes Essen. Und so einen willst du heiraten!«

Amy wurde knallrot. »Ich habe momentan nicht vor zu heiraten, Onkel Chuck.«

»Ach wirklich?«, fragte Connie bestürzt nach. »Ich dachte, es wäre etwas Ernstes mit dir und Dan.«

»Ich will Brautjungfer sein«, rief Candice mit vollem Mund.

»Hört auf, bitte. Und zwar alle.«

»Du weißt gar nicht, was du verpasst, Schwesterherz«, warf Billy ein und drückte Helens Hand. »Ist doch gar nicht so schlecht, oder?«

»Na, dann raus mit der Sprache, Ames. Wann kann ich damit rechnen, dass dein Daniel hier aufkreuzt und um die Hand meiner Tochter anhält? Schätze mal, wenn er was macht, dann macht er es richtig, stimmt's?«

Sie war froh, als Onkel Chuck das Thema wechselte und anfing, über das nächste Spiel der Jets und die Aufräumarbeiten in Queens nach dem Wirbelsturm Sandy zu reden.

Anschließend servierte Mrs Carrell zwei verschiedene

Desserts – einen selbstgemachten Kürbiskuchen, der die Farbe von Herbstlaub hatte, und einen Plumpudding komplett mit Schlagsahne. Nachdem alle Schüsseln ausgekratzt und die Überreste in die Küche getragen worden waren, wurden Amy und Georgia ins Wohnzimmer gescheucht. »Ihr seid heute die Gäste«, sagte Connie. »Alle anderen dürfen beim Abwasch helfen.«

Amy ließ sich in einen Sessel plumpsen. »Voll bis obenhin«, ächzte sie und klopfte sich auf ihren flachen Bauch. »Ich glaube, ich muss mich hinlegen.«

»Eine gute Idee«, sagte Georgia. »Ich denke, das war mein Stichwort. Ich werde mich auf den Heimweg machen.«

»Jetzt schon?«, fragte Amy und setzte sich wieder auf. »Bleib doch noch ein bisschen. Mom und Dad sind bestimmt beleidigt, wenn du schon gehst.«

»Ich sollte wirklich los«, entgegnete Georgia mit einer solchen Bestimmtheit, dass Amy nicht weiter in sie drang.

Stattdessen sah sie sich nach der Tüte mit den Geschenken um, die sie mitgebracht hatte. »Ich habe noch etwas für dich. Es ist zwar lange nicht so teuer wie das tolle Kleid und die Schuhe, die du mir geschenkt hast, aber ich glaube, es wird dir gefallen.« Sie wühlte in der Tüte herum, bis sie Georgias Geschenk gefunden hatte, und überreichte es ihr. »Mach es auf«, sagte sie.

»Aber es ist doch noch nicht Weihnachten«, entgegnete Georgia lächelnd.

»Bitte«, meinte Amy.

Mit ihren schmalen Fingern wickelte Georgia vorsichtig das Geschenk aus. Darin befand sich eine Schneekugel von New York.

»Wenn du sie schüttelst, dann rieseln Schneeflocken über die Stadt. Ich weiß, wie sehr du dir gewünscht hast, dass es schneit, und leider kann ich das Wetter nicht ändern, aber als ich die Schneekugel gesehen habe, wusste ich gleich, dass sie dir gefallen würde.«

Sie blickte hoch und sah, dass Georgia weinte. Es waren nur zwei Tränen, die ihr über die Wange liefen, aber trotzdem war sie von ihrer Reaktion überrascht.

»Gefällt sie dir nicht?«

»Doch, sehr«, sagte Georgia leise. »Jemand hat mir vor langer Zeit etwas ganz Ähnliches geschenkt. Eine Schneekugel von Paris. Sie ist eins meiner Kleinode.«

»Dann hast du jetzt zwei«, Amy strahlte.

Georgia nahm die Kugel in beide Hände und warf Amy einen liebevollen Blick zu. »Weißt du, was eine wahre Dame ausmacht?«, sagte sie mit weicher Stimme. »Herzensgüte. Nur darum geht es, um Herzensgüte, und du verfügst über diese Eigenschaft in höchstem Maße, Amy Carrell.«

Sie räusperte sich und richtete sich in ihrem Sessel auf, wodurch sofort die kühlere und reserviertere Georgia durchschimmerte. »Ich glaube, Alfonse ist gerade gekommen«, sagte sie, als sie draußen zwei Lichtkegel aufscheinen sah. »Ich muss los. Genieß den Tag morgen mit deiner Familie.«

»Vielen, vielen Dank, Georgia. Danke, dass du das alles möglich gemacht hast«, rief Amy, beugte sich vor und umarmte die ältere Frau. Sie war überrascht, wie zierlich und zerbrechlich sie sich in ihren Armen anfühlte. Georgia schien leicht zusammenzuzucken angesichts ihrer Geste, drückte sie dann aber ebenfalls kurz an sich.

»Und lass dir ruhig Zeit, bis du wieder ins Hotel kommst. Ich wünsche dir von ganzem Herzen frohe Weihnachten, Amy.«

Die komplette Familie stand auf der Treppe und winkte Georgia zum Abschied nach. Amy sah den Rücklichtern hinterher, bis sie um die Ecke verschwunden waren, dann legte ihr Vater ihr den Arm um die Schultern und führte sie zurück in die Küche, die schon wieder blitzblank und aufgeräumt war.

»Schön, dich wieder hier zu haben, meine Kleine«, sagte er und schaltete die Kaffeemaschine an. »Geht es dir gut? Kommst du mit deinem Geld klar?«

»Dad, es ist alles Ordnung.«

Er legte den Kopf schief und schenkte ihr einen dieser vielsagenden Blicke, mit dem er sie als Kind immer angesehen hatte, wenn sie ihm etwas verschwieg, diesen ganz speziellen »Dad weiß alles«-Blick. Trotzdem hatte er damals immer darauf vertraut, dass sie das Richtige tun würde, und so sagte er auch heute nichts.

»Ich kann nicht glauben, dass du Georgia tatsächlich gefragt hast, wie viel ihre Wohnung wert ist«, sagte Amy kopfschüttelnd, setzte sich an den Küchentisch und lächelte ihn halb verlegen, halb vorwurfsvoll an.

»Hab ich doch gar nicht.«

»Hast du wohl.«

»Es hat mich eben interessiert.«

»Aber das gehört sich nicht. Es ist unhöflich.«

»Was ist unhöflich?«

»Persönliche Fragen zu stellen. Fragen über Geld und wie viel jemand verdient.«

»Und wer sagt das? Die Königin von England?« Er reichte ihr eine Tasse Kaffee und setzte sich ihr gegenüber. »Sie ist eine nette Frau«, meinte er dann und nahm einen Schluck Kaffee.

»Du klingst überrascht.«

Er zuckte mit den Schultern. »Ich wusste ja nicht so richtig, was mich erwarten würde. Du musst zugeben, dass das Ganze schon ein wenig seltsam ist. Warum verbringt sie Weihnachten denn nicht bei ihrer Familie?«

»Du hättest ehrlich gesagt auch nicht dauernd auf diesem Familienthema herumreiten sollen, Dad. Ich glaube, sie redet nicht so gern darüber.«

»Da steckt doch bestimmt irgendwas dahinter. Vielleicht sollte man da mal nachhaken?«

Amy umschloss ihre Kaffeetasse mit beiden Händen. »Wie meinst du das?«

»Ich finde es eben merkwürdig. Warum ist sie nicht bei ihrer Familie? Oder bei Freunden? Warum muss sie unbedingt mit einer wildfremden Person nach New York reisen? Das will mir nicht in den Kopf. Noch dazu bei einer so netten, eleganten und reichen Dame.«

Amy zuckte die Achseln. »In London habe ich kurz den Sohn ihres Cousins kennengelernt. Da hatte ich gleich das Gefühl, dass irgendwas nicht stimmt.«

»Siehst du? Frag sie doch mal danach. Vielleicht tut es ihr gut, darüber zu reden.«

»Georgia ist nicht so. Die Engländer sind nicht so. Es ist unhöflich, nach so etwas zu fragen.«

»Was hast du denn dauernd mit diesem ›unhöflich‹? Vielleicht hat die Frau ein Problem. Vielleicht *will* sie ja mit jemandem darüber reden.« Er schnaubte noch einmal entrüstet und schüttelte den Kopf. »Tja, aber jedem das Seine, so heißt es doch wohl. Lass uns lieber von dir sprechen, meine Kleine. Wie geht es dir in London? Arbeitest du immer noch in dieser Bar?«

Amy schlürfte ihren Kaffee. »Du klingst enttäuscht.«

»Von dir? Niemals. Ganz im Gegenteil.«

»Wirklich? Aus mir ist nicht gerade eine Berühmtheit geworden.«

»Amy, niemand hat sich mehr angestrengt als du, um aus Queens herauszukommen und etwas aus seinem Leben zu machen. Du liebst deinen Beruf und bist damit schon auf der ganzen Welt herumgekommen – das kann kaum einer von sich behaupten. Natürlich würde ich mir wünschen, du wärst nicht so weit weg, aber doch nur aus Egoismus, weil ich eben dein Dad bin. Soll ich dir was sagen? Jedes Mal, wenn mich einer der Jungs im Dempsey's nach meiner Kleinen fragt, platze ich fast vor Stolz.«

Amy war sich nicht sicher, ob sie die Tränen noch lange zurückhalten konnte.

»Und denk dran, du kannst jederzeit nach Hause kommen. Ich kann dein altes Zimmer streichen und du kannst bei uns wohnen, bis du etwas Neues gefunden hast. Wenn du Geld brauchst, musst du uns nur Bescheid sagen. Wir haben ein bisschen was auf die hohe Kante gelegt, dafür hat dein alter Vater schon gesorgt.«

Amy sah ihn an. Sein Vorschlag klang mehr als verlockend. Was hielt sie denn schließlich noch in London? Daniel war weg, sie hatte in einem halben Jahr ein einziges Vortanzen gehabt und mit dem, was sie im Forge verdiente, kam sie mit Ach und Krach über die Runden. Doch auch wenn sie in dem Moment nah dran war, alles hinzuwerfen – sie durfte ihre Familie jetzt nicht enttäuschen. Sie wusste noch genau, wie sie sich am Flughafen in Newark von ihnen verabschiedet hatte – selbst Onkel Chuck hatte geweint –, doch sie hatten immer Verständnis für ihre Träume gehabt und sie in ihrem Vorhaben bestärkt, ins Ausland zu gehen und dort Karriere zu machen. Für sie stand fest, dass Amy eine berühmte Tänzerin werden und sich obendrein einen gutaussehenden britischen Prinzen angeln würde. Ihre Mutter hatte sogar ernsthaft vorgeschlagen, sie solle sich eine Arbeit im Souvenirladen des Buckingham Palace suchen, so überzeugt war sie, dass Prinz Harry sich augenblicklich in sie verlieben würde, wenn sich ihre Wege einmal kreuzten. Da konnte sie jetzt, nach zwei Jahren im exotischen Europa, unmöglich mit leeren Händen zurückkehren, ohne Job, ohne Freund, ohne irgendetwas vorzuweisen zu haben. Was sollte ihr Dad dann bloß den Jungs im Dempsey's sagen? Was würde Candice ihren Freundinnen in Miss Josephines Tanzschule erzählen?

»Ich vermisse euch alle wahnsinnig. Aber ich lebe inzwischen nun mal in London, ich fühle mich dort wohl und habe Freunde gefunden. Ich kann nicht einfach zurück nach Hause gerannt kommen, nur weil ich gerade kein Engagement habe«, erklärte sie, fest entschlossen, die Fassade zu wahren.

»Es ist wegen Danicl, stimmt's? Wie heißt es so schön: Wo das Herz ist, da ist man zu Hause.« Er lächelte stolz und sie ahnte, dass dies nicht der richtige Zeitpunkt war, um ihm zu gestehen, dass sie gar nicht mehr mit Daniel zusammen war. Nicht an Heiligabend.

Im selben Moment kam Billy herein und rieb sich voller Tatendrang die Hände. »Das Fenies hat heute offen. Wie wär's, wenn wir hingehen und auf Santa Claus anstoßen?«

Amy schüttelte den Kopf. »Ich habe heute schon genug getrunken, außerdem habe ich am Mittwoch einen langen Flug vor mir.«

»Das ist erst übermorgen«, gab er zurück und warf Amy ihren Mantel zu. »Komm schon, bestimmt ist die ganze alte Clique da.«

Das Fenies war zwar ein Irish Pub, doch zwischen ihm und den Irish Pubs, die man in Finsbury Park finden konnte, lagen Welten. Es gab weder prachtvolle viktorianische Stuckverzierungen noch hohe Decken wie in traditionellen britischen Pubs, nur einen langen niedrigen Raum mit einer hölzernen Theke; zudem gab es das Bier nur in Flaschen. Trotzdem war es brechend voll, als sie ankamen. *Bestimmt wegen Heiligabend,* dachte Amy, froh, vorher noch schnell in ein Paar Turnschuhe ihrer Mutter geschlüpft zu sein. Sie hatte ihre neuen Schuhe angehabt und es wäre jammerschade gewesen, wenn sie durch verschüttetes Miller und trampelnde Füße ramponiert worden wären.

»Ganz schön was los«, meinte sie zu Billy, der versuchte, sich bis zur Theke durchzukämpfen. Er hatte einen Zwanzig-Dollar-Schein zwischen drei Finger geklemmt und hielt ihn hoch über dem Kopf, was aussah wie eine Haifischflosse.

Er bestellte zwei Bud und reichte Amy eines davon. Hinter der langen Theke hingen Hunderte Fotos von allen möglichen Partys, die dort im Laufe der Jahre gefeiert worden waren. Sie ließ ihren Blick darüberschweifen und fragte sich, ob sie auch auf einem der Bilder zu sehen war. Für ihren High-School-Jahrgang war das Fenies wie eine Art Jugendclub gewesen; hier wurde keiner nach dem Ausweis gefragt.

Während sie von ihrem kühlen Bier trank und dem fröhlichen Stimmengewirr um sie herum lauschte, empfand sie auf einmal eine ungeheure Sympathie für ihre Heimatstadt. Der kleine Teil von Queens, in dem sie aufgewachsen war und der lediglich etwa anderthalb Kilometer von der Atlantikküste entfernt lag, hatte nur wenig mit dem New York zu tun, das man aus Kinofilmen kannte. Es war dort längst nicht so glamourös wie in Manhattan und auch nicht so hip und alternativ wie in bestimmten Gegenden von Brooklyn. Für einen Ort mit einem derart majestätischen Namen war Queens eigentlich recht unspektakulär. Doch dafür wohnten hier echte Menschen und die örtliche Hauptstraße war immer noch gesäumt von Feinkostläden, Bagel Shops, Beerdigungsinstituten und Haushaltsläden – eben allem, was man zum Leben so brauchte.

»Ich glaub's ja nicht. Wenn das nicht Amy Carrell ist!«

Amy drehte sich mit offenem Mund um. »Suzie?«, rief sie überrascht. »Du auch hier?« Überschwänglich umarmte sie ihre Freundin und drückte sie an sich. »Das gibt's ja nicht! Wie lange haben wir uns nicht gesehen? Bestimmt zwei Jahre, oder?«

»Tja, seitdem hat sich einiges getan«, meinte Suzie stolz und hielt die Hand hoch, um den Diamantring an ihrem Ringfinger zu präsentieren.

»Du bist verlobt?«

Statt einer Antwort stürzte Suzie in die Menge und kam kurz darauf mit einem kräftigen Mann mit dunklem, kurz geschnittenem Haar im Schlepptau wieder.

»Brian, darf ich dir Amy Carrell vorstellen?«, sagte sie und drückte ihm einen Kuss auf den Hals. »Amy ist meine älteste Freundin, wir kennen uns schon seit dem Kindergarten. Sie ist Tänzerin in London.«

Amy sah denselben Ausdruck von Stolz in Suzies Gesicht, der sich auch in der Miene ihres Vaters widergespiegelt hatte. Vielleicht war sie doch keine solche Versagerin, wie sie immer dachte.

»Schön, dich kennenzulernen, Amy«, sagte Brian mit einem breiten Grinsen.

»Schon gut, du kannst die Zunge wieder einfahren, Romeo«, blaffte Suzie und verpasste ihm einen Klaps auf den Arm. »Vergiss nicht, wem du einen Antrag gemacht hast.«

Brian legte besitzergreifend den Arm um sie. »Als ob ich das je vergessen könnte.« Dann wandte er sich interessiert an Amy: »Du bist also Tänzerin? Worin tanzt du gerade?«

»Ich wurde vor kurzem für ein neues Stück engagiert, es geht um die Erfindung des Tangos. Im Londoner West End. Die Proben fangen im neuen Jahr an«, flunkerte Amy.

»Wow, London. Das ist aber weit weg. Vielleicht komme ich ja mal mit Suze vorbei, wenn du am Broadway auftrittst.«

»Zeitgenössischer Tanz, Schatz«, meinte Suzie und verdrehte die Augen. »Wohl kaum dein Ding.«

»Wieso? Ich mag modernen Tanz«, protestierte Brian. »Halbnackte Mädchen in Strumpfhosen.«

»Dass ich nicht lache. Ich glaube, du verwechselst da was. Was du meinst, ist nicht moderner Tanz, sondern Hooters«, rief Suzie und schubste ihn zurück in die Menge. »Ab mit dir. Und hol uns noch zwei Bier, wir haben hier einiges zu bequatschen.«

Brian zwinkerte ihr zu und verschwand im Gewühl.

»Dein Freund ist süß«, meinte Amy.

»Er ist Feuerwehrmann, drüben in Brooklyn. In seiner Uniform sieht er echt heiß aus. Ohne sogar noch besser.«

»Immer noch die Alte, was, Suze?«

»Ich weiß eben, was ich will. Außerdem ist nicht jeder mit solchen Beinen gesegnet wie du.«

Amy hob die Augenbrauen. Sie war insgeheim immer neidisch auf Suzies Kurven und ihre ungezwungene verführerische Ausstrahlung gewesen. »Aber du hast es doch gut getroffen mit ihm.«

»Du aber auch, oder? Stimmt es, was deine Mom meiner Mom erzählt hat? Dass du dir einen reichen Typen geangelt hast?« Sie stieß mit Amy an. »Ich freu mich für dich, Ames. Aus dir ist echt was geworden … Weißt du noch, als wir zehn waren und du mich unbedingt in deine Ballettschule mitschleppen wolltest? Wie hieß die Lehrerin noch mal? Miss Jo-Jo?«

Amy nickte.

»Manchmal wünsche ich mir, ich hätte mich ein bisschen

mehr dahintergeklemmt, so wie du, oder mir zumindest einen anständigen Job gesucht, anstatt jetzt im Tierheim kranke Köter zu versorgen.«

»Aber du hast Tiere doch immer so gemocht, Suze.«

»Ja, aber nur die in den engen Hosen.«

Sie mussten beide kichern.

»Ich finde, du hast alles richtig gemacht. Und du bist doch glücklich mit deinem Verlobten, oder?«, meinte Amy.

»Ja, Brian ist ein Schatz, den muss ich mir warmhalten. Aber jetzt erzähl doch mal von dir. Meine Mom meinte, du bist mit irgendeinem britischen Millionär zusammen?«

Sie wollte gerade den Mund aufmachen, um Suzie zu beichten, dass alles vorbei war – sie sehnte sich danach, endlich jemandem davon zu erzählen –, doch ausgerechnet in dem Moment deutete Suzie zum hinteren Teil der Bar und sagte: »Schade, dein alter Schwarm aus der High School steht da drüben.«

»Chris Carvey?«, fragte Amy ungläubig und bekam auf einmal weiche Knie.

»Willst du ihm nicht hallo sagen? Oder weißt du was? Lass uns zusammen rübergehen und hallo sagen. Sein Anblick hat mir schon immer den Tag versüßt«, meinte Suzie augenzwinkernd.

»Nein, lass mal, Suze. Ich wollte sowieso nur auf ein Bier bleiben.«

Doch da wurde sie auch schon hinaus in den überdachten Hinterhof geschleppt. Seit ihrem letzten Besuch hatte jemand mit einem grünen Daumen den ehemaligen Anlieferungshof in einen Biergarten verwandelt, mit eingetopften Bäumchen und Sträuchern und mehreren kleinen Sitzgruppen. Es war kalt draußen, doch selbst Amy musste zugeben, dass die Lichterketten für ein kleines bisschen Weihnachtsstimmung sorgten. Als ein Mann sich zu ihr umdrehte, blieb sie wie angewurzelt stehen.

»Chris«, flüsterte sie.

»Hey Amy«, erwiderte er beiläufig, als wären sie sich gerade auf dem Schulflur begegnet. Der Klang seiner Stimme ließ die Jahre zusammenschmelzen und sie fühlte sich mit einem Mal in die Abschlussklasse der High School zurückversetzt. Chris war ihre erste große Liebe gewesen, ihr erster Freund, und alle hatten gedacht, sie würden auf dem Abschlussball ihre Verlobung bekanntgeben, so wie Billy und Helen es getan hatten, und anschließend in das Haus seiner Großmutter ziehen. Doch es war alles ganz anders gekommen.

»Du siehst gut aus«, sagte sie und meinte es auch so. Der süße Junge von nebenan, der er einmal gewesen war, hatte inzwischen Lachfältchen und Bartstoppeln bekommen und war zu einem echten Herzensbrecher herangereift. Nur dass in ihrem Fall Amy die Herzensbrecherin gewesen war: Sie hatte im Herbst nach ihrem Schulabschluss die Stadt verlassen und eine Tanzausbildung außerhalb von New York City begonnen.

»Besuchst du über die Feiertage deine Eltern?«

»Ja«, erwiderte sie. »Ich dachte, vielleicht treffe ich ja ein paar alte Freunde wieder.«

»Das habe ich auch gehofft. Ich bin seit Jahren nicht mehr hier gewesen.«

»Dabei warst du früher Stammgast im Fenies«, sagte sie und lächelte ihn an.

Sie war überrascht, dass es zwischen ihnen sofort wieder zu knistern schien. Vielleicht fühlt man sich zu seiner ersten Liebe automatisch immer hingezogen, dachte sie, ein wenig verlegen angesichts ihrer Gefühle.

»Stimmt, aber ich wohne ja inzwischen nicht mehr hier«,

erwiderte Chris schnell. »Ich bin nur über Weihnachten hier, um meine Familie zu besuchen.«

Sie nickte, um ihre Überraschung zu verbergen. Sie hätte nie gedacht, dass Chris einmal aus Queens wegziehen würde. Das war einer der Gründe gewesen, warum ihre Beziehung damals gescheitert war. Sie wollte Tänzerin werden und um die ganze Welt reisen. Für Chris dagegen hatte immer festgestanden, dass er nach dem High-School-Abschluss im Reifenladen seines Vaters am Ende der Carmichael Street arbeiten und diesen eines Tages übernehmen würde.

»Wir sind vor ein paar Jahren nach Westchester gezogen«, erklärte er. »Die Schulen sind besser da oben.«

Schulen? Sie sah auf seinen Ringfinger, doch er trug keinen Ehering.

»Bist du verheiratet?«, hörte sie sich quietschen und zuckte beim Klang ihrer eigenen Stimme zusammen. Sie hatte keine Ahnung, weshalb sie auf einmal so besitzergreifend war; immerhin war ihre Beziehung vor acht Jahren zu Ende gegangen. Und *sie* hatte sie beendet.

»Noch nicht. Aber ich bin immer noch mit Amber zusammen. Wir sind schon ewig verlobt. Eigentlich hatten wir vor zu heiraten, wenn die Kinder alt genug sind. Jack wird nächsten Sommer fünf, so langsam gehen uns also die Ausreden aus.«

»Das ist ja toll. Ich freue mich sehr für dich«, sagte sie aufrichtig.

»Vor lauter Arbeit sind wir wohl einfach nicht dazu gekommen. Die Geschäfte laufen richtig gut. Wir haben inzwischen schon zehn Reifenhandlungen, fünf in Queens, einen in Staten Island, vier in Westchester. Sag Bescheid, wenn du mal einen Rabatt brauchen solltest.«

»Wow, das ist doch super. Und danke für dein Angebot, Chris, das ist sehr großzügig, ehrlich.«

»Aber was ist denn mit dir? Bist du verheiratet? Verlobt? Oder lebst du mit einem Glückspilz von Briten in wilder Ehe?«

Sie holte tief Luft und wollte ihm gerade vorschwärmen, wie toll ihr Leben mit Daniel war, hielt dann aber inne. »Ich könnte dir jetzt alles Mögliche erzählen«, sagte sie leise. »Aber das lasse ich lieber sein.«

»Wieso, wie meinst du das?«

»Weißt du noch? Ich konnte dir nie was vormachen. Du hast immer gemerkt, wenn ich dich anlüge.« Sie lächelte, als sie sich ins Gedächtnis rief, wer da vor ihr stand und wie gut derjenige sie kannte.

»Das war wegen der Stelle unter deinem linken Auge, die hat immer gezuckt.«

Er berührte sie sachte oberhalb der Wange und einen Moment lang war sie wieder in der High School, ihr ganzes Leben lag vor ihr und ihre große Liebe wohnte am Ende der Straße in dem zweistöckigen Haus neben der Reifenhandlung.

»Ich war eine Zeitlang mit jemandem aus London zusammen. Leider haben wir uns vor einer Woche getrennt. Es geht mir aber schon wieder besser.« Wie zur Bestätigung lächelte sie und trank einen Schluck Bier. »Aber erzähl doch mal von Amber. Sie ist bestimmt eine tolle Frau.«

Chris nickte. »Ja, das ist sie. Ehrlich gesagt, warst du immer mein Maßstab und ich hätte nie gedacht, dass dir je eine Frau das Wasser reichen könnte. Aber das tut sie. Amber ist eine Klassefrau.«

Der Raum um sie herum schien sich zusammenzuziehen, sodass es sich anfühlte, als würden nur sie beide existieren. Ihr Herz schlug ihr bis zum Hals und sie musste sich zwingen, nicht in seine dunkelbraunen Augen zu blicken. Eine Welle der Wehmut hatte sie erfasst und sie seufzte hörbar auf.

»Unser Timing war mies, stimmt's?«, sagte sie schließlich. Er wusste immer, was sie dachte, also konnte sie es eigentlich auch gleich laut aussprechen. Im Grunde hatten sie nie richtig über das Ende ihrer Beziehung gesprochen, nachdem sie sich damals im Streit getrennt hatten.

»War das der Grund?«, fragte er in einem Tonfall zurück, der deutlich zeigte, dass er ihr nicht glaubte.

»Wir wussten doch beide, dass es nicht einfach werden würde, wenn einer von uns wegzieht, um zu studieren«, erwiderte sie und blickte wieder zu ihm hoch.

»Hast du dich je gefragt, ob alles anders gekommen wäre, wenn sie dich damals an der Juilliard School genommen hätten?« Seine Stimme klang weicher. Der verletzte Stolz, den sie zuvor noch herausgehört hatte, war einem wehmütigen Ton gewichen.

Unwillkürlich schloss sie die Augen und dachte an jenen Tag zurück. Es hatte sie nicht überrascht, dass sie es nicht auf die Juilliard School, das renommierteste New Yorker Konservatorium für Musik und darstellende Künste, geschafft hatte. Das Vortanzen war eine Katastrophe gewesen. Irgendwie war sie mit dem falschen Fuß aufgestanden und nicht in Topform gewesen. Anschließend hatte sie jahrelang damit gehadert, wegen eines einzigen schlechten Tages nicht genommen worden zu sein. Doch nun sah sie ein, dass es nicht an ihrem Pech gelegen hatte, sondern möglicherweise – beziehungsweise höchstwahrscheinlich – daran, dass die Konkurrenz zu stark gewesen war. Sie war zwar gut, aber eben nicht gut genug. An dem Tag, an dem die Absage im Briefkasten gelegen hatte, war sie mit Chris nach Manhattan gefahren, sie hatten sich auf eine Bank im Battery Park gesetzt, den hin- und herpendelnden Staten-Island-Fähren zugesehen und sich einfach in den Armen gehalten. Sie hatte sich gefühlt, als wäre eine

Welt zusammengebrochen. Es tat weh, es nicht geschafft zu haben, einen Traum begraben zu müssen, und sie hatte Angst davor, ihren Freund zurückzulassen, jetzt wo sie an einem College außerhalb von New York studieren würde, das lediglich ihre zweite Wahl gewesen war, das ihr aber zumindest ein Vollstipendium in Aussicht stellte.

Was wäre wohl passiert, wenn sie an der Juilliard genommen worden wäre?, fragte sie sich und vor ihrem geistigen Auge blitzte ein mögliches anderes Leben auf. Bestimmt würde sie jetzt als Tänzerin arbeiten und nicht kellnern. Kompanien auf der ganzen Welt würden sich um sie reißen. Und vielleicht wäre sie ja immer noch mit Chris zusammen, der stets eine treue Seele gewesen war. Doch stattdessen hatte sie ihm eine Woche vor Ende des ersten Semesters, als er übers Wochenende zu ihr nach Albany gekommen war, gesagt, dass es nicht mehr richtig laufe zwischen ihnen. So einfach war es gewesen.

Denn sie hatte nicht das Gefühl gehabt, dass es zwischen ihnen noch richtig lief. Nicht, nachdem das Studium und die vielen Proben sie derart in Anspruch genommen hatten.

»Ich habe nicht um dich gekämpft«, sagte er leise.

»Es war nicht deine Schuld«, entgegnete sie sanft. Sie wollte nicht alte Wunden wieder aufreißen.

»Vielleicht hätte ich an dem Wochenende, als ich dich besucht habe, doch tun sollen, was ich eigentlich vorhatte.«

Sie sah ihn an und spürte, wie ihr schwummrig wurde von dem ganzen Bier. »Was tun sollen?«

Er rieb sich verlegen das Kinn und vermied es, sie anzusehen.

»Was tun sollen, Chris?«, wiederholte sie, plötzlich hellhörig geworden.

»Ach je …« Er zögerte. Bestimmt überlegte er, wie er aus der Nummer am besten wieder herauskam. Da ihm offenbar nichts Besseres einfiel, packte er den Stier bei den Hörnern und sagte geradeheraus: »Ich bin an dem Wochenende nach Albany gefahren, um dir einen Heiratsantrag zu machen. Ich hatte den Ring in meinem Rucksack, ich hatte für Samstagabend ein kleines Ferienhäuschen gebucht ...«

»Du wolltest mir einen Heiratsantrag machen?«, rief sie ungläubig.

»Ich weiß, wir waren noch jung, aber wahrscheinlich hat es sich einfach richtig angefühlt. Zumindest für mich. Also damals natürlich«, schränkte er sofort ein, nachdem er sich bereits so weit aus der Deckung gewagt hatte.

Sie fühlte sich wie erstarrt. Da rief ihr jemand über den Hof hinweg zu: »Hey Amy, willst du noch ein Bier? Bri gibt einen aus.«

Sie schüttelte den Kopf und wischte sich über den Mund. »Ich sollte jetzt besser gehen«, meinte sie. Sie war viel zu aufgewühlt, um noch länger bleiben zu können.

»Jetzt doch nicht«, meinte Chris und legte eine Hand auf ihren Unterarm. »Komm, wir trinken noch ein Bier. Auf die guten alten Zeiten.«

»Nein, lass mal. Mach's gut, Chris. Frohe Weihnachten«, verabschiedete sie sich gedankenverloren von ihm, bevor sie sich einen Weg durch die Menschenmenge im Hof bahnte.

Als sie wieder auf der Straße stand, musste sie erst einmal nach Luft schnappen. Sie blies die Backen auf und hauchte ein Wölkchen weißer Luft in den Nachthimmel, wie zum Beweis, dass sie noch atmete.

Auf ein solches Geständnis war sie nicht vorbereitet gewesen. Chris Carvey hatte sich mit ihr verloben wollen. Ausgerechnet an dem Wochenende, als sie mit ihm Schluss gemacht hatte. Sie erinnerte sich, dass er an einem verschneiten Freitagabend angekommen und am Samstagnachmittag wieder gefahren war, nachdem ein langer Spaziergang durch den Tivoli Park in einem heftigen Streit geendet hatte, ausgelöst durch den ganzen angestauten Frust des vergangenen Semesters. Sie wusste noch genau, wie sie ihm nachgesehen hatte, als er davonging, mit seiner verschlissenen Lederjacke und seinem geliebten Armeerucksack, den er sich über die Schulter geworfen hatte. In diesem Rucksack hatte sich ein Ring befunden. Ein Ring, der besagte, dass er sie liebte, sie immer und ewig lieben wollte.

Unser Timing war mies. Ich habe nicht um dich gekämpft. Tja, aber das spielte nun alles keine Rolle mehr, denn er hatte die Trennung verarbeitet, sein Leben war weitergegangen und er hatte inzwischen eine neue Freundin und sogar eine Familie.

Ich habe nicht um dich gekämpft.

Wieder und wieder hallten diese Worte in ihr nach. Sie dachte an Daniel und daran, wie er eingeknickt war angesichts der Wünsche und Erwartungen seiner Eltern. Auch er hatte nicht um sie gekämpft. Hätte sie gewollt, dass er es tat?

Als sie die kalte und einsame Straße vor sich sah, wusste sie plötzlich mit hundertprozentiger Sicherheit: Ja, sie hätte es gewollt. Sie erinnerte sich noch gut daran, wie ihr Herz geklopft hatte und wie aufgeregt sie gewesen war, als sie die Tiffanyschachtel in seiner Sockenschublade erspäht hatte. Okay, Daniel hatte sich wie ein Idiot benommen, aber sie hatte ihn trotzdem geliebt, seit jenem Moment, als sie ihn auf der Tanzfläche des Nachtclubs zum ersten Mal gesehen hatte. Der attraktivste Mann im Raum, der intelligenteste, erfolgreichste Mensch, den sie je kennengelernt hatte, und er hatte sie erwählt und ihr das Gefühl gegeben, seine Königin zu sein. Na ja, bis ihn sein Jobangebot in Washington, sein beruflicher Ehrgeiz und seine versnobten Eltern gezwungen hatten, sich zwischen Liebe und Karriere zu entscheiden. Und er sich für die Karriere entschieden hatte.

Ich habe nicht um dich gekämpft.

Tja, aber sie war ein besserer Mensch als er.

Vielleicht lag es am Eierpunsch und am Wein und am Budweiser, doch auf einmal wollte sie unbedingt mit ihm reden. Sie wollte um ihn kämpfen. Ohne nachzudenken, holte sie ihr Handy aus der Tasche und wählte Daniels Nummer.

Ihr Herz klopfte, als es klingelte.

Drring Drring.

Geh doch bitte ran.

Drring Drring.

Nein, geh lieber nicht ran.

Drring Drring.

Wo bist du?

Drring Drring.

Bist du mit einer anderen unterwegs?

Drring Drring.

Was tue ich eigentlich?

Drring – klick.

Für einen kurzen Augenblick war sie erleichtert, als sich Daniels Mailbox einschaltete. Schnell klappte sie ihr Handy zu und kniff die Augen zusammen.

Du dumme Kuh.

»Wen hast du denn angerufen?«

Sie sah hoch. Vor ihr stand Billy und hielt ihr eine Flasche Bier vor die Nase.

»Bloß einen Freund.«

»Einen Freund aus England vielleicht?« Er zwinkerte. »Jemanden, dem es nichts ausmacht, wenn er um fünf Uhr morgens von seiner Freundin angerufen wird?«

Amy blieb vor Schreck die Luft weg. Ihr Bruder hatte

recht. In England war es mitten in der Nacht. Und Daniel war bestimmt bei seinen Eltern und sie hatte mit ihrem Anruf das ganze Haus aufgeweckt. Typisch. Schon wieder Mist gebaut.

»Kommst du mit? Suzies Typ hat gerade eine Runde Tequila springen lassen.«

»Ja, gern. Einen Tequila kann ich jetzt gut gebrauchen.«

Und sie ging zurück nach drinnen. Zurück in das Leben, das sie eigentlich hinter sich gelassen hatte.

Kapitel 18

26. Dezember 2012

Am liebsten hätte Amy ihren Kopf auf den Teller sinken lassen und ein Nickerchen gemacht. Das Rührei sah so weich und flauschig aus. Vielleicht könnte sie ja einfach kurz die Augen zumachen und wenn sie dann wieder aufwachte, wären vielleicht auch diese grässlichen Kopfschmerzen weg und …

»Amy?«

Sie schrak auf und sah durch die plötzliche Bewegung kleine Sternchen vor ihren Augen tanzen. »Ja, mir geht's gut, danke.«

»Ich habe dich nicht gefragt, wie es dir geht, ich habe gefragt, ob du gehört hast, was ich gesagt habe.«

Amy kniff die Augen zusammen. Georgias Stimme hatte den durchdringenden Tonfall eines Oberfeldwebels angenommen. »Klar, hab ich. Du wolltest wissen, ob ich schon gepackt habe.«

Georgia hob fragend eine Augenbraue und Amy ging auf, dass sie eine Antwort erwartete.

»Fast«, ergänzte sie.

Was in diesem Fall für »ich hab noch nicht mal angefangen« stand. Gestern Abend war sie erst gegen acht Uhr zurückgekommen, nachdem sie den ganzen Tag essend und trinkend und faulenzend bei ihrer Familie verbracht hatte. Und auch heute Morgen war sie zu nichts in der Lage gewesen, schon gar nicht dazu, ihren Koffer zu packen.

»Bis spätestens zwölf Uhr müssen wir das Hotel verlassen«, mahnte Georgia und rief den Kellner.

Amy schluckte.

Der Kellner beugte sich zu Georgia hinunter und lauschte aufmerksam, während die alte Dame ihm etwas zuflüsterte. Dann nickte er und entfernte sich.

»Was hast du ihm gesagt?«

»Dass meine Freundin einen kleinen Muntermacher braucht«, antwortete Georgia lächelnd. »Eine Bloody Mary mit ein paar meiner Geheimzutaten sollte das Packen etwas erträglicher gestalten. Und dann wäre ein wenig frische Luft nicht schlecht. Wie wäre es denn mit einem flotten Spaziergang, bevor wir auschecken? Natürlich nicht allzu flott.«

Das Hotel lag nur wenige Blocks vom Central Park entfernt. Sie betraten den Park durch den Eingang in der East 65th Street, spazierten am Zoo vorbei, aus dem gelegentliches Kreischen und Krächzen zu hören war, und dann hinunter in Richtung der malerischen Gapstow Bridge, wo erneut die atemberaubende Silhouette der Stadt vor ihnen aufragte. Genau aus diesem Grund mochte Amy den Central Park so gern – man hatte den Eindruck, mitten in der Natur zu stehen, und schon einen Augenblick später befand man sich wieder im Zentrum einer riesigen, pulsierenden Metropole.

An einem Stand im Park wurde Kaffee verkauft und Amy fischte in ihrer Tasche nach einem Fünf-Dollar-Schein, um sich einen Becher zu holen.

»Bist du sicher, dass du keinen möchtest?«, fragte sie Georgia, überzeugt davon, dass diese ablehnen würde.

»Ein schwarzer Kaffee wäre herrlich.«

»Was würde wohl Madame Didiot dazu sagen?«, erwiderte Amy lachend.

»Manchmal tut ein bisschen frischer Wind ganz gut.«

Sie gingen eine Weile schweigend nebeneinanderher und genossen die Aussicht und das ruhige Treiben im Park – die Jogger, das Stimmengewirr, das von der Wollman-Eislaufbahn zu ihnen herüberdrang – und warfen dann einen kurzen Blick in das Besucherzentrum The Dairy, wo Amy für ihre Freundin Annie ein Bettelarmband mit Motiven aus dem Central Park erstand, das ihr todsicher gefallen würde.

»Tja, nun steht Silvester vor der Tür. Was erhoffst du dir denn vom neuen Jahr?«, wollte Georgia wissen, während sie ihren Kaffee trank.

»Hoffentlich ein paar Absagen weniger«, antwortete Amy leise.

»Das klingt ja ziemlich pessimistisch. Vielleicht würde *dir* ebenfalls ein bisschen frischer Wind guttun. Manchmal kann ein Kurswechsel sehr hilfreich sein.«

»Was denn für ein Kurswechsel? Soll ich etwa das Tanzen aufgeben?«

»Meine Mutter war Künstlerin, leider keine besonders erfolgreiche. Doch dann hatte sie den Mut, die bildende Kunst und speziell die Ölmalerei aufzugeben und stattdessen Illustratorin zu werden. Eine ziemlich bekannte obendrein. Vielleicht sagen dir die *Shellies* etwas?«

»Als Kind habe ich die Bücher geliebt!«, rief Amy aus. Sie erinnerte sich noch genau an die Abenteuer der tanzenden Schildkröte.

»Was ich damit sagen will: Du musst deine Fähigkeiten

so einsetzen, dass sie optimal zur Geltung kommen«, riet Georgia ihr.

»Vielleicht hast du recht«, erwiderte Amy nachdenklich. »Ich hatte neulich sogar schon eine Idee.« Der Einfall war ihr in der U-Bahn auf der Rückfahrt nach Manhattan gekommen und spukte ihr seitdem hartnäckig im Kopf herum.

Georgia legte interessiert den Kopf schief, wodurch Amy sich ermutigt fühlte, ihr davon zu erzählen.

»Eigentlich hat mich meine kleine Cousine darauf gebracht. Sie hat irgendwas gesagt von wegen Ballett wäre öde – und sie hat recht, Ballett kann wirklich sterbenslangweilig sein. Viel zu lang und zu ernst. Und wenn man sich im Publikum umschaut, sieht man nur arrogante Kunstliebhaber und reiche Schnösel, die kein Problem damit haben, Hunderte von Pfund für eine Eintrittskarte hinzublättern. Aber warum sollte sich Ballett nicht speziell an die richten, die noch am meisten darüber staunen können – also an Kinder? Stell dir doch mal vor, es würde kindgerechte Fassungen von *Schwanensee*, *Dornröschen* oder *Cinderella* geben, mit viel Rosa und glitzernden Kostümen und lustiger Musik. Die wären doch bestimmt in null Komma nichts ausverkauft. Gerade an Weihnachten.«

»Die Idee ist nicht schlecht«, entgegnete Georgia langsam, nachdem sie darüber nachgedacht hatte. »Jedes Mal, wenn ich im Royal Opera House war, haben dort kleine Mädchen in funkelnden Tutus im Publikum gesessen und wollten unbedingt die Ballerinas sehen. Doch spätestens in der ersten Pause haben sie ungeduldig am Ärmel ihrer Mutter gezupft und gequengelt, dass sie nach Hause wollen«, sinnierte sie und fuhr dann fort: »Das heißt, du wärst die Produzentin und Choreografin? Und würdest deine eigene Tanzkompanie gründen? An arbeitslosen Tänzern, die Lust hätten mitzumachen, mangelt es in London ja bestimmt nicht.«

Amy nickte nachdenklich. Georgias Worte waren ermutigend, aber gleichzeitig fühlte sie sich überwältigt von der Vorstellung, etwas derart Großes, Teures und lächerlich Ehrgeiziges in Angriff zu nehmen wie die Gründung ihrer eigenen Tanzkompanie. Sie erinnerte sich daran, wie Nathan ihr einmal erzählt hatte, dass er seine geplante Ein-Mann-Show auf dem Fringe Festival in Edinburgh wieder absagen musste, nachdem er erfahren hatte, dass sein Auftritt fünftausend Pfund kosten würde – für zwei Abende. Wie um alles in der Welt sollte sie sich das, was sie sich da ausgedacht hatte, auch nur annähernd leisten können?

»Allerdings sind das wohl alles nur Luftschlösser«, sagte sie und lächelte gequält.

»Aber warum denn?«

»Ich habe doch gar nicht das Geld dazu.«

»Lassen wir mal für den Moment die Kosten außen vor«, empfahl Georgia. »Weißt du noch, welchen Rat ich dir gegeben habe, als wir einkaufen waren? Schau niemals auf den Preis, sondern frage dich, ob es das Richtige ist. Wenn deine Idee gut genug ist, wird es immer einen Markt dafür geben, und wo es einen Markt gibt, gibt es auch Wege, um das nötige Kapital zu beschaffen.«

In dem Moment spürte Amy, wie es in ihrer Tasche vibrierte, und ihr fiel ein, dass sie seit dem vorigen Abend nicht mehr auf ihr Handy geschaut hatte. Sie hatte drei neue Nachrichten, und während Georgia weiterging, blieb sie kurz stehen, um sie zu lesen. Eine war von Annie, die wissen wollte, ob sie Weihnachten gut verbracht hatte, eine andere von ihrem amerikanischen Mobilfunkanbieter, die dritte von einer Nummer, die sie nicht kannte. »Wollte nur mal hören, ob drüben in den Staaten alles okay ist. Will H.«

Sie runzelte die Stirn, da sie weder den Namen noch die

Nummer zuordnen konnte, und wollte ihr Handy gerade wieder in die Tasche stecken, als es plötzlich anfing zu klingeln. Als sie sah, wer der Anrufer war, blieb ihr vor Überraschung fast die Luft weg.

»Daniel«, sagte sie laut, während Georgia, die den Klingelton ebenfalls gehört hatte, sich zu ihr umwandte.

Es war ihr immer noch peinlich, ihn an Heiligabend angerufen zu haben. Bestimmt hatte es am Eierpunsch gelegen, dass sie so sentimental und gefühlsduselig geworden war, trotzdem hätte sie nicht schwach werden dürfen. Sie ließ das Handy weiter in ihrer Hand vibrieren und schloss wieder zu Georgia auf.

»Vielleicht solltest du rangehen«, meinte ihre Freundin, entfernte sich dann diskret und setzte sich auf eine Bank in der Nähe.

Nach kurzem Zögern drückte Amy auf »Anruf annehmen«. Sie hatte keine Ahnung, wie sie reagieren oder was sie sagen sollte; sie hätte sich gern vorher eine Strategie zurechtgelegt, aber dafür war es jetzt zu spät.

»Hallo?«

»Frohe Weihnachten«, sagte er.

Beim Klang seiner Stimme machte ihr Herz einen Satz. *Reiß dich zusammen*, schalt sie sich, wütend, dass sein Anruf derartige Gefühle in ihr auslöste.

»Bist du das, Daniel?«

»Hast du meine Stimme etwa schon vergessen?«, entgegnete er halb im Scherz, aber mit einem leicht beleidigten Unterton.

»Nein, ich bin nur überrascht, von dir zu hören.«

»*Du* hast dich doch bei mir gemeldet … Wo bist du eigentlich? Nach dem Wählen kam so ein seltsames Freizeichen.«

»Ist eine lange Geschichte.«

Und ich werde dir garantiert nicht verraten, dass ich auf eine Annonce im Anzeigenteil der Lady *geantwortet habe. Wenn das nicht nach Verzweiflung schreit, dann weiß ich auch nicht.*

»Bist du nach Hause gefahren?«, wollte er wissen.

»Ja und nein.«

Beide schwiegen, während ein plötzlicher kalter Windstoß ihre vor Wut geröteten Wangen kühlte.

»Warum bist du so zugeknöpft?«, fragte Daniel. Er klang irgendwie anders als sonst: weniger selbstbewusst und weniger Herr der Lage. Sie fragte sich, wo er gerade war. Was er wohl so anstellte, am Nachmittag des zweiten Weihnachtsfeiertags in England. Vermutlich steckte er in einem Tweedanzug, hatte ein Gewehr in der Hand und war damit beschäftigt, arme kleine Vögel vom Himmel zu schießen, dachte sie, als ihr die Unterhaltung wieder einfiel, die er im Tower of London mit seinen Freunden geführt hatte.

»Ich bin nicht zugeknöpft«, gab sie zurück.

Wieder schwiegen beide.

»Ich würde dich gern sehen. Ich habe mich gefreut, dass du angerufen hast.«

Sie war drauf und dran zu sagen, dass sie nur deshalb angerufen hatte, weil sie betrunken gewesen war, und dass sie es bereute, schwach geworden zu sein. Aber sie wusste, dass das taktisch unklug war. Außerdem *wollte er sie sehen*. Ihr Herz schlug schneller vom bloßen Klang seiner Stimme.

Vermassel es jetzt bloß nicht.

»Ich fliege nachher zurück. Ruf mich doch morgen an«, sagte sie so beiläufig, wie sie nur konnte.

»Also bist du *doch* in New York.«

Sie hätte ihm zu gern erzählt, dass sie im Plaza Athénée gewohnt und auf der Madison Avenue eingekauft hatte, und sie brannte darauf, ihn wissen zu lassen, dass sie nun dank

Clive vom Eleven Madison Park über Wein und Tischmanieren Bescheid wusste. Aber sie merkte, dass sie sein plötzliches Interesse vor allem ihrer Geheimniskrämerei zu verdanken hatte. Warum hatte sie das nicht schon viel früher probiert?

»Um wie viel Uhr landest du? Ich kann dich abholen«, fügte er hinzu. Er klang inzwischen richtiggehend bemüht.

»Nicht nötig. Wir haben einen Fahrer.«

»Wer ist denn wir?«, fragte er argwöhnisch. »*Wer* hat einen Fahrer?«

»Wie gesagt, das ist eine lange Geschichte«, gab sie zur Antwort und ertappte sich dabei, wie sie in sich hineinlächelte. Sie genoss diesen plötzlichen Machtwechsel, das Gefühl, dass sie zur Abwechslung das Sagen hatte und bestimmte, wo es langging.

»Wie wäre es, wenn wir morgen Abend schick essen gehen und du erzählst mir alles? Soll ich uns einen Tisch reservieren?«, fragte Daniel.

Sie schielte hinüber zu Georgia, die ihrem Gespräch zu lauschen schien und schnell wegsah, als wäre sie ertappt worden.

»Ich muss jetzt wirklich los, Daniel.«

»Zum Beispiel im Claridge's? Dort hat es dir doch so gut gefallen«, bettelte er, jetzt fast verzweifelt.

Sie ließ ihn einen Moment lang zappeln. Es stimmte, im Claridge's hatte es ihr wirklich gut gefallen. Es war ihre dritte Verabredung gewesen. Damals hatte er noch alle Register gezogen, um sie zu beeindrucken. Aber zu dieser Zeit, in der ersten Phase ihres Kennenlernens, hatte sie auch noch nicht mit ihm geschlafen.

»Okay, dann treffen wir uns dort um acht. Falls du keinen Tisch mehr bekommst, kannst du dich ja melden, dann versuche ich mal mein Glück.«

»Wieso sollte ich denn keinen Tisch bekommen?«, meinte er beleidigt, bevor Amy auf die Auflegen-Taste drückte.

Georgia stand von ihrer Bank auf und lächelte.

»Das Blatt scheint sich zu wenden, Amy Carrell, und zwar zu deinen Gunsten«, bemerkte sie, und Amy wusste, dass sie während des Telefonats alles richtig gemacht hatte.

Kapitel 19

27. Dezember 2012

»Irgendwie komisch, dass wir uns jetzt verabschieden müssen.«

Amy sah aus dem Fenster des wartenden Taxis hinüber zu Georgias Wohnhaus in Primrose Hill. Sie wollte nicht aussteigen, sie wollte nicht, dass das Abenteuer zu Ende ging. Es war erst wenige Tage her, dass sie vor Georgias Wohnungstür gestanden und überlegt hatte, ob sie wirklich hineingehen und sich mit der verrückten alten Dame aus der Anzeige treffen sollte. Doch seither war so viel passiert, dass es sich anfühlte, als wären Wochen – vielleicht sogar Jahre – vergangen. *Nur das Wetter ist immer noch gleich schlecht*, dachte sie mit Blick auf die grauen Wolken. Allerdings war es wärmer als in New York. Und zumindest regnete es nicht. Damit konnte man sich in London immer trösten: Es könnte noch viel schlimmer sein, denn immerhin regnete es nicht.

Georgia lächelte. »Als ich damals in der Anzeigenannahme das ausgefüllte Formular abgegeben habe, habe ich es direkt danach bereut. Doch ich bin sehr froh, es getan zu haben. Und ich bin sehr froh, dass du auf das Inserat geantwortet hast, Amy Carrell.«

Amy zögerte einen Moment lang und wusste nicht genau, was sie darauf sagen sollte. Es war nun wirklich höchste Zeit, sich zu verabschieden. Aber sollte sie die ältere Frau umarmen? Ihr einen flüchtigen Kuss geben? Oder ihr einfach die Hand schütteln? Sie betrachtete Georgia inzwischen als Freundin und hatte das Gefühl, dass sie in den vergangenen Tagen viele besondere Momente geteilt hatten, aber sie wusste nicht, ob es Georgia ähnlich ging oder ob sie in Amy lediglich die bezahlte Reisebegleiterin sah, die sie angeheuert hatte.

»Danke, Georgia. Vielen Dank für alles«, sagte sie dann schlicht. »Ich hoffe, dass die Reise so schön war, wie du erwartet hast.«

Georgia berührte ihre Hand. »Es hat mir auf jeden Fall sehr viel mehr Spaß gemacht, als ich gedacht hätte«, erwiderte sie und ihre Augen funkelten. »Wir sollten im neuen Jahr unbedingt zusammen zu Mittag essen gehen. Oder das Courtauld Institute of Art besuchen. Dort würde es dir gefallen, es ist genauso faszinierend wie in der Frick Collection.«

»Heißt das, wir sind Freundinnen?«, fragte Amy mit einem strahlenden Lächeln. »Denn so schnell wirst du mich nicht wieder los. Und ich möchte, dass du uns nächstes Wochenende im Forge beehrst. Ich werde meinen Kollegen einen Schnellkurs in Etikette geben – von links servieren und so weiter – und dann möchte ich, dass du kommst und dich mit eigenen Augen überzeugst, ob wir alles richtig machen.«

»Das fände ich sehr schön.«

»Du kannst auch ruhig Will mitbringen, deinen Neffen. So hieß er doch, oder? Und bestimmt haben wir auch noch etwas Weihnachtliches auf der Karte … Irgendwie hab ich ein schlechtes Gewissen, weil du Weihnachten mit mir verbracht hast und nicht mit deiner Familie.«

»Ich glaube, Will ist über die Weihnachtsfeiertage sehr beschäftigt. Ich werde also höchstwahrscheinlich allein ins Forge kommen«, erklärte Georgia kurz angebunden.

Amy warf ihr einen vielsagenden Blick zu.

»Nicht alle Familien kommen so gut miteinander aus wie deine, Amy«, bemerkte Georgia nach einem kurzen Moment des Schweigens.

»Vielleicht müsstet ihr euch einfach mehr Mühe geben.« Amy war sich nicht sicher, ob sie mit dieser Äußerung den Bogen überspannt hatte. »Mein Onkel Chuck zum Beispiel. Er hat wirklich so seine Macken. Meine Mom ist immer noch nicht darüber hinweg, dass er bei meiner High-School-Abschlussfeier der Direktorin in den Hintern gekniffen hat. Aber trotzdem wird er zu jedem Weihnachtsfest und zu jeder großen Familienfeier eingeladen.«

»Sah die Direktorin gut aus?«, fragte Georgia schmunzelnd.

Amy lachte. »Du weißt, was ich meine. Man muss verzeihen können, auch wenn man vielleicht nicht vergessen kann.«

»Und heute Abend ist also deine Verabredung«, wechselte Georgia demonstrativ das Thema.

»Ja, anscheinend gehen wir essen, im Claridge's.«

»Und wie geht es dir damit?«

Amy lachte verlegen. »Du meinst, ob ich vorhabe, Dan nach seiner miesen Tour eines der berühmten Desserts ins Gesicht zu schleudern?«

»Ich meinte, ob du ihn zurückwillst«, entgegnete Georgia schlicht.

Amy suchte im Gesicht der älteren Frau nach Anzeichen dafür, dass sie ihre Pläne missbilligte. Nach all dem, was sie ihr in New York über Daniel und seine hochnäsige Familie erzählt hatte, konnte sie es ihr kaum verübeln.

»Ich weiß nicht. Mein Kopf sagt mir, dass ich mir die Mühe sparen kann, heute Abend überhaupt aufzukreuzen. Aber mein Herz … Mein Herz hängt immer noch an ihm. Schließlich hatten wir auch sehr schöne Zeiten miteinander.«

»Du wärst also bereit, ihm eine zweite Chance zu geben?«, fragte Georgia skeptisch.

»Jeder hat eine zweite Chance verdient.«

Sie sah, wie Georgias Gesichtsausdruck eine Spur weicher wurde. »Komm doch noch kurz mit hinauf, Amy. Ich möchte dir etwas zeigen.«

Georgia stieg aus dem Taxi und sprach kurz mit dem Fahrer. Etwas nervös folgte Amy ihr den Weg entlang bis zum Haus. Was wollte Georgia ihr wohl zeigen? Womöglich eine Rechnung, schoss es ihr in einem Anflug von Panik durch den Kopf. In der Anzeige hatte gestanden, dass der Flug und die Unterkunft bezahlt würden, aber Georgia hatte darüber hinaus zahllose Extraausgaben bestritten und Amy war es noch nicht in den Sinn gekommen, dass ihr dafür am Ende der Reise eine Rechnung präsentiert werden könnte.

Langsam stiegen sie die Treppen bis zu Georgias Wohnung hinauf.

»Komm rein«, sagte sie und ließ Amy eintreten. »Ich weiß, du hast ja jetzt dein kleines Schwarzes und es wird dich noch in vielen Situationen in deinem Leben begleiten. Aber heute Abend ist ein besonderer Abend. Und manchmal erfordert ein besonderer Abend etwas Außergewöhnliches.«

Am Ende der Wohnung befand sich eine glänzende Flügeltür. Die alte Dame öffnete sie und Amy schnappte überrascht nach Luft.

Dahinter verbarg sich ein Ankleidezimmer, aber kein gewöhnliches, wie sie erkannte, als sie nähertrat. Auf beiden Seiten befanden sich Einbauschränke voller Kleider und Abendroben in den verschiedensten Farben und Stilrichtungen.

»Wenn die Ballsaison eines in mir geweckt hat, dann die Vorliebe für schöne Kleider«, meinte Georgia. »Allerdings besaß ich damals kaum eigene. Und auch zwischen zwanzig und dreißig hätte ich mir solche Kleider niemals leisten können. Erst als ich dann Erfolg mit meinem Verlag hatte, hat sich das geändert.« Sie winkte Amy heran. »Nicht so schüchtern, komm ruhig näher und sieh dir alles an.«

Der begehbare Kleiderschrank war hell erleuchtet. In Regalen lagen nach Farben geordnet Kleider, Blusen und Kaschmirpullover. Amy hatte sich Georgia immer als verkopfte, intellektuelle Frau vorgestellt. Modebewusst, ja. Aber was sie nun sah, übertraf all ihre Erwartungen: extravagante Muster, Spitze, Federn und bodenlange Abendkleider, die auch eine Hollywoodprinzessin hätte tragen können. *Da denkt man, man kennt die Leute*, dachte Amy, *aber dann schaffen sie es doch immer wieder, einen zu überraschen.*

»Die Kleider sind wunderschön«, staunte sie kopfschüttelnd, als sie die verschiedenen Stoffe berührte.

Sie fand sie noch zauberhafter als alles, was sie bei Ralph Lauren gesehen hatte, denn diese Kleider waren tatsächlich getragen worden. Jedes Kleidungsstück erzählte von einem Liebhaber oder einer zufälligen Begegnung, von einem Triumph oder einem Verlust.

»Leider ist keines davon Haute Couture«, warf Georgia ein. »Ich konnte mich nie dazu durchringen, derart astronomische Preise zu bezahlen. Das meiste ist Prêt-à-porter-Bekleidung aus den Sechzigern, Siebzigern und Achtzigern.«

Amy nickte, immer noch sprachlos vor Überraschung, während sie einzelne Kleider hervorzog, darunter Abendkleider von Ossie Clark, ein tief ausgeschnittenes Kleid von Halston, das aussah, als käme es direkt aus dem Studio 54, eine Achtziger-Jahre-Robe von Calvin Klein, ein wunderschönes perlenbesetztes Dior-Kleid sowie eine Robe von Yves Saint Laurent mit einem Straußenfedern-Kragen.

»Die sind einfach … traumhaft«, schluckte sie.

Georgia nickte zustimmend. »Oft denke ich, dass Leute, die sich abfällig über Mode äußern und sie als belanglos abtun, noch nie ein wirklich atemberaubendes Kleid getragen haben. Nichts vermittelt einem so sehr das Gefühl, man könne die ganze Welt erobern, wie ein wunderschönes Abendkleid. Such dir eins aus«, meinte sie schließlich. »Und zieh es heute Abend an.«

»Wirklich? Meinst du das ernst?«

»Natürlich. Hier hängen sie ja doch nur ungetragen im Schrank herum.«

Amy blies die Backen auf und sah sich um. »Puh, jetzt habe ich wirklich die Qual der Wahl. Ich weiß überhaupt nicht, wo ich anfangen soll, Georgia.«

»Wie wäre es mit diesem hier?«, antwortete sie, nahm ein Kleid von der Stange und zog es mit einer schwungvollen Bewegung heraus.

»Wow«, entfuhr es Amy bewundernd. Das plissierte Seidenjersey-Kleid war im Stil der griechischen Antike geschneidert. Die Farbe war opulent – wie das zarte Rosa eines Sonnenuntergangs.

»Vor einigen Jahren wurde mir zu Ehren ein Abendessen gegeben«, erzählte Georgia und hielt das Kleid an Amy hoch. »So etwas ist mir eher unangenehm, daher wollte ich ein Kleid tragen, in dem ich mich absolut sicher fühlen würde. Zum Glück hatte ich eine Freundin aus der Modebranche. Sie hat diese Vintage-Robe von Madame Grès für mich entdeckt.«

»Madame Grès?«

»Ich hatte vorher auch noch nie von ihr gehört«, gestand

Georgia. »Aber sie gilt als eine der größten Modeschöpferinnen aller Zeiten. Kein Mensch würde je auf die Idee kommen, dass dieses Kleid schon vierzig Jahre alt ist, oder? Es wirkt so modern, findest du nicht?«

»Es ist wunderschön.«

»Genau so ein Kleid hätte ich mir für meinen Debütantinnenball gewünscht«, seufzte Georgia.

Sie trug es hinüber zu einem orientalischen Paravent.

»Dahinter kannst du es anprobieren.«

Der Stoff glitt mühelos über Amys Körper. Das Kleid fühlte sich perfekt an, genau wie Georgia gesagt hatte. Es war verführerisch und machte Eindruck, war aber dennoch förmlich genug, um ihr Souveränität zu verleihen. Außerdem sah sie, während sie sich im Spiegel bewunderte, dass es ihre Kurven betonte. Sie trug kein Make-up und hatte sich seit dem Vortag nicht mehr die Haare gekämmt – aber sie wusste, dass sie trotz allem umwerfend aussah.

»Das Kleid ist bildschön.«

»Dann zieh es heute Abend an und zeig Daniel, was er verpasst.«

»Ich werd's versuchen. Und ich bringe es dir sofort wieder zurück. Versprochen.«

»Das eilt nicht«, entgegnete Georgia und schloss die Tür des Ankleidezimmers. »Es ist ja nicht so, als hätte ich vor, es selbst während eines Rendezvous zu tragen.«

Amy sah sie an. »Vermisst du es?«

Georgia hob eine Augenbraue. »Was meinst du? Liebe? Sex?«

»Äh, na ja …«, stammelte Amy errötend, nachdem die ältere Frau so unverblümt ausgesprochen hatte, was ihr durch den Kopf gegangen war. »Ist wohl alles ziemlich kompliziert, oder?«

»Das stimmt, die Liebe kann einem das Leben ganz schön schwer machen«, antwortete Georgia mit weicher Stimme. »An sich ist die Liebe eine wunderbare Emotion, aber das Problem ist, dass sie auch so viele negative Gefühle auslösen kann. Neid. Unsicherheit. Jemand hat einmal zu mir gesagt, sich ganz auf seine Karriere zu konzentrieren, sei reiner Egoismus. Ich bin der Meinung, in meinem Fall war es reiner Selbstschutz.«

»Darf ich dich etwas fragen, Georgia?«

»Wir haben Weihnachten zusammen verbracht. Ich finde, du hast das Recht, mich alles zu fragen, was du möchtest.«

»Was ist eigentlich mit dem Mann passiert, den du während der Saison kennengelernt hast? Der dich ermutigt hat zu studieren? Ich frage deshalb, weil du jedes Mal, wenn du ihn erwähnst, unwillkürlich lächelst, so als ... na ja, so als wärst du einmal sehr verliebt in ihn gewesen. Und trotzdem habt ihr euch getrennt.«

»Ach, Amy. Wie gesagt, es war eben alles sehr kompliziert. Aber du hast recht. Edward und ich waren sehr verliebt ineinander. Aus dem Grund ist auch meine spätere Ehe gescheitert. Sie hat dem Vergleich einfach nicht standhalten können. Philip hatte von vornherein nicht die geringste Chance, gegen seinen Vorgänger anzukommen.« Bei diesen Worten füllten sich ihre Augen mit Tränen und ihr war anzusehen, dass sie nicht weiter darüber sprechen wollte. »Geh jetzt bitte, Amy. Geh nach Hause und mach dich hübsch für heute Abend.«

»Ich kann dich doch jetzt nicht allein lassen, Georgia. Wir könnten zum Beispiel in ein Café gehen und eine Tasse Tee trinken. Ich bin für dich da, wenn du darüber sprechen willst ...«

»Das ist lieb von dir. Aber das ist alles schon sehr lange her«, erwiderte sie mit einem kleinen Seufzer.

Dann befahl sie: »So, jetzt aber ab mit dir. Wenn Daniel wirklich der Mann deines Herzens ist, dann sorge heute Abend dafür, dass du dein Happy End bekommst. Vergiss nicht, was ich dir über Wein gesagt habe, und falls Daniel nicht weiterweiß, bring ihn mit ein bisschen Feingefühl dazu, einen Roséwein zu bestellen. Sie haben einen wundervollen Tropfen im Claridge's, der hervorragend mit dem Kalb harmoniert.«

Kapitel 20

Amy war überzeugt, dass sie sich noch nie so attraktiv gefühlt und so gut ausgesehen hatte wie an diesem Abend. Den ganzen Weg bis ins Claridge's hatte sie in Fensterscheiben, Autotüren, ja sogar auf den Sicherheitskameras der U-Bahn-Station Bond Street einen Blick auf ihr Spiegelbild erhaschen können. Natürlich lag das zum Teil an Georgias Kleid. Der komplizierte Faltenwurf fühlte sich weich und leicht auf ihrer Haut an, und dennoch war das Oberteil so eng an ihren Körper geschneidert, als würde es mit ihm verschmelzen – wie eine Schutzschicht aus zartem Tüll. Georgia hatte recht gehabt, das Kleid wirkte tatsächlich wie eine Rüstung, es umhüllte und stützte ihren Körper und gab Amy das Gefühl, dass sie unverwundbar war. Sie wusste, dass sich zahlreiche Männer nach ihr umdrehten, und ausnahmsweise genoss sie die Blicke.

Schließlich bog sie in die Brook Street ein und näherte sich dem Seiteneingang des Hotels. Dort stand bereits eine Gruppe Mittdreißiger, vermutlich aus der Medienbranche, und wartete darauf, das Restaurant zu betreten. Die Männer trugen teuer aussehende Anzüge, die beiden Frauen jedoch waren im schnörkellosen Londoner Chic gekleidet: eine gutsitzende Hose, Stilettos und eine Chiffonbluse, die aus einer modischen Lederjacke hervorschaute.

Für einen Augenblick fühlte sich Amy verunsichert. Sie hatte das Gefühl, zu elegant und aus der Zeit gefallen auszusehen, trotz ihres schlichten Kleids altmodisch zu wirken.

»Madam?« Sie blickte hoch und sah, dass der Maître d'hôtel sie musterte. »Kann ich Ihnen helfen?«

Amy schloss einen kurzen Moment die Augen und holte tief Luft. *Du siehst wunderschön aus*, sagte sie sich. *So gut hast du noch nie ausgesehen.*

Und als sie die Augen wieder öffnete, war ihre Nervosität wie weggeblasen. *Das war ein Rückfall in die alte Amy*, dachte sie bei sich, als sie dem Restaurantleiter ihren Namen nannte und das Restaurant betrat. *Aber die gibt's nicht mehr. Ab sofort traue ich mir alles zu.*

Daniel war schon da. Amy war überrascht; sie wusste nicht, wie oft sie allein dagesessen und gewartet hatte, bis er irgendwann hereingerauscht kam und sich mit einem wichtigen Meeting mit den Amerikanern oder dem fürchterlichen Verkehr auf irgendeiner Brücke herausredete. Er stand auf, als sie näherkam, und sie sah mit Genugtuung, wie sich seine Augen vor Bewunderung weiteten.

»Wow«, sagte er und beugte sich vor, um ihr etwas unbeholfen einen flüchtigen Kuss auf die Wange zu geben. »Du siehst umwerfend aus.«

Ich weiß, dachte Amy. Und ausnahmsweise fühlte sie sich auch so.

»Das Claridge's war eine gute Wahl«, bemerkte sie, während der Kellner ihr den Stuhl an den Tisch heranschob. »Es ist so schön hier. Man hat das Gefühl, auf einem alten Ozeandampfer zu sein, findest du nicht? Die Art-déco-Einrichtung ist so wunderbar glamourös. Wäre es nicht toll, einmal so zu reisen?«

Daniel nickte. »Ja, da hast du wohl recht.«

Daniel war ihrer Meinung? Das war ja etwas ganz Neues. Am liebsten hätte sie laut losgekichert. Der Arme schien heute Abend wohl ziemlich in der Defensive zu sein.

»Und, hattest du ein schönes Weihnachtsfest?«, fragte er wie nebenbei.

Tja, wie wird es wohl gewesen sein? Dafür, dass mein Freund eine Woche vorher mit mir Schluss gemacht hat, war es gar nicht mal so schlecht, dachte Amy in einem Anflug von Sarkasmus, doch sie schob den Gedanken schnell beiseite. *Gib ihm eine Chance*, befahl sie sich. Immerhin war er jetzt hier und eindeutig auf Versöhnungskurs.

»Ja, hatte ich. Ich war in New York«, antwortete sie dann.

»Das hast du erzählt. Wie geht es deinen Eltern?«

»Gut, aber ich habe sie gar nicht lange gesehen. Ich habe nicht bei ihnen, sondern in Manhattan übernachtet.«

Daniel legte den Kopf schief. Es war mehr als deutlich, dass sein Interesse geweckt war. »Ach ja? Wo denn?«

»Im Plaza Athenée«, antwortete sie so beiläufig wie möglich und freute sich diebisch darüber, wie sich eine seiner Augenbrauen vor Erstaunen hob.

»Mit wem warst du dort? War das etwa die mysteriöse Person mit dem Fahrer?«

»Beruhig dich mal, Daniel. Du klingst ja fast, als wärst du eifersüchtig.«

»Vielleicht bin ich das ja«, gab er leicht pikiert zurück. »Meine Freundin verschwindet über Weihnachten aus London und redet danach von irgendwelchen reichen Freunden mit Fahrern, da ist es ja wohl verständlich, wenn man ein bisschen eifersüchtig wird.«

»Ich bin mit Georgia Hamilton nach New York geflogen.«

»Wer soll das sein? Kenne ich ihn?«, stammelte er und seine Wangen röteten sich leicht.

Amy musste sich unter dem Tisch selbst kneifen, um nicht laut loszuprusten. Seine Eifersucht war so offensichtlich, dass sie einen Moment lang überlegte, die George-Geschichte weiterzuspinnen, nur um ihm eine Lektion zu erteilen. Aber auch wenn ihr das eine kurze Genugtuung verschafft hätte, war sie ja hierhergekommen, um ihm eine zweite Chance zu geben.

»Georgia, Daniel. Eine Frau. Sie ist über siebzig. Und eine ziemlich berühmte Verlegerin, wenn du es unbedingt wissen willst.«

»Ach so.«

Nun, da Daniel wusste, dass er keinen direkten Rivalen hatte, gewann er seine Fassung ebenso schnell wieder, wie er sie verloren hatte. Trotzdem sah Amy ihm an, dass er seine Augen nicht von ihr abwenden konnte, und sie spürte, dass nun eindeutig sie die Fäden in der Hand hielt.

»Außerdem bin ich nicht mehr deine Freundin, Daniel. Ich kann tun und lassen, was ich will.«

Daniel besaß so viel Anstand, seinen Blick beschämt abzuwenden. »Apropos«, sagte er schließlich, »darüber wollte ich sowieso noch mal mit dir reden. Also über neulich Abend. So war das doch alles gar nicht gemeint. Irgendwie ist das völlig aus dem Ruder gelaufen.«

Sie biss sich auf die Lippen, um ihm nicht ins Wort zu fallen.

»Ich hätte dich nicht einfach so gehen lassen dürfen. Ich hätte nicht zulassen dürfen, dass dir meine Eltern das Gefühl geben, du seist in meinem Leben nicht erwünscht. Es stimmt nicht, was sie denken. Ich hab dich wie verrückt vermisst über Weihnachten, und als du angerufen hast, ist mir klargeworden ... da ist mir klargeworden, dass ich dich liebe.«

Es war nicht das erste Mal, dass er das sagte. Ein paar Mal hatte er es gemurmelt, nachdem sie miteinander geschlafen hatten, wesentlich öfter in Situationen, die schließlich im

Bett geendet hatten. Sie sah ihm tief in seine strahlend blauen Augen und versuchte herauszulesen, ob er es diesmal ehrlich meinte.

»Du hättest mich ja auch anrufen können«, gab sie zurück, um ihn sanft auf die Probe zu stellen.

»Na ja, ich wusste ja, dass du stocksauer auf mich bist, was ich ehrlich gesagt gut verstehen kann. Aber lass uns nicht mehr von der Vergangenheit reden. Jetzt sind wir hier und wir sind zusammen, das wollen wir doch auch genießen, oder?«

Amy, die allmählich ihre Fassung wiedergewann, nahm sich die Speisekarte und begann sie zu überfliegen. »Sollen wir erst einmal was zu trinken bestellen?«, schlug sie vor. Ihre Stimme klang noch immer kühl. »Wie wäre es mit dem Shiraz? Dem aus Südafrika?«, sagte sie dann, ohne nachzudenken.

In Daniels Gesicht spiegelte sich Erstaunen wider. Früher hatte sie nie auch nur eine Präferenz für Rot- oder Weißwein geäußert.

»Einverstanden«, meinte er. »Warum nicht?«

Sie bestellten den Wein und das Essen, dann schob Daniel seine Hand über den Tisch, sodass sich ihre Finger berührten.

»Erzähl mir von New York.«

Was sie dann während des köstlichen Abendessens auch tat. Sie erzählte ihm von dem Holbein-Gemälde in der Frick Collection, von ihrem Besuch im Serendipity und vom ersten Weihnachtsfeiertag bei ihren Eltern. Im Gegenzug berichtete Daniel von seiner Beförderung und von seinen Feiertagen in Oxfordshire, die er anscheinend hauptsächlich in irgendwelchen Pubs in den Cotswolds und beim Pferderennen mit seinem Vater verbracht hatte.

»Ich konnte es kaum erwarten, von dort zu verschwinden«, gab er zu. »Ich konnte es kaum erwarten, wieder bei dir zu sein.«

Ob das nun stimmte oder nicht, Amy war zumindest froh, es ihn sagen zu hören. Auf einmal war er wieder so freundlich und charmant wie damals, als sie sich kennengelernt hatten. Er war wieder der Daniel, in den sie sich vor fast achtzehn Monaten verliebt hatte. Der Daniel, mit dem sie stundenlang händchenhaltend und plaudernd im Park oder am Fluss entlang spazieren konnte. Der Daniel, der aufmerksam, faszinierend und intelligent war, dem alle eine steile Laufbahn als Diplomat prophezeiten, weil er den Menschen dadurch, wie er zuhörte, das Gefühl vermitteln konnte, selbst klug und interessant zu sein. Amy hatte oft gedacht, dass er bestimmt in der Lage wäre, alle möglichen internationalen Konflikte zu schlichten, und zwar einfach, indem er die beteiligten Parteien einen Abend lang ins Pub einlud – kein Wunder, dass er ihren kleinen Streit im Tower bereits aus der Welt geschafft hatte, als die Vorspeisen serviert wurden.

»Sollen wir gehen?«, fragte er schließlich, nachdem er sein Filet Wellington restlos verputzt hatte. »Mir ist nicht nach Nachtisch – und dir? Komm, lass uns einfach verschwinden.«

Und als sie aufstanden und das Restaurant verließen, hatte sich die Frage, ob sie wieder zusammen waren, erübrigt. Amy spürte es an der Art, wie er sie anfasste und beschützend durch das Hotel führte, an der Empfindung, die es in ihr auslöste, wenn sich ihre Fingerspitzen berührten.

»Daniel …«, sagte sie, zu ihm gewandt. »Ich –«

»Mann, das gibt's ja gar nicht. Bist du das, Dan?«, unterbrach eine dröhnende Stimme sie mitten im Satz, und im gleichen Moment kam auch schon ein übergewichtiger Mann auf sie zugestolpert.

»Alter, du bist es wirklich, unglaublich!«

»Gidster, wie geht's dir, altes Haus?«, erwiderte Daniel und fasste ihn so fest an den Armen, als wären sie Brüder, die sich seit Ewigkeiten nicht mehr gesehen hatten. Dann machte er sich los und wandte sich zu Amy um. »Das ist Amy Carrell. Amy, darf ich dir Gideon Maybar vorstellen? Wir waren zusammen auf der Schule.«

»Hal-löchen Amy«, rief Gideon lüstern grinsend und musterte sie schamlos von Kopf bis Fuß. Es hätte sie nicht gewundert, wenn er auch noch angefangen hätte zu sabbern. »Da hat es das Schicksal ja gut mit dir gemeint, was, Dan-Dan?«, fügte er hinzu und versetzte Daniel einen Stoß in die Rippen.

»Was treibst du überhaupt hier, Gid?«, fragte Daniel. »Bist du auf einen Weihnachtsdrink verabredet?«

»Schön wär's. Nein, wir sind auf einer Hochzeit im Ballsaal. Ich habe mich nur kurz rausgeschlichen, um eine Cohiba zu paffen.«

»Eine Hochzeit?«, Daniel schmunzelte. »Doch wohl hoffentlich nicht deine eigene?«

Gideon lachte und schüttelte den Kopf. »Nein, von Alex Dyer – weißt du noch? Er war im Jahrgang über uns. Hey, aber warum kommt ihr nicht mit rein auf einen Drink?«

»Meinst du, wir dürfen?«

»Klar. Er hat bestimmt nichts dagegen – ihm ist alles recht, was ihn von seiner Alten ablenkt.«

»Sollen wir noch auf einen Absacker mitgehen?«, fragte Daniel zu Amy gewandt. In dem Moment wäre ihr zwar alles lieber gewesen, als einen Saal voller betrunkener Schulfreunde von ihm zu betreten, doch ihm zuliebe zwang sie sich zu einem Lächeln. Sie würde die Situation schon meistern. In dem Kleid konnte sie jede Situation meistern.

»Klingt doch gut«, meinte sie und drückte seine Hand, die warm in ihrer lag.

Sie folgten Gideon in den Ballsaal, auf dessen Tanzfläche sich zahlreiche Paare zur Musik einer sechsköpfigen Band bewegten. Der ganze Raum war in eine winterliche Märchenlandschaft verwandelt worden, und die Braut, die ein langes cremefarbenes Kleid mit einer Pelzstola über den Schultern trug, sah aus wie eine sibirische Königin.

»Sollen wir tanzen?«, fragte Daniel.

»Du und tanzen?«, gab Amy lachend zurück.

»Ein paar Drehungen kriege ich bestimmt noch zustande, wenn es dir nichts ausmacht, dass ich dir ab und zu auf die Füße trete.«

»Dann nehme ich Ihre Aufforderung sehr gern an, werter Herr«, erwiderte Amy lachend, deutete einen Knicks an und ließ sich auf die Tanzfläche führen. Dort angekommen, wandte sich Daniel mit dem Gesicht zu ihr, zog sie an sich, legte eine Hand über ihre und die andere elegant auf ihren Rücken.

»Nicht schlecht«, lobte sie ihn lächelnd. »Scheint, als hätten sie dir auf deiner Nobelschule ein paar ganz passable Tanzschritte beigebracht.«

»Und seitdem hab ich noch einige Tricks dazugelernt«, gab er zurück, zog sie enger an sich heran und begann, mit ihr über die Tanzfläche zu gleiten. Er wirkte zwar etwas eingerostet, aber er bewegte sich auf natürliche Weise im Rhythmus, und Amy widerstand der Versuchung, seine Fehler zu korrigieren – schließlich war der Mann derjenige, der führte. Eine Dame wusste das, auch wenn sie insgeheim bestimmte, wo es langging.

Als das Lied vorbei war, streiften seine Lippen absichtlich ihren Hals. »Du bist wunderschön«, murmelte er sanft.

»Du bist auch nicht so übel«, antwortete sie mit einem, wie sie hoffte, verführerischen Lächeln.

»Ich will dich nie mehr loslassen.«

»Dann musst du mich in Zukunft ein bisschen besser festhalten.«

»Es tut mir wirklich leid, was passiert ist. Ich habe mich wie ein Vollidiot benommen. Du hast recht, wir müssen uns einfach mehr Mühe geben. Und so weit ist Washington doch auch gar nicht weg. Ich habe mir überlegt, wenn jeder von uns einmal im Monat den anderen besuchen kommt, dann können wir uns immerhin alle zwei Wochen sehen. Ich kenne Banker, die ihre Ehefrauen seltener sehen.« Er lachte leise, aber sie sah ihm an, dass er nervös war.

»Meinst du das ernst?«

»Ich will meinen Fehler wiedergutmachen. Hier und jetzt.«

»Hier und jetzt?«, sie schmunzelte und löste sich von ihm.

»Ich habe uns ein Zimmer im Hotel reserviert«, entgegnete er, ihren Blick suchend. »Falls du das möchtest.«

»Ja, das möchte ich sehr gern«, antwortete sie, nahm seine Hand und führte ihn von der Tanzfläche. Es gefiel ihr, das Sagen zu haben, und sie fühlte sich äußerst sexy dabei.

Sie fuhren in dem kleinen Aufzug nach oben in den zweiten Stock. Mit der freien Hand stieß Daniel die Tür auf, mit der anderen zog er sie in das dunkle Zimmer, ohne sich die Mühe zu machen, das Licht anzuknipsen.

Dann schob er ihr Kleid hoch, drückte sie gegen die Wand und umfasste ihre Pobacken. Seine Hände brannten sich durch den weichen Stoff und er beugte sich mit dem Mund zu ihr, um ihre nackte Schulter zu küssen.

»Ganz schön viele Schichten, die du da anhast. Ist das ein Designer-Keuschheitsgürtel?«, sagte er leicht außer Atem, während er sich durch die Unmengen an Stoff kämpfte.

»Dann hilf mir mal dabei, ihn abzulegen«, gab sie mit einem leisen Lachen zurück, während sie in Richtung Bett stolperten.

Sie ließ die Hände in seine Boxershorts gleiten, erspürte die straffen Konturen seines Körpers, seine drahtigen Schamhaare kribbelten unter ihrer Handfläche und sie streichelte ihn, bis er in ihrer Hand hart wurde.

Noch im Stehen öffnete er ihren BH und streifte ihr den Tanga ab, und als sie beide nackt waren, ließen sie sich auf das Bett zurückfallen. Er setzte sich rittlings auf sie und begann, an ihren festen braunen Brustwarzen zu saugen, erst an einer, dann an der anderen. Schließlich wanderte sein Mund hinab zu ihrem Bauch, den er mit seinem Atem, seinen Lippen liebkoste und küsste, als wäre sie das Zarteste, was er je gekostet hatte. Er leckte zwei seiner Finger ab und stieß sie in sie hinein. Dabei fand er eine so herrlich süße Stelle, dass sie aufstöhnte und den Rücken wölbte. Sie genoss das Gefühl, so begehrt zu werden. Als sie ihre Beine spreizte, spürte sie, wie er in sie eindrang, langsam zuerst, bis er sie ganz ausfüllte. Dann begannen sie, sich im gleichen Rhythmus zu bewegen, immer schneller und schneller, bis sich die süße Energie in einem weißglühenden Höhepunkt entlud, der so intensiv war, dass sie nicht wollte, dass es je aufhörte, und gleichzeitig nicht wusste, ob sie es noch eine Sekunde länger aushalten konnte.

Als Amy die Augen aufschlug, drang bereits die zarte Wintersonne durch einen kleinen Spalt in den Jalousien. Daniel, dachte sie verschlafen lächelnd und ihre Hand glitt hinüber auf die andere Seite, um zu ertasten, ob sein warmer, fester Körper noch da war. Es war also doch kein Traum gewesen. Sie ließ ihren Blick durch den Raum schweifen und sah Georgias Kleid auf dem Boden liegen wie ein Knäuel aus geschmolzenem Seidenjersey.

»O nein«, entfuhr es ihr und sie sprang aus dem Bett, um es aufzuheben und den feinen Stoff glattzustreichen. *Bitte sei nicht kaputt*, flehte sie innerlich. Es war so nett von Georgia gewesen, ihr das Kleid zu leihen, da konnte sie es ihr unmöglich zerknittert und ramponiert zurückbringen.

»Schöner Anblick.«

Sie erschrak, richtete sich rasch auf und hielt das Kleid vor ihren nackten Körper. Für einen Augenblick sagte niemand etwas, dann brachen beide in Lachen aus.

»Jetzt brauchst du dich auch nicht mehr zu verstecken«, meinte Daniel mit einem trägen Grinsen. Er streckte eine Hand nach ihr aus und sie ging zurück zum Bett, nachdem sie zuvor das Kleid vorsichtig über einen Stuhl gelegt hatte.

»Du bist ja wach«, sagte sie und strich sanft seine Haare zurück.

»Es wäre reine Zeitverschwendung, jetzt zu schlafen, wo ich dich bei mir habe.« Mit einer Hand umfasste er ihre Taille und versuchte sie zurück unter die Bettdecke zu ziehen. »Komm wieder ins Bett«, raunte er.

»Das geht nicht, Schatz. Ich muss später ins Forge und davor noch nach Primrose Hill, um Georgia zu treffen und ihr ein paar Sachen zurückzugeben.«

»Das dauert doch nicht lange.«

»Ich muss aber zuerst nach Hause und mich umziehen«, erwiderte sie, während sie aufstand und sich ihren Slip anzog.

»Du bist immer noch sauer, stimmt's?«

»Ich muss heute einiges erledigen, Dan.«

Er schwang seine Beine aus dem Bett, trat von hinten an sie heran und legte die Arme um sie.

»Wann sehen wir uns wieder?«, fragte er und rieb sein leicht stoppliges Kinn sanft an ihrer Schulter. »Wenn du unbedingt willst, können wir es auch erst mal langsam angehen lassen. Aber ehrlich gesagt würde ich, bis ich nach Washington fliege, am liebsten jede Nacht so verbringen wie letzte Nacht.«

»Das wäre aber ein teurer Spaß«, meinte sie lächelnd, bevor ihr klarwurde, dass er sich allein von den Zinsen seines

Treuhandvermögens ein Zimmer im Claridge's leisten konnte, und zwar von jetzt bis zum nächsten Weihnachtsfest.

»Was machst du eigentlich an Silvester?«, wollte er wissen, während er zarte Küsse auf ihren Nacken hauchte.

»Cheryl will, dass ich arbeite.«

»Dann nimm dir frei. Sag Cheryl, dass ich ihr an dem Abend die Löhne für alle Mitarbeiter bezahle, wenn ich Silvester mit dir verbringen darf.«

Sie drehte sich zu ihm um. »Das meinst du jetzt nicht ernst, oder?«

»Gideon schmeißt eine Hausparty«, entgegnete er und spielte gedankenverloren mit seinem Penis. »Er hat eine Superbude drüben in den Docklands. Wir könnten dort feiern und am nächsten Tag weiter zu meinen Eltern fahren. Sie veranstalten an Neujahr immer ein traditionelles Mittagessen.«

»Nein, nein, nein, das kommt überhaupt nicht in Frage. Ich glaube, von deinen Eltern muss ich mich noch eine Weile fernhalten.«

Er trat auf sie zu und nahm ihr Gesicht in seine Hände. »Ich liebe dich, Amy. Ich will mit dir zusammen sein und meine Familie hat das gefälligst zu akzeptieren. Und eigentlich sind sie auch gar nicht so schlimm, aber wenn du dich bei ihnen nicht wohlfühlst, können wir auch einfach auf die Party gehen und Neujahr bei mir im Bett verbringen. Wir könnten Pizza bestellen und den ganzen Tag schlechte Filme gucken. Was hältst du davon?«, fragte er, während er ihre Brustwarzen streichelte.

»Klingt doch nach einem guten Plan«, erwiderte sie mit einem zufriedenen Lächeln und sie ließen sich zurück aufs Bett fallen.

Kapitel 21

28. Dezember 2012

Als Amy in Chalk Farm aus der U-Bahn stieg, hatte sich die Sonne bereits einen Weg durch die Wolken gebahnt. Es war immer noch kalt, sie konnte kleine Atemwölkchen vor sich stehen sehen und der Frost auf dem Gehweg glitzerte, doch ihr Gang war federnd und leicht. Es hätte genau genommen auch schütten können wie aus Eimern und sie wäre trotzdem am liebsten im Gene-Kelly-Stil um einen Laternenpfahl herumgewirbelt. Nachdem sie das Hotel verlassen hatte, war sie zurück in ihre Wohnung gefahren, um sich umzuziehen, und nun trug sie eine Kleiderhülle mit Georgias magischem Kleid über dem Arm. Sie war wieder mit Daniel zusammen, sie hatte Freunde, die für sie da waren – sie fühlte sich wie im siebten Himmel.

Bei einem Blumenhändler in Primrose Hill kaufte sie einen hübschen Strauß aus Tulpen und Rosenverbene. Dann ließ sie sich spontan dazu verleiten, in einem Zeitungskiosk ein Kitkat zu kaufen. Normalerweise wäre es undenkbar gewesen, dass sie sich Schokolade gönnte – seit sie elf war, hatte sie sich so ziemlich alles verboten, da sie für ihre Tanzkarriere rank und schlank bleiben musste –, doch seit ihrer Reise nach Manhattan hatte sich vieles geändert. Sie fühlte sich nicht nur leichter, selbstbewusster und wohler in ihrer Haut, sondern glaubte auch daran, dass sie eine Zukunft vor sich hatte, eine Zukunft mit Daniel und vielleicht … ja, vielleicht sogar eine Zukunft, die nichts mit Tanzen zu tun hatte. Oder zumindest eine Zukunft, in der sie nicht zwanghaft jede Kalorie zählen und rechtfertigen musste, die sie sich einverleibte.

Sie bog gerade, die verbotenen Freuden der Schokolade genießend, in Georgias Straße ein, als sie jemanden erblickte, der ihr bekannt vorkam: einen gutaussehenden Mann Anfang dreißig, mit Jeans, einem dicken Fischerpullover und einem gestreiften Collegeschal und dem etwas düsteren, melancholischen Charme eines Heathcliff oder eines Mr Rochester. Im ersten Augenblick konnte sie sich nicht mehr erinnern, wo sie ihn schon einmal gesehen hatte – in irgendeinem Kostümdrama der BBC vielleicht? –, doch dann fiel ihr wieder ein, dass es sich um Georgias Neffen Will handelte.

Offensichtlich hatte auch er sie erkannt. Sie sah, wie er kurz stehenblieb, weiterging, aber dann doch seine Schritte verlangsamte, als er merkte, dass eine Begegnung unausweichlich war.

»Hallo«, begrüßte sie ihn, als sie nur noch wenige Meter voneinander entfernt waren.

Er blieb stehen und nickte. »Alles in Ordnung?«

»Ich bin Amy, Georgias Freundin«, erklärte sie leicht verlegen.

»Ich weiß«, erwiderte er knapp.

»Frohe Weihnachten«, sagte sie fröhlich. »Wobei, inzwischen könnte man ja schon fast ›Frohes neues Jahr‹ sagen.«

»Ich dachte, bei euch in den USA wünscht man sich sowieso nur noch ›Frohe Feiertage‹«, antwortete er in einem Tonfall, der nahelegte, ganz Amerika sei eine einzige heidnische Kolonie.

Dir auch fröhliche Weihachten, du Griesgram, dachte Amy.

Eine Sekunde lang standen sie sich schweigend gegenüber.

»Und hattet ihr eine schöne Reise?«

»Ja, es war toll.«

»Du hast nicht auf meine SMS geantwortet.«

Seine dunklen Augen ruhten vorwurfsvoll auf ihr und sofort bekam sie ein schlechtes Gewissen.

»Will Hamilton«, entfuhr es ihr, als der Groschen fiel. »Ach, du warst das.« Ihr war siedend heiß die mysteriöse Nachricht wieder eingefallen, die sie gelesen hatte, kurz bevor Daniels Anruf kam und sie an nichts anderes mehr hatte denken können, und sie versuchte, sich ihre Beschämung nicht anmerken zu lassen. »Wir waren gerade auf dem Weg zum Flughafen und dann habe ich mein Handy ausgeschaltet«, schwindelte sie und wurde rot.

»Zwei Tage lang?«, hakte er nach und zog missbilligend die schwarzen Augenbrauen zusammen.

Ihr Arm schmerzte allmählich und sie fühlte sich zunehmend unwohl in Wills Gegenwart. Seit ihrer ersten Begegnung hatte sie den Eindruck, dass er ihr misstraute, und dass sie seine SMS ignoriert und nicht auf die Besorgnis um seine Tante eingegangen war, hatte seine Skepsis offenbar noch verstärkt.

»Äh, ich muss dann mal weiter«, sagte sie deshalb und deutete mit dem Kinn auf die Kleiderhülle mit Georgias Abendkleid. »Das Ding ist ganz schön schwer.«

»Ein Weihnachtsmannkostüm?«, fragte er sarkastisch.

»Ein Kleid. Eigentlich gehört es Georgia, sie hat es mir nur ausgeliehen, für einen besonderen Anlass. Deshalb auch die Blumen.«

»Kleid mit Erfolgsgarantie?«

Sie fragte sich, was ein Kleid mit Erfolgsgarantie war, und errötete dann, als ihr wieder einfiel, wie es zusammengeknüllt auf dem Boden in ihrem Hotelzimmer im Claridge's gelegen hatte. Auf einmal wusste sie genau, wovon er sprach.

»Na ja, es ist nicht bloß ein Kleid, es ist ein richtiges Kunstwerk. Man muss es pfleglich behandeln und gut darauf aufpassen.«

Will lächelte das erste Mal und sein ganzes Gesicht hellte sich auf. »Man merkt, dass du zu viel Zeit mit Georgia verbracht hast. Du klingst schon genau wie sie.«

»Es gibt Schlimmeres, oder?«

Will zuckte mit den Schultern und blickte auf die Uhr, als wollte er ihr zu verstehen geben, dass die Unterhaltung beendet war. »Kommst du zurecht mit dem Kleidersack und den Blumen? Oder brauchst du Hilfe?«

»Hilfe nicht«, erwiderte sie, als ihr ein Gedanke kam. »Aber kann ich vielleicht kurz mit dir sprechen?«

Er sah wieder auf die Uhr, als käme ihre Bitte äußerst ungelegen.

»Bitte, Will. Es geht um Georgia. Ich werde dich auch nur fünf Minuten aufhalten, großes Pfadfinderehrenwort«, bat sie und hielt drei Finger in die Höhe.

»Du warst bei den Pfadfindern?«, fragte er ungläubig und nahm ihr den Kleidersack ab.

»Wenn du mich auf einen Kaffee einladst, erzähle ich dir alles«, erwiderte sie und führte ihn in das nächstgelegene Café.

Der verspielte, aber dennoch schicke Laden schien überzuquellen vor lauter auf alt getrimmtem Plunder – kein Wunder, immerhin befanden sie sich in Primrose Hill, wo alles auf bewusst schäbige Weise elegant auszusehen hatte: *Shabby Chic* in Reinkultur. An der Reaktion des Mädchens hinter dem Tresen merkte sie gleich beim Eintreten, dass es Wills Stammcafé sein musste.

»Hallo, Will«, begrüßte sie ihn lächelnd und blinzelte schüchtern unter ihrem Pony hervor.

Amy verkniff sich ein Schmunzeln: Das Mädchen hatte ihm quasi ihre Telefonnummer zugesteckt. Sie musterte Will von der Seite, während er zwei Caffè Latte bestellte. Es war mehr als offensichtlich, warum die hübsche blonde Barista ein Auge auf ihn geworfen hatte. Er war ein gutaussehender junger Mann mit einem schiefen Lächeln, intelligenten Augen und aristokratischen Gesichtszügen, die noch nicht einmal seine verwuschelten Haare verbergen konnten. Mit seinem lässigen Studentenlook, den verwaschenen Jeans und dem Wollpulli erinnerte er sie an die hübschen Jungs, die an ihrem College Schauspiel studiert hatten, die besonders attraktiven, die sich für zukünftige Filmstars hielten. In einem anderen Leben, vor London und vor Daniel, hätte sie sich vielleicht sogar in ihn verguckt.

Sie setzte sich an einen Tisch am Fenster, legte die Blumen ab und ließ ihren Blick hinaus auf die Straße schweifen. Als sie an den vorigen Abend zurückdachte, musste sie unwillkürlich lächeln. Das Abendessen, der Sex, Daniels Versprechen, das traditionelle Neujahrsmittagessen bei seinen Eltern ausfallen zu lassen und stattdessen den Tag mit ihr zu verbringen.

»Dein Latte«, sagte eine Stimme, während eine Tasse mit geschäumter Milch vor ihr abgestellt wurde und sie wohl oder übel in die Gegenwart zurückkehrte.

»Danke.« Sie lächelte Will zu, der seinen Schal ablegte und sich ihr gegenüber setzte.

»Du bist Stammgast hier, hab ich recht?«, wollte sie dann wissen.

»Ich lasse hier mehr Zeit und Geld liegen, als ich vermutlich sollte, das stimmt«, bestätigte Will und blies in seinen

Kaffee. »Wahrscheinlich könnte ich sogar mit dem Gleitschirm hier einfliegen.«

»Wieso mit dem Gleitschirm?«

»Siehst du den Laden auf der anderen Straßenseite?«, fragte er und deutete durch das Fenster. »Genau darüber ist meine Wohnung.«

»Da, wo die Wäsche auf dem Balkon hängt?«

Er nickte.

»Nicht gerade das beste Wetter zum Wäschetrocknen, oder?«

»Ich fürchte, die hängen schon seit letztem Sommer dort.«

»Und ich fürchte, du hast mir soeben den Appetit auf meinen Kaffee verdorben.« Sie lachte und die Spannung zwischen ihnen ließ etwas nach. »Es tut mir leid, dass ich nicht auf deine SMS geantwortet habe.«

»Wahrscheinlich war ich auch etwas überbesorgt«, erwiderte er und blickte sie über seine Kaffeetasse hinweg an.

»Ich glaube, Georgia kann sehr gut auf sich selbst aufpassen.« Sie lächelte ihm zu und fuhr fort: »Aber ich gebe zu, ich wäre auch misstrauisch gewesen – die mysteriöse Amerikanerin, die mit einem Familienmitglied auf Entdeckungstour durch Manhattan geht.«

»Ich war nicht misstrauisch«, behauptete Will und sah ihr fest in die Augen.

»Doch, das warst du«, Amy lachte. »Ich habe dir genau angesehen, dass du dich gefragt hast, ob das alles Teil eines raffinierten Plans ist, um Georgia um ihr Vermögen zu erleichtern.«

»Berufskrankheit«, entgegnete er, ohne ihre Vermutung abzustreiten. »Ich leide an überbordender Fantasie.«

Sie trank einen Schluck aus ihrer Tasse. »Was machst du? Also beruflich, meine ich.«

»Ist das die dringende Angelegenheit, die du unbedingt mit mir besprechen wolltest?«

»Nein, ich hätte nur gern gewusst, welche Sorte Mann öffentlich seine Wäsche zur Schau stellt.«

»Na, dann rate doch mal«, forderte er sie heraus.

»Anwalt? Nein, der wäre bestimmt ordentlicher.«

»Schönen Dank auch.«

»Buchhalter oder Banker scheidet damit wohl ebenfalls aus. Arzt vielleicht? Nein, nicht mit dieser Mähne. Irgendwas mit Werbung? Schon eher, auch wenn ich immer dachte, Werbefuzzis hätten so einen gewissen schleimigen Charme an sich.«

»Schön zu erfahren, dass ich keinen Charme habe.«

»Das habe ich nicht gesagt.«

»Um dich nicht länger auf die Folter zu spannen: Ich bin Autor.«

»Was schreibst du denn? Bücher?«

»Leider nichts ganz so Beeindruckendes. Theaterstücke. Der typische darbende Künstler in der Dachkammer, fürchte ich. Aber du wolltest über Georgia sprechen?«

Sie beobachtete sein Gesicht und fragte sich, wie viel sie ihm erzählen sollte. Auf keinen Fall wollte sie das Vertrauen ihrer Freundin missbrauchen, doch eben weil sie Georgia als Freundin betrachtete, musste sie offen mit Will sprechen.

»Eigentlich kenne ich Georgia ja kaum. Zumindest habe ich sie kaum gekannt, bevor wir zusammen nach New York gereist sind.«

»Aber warum hast du sie dann begleitet?«

»Weil sie mich darum gebeten hat. Es war eine Art Job«, erklärte sie, da sie nicht genau wusste, wie sie es beschreiben sollte.

»Ein Job?«, hakte er mit leicht überraschtem Unterton nach.

»Ich war ihre Reisebegleitung. Georgia hat mich dafür bezahlt, dass ich sie auf ihrer Reise begleite. Sie wollte nicht alleine fahren, was man ja verstehen kann.«

Er musterte sie aufmerksam und sie sah ihm an, dass er versuchte zu ergründen, was für eine Art von Freundschaft sie und Georgia verband.

»Pass auf, ich weiß, dass es mich eigentlich nichts angeht«, sagte sie dann und holte tief Luft. »Aber ich finde es nicht richtig, dass Georgia gezwungen war, Weihnachten allein zu verbringen. Oder zumindest gezwungen war, es mit jemandem zu verbringen, den sie kaum kannte. Sie hat doch Familie, oder? Warum verbringt sie dann nicht die wichtigste Zeit des Jahres zusammen mit ihren Verwandten?«

»Unsere Familie ist kompliziert«, entgegnete Will nach einer kurzen Pause. Seine Stimme klang schroff, was aber durch den kleinen Schaumbart auf seiner Oberlippe etwas abgemildert wurde.

»Kompliziert«, wiederholte Amy und ihr fiel wieder ein, dass Georgia dasselbe Wort benutzt hatte, als sie über eine verflossene Liebe gesprochen hatte. »Aber was soll denn daran so kompliziert sein, Will? Für mich scheint die Sache ziemlich eindeutig. Deine Familie hat Georgia im Stich gelassen, und zwar genau dann, als sie wirklich Unterstützung gebraucht hätte.«

Will kniff die Augen zusammen. Sein Blick war so intensiv, dass sie ihm nicht standhalten konnte. »Wieso das denn? Was ist denn mit ihr?«

»Sie ist alt!«, rief Amy aufgebracht. »Natürlich kann sie ganz normal herumlaufen und für sich selbst sorgen, aber sie sollte trotzdem nicht allein in einer Wohnung wohnen – und dann auch noch im zweiten Stock –, ohne dass sich jemand um sie kümmert, und sie sollte auch keine Anzeige aufgeben müssen, um mit einer wildfremden Person in Urlaub zu fahren.«

»Jetzt hör mir mal zu«, erwiderte Will, der bei ihren Worten immer wütender geworden war. »Ich versuche es ja. Ich gehe regelmäßig bei ihr vorbei, ich biete ihr meine Hilfe an, ich bin sogar in ihre Nähe gezogen, um ein Auge auf sie zu haben, aber glaub mir, Amy, das interessiert sie alles überhaupt nicht. Sie will mit der Familie nichts mehr zu tun haben. Ich bin der Einzige, den sie noch halbwegs erträgt. Glaub mir, sie will es nicht anders.«

»Aber warum denn? Warum hat sich die Familie so verkracht?«

Will stellte seine Tasse ab. »Es steht mir wohl kaum zu, darüber zu sprechen.«

»Und wieso nicht? Du bist scheinbar der Einzige, dem sie nicht egal ist. Bitte, Will. Sie ist so freundlich zu mir gewesen und ich würde ihr so gern helfen, aber solange ich nicht weiß, worum es geht, kann ich überhaupt nichts für sie tun.«

Will musterte sie und gab dann zögernd zur Antwort: »Das ist alles schon Ewigkeiten her. Es geschah, als sie noch ein junges Mädchen war, auf einer Party … damals ist irgendwas passiert, irgendetwas Schlimmes. Und dann kam es zum Bruch, die Leute haben sich auf verschiedene Seiten geschlagen und waren von da an verfeindet – du weißt doch, wie Familien manchmal sind. Nur so viel: Es ist ziemlich böse ausgegangen.«

»Ach, komm schon, Will, du kannst ruhig etwas konkreter werden.«

»Ich weiß das alles auch nur aus zweiter Hand – was in der Familie eben so getratscht und hinter vorgehaltener Hand erzählt wird«, erwiderte er und strich sich eine breite Strähne aus dem Gesicht. »Niemand hat sich je mit mir hingesetzt und gesagt: ›So, Will, jetzt pass mal schön auf, dann erzähle ich dir, warum deine Tante Georgia nie mit uns Weihnachten feiert.‹ Und selbst wenn sie es getan hätten, wäre es vermutlich nicht die Wahrheit gewesen. Die Einzige, die wirklich weiß, was damals passiert ist, ist Georgia.«

»Dann frage ich sie wohl am besten selbst.«

»Bei allem Respekt, ich glaube nicht, dass sie ausgerechnet mit dir darüber reden will.«

Amy musste gestehen, dass sie seine Meinung teilte. Schließlich kannte sie Georgia kaum und es musste ungeheuer schwer sein, selbst mit engen Freunden über ein derart heikles Thema zu sprechen. Für einen Augenblick hatte Amy ein Bild von ihrer eigenen Familie vor Augen, wie sie alle zusammengequetscht rund um einen winzigen Tisch saßen. Wäre es denkbar, dass sie ihre eigene Tochter verstießen? Hätte irgendein Ereignis in ihrer Kindheit einen solchen Keil zwischen ihre Familie und sie treiben können? Sie konnte es sich nicht vorstellen. Ihre Familie war zwar räumlich getrennt, aber die Bande, die sie zusammenhielten, waren stark – Verwandtschaft, Liebe, Erinnerungen.

»Mann, was ist nur los mit euch Briten?«, rief sie irgendwann genervt aus und fühlte eine plötzliche Wut in sich aufsteigen. »Ist das nur eure typisch steife Art oder leidet ihr alle an emotionaler Verstopfung?«

»Eine schöne Vorstellung so früh am Morgen«, gab Will bissig zurück und sie warf ihm einen bösen Blick zu.

»Das ist nicht lustig, Will.«

»Du hast recht, es ist nicht lustig«, sagte er und schob verärgert seine Kaffeetasse zur Seite. »Eine zerstrittene Familie ist nie lustig. Aber ich will dir mal was sagen: Georgia hasst uns. Sie will nichts mit uns zu tun haben. Und wenn du wirklich so eine gute Freundin von ihr wärst, dann würdest du aufhören, dich einzumischen, und das respektieren.«

Amy schüttelte den Kopf, empört und enttäuscht über seine

Reaktion. »Ich glaube, ich gehe jetzt besser und bringe das Kleid zurück – und sehe nach *deiner Familie*, wo ich schon mal hier bin.«

»Aha, jetzt bin ich der Böse?«, entfuhr es ihm und er schlug entnervt mit der flachen Hand auf den Tisch.

»Das lass mal dein Gewissen entscheiden«, gab sie zurück, griff nach ihrem Geldbeutel, holte zwei Pfundmünzen heraus und warf sie auf den Tisch. »Für den Kaffee«, blaffte sie, sammelte ihre Sachen ein, stand auf und wollte an ihm vorbeirauschen.

»Warte, Amy.« Er griff nach ihrem Arm und bekam ihr Handgelenk zu fassen. Sie zuckte zusammen und spürte, wie ihre Wangen glühten.

»Frohes neues Jahr, Will«, entgegnete sie, riss sich los und verließ das Café, ohne sich noch einmal nach ihm umzusehen.

Irgendetwas Schlimmes ist passiert, wiederholte Amy im Stillen, als sie auf Georgias Haus zuging. Bestimmt eine typisch britische Untertreibung, dachte sie, während sie darüber nachgrübelte, was Will Hamilton ihr erzählt hatte. Irgendwas, worüber man nur schwer sprechen konnte und das folglich heruntergespielt und unter den Teppich gekehrt wurde. Und was war das Ende vom Lied? Eine nette alte Dame verschanzte sich in ihrer Wohnung und die Einzigen, die ihr Gesellschaft leisteten, waren ihre Abendkleider und ihre Erinnerungen. Das war doch kein Leben. *Irgendetwas Schlimmes ist passiert.* Was um alles in der Welt konnte das sein? Was konnte eine Familie so sehr entzweien, obwohl es schon über fünfzig Jahre her war?

Sie klingelte und eilte die Treppe hinauf, nachdem der Summer ertönt war. Georgia hatte die Wohnungstür offen gelassen und beim Eintreten hörte sie den Wasserkocher in der Küche.

»Oh, Blumen«, begrüßte Georgia sie, die ihr aus dem Wohnzimmer entgegenkam. »Das wäre doch nicht nötig gewesen.«

»Doch, es war unglaublich nett von dir, mir dieses wunderschöne Kleid zu borgen.«

»Na, dann danke ich dir. Die sind sehr hübsch«, sagte Georgia und machte sich sogleich daran, mit einer Rosenschere die Stielenden abzuknipsen und die Blumen in einer beigefarbenen Emailvase zu arrangieren.

»Wie war denn der Abend? War es schön im Claridge's?«

Amy errötete leicht, während sie an den Moment zurückdachte, als sie in die Hotelsuite gestolpert waren und sie sich aus dem bezaubernden Kleid hatte befreien lassen. *Achtung, du redest nicht mit Nathan*, rief sie sich in Erinnerung. Wäre sie bei ihm gewesen, hätte sie ihm mit Sicherheit brühwarm jedes einzelne Detail erzählt – so eng war ihre Freundschaft. Georgia hingegen stammte aus einer Gesellschaftsschicht und aus einer Zeit, in der Sex vor der Ehe als unanständig galt. *Hüte deine Zunge*, schärfte Amy sich ein. So langsam kam sie zu der Überzeugung, dass man als feine Dame vor allem die Kunst der Zurückhaltung beherrschen musste.

»Na ja, Daniel will, dass wir Silvester und Neujahr zusammen verbringen«, erklärte sie schließlich.

»Aha. Das ist doch kein schlechtes Zeichen. Wenn es denn dazu kommt«, entgegnete Georgia.

Wenn es denn dazu kommt?, dachte Amy leicht verärgert, auch wenn sie wusste, dass Georgia sich lediglich Sorgen um sie machte.

»Wie ist das Kleid angekommen?«

»Es hat wahre Wunder bewirkt«, antwortete Amy und konnte sich ein Grinsen nicht verkneifen.

»Das war nicht das Kleid, Amy, das warst du. Du bist eine hübsche junge Frau und die Männer können gar nicht anders, als sich in dich zu verlieben. Das Kleid hat dir lediglich das nötige Selbstvertrauen gegeben.« Georgia lächelte leicht. »Möchtest du auch einen Tee?«

Amy nickte stumm, während ihre Freundin in die Küche ging. Als sie ihr folgte, fiel ihr Blick auf die Kleiderhülle, und sie fragte sich, ob die ältere Frau wohl recht hatte. Das Kleid schien tatsächlich besondere Fähigkeiten zu haben.

»Vor dem Haus habe ich zufällig Will getroffen«, setzte sie wieder an, als ihr einfiel, dass sie ja nicht nur hier war, um das Kleid zurückzugeben.

»Soso, Will«, erwiderte Georgia nachdenklich. Nach einer Weile fuhr sie fort: »Für ihn müssen wir auch noch eine liebe Freundin finden. Er ist immer so ernst. Zu ernst. Ich habe ein paar seiner Stücke gelesen. Er ist ein talentierter junger Mann, aber er neigt dazu, zu viel zu grübeln. Ich finde, er müsste viel öfter aus seiner Wohnung herauskommen und sich ein bisschen amüsieren.«

Amy schwieg erst einmal, da sie nicht wusste, wie sie das heikle Thema anschneiden sollte. *Komm schon, sei kein Feigling*, schalt sie sich dann.

»Ich habe ihn gefragt, warum du keinen Kontakt mehr zu deiner Familie hast«, sagte sie schließlich, biss sich auf die Lippe und versuchte, sich für die bevorstehende Auseinandersetzung zu wappnen.

Georgia verharrte einige Augenblicke lang schweigend und ging dann wortlos hinüber ins Wohnzimmer. Amy hatte erwartet, dass sie verärgert sein würde, aber mit einem derart aufgebrachten Gesichtsausdruck hatte sie nicht gerechnet.

»Ich hätte nicht gedacht, dass du meine Privatsphäre so wenig respektierst«, erklärte Georgia eisig. Aus jedem ihrer Worte sprach kalte Wut. Einen Moment lang erkannte Amy in ihr die mächtige Firmenchefin, die sie einmal gewesen sein musste.

»Will hat mich gewarnt, dass du bestimmt nicht darüber reden willst«, erwiderte sie ruhig.

»Warum hast du dann nicht auf ihn gehört?«

»Bitte sei mir nicht böse, Georgia«, sagte Amy in beschwichtigendem Tonfall und suchte ihren Blick. »Ich bin eben so erzogen worden, dass sich Freunde und Verwandte umeinander kümmern und dass es ihnen nicht egal ist, was mit einem geschieht. Es hat mich beschäftigt, dass du Weihnachten ganz allein verbracht hast. Na gut, nicht ganz allein, sondern mit mir, aber das zählt nicht. Ich mache mir einfach Sorgen um dich.«

»Amy, wir haben ganze drei Tage zusammen verbracht. Mehr nicht. Du weißt im Grunde überhaupt nichts über mich. Bitte misch dich nicht in meine Angelegenheiten ein.«

Doch Amy wusste, dass sie schon zu weit gegangen war, um die Sache jetzt auf sich beruhen zu lassen. »Will meinte, dass irgendwas passiert ist, als du ein junges Mädchen warst. Irgendwas, weswegen die Familie sich zerstritten hat.«

Georgia wandte ihren Blick ab. »Von Will hätte ich ebenfalls mehr Diskretion erwartet«, zischte sie verärgert.

»Bist du deshalb noch nie in New York gewesen?«

Georgia warf ihr einen zornigen Blick zu. »Vielleicht solltest du statt Choreografin lieber Hellseherin werden. Damit hättest du bestimmt mehr Erfolg.«

»Bitte, Georgia. Egal, was es ist, du solltest es nicht länger für dich behalten, sondern es endlich jemandem erzählen. Das hast du selbst gesagt. Es ist nie zu spät, um Dinge zu ändern.«

Georgia schüttelte den Kopf und setzte sich auf den Rand des Sofas. Auf einmal sah sie sehr müde aus und ihre Augen füllten sich mit Tränen. »Es tut mir leid«, sagte sie mit gebrochener Stimme. »Ich hätte dich nicht so anfahren dürfen. Es ist nur …« Sie verstummte und Amy sprang auf, um ihr eine Box mit Taschentüchern zu reichen.

Georgia nickte und ließ, überwältigt von ihren Emotionen, den Kopf auf die Brust sinken. Ihr ganzer Körper schien in sich zusammenzufallen. Amy sah, wie ihre blassen, blau geäderten Hände zitternd auf den Knien lagen und das zerknüllte Taschentuch kneteten.

»Soll ich den Tee aufsetzen?«, fragte sie behutsam.

»Ja, bitte«, erwiderte Georgia leise. »Es ist eine lange Geschichte.«

»Ich habe Zeit«, erwiderte Amy ruhig.

»Dann bring uns doch einen Tee und ich erzähle dir alles. Ich erzähle dir von der Nacht, die mein Leben verändert hat.«

Kapitel 22

September 1958

Peter Hamilton presste die Nase an die Fensterscheibe des Autos und stieß einen anerkennenden Pfiff aus. »Das nenne ich mal ein Anwesen«, meinte er. Ihr Taxi näherte sich langsam dem Stapleford-Landsitz. Es war eines von vielen in einer langen Schlange eleganter Autos, die im Schritttempo eine Schleife um das Haus fuhren und nacheinander vor den Stufen zur Eingangstür anhielten, wo uniformierte Hausangestellte den Fahrgästen beim Aussteigen halfen.

»Peter, hör doch bitte auf, so aus dem Fenster zu starren«, schimpfte Sybil und zog ihren Mann zurück. »Die Leute werden denken, du hast noch nie in deinem Leben ein herrschaftliches Anwesen gesehen.«

Georgia war sich ziemlich sicher, dass *sie* noch nie in ihrem Leben ein herrschaftliches Anwesen gesehen hatte. Zumindest nicht so eines. Natürlich war sie im Buckingham Palace gewesen, sie war durch Kensington Gardens geschlendert und zudem hatten viele der Bälle und Partys während der Saison in prächtigen Gebäuden mit bemalten Decken, Emporen und Springbrunnen im Hof stattgefunden. Doch Stapleford war eine völlig andere Größenordnung. Seine Seitenflügel schienen sich zu beiden Seiten des imposanten Eingangs endlos in die Nacht auszudehnen. Aus bestimmt zweihundert Fenstern drang warmes gelbes Licht nach draußen. Zwar hatte sie damit gerechnet, dass die Familie Carlyle anlässlich Christophers einundzwanzigsten Geburtstags keine Kosten und Mühen scheuen würde, aber eine derartige Opulenz hätte sie nicht erwartet.

»Das Anwesen ist ein Traum, oder?«, seufzte Clarissa mit großen Augen. »Edward hat zwar gesagt, es wäre riesig, aber dass es so groß sein würde, hätte ich nicht gedacht … Ach, wäre es nicht wundervoll, hier zu wohnen?«

»Wer weiß, vielleicht wird Georgia eines Tages ja Herrin über dieses Anwesen«, meinte Peter grinsend.

»Jetzt bist du aber etwas voreilig«, warf Sybil ein und zupfte die Stola, die um ihre Schultern lag, zurecht. »Die beiden kennen sich doch erst so kurz.«

»Auf jeden Fall war es unglaublich nett von ihm, uns heute Abend alle einzuladen«, betonte Clarissa, als das Auto zum Stehen kam.

»Sehr liebenswürdig, das stimmt«, pflichtete Estella ihr bei, als ein Lakai ihnen die Tür öffnete und sie die steinernen Stufen hinauf in das Haus geleitete.

Als sie die Eingangshalle betraten, zeigte sich, dass Onkel Peters erste Reaktion auf Stapleford nur natürlich gewesen war: Man konnte gar nicht anders, als sich mit offenem Mund umzusehen. Der Raum war riesig, so hoch wie das Gebäude selbst, und schien aus einem einzigen weißen Marmorblock herausgehauen zu sein. Genau vor ihnen befand sich eine breite Treppe, die sich erst teilte und dann als umlaufende Galerie um die gesamte Halle führte. Überall hingen Ölgemälde, und wo man hinschaute, standen Skulpturen und chinesische Vasen; alles in der Eingangshalle wirkte teuer und exotisch und zerbrechlich. Georgia konnte sich genauso wenig vorstellen, an einem solchen Ort zu wohnen, wie sie sich vorstellen konnte, in einem Fass die Niagarafälle hinabzustürzen. Sie folgten dem Strom der Partygäste zum linken Teil der Treppe.

»Anscheinend erwarten sie heute Abend achthundert Gäste«, flüsterte Clarissa. »Kannst du dir vorstellen, so viele Leute zu kennen?«

Georgia schätzte, dass sich allein im Ballsaal mindestens zweihundert Personen befanden. Sie standen plaudernd und lachend in kleineren Gruppen zusammen, während auf einer Bühne auf der anderen Seite des Raums ein Kammerorchester zum Tanz aufspielte. Die Hamiltons durchquerten den Saal, wobei sie Freunden der Familie und Bekannten, die sie von der Ballsaison her kannten, zunickten und zuwinkten, und gingen dann durch eine hohe Terrassentür nach draußen in den weitläufigen Ziergarten, der ebenfalls voller Menschen war. Die Szenerie erinnerte an den Hyde Park an einem lauen Sommerabend: Einige Grüppchen schlenderten die Wege entlang, andere standen neben den großen weißen Zelten oder lauschten der Jazzband, die im hinteren Teil des Gartens auf einem neben einem See errichteten Podium spielte. Höfliches Lachen und Stimmengewirr erfüllten die laue, duftende Abendluft.

»Das muss das Fest des Jahres sein«, sagte Sybil und warf Georgia einen anerkennenden Blick zu. Sie hätte auch ebenso gut hinzufügen können: *Gut gemacht, endlich hast du uns Zutritt in die High Society verschafft*. Obwohl Tante Sybil, zumindest nach den Maßstäben der Familie Hamilton, zur britischen Oberschicht zählte und ihr Haus in Pimlico mit Hilfe einer Erbschaft bezahlt worden war, so war sie doch Welten von dem sozialen Rang und dem Reichtum entfernt, den die Familie Carlyle besaß. Welten.

»Macht es dir was aus, wenn ich dich kurz allein lasse und mit meinen Freundinnen rede?«, fragte Georgia ihre Mutter.

»Überhaupt nicht«, antwortete Estella. »Ihr Mädchen habt euch bestimmt viel zu erzählen. Geh ruhig und amüsier dich.«

Auch Clarissa hatte sich inzwischen von ihren Eltern abgesondert. Georgia beobachtete, wie sie sich zu einer Gruppe älterer Mädchen gesellte, die sofort anfingen zu kichern. Sie selbst lief in die entgegengesetzte Richtung. Sie hatte ihre Mutter angeschwindelt: Es stimmte zwar, dass sie eine Gruppe von Debütantinnen gesehen hatte, sie hatte jedoch nicht vor, sich mit ihnen zu unterhalten. Sie würde durchdrehen, wenn sie noch einmal mit anhören musste, wie gut James Kirkpatrick im Frack aussah. Zum Glück neigte sich die Ballsaison allmählich ihrem Ende zu: Die Furchtloseren unter ihnen würden noch zu den Highland-Bällen in Schottland und Irland reisen, doch die Debütantin des Jahres war bereits gekürt worden – eine Schönheit namens Sally Croker Poole aus einer der um London gelegenen Grafschaften hatte sich den begehrten Titel geschnappt. Somit war Christophers Party die letzte große gesellschaftliche Veranstaltung für all jene, denen es gelungen war, eine Einladung zu ergattern.

Zurück im Haus, durchquerte Georgia den Ballsaal, wobei sie darauf achtete, sich am Rand zu halten und einen großen Bogen um die Debütantinnen zu machen. Ihr Plan – soweit man es als Plan bezeichnen konnte – war, sich in kein Gespräch verwickeln zu lassen, während sie nach der einzigen Person Ausschau hielt, die sie heute Abend tatsächlich sehen wollte: Edward.

Seit ihrem ersten Kuss waren zwei Monate vergangen, doch noch immer durchfuhr sie beim bloßen Gedanken an ihn ein aufgeregtes Kribbeln. Obwohl Edward inzwischen in der Bank arbeitete und sie immer noch im Swiss Chalet kellnerte, hatten sie seitdem jede freie Minute miteinander verbracht. Sie waren in Jazzclubs in Soho gewesen, hatten im Park gepicknickt und waren mit seinem Aston Martin ans Meer gefahren, wo sie lange Spaziergänge entlang der Küste unternommen hatten. Sie hatten Händchen gehalten und sich geküsst und sich ihre Geheimnisse und Träume erzählt. Es war ein traumhafter Sommer gewesen, so traumhaft, dass sie manchmal nachts im Bett lag und sich Sorgen machte, dass all das eines Tages einstürzen könnte wie ein Kartenhaus, dass Edward Carlyle eines Tages aufwachen und feststellen würde, dass sie eigentlich gar nichts Besonderes war, und als er sie einmal zum Mittagessen ausgeführt und dabei erwähnt hatte, er müsse etwas mit ihr besprechen, hatte sie sich erschrocken gefragt, ob nun alles zu Ende war. Stattdessen hatte er sie und ihre Familie zu Christophers einundzwanzigstem Geburtstag eingeladen.

Doch wo steckte er jetzt? Sie hatte sich bereits überall umgesehen und ihn nicht finden können. Eigentlich müsste er auf so einer Feier doch im Zentrum der Aufmerksamkeit stehen, immerhin war er der ältere Sohn, überlegte sie. Bestimmt war er umzingelt von zahlreichen Verwandten und musste nicken und interessiert zuhören, während sie ihm in aller Ausführlichkeit vorschwärmten, wie viel besser doch alles vor dem Krieg gewesen war.

»Georgia!«

Sie befürchtete den Überfall eines Debütantenlieblings, doch als sie sich umdrehte, sah sie Christophers fröhliches Gesicht vor sich. Er trug einen Frack und hatte einen leicht roten Kopf, was darauf schließen ließ, dass er unter dem steifen Kragen ganz schön schwitzen musste.

»Alles Gute zum Geburtstag«, rief Georgia strahlend. »Bist

du allein? Ich bin ganz überrascht, dich ohne Begleiterin zu sehen.«

»Ein seltener Moment, das stimmt«, erwiderte er und verdrehte die Augen. »Die Parade langweiliger Mädchen, die mir vorgeführt werden, nimmt kein Ende. Dafür hat Mummy schon gesorgt. Aber zum Glück konnte ich mich kurz verdrücken, um mir einen kleinen Schluck zu genehmigen.« Er griff in die Innentasche seines Fracks und zog einen silbernen Flachmann heraus. »Darf ich dir was anbieten?«

Georgia schüttelte den Kopf. »Nein, danke. Ich muss ein Auge auf meine Mutter haben und das ist schon nüchtern schwer genug.«

»Verstehe ich gut«, Christopher nickte. »Bei mir ist es genau umgekehrt – ich könnte das hier nüchtern nicht ertragen. Unter uns gesagt, ich hätte meinen Einundzwanzigsten viel lieber mit meinen Freunden und Kollegen von der Bank gefeiert. Wir hätten uns einen schönen Abend in der Stadt machen können. Stattdessen muss ich jetzt mit irgendeiner entfernten Cousine Walzer tanzen, die ein Gesicht hat wie Reispudding.«

Georgia kicherte. »Aber es gibt doch bestimmt auch ein paar nette Mädels hier, oder nicht?«

Christopher hob die Augenbrauen. »Fang du nicht auch noch an …«

Als sie gerade weitergehen wollte, spürte Georgia, wie jemand ihre Hand nahm. Instinktiv zog sie sie weg und drehte sich nach ihrem Angreifer um.

»Ach, du bist das!«

»Wen hattest du denn erwartet?«, erwiderte Edward mit einem Schmunzeln.

»Ich dachte, es ist dieser lüsterne Butler, von dem alle reden.«

»Dann bringe ich dich wohl besser schnell in Sicherheit. Nicht, dass dir noch jemand den Kopf verdreht.«

»Musst du dich nicht um die Gäste kümmern?«

»Nicht mehr. Ich habe meine Pflicht getan«, gab er zurück, nahm wieder ihre Hand und führte sie weg von der Party, erst einen langen Gang entlang, dann durch einen zweiten Gang und schließlich eine Treppe hoch.

»Wo bringst du mich denn hin?«, flüsterte sie und musste unwillkürlich lachen.

»Wirst schon sehen«, antwortete er, sich kurz zu ihr umsehend, bevor er eine Tür öffnete, die zu einem Treppenabsatz führte. »Nur noch ein paar Stufen, dann hast du es geschafft.«

Als sie am oberen Ende der Wendeltreppe angekommen und durch eine Tür in ein kleines Zimmerchen gehuscht waren, war Georgia ganz außer Puste.

»So, das nächste Stück ist ein bisschen heikel«, erklärte Edward, sprang dann auf das schmale Bett, rüttelte an einem Fenster, schob es hoch und setzte einen Fuß auf das Fensterbrett. »Komm«, sagte er und streckte Georgia eine Hand entgegen.

»Ich soll da raufklettern?«

»Ja. Das schaffst du, du darfst nur nicht nach unten sehen.«

»Also gut«, seufzte Georgia, raffte ihr langes Kleid zusammen und zog sich hinter ihm hoch. »Aber wehe, mir reißt eine Naht, dann musst du mir ein neues Kleid kaufen.«

Edward umfasste ihre Taille. »Georgia Hamilton, wenn es sein muss, kaufe ich dir alle Kleider, die im Selfridges-Kaufhaus hängen. Aber jetzt komm.«

Er hob sie auf eine kleine Plattform, und als Georgia sich aufrichtete, wurde ihr plötzlich klar, wo sie sich befanden.

»Wir sind auf dem Dach«, entfuhr es ihr staunend.

»Der angemessene Ort für die Königin des Festes«, erklärte Edward lächelnd. Er verschwand wieder in der Kammer und kam mit einer Flasche Champagner und einer Decke zurück, die er auf den schräg abfallenden Dachziegeln ausbreitete. Etwas ängstlich setzte sich Georgia neben ihn in das kleine Nest, das er geschaffen hatte. Von ihrem Aussichtspunkt aus konnten sie den Großteil des Gartens mit den umherschlendernden Partygästen überblicken, waren jedoch für andere unsichtbar, selbst falls jemand auf die Idee gekommen wäre, den Hals nach oben zu recken.

»Wie du sehen kannst, habe ich an alles gedacht«, sagte Edward, zauberte zwei Champagnergläser aus seiner Jackentasche und schenkte ihnen beiden ein. Dann stieß er mit ihr an.

»Auf das Abenteuer«, sagte er.

»Auf uns«, erwiderte sie lächelnd.

Dann saßen sie einfach schweigend da, tranken von ihren Gläsern und genossen das Gefühl, an einem verbotenen Ort zu sein und unbemerkt das festliche Treiben unter ihnen zu beobachten.

»Es ist toll hier, einfach unglaublich«, seufzte Georgia und wünschte sich, für immer hier oben bleiben zu können.

»Der beste Platz im ganzen Haus«, er grinste.

»Das Haus hat bestimmt viele schöne Plätze und Ecken.«

Er nickte. »Als wir noch Kinder waren, haben Christopher und ich das ganze Gebäude ausgekundschaftet. Wir haben Dutzende von Geheimgängen und Geheimtreppen entdeckt, die extra eingebaut wurden, damit die Angestellten sich im Haus bewegen konnten, ohne die Herrschaften zu stören. Wir sind darin herumgeschlichen und haben gespielt, wir wären Schatzsucher und Geisterjäger. Dieser kleine Schlupfwinkel hier war unser Ausguck für den Fall, dass Piraten über den See gesegelt kämen, um Daddys Tafelsilber zu rauben.«

Georgia musste lachen, als sie sich vorstellte, wie die zwei Jungen ihre kindlichen Spiele gespielt hatten, genauso wie sie selbst in Devon Hütten im Wald gebaut hatte und auf Bäumen herumgeklettert war. Sowohl Edward als auch Christopher wirkten mittlerweile sehr erwachsen und förmlich, aber auch sie waren einmal Kinder gewesen und hatten gespielt wie andere Kinder auch. Zu schade nur, dass man nicht mehr spielen durfte, wenn man erst einmal erwachsen war.

»Ich verstehe immer noch nicht, warum du nach dem Studium gleich angefangen hast, in der Bank zu arbeiten«, sagte sie, in die Dunkelheit hinausblickend. »Ich finde, man sollte nie aufhören, Abenteuer zu erleben. Das war auch eines der Dinge, die ich gleich an dir mochte, als wir uns kennengelernt haben: dass du schon so viele interessante Sachen erlebt hast. Warum sollten wir je damit aufhören, nur weil die Leute denken, man muss vernünftig werden, wenn man erst mal sein Studium abgeschlossen hat?«

»Tja, eigentlich hatte ich ja geplant, nach Borneo zu reisen und den Dschungel und die Orang-Utans zu sehen, aber dann ist etwas dazwischengekommen.«

»Was denn?«

»Du«, sagte er schlicht.

Sie drehte sich zu ihm und sah ihn an. »Davon hast du mir nie erzählt. Wir hätten doch zusammen reisen können.«

»Außerdem habe ich vor einiger Zeit einen Vorschlag gemacht, der jetzt umgesetzt werden soll. Mein Vater hat meine Idee tatsächlich ernst genommen und alles in die Wege geleitet.«

»Was denn für eine Idee?«, fragte sie etwas beunruhigt, als sie ein leichtes Zögern in seiner Stimme vernahm.

»Mein Vater will eine Zweigstelle der Bank in New York eröffnen.«

»Toll, das hattet ihr doch immer vor, stimmt's?«, rief Georgia mit mehr Begeisterung, als sie tatsächlich empfand.

»Und ich soll mit dem Stellvertreter meines Vaters dort hingehen und die Filiale aufbauen.«

»Wann?«, fragte sie mit wachsender Beunruhigung.

»Noch vor Weihnachten.«

»Das heißt, du ziehst in drei Monaten nach New York«, sagte sie langsam.

»New York ist wunderschön an Weihnachten. Die Eisbahn und der riesige Weihnachtsbaum vor dem Rockefeller Center, die Rockettes in der Radio City Music Hall, der Schnee …«

»So wie du es schilderst, klingt es wunderschön.«

»Ich weiß. Ich will dich ja auch in Versuchung führen.«

»Mich in Versuchung führen?« *Du willst mich quälen*, dachte sie bei sich. Es war schlicht nicht fair – sie hatten sich doch gerade erst kennengelernt und waren so glücklich zusammen. Wieso musste er jetzt weggehen? Außerdem war New York nicht Manchester oder Leeds – New York lag in einem anderen Land, auf einem anderen Kontinent. Die Überfahrt mit dem Schiff dauerte vier ganze Tage.

»Georgia, ich will, dass du mitkommst.«

Ihr Herz schlug so schnell, dass sie es in der stillen Abendluft beinahe hören konnte. »Nach New York?«

Er nickte.

»Aber das geht doch nicht. Das wäre … unschicklich«, entgegnete sie, nach dem richtigen Wort suchend.

»Ich will, dass du mich als meine Ehefrau begleitest.«

»Ehefrau?«, stieß sie atemlos hervor.

»Heirate mich«, sagte er schlicht.

Georgia spürte, wie ihr Herz stehenblieb und dann anfing, wie verrückt gegen ihre Brust zu hämmern.

»W-was? Wirklich?«

Edward lächelte. »Die richtige Antwort lautet eigentlich ›Ja, ich will‹. Vermutlich war auch mein Antrag nicht ganz formvollendet, aber ich fürchte, dass wir beide vom Dach purzeln, wenn ich hier und jetzt vor dir auf die Knie falle.«

»Keine Sorge, wir halten uns einfach gegenseitig fest«, flüsterte sie, als er ihre Hand nahm und sie fest drückte.

»Sollen wir wieder nach drinnen gehen?«, schlug er dann vor und sie kletterten langsam und vorsichtig von ihrem Aussichtspunkt zurück in das winzige Zimmer.

Dort blieben sie eine Minute lang regungslos in der Dunkelheit stehen. Er schob ihr eine Haarsträhne aus der Stirn, nahm dann ihr Gesicht zwischen beide Hände und küsste sie, als wäre sie eine ungemein zarte und süße Frucht.

»Ich glaube, du hast meine Frage noch nicht offiziell beantwortet«, sagte er dann und löste sich etwas von ihr.

»Wenn du aufhören würdest, mich zu küssen, dann könnte ich auch ja sagen.«

»Ja?«, fragte er und seine Selbstsicherheit verflüchtigte sich für einen Augenblick.

»Ja, du Dummkopf, natürlich will ich dich heiraten«, gab sie zurück und küsste ihn auf seine Lippen, Wangen und Augenlider. »Es ist mir egal, ob wir in York oder New York leben. Alles, was ich weiß, ist: Ich will mit dir zusammen sein. Ich will den Rest meines Lebens mit dir verbringen.«

»Da bin ich ja froh«, erwiderte Edward lächelnd, griff in seine Innentasche und holte einen Ring heraus. Er bestand aus einem runden, lupenreinen Stein, umgeben von einem Kreis kleinerer Diamanten. Zugegeben, der Ring war wunderschön, schlicht und einfach perfekt, doch das Einzige, was Georgia in diesem Moment denken konnte, war: *Ein Ring! Er hat mir einen Ring geschenkt!* Das hieß, er hatte all das geplant: Er meinte es wirklich, wirklich ernst.

Edward streifte den Ring über Georgias Finger. »Oh, er sitzt ein wenig locker«, sagte er mit einer Spur von Enttäuschung in der Stimme.

»Egal«, rief Georgia und küsste ihn wieder, dieses Mal fester; ihre Sehnsucht, ihr Verlangen durchfluteten sie wie eine Welle.

Langsam wanderten seine Küsse ihren Hals hinab. Mit einer Hand schob er den Träger ihres Kleids von der Schulter und liebkoste mit den Lippen den zarten Streifen Haut, der nun freilag. Sie legte den Kopf in den Nacken und stöhnte leise auf. Schnell umfasste er ihre Taille, um sie näher an sich heranzuziehen, und sie spürte, wie ihr Herz an seiner Brust klopfte.

Ihr Atem ging inzwischen stoßweise und sie sah, dass auch in seinem Gesichtsausdruck Verlangen lag.

»Ich will dich«, flüsterte er sanft. »Ich will mit dir schlafen.«

Sie nickte stumm, drehte sich um, sodass sie ihm den Rücken zuwandte, lehnte sich an ihn und schloss die Augen. Sie spürte, wie er den Reißverschluss ihres Kleids öffnete, dann den Verschluss ihres BHs, und sie hörte, wie beides zu Boden fiel.

Langsam ließ er seine Hand vorn in ihr Baumwollhöschen gleiten, während er gleichzeitig ihren Hals küsste. Sie erschauderte, vor Verlangen, aber auch vor Aufregung und einer plötzlichen Furcht vor dem Unbekannten. Noch nie hatte sie jemand dort berührt und ihr wurde ganz heiß, als sie seine tastenden Finger auf ihrer Haut spürte. Doch sie führte ihn und schob seine Hand immer tiefer, bis seine Fingerspitzen das dunkle Dreieck zwischen ihren Oberschenkeln berührten.

Schnell bewegten sie sich Richtung Bett und Edward zog sich aus. Einen Sekundenbruchteil lang kam es ihr seltsam vor, seinen starken, nackten Körper zu sehen, der so fremd und exotisch war.

Er legte sich neben sie und begann, ihre Brüste zu küssen. Sie wurde rot vor Verlegenheit, als sie merkte, wie ihre Brustwarzen hart wurden. Als sie eine davon sacht mit der Fingerspitze berührte, fühlte sie sich groß und fest an.

»Du willst es auch, oder?«, fragte er sanft.

»Ja, sehr«, flüsterte sie, als er sich über sie beugte, behutsam ihre Oberschenkel auseinanderschob und in sie eindrang.

Erschrocken hielt sie die Luft an und erstarrte. Sie wusste nicht, was sie als Nächstes tun sollte, doch schon einen Augenblick später fingen sie an, sich im gleichen Rhythmus zu bewegen, zuerst ganz langsam, dann immer schneller. Ihre Hände hielten sich an seinem durchgedrückten Rücken fest und sie hatte das Gefühl, ihre beiden Körper wären fest ineinander verschlungen. Als sie ihre Knie etwas anhob, spürte sie, wie er noch tiefer in sie eindrang.

Undeutlich nahm sie wahr, wie eine kühle Brise durch das offene Fenster wehte, und sie schien in einen traumähnlichen Zustand hinüberzugleiten. Und dann spürte sie gar nichts mehr außer einem süßen Pulsieren, das sich in ihr aufzubauen schien und wilder und stärker wurde, bis eine Welle über sie hinwegbrandete, Edward aufstöhnte und auf ihr zusammenzubrechen schien.

Nach einigen Sekunden bewegte er sich leicht und sie hörte, wie sein Atem wieder regelmäßiger wurde.

»Du lebst ja noch«, brachte sie mit einem kleinen Lachen hervor.

»Was dachtest du denn, was passiert ist?« Er lächelte und streichelte über ihre Hüfte.

Lange Zeit lagen sie einfach ineinander verschlungen da, küssten sich zärtlich und lauschten der Musik und dem Stimmengewirr, das von der ausgelassenen Feier zu ihnen hinaufdrang. Georgia fühlte sich schön. Sie fühlte sich wie eine richtige Frau. *Eine verlobte Frau*, dachte sie und drehte den Ring an ihrem Finger. Er war ein wenig zu groß, aber bestimmt konnten sie ihn anpassen lassen. Sie konnten alles in Ordnung bringen. Einfach alles.

»Verheiratet«, murmelte sie schließlich.

Er lächelte ihr zu. »Jetzt müssen wir uns nur noch entscheiden, wann und wo die Hochzeit stattfinden soll.«

»Darüber habe ich noch nie nachgedacht, kannst du dir das vorstellen?«

»Ich dachte, alle Mädchen träumen jahrelang von nichts anderem als von ihrer Hochzeit.«

»Dieses Mädchen aber nicht«, gab sie lachend zurück.

»Dann wird es höchste Zeit, darüber nachzudenken.«

»Hmm, die Flitterwochen kann ich mir auf jeden Fall schon vorstellen«, erwiderte sie und schloss verträumt die Augen.

»Und wo sind wir?«, wollte er wissen und fing an, ihre Brust zu streicheln.

»Vielleicht auf Capri oder so? Wir schlemmen köstliches Essen, schwimmen im kristallklaren Meer und fahren auf diesen kleinen Motorrollern durch die Gegend. Obwohl ich nicht sicher bin, ob es so eine gute Idee ist, mit all diesen heißblütigen italienischen Schönheiten um die Aufmerksamkeit meines Ehemanns zu buhlen.«

»Dieser Mann wird nur Augen für seine frisch Vermählte haben«, beruhigte Edward sie. »Jetzt und in aller Zukunft.«

»Vielleicht sollten wir die Hochzeit um unsere Flitterwochen herum planen«, überlegte Georgia. »Capri und Ravello sind im Januar vermutlich nicht ganz so schön.«

»Du würdest also lieber im Sommer heiraten.«

»Aber was ist dann mit New York?«

»Um zusammen nach New York zu ziehen, müssen wir nicht unbedingt verheiratet sein, glaube ich. Um den Anstand zu wahren, reicht es sicher, dass wir verlobt sind.«

»Wir könnten doch in Amerika heiraten«, rief sie mit großen Augen.

»Aber was würde deine Mutter dazu sagen? War sie nicht der Meinung, das Land hat weder Seele noch Kultur?«

»Stimmt. Und deine Eltern wären vermutlich auch nicht sonderlich glücklich darüber. Sie haben doch sicher immer davon geträumt, eine große Hochzeit hier auf ihrem Anwesen auszurichten. Ich wette, ihr habt sogar eine Kapelle irgendwo hier auf dem Grundstück, oder?«

»Ja, haben wir«, antwortete er lachend.

»Je früher wir allen davon erzählen, desto früher können wir mit der Planung anfangen.«

»Das stimmt. Aber trotzdem sollten wir besser bis morgen damit warten. Heute ist Christophers großer Tag, da möchte ich nicht die Aufmerksamkeit auf mich lenken. Nicht an seinem Geburtstag.«

»Nein, auf keinen Fall«, sagte Georgia zustimmend.

»Wir können es ihnen beim Frühstück sagen«, erwiderte er in einem Ton, der besagte, dass alles entschieden war.

Georgia war nervös, als sie sich wieder unter die Gäste mischte. Aus der Ferne erblickte sie Lord und Lady Carlyle, die auf einmal sehr viel einschüchternder wirkten als noch vor einer Stunde. Sie fragte sich, wie sie reagieren würden, wenn sie erfuhren, dass ihr geliebter Sohn – der all das erben würde, was sie um sich herum erblickte – vorhatte, die mittellose, obdachlose Georgia Hamilton aus South Hams in Devon zu heiraten. Vorher im Bett hatte Edward ihr gestanden, dass er Georgias Familie vor allem deshalb auf die Feier eingeladen hatte, damit die Hamiltons und die Carlyles sich kennenlernen konnten. Georgia hoffte inständig, dass dieser Plan nicht nach hinten losging und sich insbesondere Estella nicht in Gegenwart von irgendjemand Wichtigem zu unkonventionell und ungezwungen aufführte.

Als sie den in ihrem BH versteckten Verlobungsring an ihrem Herzen spürte, musste sie lächeln. Ob sie es wohl schaffen würde, die Neuigkeit bis zum nächsten Morgen geheim zu halten?

»Was strahlst du denn so?«

Als sie sich umdrehte, erblickte sie Estella, die hinter ihr stand.

Ich strahle, weil ich den wunderbarsten Mann der Welt heiraten werde, dachte sie, hielt aber den Mund.

»Mir ging gerade durch den Kopf, was für eine tolle Party das ist.«

»Ja, es ist schön hier, nicht? Wo ist denn Edward?«

»Er muss wieder seinen Pflichten als Gastgeber nachkommen. Anscheinend hat er die strikte Anweisung, mit allen Gästen zu sprechen.«

Estella warf ihrer Tochter einen amüsierten Blick zu. »Ich vermute, inzwischen bist du froh, die Saison mitgemacht zu haben.«

»Wegen Edward?«

»Er ist ein sehr beeindruckender junger Mann.«

»Weil er Geld hat?«, entgegnete Georgia schärfer, als sie beabsichtigt hatte.

»Weil er dich auf diese ganz besondere Weise ansieht. Weil ich weiß, dass er all die wunderbaren Eigenschaften schätzt, die meine Tochter so einzigartig machen.«

Georgia musste an ihr Deckennest auf den Dachziegeln denken, an ihr ausgezogenes Kleid, an Edwards Lippen auf ihrer Haut … Schnell wandte sie ihren Blick ab, überzeugt davon, dass ihre Mutter ihr all dies an der Nasenspitze ablesen konnte.

»Ich liebe ihn«, sagte sie dann schlicht.

»Ich weiß«, erwiderte ihre Mutter, bevor sie fragte: »Sag mal, wollen wir nicht in den Garten gehen und ein bisschen der Jazzband zuhören? Ich habe keine Ahnung, wo Peter, Sybil oder Clarissa stecken. Und ich weiß nicht, ob ich ein weiteres Gespräch über Rennpferde ertragen kann oder darüber, welche großen Fortschritte das geliebte Töchterlein auf dem Klavier gemacht hat.«

Sie gingen nach draußen zu dem Zierteich, wo Estella sogleich von einem gutaussehenden Mann um die vierzig in eine Unterhaltung über Chet Baker verwickelt wurde.

Früher hatte Georgia den Gedanken, dass ihre Mutter einmal einen neuen Mann finden könnte, stets verdrängt. Doch inzwischen ging ihr diese Möglichkeit öfter durch den Kopf. Sie erinnerte sich daran, wie sie während des Abendessens mit dem Schriftsteller Ian Dashwood überlegt hatte, ihn Estella vorzustellen, doch diese Erinnerung verbannte sie schnell aus ihren Gedanken. Stattdessen genoss sie den romantischen Zauber, der in der Luft zu liegen schien, und wünschte ihrer Mutter, dass ihr Gesprächspartner interessant war und sich für sie interessieren würde. Sie sah kurz hinüber zu Estella, die sehr hübsch aussah in ihrem scharlachroten Teekleid, das leicht den Rasen berührte, und entfernte sich dann diskret. Sie hatte Clarissa entdeckt, die mit zwei jungen Männern am Champagnerbrunnen stand. Ihre Cousine winkte ihr zu und Georgia ging zu ihr hinüber. Bei einem Glas Champagner, der angenehm kalt und prickelnd schmeckte, unterhielten sie sich kurz mit den beiden und erfuhren, dass sie an der Universität in Edinburgh studierten.

»Wusstest du, dass die Carlyles sogar einen Swimmingpool haben? In dem ummauerten Garten?«, fragte Clarissa zu ihr gewandt und ließ sich von einem Kellner einen Pfirsichcocktail reichen. »Er ist wunderschön. Hast du Lust, mitzukommen und ihn dir anzusehen? Vielleicht springe ich sogar kurz rein.«

»Ja, Edward hat mir davon erzählt«, erwiderte Georgia mit einem kleinen Lächeln. »Es ist unglaublich, wie groß das Anwesen ist. Es gibt sogar eine Grotte und ein Sommerhaus, wo er und Christopher früher gespielt haben, und wenn man auf dem Dach steht, kann man bis nach Gloucestershire sehen.«

»Hast du etwa schon eine Privatführung bekommen?«, fragte Clarissa und hob eine ihrer gezupften Augenbrauen.

Georgia spürte, dass sie ihr Geheimnis nicht länger für sich behalten konnte.

»Na gut, lass uns gehen. Ich muss dir was erzählen.«

»Was denn?«, fragte Clarissa und hakte sich bei ihrer Cousine unter.

»Nicht hier«, gab Georgia zurück und sah sich um. »Ich will nicht, dass jemand mithört.«

Sie rannten über den Rasen in Richtung des ummauerten Gartens und stießen die schwere Eichentür auf. Vor ihnen schimmerte der Pool wie türkisfarbener Satin.

»Also, sag schon«, rief Clarissa, der anzusehen war, dass sie vor Neugier fast platzte.

Georgia holte tief Luft. »Edward hat mir einen Heiratsantrag gemacht.«

Sie sah, wie Clarissas Augen sich vor Überraschung weiteten. Sie wirkte völlig geschockt, so als hätte sie es, genau wie alle anderen, nie für möglich gehalten, dass Georgias Liebesaffäre mit Edward etwas Ernstes sein könnte.

»Wissen Lord und Lady Carlyle es schon?«, fragte sie schließlich.

»Nein, wir haben es erst einmal für uns behalten. Wir dachten, es wäre nicht fair, es ausgerechnet an Christophers Geburtstag zu verkünden. Heute ist schließlich sein Ehrentag.«

»Stimmt. Und vielleicht gewinnst du so ein bisschen Zeit, um sie auf deine Seite zu bringen.«

»Wen?«, fragte Georgia beunruhigt.

»Lady Carlyle natürlich. Ich habe sie vorhin kurz kennengelernt, sie hat furchtbar vornehm getan. Überleg doch mal, Georgia. Edward ist Erbe einer Dynastie, die fünfundzwanzig Generationen zurückreicht. Seine Mutter wird nicht einfach wohlwollend nicken und sagen: ›Das ist ja toll, Edward, ich freue mich sehr für dich.‹ Sie wollen nicht, dass er heiratet, sie wollen, dass er eine Verbindung eingeht, und zwar mit einer jungen Dame, die ebenfalls reich und adlig ist. Was glaubst du, wie solche Familien überhaupt erst zu ihrem Reichtum und zu ihrer gesellschaftlichen Stellung gekommen sind?«

»Edward ist es egal, was seine Eltern denken«, erwiderte Georgia gefasst.

»Hat er das behauptet? Tja, aber das sagen sie leider alle, bevor Mummy und Daddy sie in die Mangel nehmen und mit ihnen ein ernstes Wörtchen reden über familiäre Verpflichtungen und standesgemäßes Heiraten. Glaub mir, seine Eltern werden ihm die Hölle heißmachen, wenn du ihren Erwartungen nicht entsprichst.«

»Ach Clarissa, es war aber doch so romantisch«, entgegnete Georgia und versuchte, die negativen Gedanken aus ihrem Kopf zu vertreiben. »Wir standen dort oben auf dem Dach und dann hat er mich gefragt, ob ich ihn heiraten will, und es hat sich angefühlt wie im siebten Himmel. Und stell dir vor, wir werden nach New York ziehen. Vielleicht wohnen wir ja dann in einem dieser wunderbaren Apartments, die man immer im Kino sieht, mit Blick auf den Park.«

»Hast du einen Ring bekommen?«, wollte Clarissa wissen und schielte nach Georgias Hand.

Georgia griff in ihren BH und holte den Diamantring heraus.

Clarissa schnappte nach Luft. Georgia reichte ihr den Ring, damit sie ihn sich ansehen konnte, und sein Funkeln spiegelte sich in ihren Pupillen wie kleine Sterne wider.

»Du meine Güte. Dann stimmt es also wirklich.«

»Und wie«, Georgia strahlte.

»Also gut, dann steck ihn schnell wieder ein und zeig ihn bloß niemandem«, meinte Clarissa, als sie ihr den Ring zurückgab. »Ich werde keinem ein Sterbenswort sagen. Und du machst in der Zwischenzeit Lord und Lady Carlyle ausfindig und zeigst dich von deiner besten Seite. Und das machst du heute Abend und nächstes Wochenende und das Wochenende darauf. Bestimmt wirst du sie irgendwann für dich gewinnen. Und dann kannst du ihnen auch von eurer Verlobung erzählen. Du willst doch schließlich, dass sie auf deiner Seite sind und nicht gegen dich, oder? Und kein Über-den-Flur-Schleichen heute Nacht, hast du gehört?«

»Über-den-Flur-Schleichen?«

»Dich heimlich in Edwards Zimmer schleichen natürlich. Jetzt, wo ihr verlobt seid, denkt er bestimmt, er kann dir an die Wäsche.«

Georgia spürte, wie sie rot wurde.

»Ihr habt es schon getan, stimmt's?«, entfuhr es ihrer Cousine entgeistert.

»Es war wunderschön, Clarissa, einfach unglaublich. Ich hätte nie gedacht, dass mein Körper zu solchen Gefühlen fähig ist.«

»Ihr habt es hier getan? Heute Abend?«

»In einer winzigen Kammer unter dem Dach. Ich habe mich gefühlt, als wäre ich im Himmel.«

»Würdest du mal bitte aufhören, auf Wolke sieben zu schweben, und wieder auf den Boden kommen?«, befahl Clarissa streng. »Habt ihr ein Kondom benutzt?«

Georgia schüttelte den Kopf.

»Dann kannst du nur beten, dass nicht in neun Monaten Nachwuchs im Anmarsch ist.«

»Wäre das so schlimm?«

»Bist du vollkommen naiv?«, fuhr Clarissa sie an. »Glaubst du wirklich, Lady Carlyle würde ihren Sohn und Erben irgendeine Frau – Prinzessin Margaret vermutlich eingeschlossen – heiraten lassen, die vor der Hochzeit ein Kind erwartet? Solche Leute würden alles tun, um einen Skandal zu vermeiden, Georgia, *alles*.«

Georgia erwiderte nichts darauf, fragte aber nach einer kurzen Pause: »Woher weiß man, ob man schwanger ist?«

»Jetzt merkst du das noch nicht. Vielleicht hast du ja Glück gehabt und es ist nichts passiert. Aber bis dahin rate ich dir, ihn erst einmal nicht mehr ranzulassen.«

Die beiden Mädchen standen eine Minute lang schweigend da.

»Ich sollte wohl besser zurück auf die Party«, sagte Georgia schließlich. »Kommst du mit oder springst du wirklich noch kurz ins Wasser?«

»Sieht doch ziemlich einladend aus, findest du nicht?«, fragte Clarissa mit Blick auf das schimmernde Wasser vor ihnen.

»Du traust dich ja doch nicht, oder?«, forderte Georgia sie grinsend heraus, während die angespannte Atmosphäre, die bei ihrem Gespräch geherrscht hatte, allmählich nachließ.

»Glaubst du, in der Hütte gibt es Handtücher?«, fragte Clarissa und deutete auf ein blassgrünes Sommerhaus.

»Ich schätze mal, den Carlyles mangelt es an nichts«, erwiderte Georgia schmunzelnd.

Ihre Cousine hatte währenddessen bereits ihr Kleid ausgezogen und tauchte nun mit einem sauberen Kopfsprung in den Pool. Kurz darauf kam sie wieder nach oben, um Luft zu holen, und strich sich die Haare aus dem Gesicht.

»Na los, worauf wartest du noch?«, rief sie und scheuchte Georgia mit einer Handbewegung weg. »Du musst zurück auf die Party!«

Noch immer lächelnd, schlenderte Georgia über die Rasenfläche. In diesem Teil des Gartens war es ruhig; die Musik und das Gelächter der Partygäste drangen nur als fernes Summen an ihr Ohr. Ihr ging durch den Kopf, was Clarissa gesagt hatte, und sie musste zugeben, dass sie nicht ganz unrecht hatte. Reiche Leute wurden nicht durch Zufall reich, sondern weil sie ehrgeizig waren. Weil sie immer mehr haben wollten. Und nun, wo die Carlyles einen Sohn im heiratsfähigen Alter hatten, bot sich der Familie eine Gelegenheit, ihren Reichtum zu mehren, sich mit einer anderen alteingesessenen Familie zu verbinden und vielleicht sogar einen richtigen Adelstitel zu erlangen. Georgia wusste, dass sie in dieser Hinsicht nichts beizusteuern hatte, außer vielleicht der Aussicht auf Nachwuchs.

Sie berührte kurz ihren Bauch und hoffte, dass sie nicht schwanger war. Es mochte vielleicht selbstsüchtig klingen, aber sie wollte mindestens fünf Jahre lang mit Edward das Eheleben genießen, bevor sie eine Familie gründeten. Sie war schließlich noch nicht einmal zwanzig – es gab noch so vieles, das sie als Frau erreichen wollte, bevor sie Mutter wurde.

Ein Blick auf die Uhr verriet ihr, dass es schon nach Mitternacht war, was sie überraschte. Die Party neigte sich allmählich ihrem Ende zu. Zwar waren noch immer mindestens zweihundert Gäste da, aber die Tanzfläche vor der Jazzband hatte sich bereits deutlich geleert.

Im Ballsaal erblickte Georgia Onkel Peter, der mit dem Kopf auf der Brust an einer Wand lehnte. *Großartig*, dachte sie. *Ich gebe mir Mühe, damit die Familie nicht unangenehm auffällt, und mein Onkel sucht sich ausgerechnet diesen Abend für ein Saufgelage aus.*

»Onkel Peter?«, sprach sie ihn leise an.

Er erwachte mit einem Ruck. »Wer ... hm? Wasnlos?«, lallte er.

»Ich bin's, Georgia.«

»Das seh ich, liebe Nichte. Ich mag ja alt sein, aber ich bin noch nicht senil.«

»Ich dachte nur, vielleicht willst du dich ja kurz hinsetzen.« Sie nahm seinen Arm und führte ihn zu einem Stuhl nahe einer Säule, sodass er sich ein wenig anlehnen konnte.

»Danke, Liebes, hab's wohl ein bisschen übertrieben. Aber gleich bin ich wieder auf'm Damm, keine Sorge«, nuschelte er und fing prompt an zu schnarchen.

Tja, immer noch besser, als wenn er auf die Nase gefallen wäre, dachte Georgia.

Sie wandte sich um, als sie das glockenhelle Lachen ihrer Mutter erkannte. Es schien aus der Bibliothek zu kommen, an der sie kurz zuvor vorbeigegangen war. Mit schnellen Schritten lief sie dorthin zurück – und blieb jäh in der Tür stehen. Estella saß in einem Ohrensessel mit hoher Lehne, ein Glas Wein in der Hand, und genau gegenüber von ihr saß niemand Geringeres als Lady Carlyle. *O nein.*

»Liebling«, rief Estella aus und hob ihr Glas, als sie Georgia entdeckte. »Ich habe dich schon überall gesucht. Komm und setz dich zu uns.«

Mit mulmigem Gefühl betrat Georgia den Raum und setzte sich auf den Rand eines Sofas. Sie spürte, wie Lady Carlyles Blicke sie auf Schritt und Tritt verfolgten.

»Und du bist also das Mädchen, das Edwards Herz erobert hat, wie man hört«, begrüßte sie die Ehrfurcht einflößende Dame. »Nun, wer könnte es ihm verübeln, du bist ein hübsches Ding.«

Georgia zwang sich, der Frau direkt in die Augen zu sehen.

»Aber hast du sonst noch etwas von deiner Mutter geerbt?«

»Äh – das hoffe ich doch«, stammelte Georgia, vollkommen verdutzt.

»Das ist die richtige Einstellung«, erwiderte Lady Carlyle mit einem Lächeln. »Es wäre schön, wenn ein paar mehr Kinder dem Beispiel ihrer Eltern folgten und einsähen, wie wichtig die Familie ist.«

Georgia schaute vorsichtig zu Estella hinüber, in der Hoffnung auf irgendein Zeichen, das erklären würde, wie es zu dieser irrsinnigen Situation gekommen war, aber ihre Mutter senkte nur den Blick und nahm einen Schluck von ihrem Wein.

»Deine Mutter hat mir gerade von dem tragischen Brand erzählt, dem euer Haus in Devon zum Opfer gefallen ist. Das muss ja ein schrecklicher Schock gewesen sein.«

»Ja, das war es auch«, antwortete Georgia.

»Wenn ich es richtig verstanden habe, ist das Feuer in Ihrem Atelier ausgebrochen, Mrs Hamilton? Wirklich erschütternd. Wenn wir irgendetwas tun können, um zu helfen, lassen Sie es uns doch bitte wissen. Ich würde auch gern mehr über Ihre Arbeit erfahren. Vielleicht kennen wir ja jemanden, der Ihnen einen Teil seines Ateliers überlassen könnte.«

Die Augen ihrer Mutter fingen an zu leuchten.

O nein, dachte Georgia. *Nicht die abstrakten Werke, bitte erzähl ihr nichts von den abstrakten Werken.*

»Ich bin bildende Künstlerin. Ich male vor allem Porträts. Auch Landschaften, aber ich denke, meine Stärke ist die Form des menschlichen Körpers.«

Lady Carlyle, die die Erwähnung des menschlichen Körpers vermutlich als etwas unanständig empfand, presste die Lippen aufeinander. »Porträts, sagten Sie? Ist es möglich, dass ich eines Ihrer Werke gesehen habe?«

»Vor kurzem habe ich eine Auftragsarbeit für den Earl of Dartington fertiggestellt.«

Auf Lady Carlyles Gesicht zeichnete sich ein Lächeln ab. »Ach wirklich? Ich kenne Hugo sehr gut. War es ein Porträt der Familie?«

»Nein, genau genommen nur von Lady Linley. Sie hat in der Long Gallery für mich Modell gesessen, kennen Sie die?«

»Aber natürlich, sehr gut sogar. Ich habe viele angenehme Stunden dort verbracht und zur Lizard-Halbinsel hinübergesehen. Wie geht es der lieben Abigail denn?«

Erstaunt verfolgte Georgia, wie ihre und Edwards Mutter sich über die verschiedenen Landhäuser und Londoner Wohnsitze des englischen Adels unterhielten und sich dabei zusehends füreinander erwärmten. Estellas bislang skandalöse berufliche Tätigkeit, ihre Abhängigkeit von den Launen wohlhabender Männer, erschien auf einmal in einem vollkommen anderen Licht. Statt einer subversiven, gegen alle Konventionen verstoßenden Bohemienne war sie plötzlich einfach eine gefragte Künstlerin mit guten Beziehungen zur High Society, und ihre Vertrautheit mit den Schlafzimmern aller möglichen Earls und Lords erschien nicht länger suspekt oder anrüchig. Und Estella spielte ihre Rolle hervorragend:

Sie war selbstironisch, klug und geistreich, die perfekte Mischung aus kultiviert und interessant, die Sorte Künstlerin, die man beruhigt zum Abendessen einladen konnte. Georgia saß schweigend dabei und sandte ein stummes Dankgebet an welche Gottheit auch immer, die es für angebracht gehalten hatte, Estella Hamilton an diesem Abend in Thomas Gainsborough zu verwandeln. Vielleicht würde es ihnen ja tatsächlich gelingen, die Carlyles für sich einzunehmen.

»Nun ja, ich bin in höchstem Maße erstaunt, dass Edward mir nie etwas von der künstlerischen Seite deiner Familie erzählt hat«, sagte Lady Carlyle, an Georgia gewandt. »Ich habe nicht gewusst, dass deine Mutter so versiert ist. Vielleicht könnten wir Ihre Talente ja auch einmal in Anspruch nehmen, Mrs Hamilton? Mir schwebt schon länger vor, meine beiden Jungs in Öl festzuhalten, bevor sie sich aus dem Staub machen und eigene Familien gründen.« Sie drehte den Kopf und lächelte Georgia zu. »Ich frage mich, ob wir nicht …«

Sie hielt abrupt inne und wie in Zeitlupe wich das Lächeln in ihrem Gesicht erst einem ungläubigen, dann einem entsetzten Ausdruck. »Ach du meine Güte«, flüsterte sie und fasste sich entgeistert an die Kehle.

Georgia wandte den Kopf und erstarrte vor Schreck. In der Terrassentür, die zum Garten führte, stand Clarissa. Ihr Kleid war von der Schulter abwärts zerrissen, sie hatte einen Schnitt über dem Auge und eine Gesichtshälfte war dreckverschmiert und von Schrammen übersät.

»Es tut mir leid«, murmelte sie, dann sank sie zu Boden.

In der Bibliothek brach sofort ein schreckliches Chaos aus. Estella rannte hinüber zu Clarissa und schrie um Hilfe, Lady Carlyle sprang auf und rief nach Lakaien und Butlern, und Peter, Sybil und Lord Carlyle erschienen aus dem Nebenzimmer und erkundigten sich erschrocken, was passiert sei.

»Könnten bitte mal alle aufhören zu schreien?«, rief Estella mit lauter Stimme, um den Tumult zu übertönen. Mit Peters Hilfe trug sie Clarissa hinüber zu einem Sofa, und eine Hausangestellte brachte eine Decke, die um ihre nackten Beine gewickelt wurde.

»Was ist denn passiert, Liebes?«, fragte Estella sanft und kniete sich neben dem Mädchen hin.

Clarissas Gesicht war blass und sie fuhr sich verstört mit einer zitternden Hand durch die Haare. Georgia konnte sehen, dass ihre Knöchel zerschrammt und ihre Nägel eingerissen waren.

»Ich – ich will keinen unnötigen Ärger verursachen«, stammelte sie. »Mir geht es gleich wieder besser.«

»Erzähl deiner Tante, was passiert ist, Clarissa«, sagte Lady Carlyle im Befehlston. »Es handelt sich eindeutig um eine ernste Angelegenheit und wir müssen der Sache so schnell wie möglich auf den Grund gehen.«

Clarissa blickte wie ein erschrockenes Kaninchen zu ihr hoch, dann wanderten ihre Augen nervös umher. Das selbstbewusste, unerschütterlich wirkende Mädchen aus dem ummauerten Garten war verschwunden – Clarissa machte einen vollkommen verängstigten Eindruck.

»Antworte uns!«, schrie Sybil. »Wer hat dir das angetan?«

Estella brachte sie mit einem strengen Blick zum Schweigen, wandte sich dann wieder dem Mädchen zu und berührte sanft ihre Hand. »Wer war es, Liebes? Du kannst es uns erzählen.«

Georgia erschrak, als sie sah, dass Clarissa ihren Blick direkt auf sie heftete. »Es tut mir so leid«, flüsterte sie. »Aber es war Edward. Er kam an den Pool und fing auf einmal an, mich anzufassen. Ich habe versucht, ihn wegzustoßen, aber er hat mich in die Hütte gedrängt und …« Sie fing an zu schluchzen.

Erneut brach ein Stimmengewirr aus und Georgia stellte fest, dass sie unwillkürlich ebenfalls mitgeschrien hatte.

»Wie kannst du es wagen, so etwas Gemeines über ihn zu behaupten?«, rief sie laut. »So etwas würde Edward nie tun.« Wütend rannte sie hinüber zu Clarissa, packte sie am Handgelenk und rief: »Nimm das zurück! Nimm das sofort zurück!«

»Er hat mich vergewaltigt«, schrie Clarissa. »Wie kannst du ihn verteidigen, nachdem er mir so etwas angetan hat?«

Sybil sah aus, als würde sie jeden Moment in Ohnmacht fallen.

»Wir müssen auf der Stelle die Polizei rufen«, sagte Peter mit leiser, drohender Stimme. Georgia hatte ihn noch nie so wütend gesehen.

»Ich finde, wir sollten zunächst einmal klären, was überhaupt vorgefallen ist«, übertönte ihn Lord Carlyle gebieterisch. Er hatte etwas Einschüchterndes an sich, aber als Georgia zu ihm hinübersah, konnte sie erkennen, dass er außerordentlich besorgt wirkte.

»Lasst uns zuerst einen Arzt rufen«, brachte Lady Carlyle schließlich mit kaum hörbarer Stimme vor.

Alle stimmten zu, dass dies im Moment am dringlichsten war.

Georgia konnte sich nur undeutlich erinnern, was als Nächstes geschah. Alles verschwand in einem schwarzen Loch der Anschuldigungen und der Fassungslosigkeit. Die übrigen Gäste wurden rasch und diskret hinausgeleitet, ohne dass sie etwas von dem Drama mitbekamen, das sich unterdessen auf dem Anwesen abspielte. Georgia suchte verzweifelt das gesamte Gelände nach Edward ab, doch erspähte ihn nur von weitem, und bevor sie mit ihm sprechen konnte, wurde er auch schon von einem diensteifrig wirkenden Mann in einen weiter entfernten Flügel des Hauses gezerrt. Als ihre Mutter ihr die Version der Ereignisse schilderte, die Clarissa ihren Eltern und den Carlyles erzählt hatte, schluchzte Georgia die ganze Zeit über hemmungslos.

Anscheinend war Clarissa in dem ummauerten Garten gewesen und hatte sich nach ihrem Bad im Pool abgetrocknet, als Edward auf der Suche nach Georgia hereingekommen war. Clarissa war in ein Handtuch gewickelt und er war auf sie zugegangen, um sich mit ihr zu unterhalten. Er hatte ihr Kinn gestreichelt und gesagt, sie sei wunderschön. Dann hatte er sie gebeten, das Handtuch fallen zu lassen, und als sie sich geweigert hatte, war er grob geworden.

Georgia hatte geschrien, dass das alles erstunken und erlogen sei. Sie war aufgesprungen, um Clarissa zu suchen und sie anzuflehen, die Wahrheit zu erzählen, doch in dem Moment wurde sie bereits von zwei Ärzten untersucht – einer war von den Carlyles gerufen worden, der andere von Peter Hamilton.

Georgias letzte Erinnerung an diesen Abend war das Geräusch eines Autos, das vor dem Hauseingang zum Stehen kam, und eine vertraute Stimme, die die stille Abendluft durchdrang.

»Georgia, ich habe nichts getan«, brüllte Edward.

Eilig stürzte sie ans Fenster und erspähte gerade noch, wie er in ein wartendes Auto gestoßen wurde.

Das war das letzte Mal, dass sie ihn sah.

Kapitel 23

28. Dezember 2012

Amys Tee war kalt geworden. Sie starrte ungläubig zu Georgia hinüber, die soeben ihre Geschichte beendet hatte.

»Was soll das heißen, das war das letzte Mal, dass du ihn gesehen hast? Wurde er ins Gefängnis gesteckt?«

»Er wurde umgehend nach Singapur geschickt, sozusagen die High-Society-Version einer Verbannung ins Arbeitslager. Es war furchtbar.«

Amy sah, dass die Lippen der alten Frau zitterten, während sie schilderte, was als Nächstes geschah.

»Dort ist er an Typhus erkrankt – ich weiß weder, wie das passieren konnte, noch, weshalb die Behandlung bei ihm nicht angeschlagen hat. Doch in jedem Fall ist er neun Monate nach Christophers Geburtstagsparty gestorben. Sein Leichnam wurde zurück nach England überführt. Ich habe erst nach der Beerdigung von seinem Tod erfahren.«

Sie blickte auf ihre Hände herab.

»Ich war neunzehn Jahre alt und hatte die Liebe meines Lebens verloren.«

Die Schlichtheit ihrer Worte berührte Amy tief. Sie stand auf, setzte sich neben Georgia und legte behutsam die Hand auf die ihre.

Georgia blickte hoch, ihre Augen schimmerten. »Er wurde auf dem Friedhof unweit der Dorfkirche beigesetzt, ganz in der Nähe von Stapleford, dem Anwesen der Familie«, erzählte sie weiter. »Ich besuche ihn dort jedes Jahr. Allerdings nicht an seinem Geburtstag oder an Weihnachten – ich möchte ihnen auf keinen Fall über den Weg laufen, auch wenn ich bezweifle, dass sie je sein Grab besuchen.«

»Wem möchtest du nicht über den Weg laufen?«, fragte Amy leise.

»Tja, Clarissa und Christopher. Dem glücklichen Pärchen.« Sie lächelte, doch ihr Gesicht wirkte wie versteinert.

»Wieso glückliches Pärchen?«, wunderte sich Amy.

»Habe ich das nicht erzählt? Die beiden haben geheiratet. Meine Cousine und Edwards Bruder. Man könnte sagen, Clarissa hat alles bekommen, was sie wollte.«

Amy brauchte einen Augenblick, um diese Information zu verdauen. Im ersten Moment wusste sie nicht, was sie von alldem halten sollte. Es war eine schreckliche Geschichte gewesen; es war entsetzlich, jemanden aus der eigenen Familie so zu behandeln – und sie verstand natürlich, weshalb Georgia danach nie wieder etwas mit den Hamiltons oder den Carlyles zu tun haben wollte. Dennoch fragte sie sich, ob ihr Blick auf die Ereignisse nicht durch ihre Verbitterung – und das Verstreichen der Jahre – zunehmend getrübt wurde.

»Ich kann mir vorstellen, dass es schwer ist zu akzeptieren, was damals geschehen ist, aber …«

Georgia blickte Amy direkt in die Augen, ihr Kinn trotzig nach vorn geschoben. »Aber was?«

»Na ja, wäre es nicht vielleicht an der Zeit, sich damit abzufinden?«

»Ich soll mich damit abfinden?«, rief Georgia empört.

»Aber was Clarissa getan hat, war durch und durch böse. Es war niederträchtig.«

»Niederträchtig?«

»Sie hat gelogen, verstehst du denn nicht?«, sagte Georgia. »Alles, was sie erzählt hat, war erlogen. Edward hat sie nicht vergewaltigt.«

»Du glaubst ihre Geschichte also immer noch nicht? Nicht mal einen Teil davon?«, fragte Amy vorsichtig nach. Sie wollte ihre Freundin auf keinen Fall unnötig verärgern, aber gleichzeitig wäre Georgia auch nicht geholfen, wenn sie bis an ihr Lebensende weiterhin so verbittert, einsam und im Streit mit ihrer Familie leben würde.

»Ich weiß, was du denkst«, erwiderte Georgia leise. »Was klingt glaubhafter: Dass ein junger Mann sich betrinkt und eine Frau auf einer Party vergewaltigt oder dass eine Frau entschlossen ist, das Leben eines Mannes zu zerstören, indem sie behauptet, er hätte genau das getan?«

Amy wusste nicht, was sie darauf antworten sollte. Beides waren abscheuliche Verbrechen.

»Ich jedenfalls habe Clarissa ihre Geschichte nicht einen Moment lang abgekauft und werde es auch niemals tun«, erklärte Georgia mit vor Wut zitternder Stimme. »Ich habe nie geglaubt, dass Edward ihr das angetan hat – nein, viel mehr als das. Tief in meinem Herzen habe ich immer *gewusst*, dass er zu so etwas nicht fähig wäre. Und er hat mir in seinen Briefen geschworen, dass mit Clarissa nie etwas gewesen ist. Er hat zwar zugegeben, den ummauerten Garten betreten zu haben, weil er auf der Suche nach mir war, aber als er mich dort nicht angetroffen hat, ist er sofort wieder gegangen.«

»Aber warum hat sie dann so etwas behauptet? Selbst wenn sie wirklich so gemein und hinterhältig war, wäre der

Skandal doch letztlich auch auf sie zurückgefallen und hätte ihre Heiratsaussichten verschlechtert und so weiter.«

»Du hast vollkommen recht.« Georgia warf Amy einen anerkennenden Blick zu. »Clarissa hat natürlich nicht gewollt, dass Edward stirbt. Ich vermute, ihr Plan ist einfach völlig aus dem Ruder gelaufen«, erklärte sie und presste die Lippen fest aufeinander. Dann legte sie die Hände zurück in den Schoß und holte tief Luft. »Zuerst ging es mir wie dir, ich tat mich schwer damit, die einzelnen Puzzleteile zusammenzusetzen. Und man darf nicht vergessen, dass das alles in den Fünfzigerjahren passiert ist. Damals war es wesentlich schwerer zu beweisen, dass eine Vergewaltigung stattgefunden – oder eben nicht stattgefunden – hat. Es gab noch keine DNA-Tests oder Ähnliches. Letzten Endes stand also Aussage gegen Aussage.«

»Also wurde nie eindeutig geklärt, ob Clarissa vergewaltigt wurde oder nicht?«

»Genau. In den Ermittlungen ging es nicht darum, ob sie freiwillig Geschlechtsverkehr mit Edward gehabt hatte, sondern ausschließlich um die Frage, ob es überhaupt zum Verkehr gekommen war.«

»Aber sie war doch untersucht worden?«

»Ja, von einem Arzt. Doch das Einzige, was sie damals feststellen konnten, war, dass sie tatsächlich Geschlechtsverkehr gehabt hatte. Und selbst das war schwer nachzuweisen, da sie ja an dem Abend geschwommen war. Der Arzt untersuchte anschließend auch Edward und bestätigte, dass er kurze Zeit vorher ejakuliert hatte. Edward gestand dann jedoch, dass er mit mir geschlafen hatte.«

»Aber wenn sie mit Edward keinen Sex hatte – ob nun freiwillig oder nicht –, mit wem denn *dann*?«, fragte Amy.

Georgia seufzte. »Ungefähr ein Jahr nach Edwards Tod

kam mir zu Ohren, dass Clarissa mit Christopher Carlyle zusammen war. Das kam mir sofort seltsam vor. Schließlich hatte sie die ganze Zeit behauptet, Christophers Bruder hätte ihr ein furchtbares Trauma zugefügt – und daran will man doch bestimmt nicht täglich erinnert werden. Oder würdest du wollen, dass jemand, der genauso aussieht wie dein Vergewaltiger, auch nur in deine Nähe kommt?«

Das klang durchaus einleuchtend, fand Amy. Sie würde so etwas unter keinen Umständen wollen, doch auch das war kein hieb- und stichfester Beweis. »Vielleicht haben sie sich schlicht ineinander verliebt?«, überlegte sie laut.

»Vielleicht«, erwiderte Georgia wenig überzeugt. »Wie auch immer, jedenfalls gaben sie dann ein halbes Jahr später ihre Verlobung bekannt. Ich hatte mich gerade an der Universität eingeschrieben und war nach Cambridge gezogen. Eines Tages habe ich dann im Innenhof der Universität einen alten Freund von Christopher kennengelernt. Er hat mir erzählt, dass er Clarissa und Christopher im Sommer 1958 zusammen gesehen hat. Sie haben sich damals also definitiv schon gekannt. Ich kann mich erinnern, sie auf meiner Geburtstagsfeier zusammen gesehen zu haben.«

»Aber was beweist das schon? Eigentlich doch ganz logisch, dass sie sich über den Weg gelaufen sind, immerhin haben sie in denselben Kreisen verkehrt, oder?«

Georgia schüttelte den Kopf. »Christopher hat sich diesem Freund anvertraut – er und Clarissa waren damals tatsächlich ein Paar. Deshalb glaube ich, dass Clarissa an jenem Abend nicht mit Edward geschlafen hat, sondern mit Christopher.«

»Aber die Frage bleibt doch bestehen: Warum um alles in der Welt hat sie dann Edward beschuldigt, etwas so Furchtbares getan zu haben?«

»Neid? Habgier? Gehässigkeit?«, fragte Georgia leise zurück. »Diese Frage stelle ich mir seit fünfzig Jahren.«

Sie verstummte für einen Augenblick und schien ihre Gedanken zu ordnen. »Welchen Grund Clarissa auch immer gehabt haben mag, letzten Endes hat sie bekommen, was sie wollte: eine vorteilhafte Heirat. Eine ausgezeichnete Heirat sogar. Zu jener Zeit gehörten die Carlyles zu den angesehensten Familien in ganz England. Als mir das mit Clarissa und Christopher zu Ohren kam, habe ich ein paar Nachforschungen angestellt. Ich habe mich zum Beispiel mit etlichen Debütantinnen unterhalten, die im gleichen Jahr wie Clarissa die Saison mitgemacht hatten. Wie sich herausstellte, hatte sie es damals schon auf Edward Carlyle abgesehen – ›sie hatte ihn sich ausgeguckt‹, wie wir zu sagen pflegten. Natürlich war sie nicht die Einzige. Alle Mädchen waren in jenem Jahr hinter Edward her. Er galt als beste Partie der Saison – er war reich, hatte einen Adelstitel, sah gut aus und war obendrein intelligent. Aber laut ihren Freundinnen war Clarissa richtiggehend besessen von ihm.«

Amy schüttelte den Kopf. »Aber sie hat Edward nicht bekommen, stimmt's?«

»Nein, aber dafür Christopher, der immerhin die nächstbeste Alternative war. Nachdem Edward aus dem Weg geräumt war, ist Christopher in der Rangordnung zum ältesten Sohn aufgestiegen. Und nach ihrer Heirat mit Christopher ist Clarissa dann tatsächlich Herrin über das ganze prächtige Anwesen geworden, und damit eine richtige Dame. Natürlich nur dem Titel nach, nicht in irgendeiner Hinsicht, die wirklich zählt.«

Amy versuchte, das Gehörte, so gut es ging, nachzuvollziehen. Es war ein schwerer Vorwurf, den Georgia da erhob; kein Wunder, dass es zu einem derart tiefen Zerwürfnis innerhalb der Familie gekommen war, und kein Wunder, dass Will gemeint hatte, man wolle nicht, dass etwas über den Skandal bekannt würde.

»Hast du damals nicht versucht, ihnen klarzumachen, was deiner Meinung nach passiert war?«

Georgia nickte. »Natürlich. Wie hätte ich so etwas für mich behalten können? Meine Familie war empört und sagte, es sei abscheulich, so etwas auch nur zu denken. Ich wurde zur geächteten Außenseiterin. Selbst meine Mutter war der Meinung, ich hätte mich von Edward blenden lassen und würde mir etwas vormachen. Sie wusste natürlich, wie sehr ich mir wünschte, Edward sei unschuldig, aber auch sie glaubte Clarissa, genau wie alle anderen. Und warum auch nicht? Aus dem Grund hat sich auch meine Beziehung zu Estella nie wieder richtig erholt.«

»Aber wie ging es dann weiter? Was hast du danach gemacht?«

Die alte Frau zuckte mit den Schultern. »Was hätte ich schon machen sollen? Ich bin von zu Hause ausgezogen und habe mir eine Arbeit gesucht. Abends habe ich gelernt. Ich bin in eine Welt der Bücher und der Literatur eingetaucht und musste immer wieder an die Universität denken und daran, dass Edward gesagt hatte, ich würde mich dort wohlfühlen, ich würde dort aufblühen. Also habe ich mich schließlich in Cambridge beworben und die Zulassungsprüfung abgelegt und wurde auch angenommen. In Oxford wollte ich mich nicht bewerben. Das wäre zu schmerzhaft gewesen. Ich habe dann an der Trinity Hall studiert und mir dort ein neues Leben aufgebaut.« Sie spreizte die Finger in ihrem Schoß. »Und nun sitze ich hier.«

Amy nutzte den Moment, um sich erneut in Georgias Apartment umzusehen. Als sie zum ersten Mal hierhergekommen war, hatte alles so beeindruckend gewirkt, all die Kunstwerke, die Bücher, die wundervolle Aussicht. Doch nun konnte sie sehen, was auch Georgia von Zeit zu Zeit gesehen haben musste: wie groß und einsam die Wohnung war, dass sie lediglich einen Trostpreis darstellte, einen blassen Abklatsch des herrschaftlichen Hauses und des glücklichen Lebens, das sie eigentlich hätte führen sollen – an der Seite des Mannes, den sie über alles liebte.

»Hast du Clarissa seither noch mal getroffen?«, wollte sie wissen.

Georgia schüttelte den Kopf. »Einmal habe ich sie auf der Regent Street gesehen. Ich weiß genau, dass sie mich auch erkannt hat, aber sie hat schnell weggeschaut. Sie weiß, dass sie Schuld auf sich geladen hat, deswegen kommt es ihr sehr gelegen, dass ihre verblendete Cousine Georgia, die immer noch an die Unschuld ihres Herzallerliebsten glaubt, aus ihrem Leben verschwunden ist. Sie will nicht daran erinnert werden, was sie getan hat. Sie will nicht an ihre Schuld erinnert werden, an die Scham und die Angst.«

»Die Angst?«

Georgia schnaubte verächtlich. »Die Angst davor, dass herauskommt, was sie getan hat, die Angst vor einem Skandal.«

Georgia konnte die Tränen inzwischen nicht mehr zurückhalten, sie strömten ungehemmt ihr blasses, feines Gesicht herab. »Edward hat mir an dem Abend einen Heiratsantrag gemacht, er hat mir einen Ring an den Finger gesteckt. Wir haben über unsere Hochzeit gesprochen, über unsere Flitterwochen, über unser zukünftiges Leben in New York. Klingt das nach einem Mann, der vorhat, ein schreckliches Verbrechen zu begehen?«

Amy schüttelte langsam den Kopf.

Mit ihrer zarten Hand schlug sich Georgia gegen die Brust. »Er hat nicht gelogen, Amy, das weiß ich. Er hätte so etwas niemals getan. Nicht an diesem Abend und auch an keinem anderen. Und wenn du mir das nicht glaubst, dann glaubst du auch nicht an die Liebe.«

Tief erschüttert senkte sie den Kopf und ihre Schultern bebten, während sie bitterlich schluchzte. Amy, die immer noch neben ihr auf dem Sofa saß, rutschte näher an sie heran und legte einen Arm um sie.

»Jetzt weißt du es also«, flüsterte Georgia weinend. »Jetzt weißt du, warum ich eine Anzeige aufgeben musste, um eine Reisebegleitung zu finden. Jetzt weißt du, warum ich kein Verlangen danach habe, Weihnachten mit meiner Familie zu verbringen.«

»Und warum du noch nie in New York gewesen bist.«

»Vermutlich war ich die einzige Führungskraft in der gesamten Verlagsbranche, die noch nie dort gewesen ist«, meinte sie mit einem traurigen Lächeln. »Aber ich habe es nie über mich gebracht, den Ort zu besuchen, an dem ich wirklich hätte glücklich werden können.«

»O Georgia, das tut mir alles so leid.«

Die alte Frau holte tief Luft und erhob sich mühsam vom Sofa. »Ich weiß, es ist eine furchtbare Geschichte. Aber wir wollen uns davon nicht den Tag verderben lassen. Das ist alles schon so lange her. Und nichts und niemand kann mir Edward wiederbringen, egal, wie viele Tränen ich vergieße.« Sie beugte sich nach vorn und hob die Blumenvase hoch. »Die sind wirklich wunderschön. Ich werde sie ans Fenster stellen.«

Sie ging zwei Schritte, schien dann ins Schwanken zu geraten und stürzte jäh nach vorn. Es gelang ihr gerade noch, sich mit einer Hand am Fenstersims festzuhalten.

»Georgia!«, schrie Amy, während die Vase wie in Zeitlupe einen Bogen beschrieb, klirrend zu Boden fiel und sich Wasser und Blumen über den Teppich ergossen. Rasch rannte sie zu Georgia hinüber, fasste sie unter den Achseln und beförderte sie, halb tragend, halb zerrend in einen Sessel.

»Was ist denn mit dir, Georgia? Soll ich einen Arzt rufen?«, fragte Amy erschrocken.

»Alles in Ordnung. Mir geht es gut«, stöhnte Georgia.

»Bist du sicher?«, gab Amy zurück. »Ich rufe lieber den Notarzt.«

»Bitte nicht, Amy.«

»Georgia, etwas stimmt nicht mit dir. Ich glaube, es ist wirklich besser, wenn wir jemanden holen, der dich untersucht.«

»Nein«, lehnte die ältere Frau wütend ab, doch Amy stand bereits am Telefon.

»Wie heißt denn dein Hausarzt? Ich rufe ihn schnell an.«

»Das hat keinen Zweck.«

»Keinen Zweck?«, herrschte Amy sie an. Ihre Stimme hatte vor Sorge einen schrillen Klang angenommen. »Es geht um deine Gesundheit, Georgia!«

»Es hat keinen Zweck, weil ich bereits weiß, was mit mir nicht stimmt. Und meine Ärzte wissen es ebenfalls.«

Amy hatte das Gefühl, dass es in der Wohnung schlagartig etliche Grad kälter geworden war.

»Was soll das heißen?«, flüsterte sie mit fast tonloser Stimme.

Georgia winkte mit ihrer blassen Hand ab, als wäre es nichts Besorgniserregendes. »Ich hatte ständig Kopfschmerzen und bin mehrmals hingefallen. Also habe ich mich irgendwann von Kopf bis Fuß untersuchen lassen. Ich bekam einen Befund und nun kümmern sich die Ärzte darum.«

»Was denn für einen Befund? Worum kümmern sich die Ärzte?« Amy wagte es kaum zu atmen.

Georgia verstummte, als wollte sie die Worte nicht aussprechen.

»Du wirst doch wieder gesund, oder?«, fragte Amy, vor Angst wie erstarrt.

»Tja, man kann nicht mehr operieren, anscheinend ist er zu weit fortgeschritten.«

»Was soll das heißen?«

»Das heißt, dass ich sterben werde«, antwortete Georgia schlicht. »Früher oder später passiert das jedem von uns. Mich trifft es jetzt eben etwas früher als gedacht. Deswegen musste ich unbedingt noch nach New York.«

»Die Liste …«, murmelte Amy mit so leiser Stimme, dass sie sich selbst kaum hören konnte. »Dann gab es also doch eine Liste mit Sachen, die du noch machen wolltest, bevor du stirbst.«

»Ja. Das war das Einzige, was ich in meinem Leben noch erledigen musste.«

Kapitel 24

Immerhin regnete es nicht. Amy blickte mit zusammengekniffenen Augen hinauf in den grauen Himmel und versuchte, das Gebäude auf der anderen Straßenseite auszumachen. Die Socken hingen immer noch über dem Balkon. Sie zählte die Fenster waagerecht und die Stockwerke senkrecht, um Wills Wohnungsnummer zu ermitteln, und ging dann auf den Hauseingang zu. *Na, das hätte ich mir sparen können*, dachte sie, als sie die Namen auf den Klingelschildern sah.

Sie drückte den Knopf neben »Hamilton, W.« und wurde von einer vertrauten Baritonstimme begrüßt.

»Ich bin's, Amy«, sagte sie. »Wir waren vorhin zusammen Kaffee trinken.«

»Wenn's um die Socken geht, die wollte ich sowieso gerade reinholen.«

»Lass mich einfach kurz rauf. Ich muss mit dir sprechen. Darf ich?«, gab sie kurz angebunden zurück.

Verglichen mit dem riesigen Kronleuchter und dem prächtigen Treppenhaus in Georgias Eingangshalle war der Hausflur von Wills Wohnhaus klein und düster. Sie stieg die Stufen hinauf bis zum zweiten Stock, wo Will sie bereits auf dem Treppenabsatz erwartete, und drückte ihm einen Stapel Briefe in die Hand, die sie unten im Hausflur aufgelesen hatte.

»Deine Post«, sagte sie und steuerte auf die offene Wohnungstür zu.

»Komm ruhig rein«, erwiderte Will mehr zu sich selbst und in sarkastischem Tonfall.

Drinnen führte ein schmaler Gang in ein winziges, vollgestopftes Wohnzimmer. Es wirkte unordentlich – was sie nicht überraschte, schließlich ließ Will auch seine Wäsche ein halbes Jahr lang draußen hängen –, aber die wenigen Möbelstücke, die darin standen (ein Sofa, ein mit seriösen Zeitschriften übersäter Couchtisch und ein überquellendes Bücherregal), waren elegant und geschmackvoll. An den Wänden hingen gerahmte Filmplakate: farbenprächtige Reproduktionen von Billy Wilders Klassikern – *Manche mögen's heiß*, *Das Appartement* und *Boulevard der Dämmerung*. Zwar würde der Raum wohl nie in einer Zeitschrift für Inneneinrichtung erscheinen, aber die Persönlichkeit seines Bewohners sprach aus jedem noch so kleinen Detail.

»Tolle Filme, die mag ich auch gern«, murmelte Amy, plötzlich etwas nervös geworden. Immerhin war sie uneingeladen in sein Allerheiligstes geplatzt – in jeder Hinsicht ein äußerst undamenhaftes Verhalten, wie ihr schlagartig bewusst wurde – und nun würde sie auch noch alle möglichen unangenehmen Themen ansprechen müssen, die an diesem Morgen in Georgias Wohnung ans Licht gekommen waren.

»Ich komme gerade von Georgia«, fing sie an. Schließlich konnte sie schlecht einen Rückzieher machen, nachdem sie nun schon einmal hier war. »Es geht ihr nicht gut. Sie ist gestürzt, während ich bei ihr war, und daraufhin habe ich alle möglichen Sachen erfahren, die ich wohl gar nicht hätte erfahren dürfen und die sie vermutlich bewusst verschweigt.«

»Was denn für Sachen?«, fragte er mit erschrockenem Gesichtsausdruck. »Und was war das für ein Sturz? Ist sie verletzt?«

»Sie ist todkrank, Will«, antwortete Amy und spürte, wie ihre Hände anfingen zu zittern.

Will starrte sie ungläubig an, während sie ihm schilderte, was in Georgias Wohnung vorgefallen war. Als sie fertig erzählt hatte, ließ er sich in einen Sessel fallen und fuhr mit den Fingern durch sein dunkles Haar.

»Scheiße«, sagte er wieder und wieder und sah dann zu Amy hoch. »Wie lange hat sie noch?«

»Ich weiß es nicht.«

»Ich meine, reden wir von Monaten? Jahren?«, rief er ungeduldig.

»Will, ich weiß es wirklich nicht«, gab sie zurück, überwältigt von den Gefühlen, die auf einmal auf sie einstürmten. »Sie will nicht darüber reden, aber es sieht nicht gut aus. Und schon aus diesem Grund sollte man etwas unternehmen, um die Familie wieder an einen Tisch zu bringen. Sie hat vielleicht nicht mehr lange zu leben.«

Will atmete tief aus. »Hör mal, Amy. Ich glaube, ich muss dir was erzählen …«

»Ich weiß doch längst alles!«, fuhr Amy ihn an. »Ich weiß von dem Vergewaltigungsvorwurf, ich weiß Bescheid über Edward und Christopher – Georgia hat mir alles erzählt.«

Will sog hörbar die Luft ein und blies dann die Backen auf. »Meinst du, es ist zu früh für ein Bier?«, fragte er dann und erhob sich.

»Definitiv nicht. Hast du welches da?«

Sie setzte sich auf den Rand des Sofas, während Will in die schmale Küche ging und sie das unverkennbare »Zisch-Klonk«, »Zisch-Klonk« zweier Kronkorken hörte, die in der

Spüle landeten. Er kam zurück, reichte Amy eine eiskalte Flasche und setzte sich ihr gegenüber.

»Ich glaube, als ich zum ersten Mal gefragt habe, warum niemand in der Familie Kontakt zu Georgia hat, fiel das Wort ›Misshandlung‹«, sagte er. »Ich habe mir den Rest dann irgendwann selbst zusammengereimt. Wie du dir vermutlich denken kannst, ist das kein Thema, über das wir reden, wenn wir an Weihnachten zusammen am Tisch sitzen.«

»Aber glaubst du die Geschichte?«

»Welchen Teil davon?«

»Den mit der Vergewaltigung. Glaubst du, Clarissa hat die Wahrheit gesagt und es hat sich wirklich alles so zugetragen an jenem Abend?«

Will nahm einen tiefen Schluck von seinem Stella. »Du meinst, sie hat *freiwillig* mit Edward geschlafen?«, fragte er dann zurück.

»Georgia ist der festen Überzeugung, dass Edward an dem Abend überhaupt keinen Sex mit Clarissa hatte. Sie glaubt weder, dass er sie vergewaltigt hat, noch, dass es einvernehmlich geschah.«

Er sah sie von der Seite an. »Wie kann sie sich da so sicher sein?«

»Wusstest du, dass er Georgia an dem Abend einen Heiratsantrag gemacht hat?«

Will schüttelte überrascht den Kopf. »Wie ich schon heute Morgen gesagt habe – mir hat nie jemand im Detail erzählt, was damals passiert ist. Ich musste die einzelnen Puzzleteile selbst zusammensetzen.«

»Ehrlich gesagt, war ich mir auch erst nicht sicher, wem ich glauben soll«, sagte Amy. »Clarissas Geschichte klingt ja eigentlich recht plausibel. Aber nicht, wenn man weiß, dass Edward Georgia kurz vorher einen Heiratsantrag gemacht hat.

Überleg doch mal. Warum hätte Edward ausgerechnet an dem Abend Clarissa vergewaltigen sollen, wo er doch vorhatte, sein Leben mit Georgia zu verbringen? Das ergibt doch überhaupt keinen Sinn.«

»Bei allem Respekt«, entgegnete Will, »aber nur, weil du ein paar Tage mit Georgia verbracht hast, heißt das noch lange nicht, dass du eine Expertin bist, was unsere Familie angeht.«

»Natürlich nicht«, gab Amy gereizt zurück. »Und als Georgia mir das alles erzählt hat, war ich anfangs genauso skeptisch wie du. Aber du solltest dir ruhig auch mal ihre Sicht der Dinge anhören. Was sie sagt, klingt äußerst überzeugend. Und sie hat triftige Gründe für ihre Meinung. Sie kann sich einfach nicht vorstellen, dass Edward Clarissa vergewaltigt hat, sie hat es nie geglaubt und glaubt es bis heute nicht, selbst nach all der Zeit.«

Will zuckte mit den Schultern. »Man glaubt ja immer das, was man glauben will, oder?«

»Aber hast du deine Tante Clarissa je direkt gefragt?«

»Nein, natürlich nicht! Hast du schon mal Angehörige *deiner* Familie über ihr Sexualleben befragt?«

Amy verzog das Gesicht. Da war natürlich etwas dran. »Aber du bist doch Schriftsteller, Will. Du weißt, wie so etwas läuft. Jeder erzählt etwas anderes und nach einer gewissen Zeit ist es ungeheuer schwer, nachzuvollziehen, was damals wirklich passiert ist.«

Er nahm einen weiteren tiefen Schluck und schien sich ihr Argument durch den Kopf gehen zu lassen. »Okay, nur mal angenommen, Georgia hätte recht und Clarissa ist überhaupt nicht vergewaltigt worden. Aber aus welchem Grund hätte sie es dann behaupten sollen? Stell dir doch nur mal die Schande vor, die damals mit einer Vergewaltigung einherging.

Warum hätte sie sich selbst in eine solche Situation bringen sollen?«

Amy zuckte ratlos die Achseln.

»Und aus welchem Grund hätte sie Edwards Leben auf diese Weise zerstören sollen? Da hätte sie ja wirklich ein Herz aus Stein haben müssen. Selbst wenn er damals nicht im Fernen Osten gestorben wäre, wäre es perfide gewesen, eine solche Anschuldigung zu erheben.«

Amy waren zuvor schon die gleichen Fragen durch den Kopf gegangen und sie wusste ebenso wenig eine Antwort darauf wie er. »Tja, Leute haben schon weitaus schlimmere Dinge getan – aus Wut oder aus Eifersucht; weil sie verliebt waren oder zurückgewiesen wurden. Du brauchst nur die Zeitungen aufzuschlagen«, meinte sie schließlich.

Will trank sein Bier aus und blickte sie durchdringend an. »Aber wir sprechen hier von meiner Familie, Amy. Das sind angesehene und anständige Leute.«

Sie konnte nachvollziehen, wie quälend die Vorstellung für ihn sein musste, dass es womöglich nicht so war. »Vielleicht sind sie das ja auch in vielerlei Hinsicht«, erwiderte sie so vorsichtig, wie sie nur konnte. »Aber Clarissa war eben jung, unsterblich verliebt und fühlte sich zurückgewiesen – als junger Mensch tut man manchmal verrückte, impulsive Dinge. Man denkt nur an die Belohnung, nicht an die Folgen«, gab sie zu bedenken. »Und nachdem Edward seinen guten Ruf eingebüßt hatte, konnte Clarissa Christopher heiraten und bekam dadurch alles, was sie immer gewollt hatte: das prächtige Anwesen, den Titel, die Bewunderung ihrer Familie. Dafür lässt man sich zu allem Möglichen hinreißen, meinst du nicht?«

Will stand auf und fing an, im Zimmer auf und ab zu gehen. Amy sah ihm an, wie schwer es ihm fiel, diese Möglichkeit zu akzeptieren.

»Wir müssen etwas tun«, sagte sie dann.

»Und was, bitte schön?«, fragte er und hob entnervt die Schultern. »Selbst wenn es stimmt – was wir vermutlich nie beweisen könnten –, sind Clarissa und Christopher wohl kaum sonderlich erpicht darauf, uns die Wahrheit zu erzählen. Wer weiß, ob Christopher überhaupt je erfahren hat, was damals wirklich geschah.«

»Du findest es also besser, keine schlafenden Hunde zu wecken?«, fragte Amy sarkastisch.

»Was wäre denn die Alternative? Tante Clarissa zur Rede zu stellen und ihr auf den Kopf zuzusagen, dass sie eine Lügnerin ist?«

»Warum eigentlich nicht?«, entgegnete sie scharf und spürte, wie ihre Wangen vor Wut glühten. »Dann würde Georgia vielleicht endlich die Wahrheit erfahren und könnte ihren Frieden damit machen. Möchtest du denn nicht auch Gerechtigkeit? Für Georgia? Für Edward? Für alles, was ihnen genommen wurde?«

Will starrte aus dem Fenster, als würde er nachdenken. Als er wieder zu ihr herüberblickte, konnte sie die widersprüchlichen Gefühle sehen, die sich auf seinem Gesicht abzeichneten. Sie konnte ihn gut verstehen. Immerhin war in seinem kleinen geregelten Leben urplötzlich eine völlig fremde Person aufgetaucht und drängte ihn dazu, eine emotionale Bombe in seiner Familie hochgehen zu lassen. Vollkommen verrückt, oder? Wäre es umgekehrt gewesen, hätte ihn Amy mit ziemlicher Sicherheit schon längst hinausgeworfen.

»Bald findet eine Feier statt«, sagte er schließlich. »Auf ihrem Anwesen.«

»Heißt das, du hilfst mir?«, rief Amy aus, sprang auf und fiel ihm um den Hals. Er roch gut. Nach Weihnachtsbäumen und Seife.

»Schon gut, schon gut«, meinte er schroff und löste sich von ihr.

»Was hast du vor?«

Er trat hinüber zum Kamin und reichte ihr eine Karte aus festem weißem Papier.

Wir möchten Dich herzlich zu unserer Silvesterfeier einladen.
Stapleford
31. Dezember
20 Uhr
Abendgarderobe erbeten

»Das ist so ziemlich der einzige Zeitpunkt, an dem wir sicher sein können, Clarissa und Christopher zu erwischen. Ansonsten müssten wir bis nach Ostern warten. Sie besitzen ein Haus auf Antigua, wohin sie normalerweise im Januar verschwinden. Dort bleiben sie dann drei oder vier Monate. Und wenn Georgia … Na ja, vielleicht können wir ja nicht mehr so lange warten, bis wir etwas tun.«

»Was tun?«, fragte Amy und blickte zu ihm hoch.

»Vermutlich unsere Zeit verschwenden«, erwiderte Will zynisch. »Ich glaube kaum, dass Clarissa irgendwas zugeben wird.«

»Wir müssen es zumindest versuchen«, erwiderte Amy und legte Will dankbar die Hand auf die Schulter. »Das sind wir Georgia auf jeden Fall schuldig.«

»Na gut, dann sehen wir uns an Silvester«, sagte er abschließend. »Mach dich schick.«

»Abgemacht«, gab sie zurück und schlug den Kragen ihres Mantels hoch, bevor sie wieder hinaus in die Kälte ging.

Kapitel 25

Mit hochgezogenen Schultern flüchtete sich Amy in den Eingang von Daniels Haus, um sich vor dem Regen zu schützen, der in peitschenden, im Gegenlicht der Straßenlaternen silbrig schimmernden Fäden herunterprasselte. Sie war den ganzen Weg von der U-Bahn-Haltestelle High Street Kensington gerannt, doch es schien so gut wie nichts genützt zu haben: Die Jeans klebte ihr an den Beinen und ihr dünner Trenchcoat – nie eine gute Wahl bei sintflutartigen Regengüssen – triefte vor Nässe. Sie fühlte sich, als wäre sie in einen Swimmingpool gefallen.

»Überraschung!«, murmelte sie, als Daniel die Tür öffnete.

»Amy! Du meine Güte. Was ist denn mit dir passiert? Du siehst ja aus wie ein begossener Pudel!«

»Danke«, erwiderte sie. »Genau, was ich jetzt hören wollte.«

»Tut mir leid, so war es nicht gemeint. Aber komm doch rein, bevor noch jemand die Küstenwache ruft.«

Als sie an dem Spiegel in Daniels Flur vorbeikam, erhaschte sie einen flüchtigen Blick auf sich selbst. *O nein*, dachte sie. Ihre Haare pappten ihr strähnig an der Stirn und ihre Wimperntusche war verlaufen, sodass sie aussah, als wäre sie dem Musikvideo einer Gothic-Band aus den Achtzigern entsprungen. *Ganz toll.*

Daniel rannte, zwei Stufen auf einmal nehmend, die Treppe

hinauf und kam mit einem Handtuch zurück, mit dem er ihr die Haare trocken rubbelte. »Ich wusste gar nicht, dass du vorbeikommen wolltest.«

Sie hatte den ganzen Tag versucht, Daniel zu erreichen, aber er hatte nicht abgenommen. Deswegen hatte sie beschlossen, ihm einen Überraschungsbesuch abzustatten. Das schmucke, neu renovierte Haus in unmittelbarer Nähe der Kensington High Street war ein Geschenk seiner Eltern zu seinem dreißigsten Geburtstag gewesen. Das Badezimmer glänzte immer noch, als wäre es gerade erst eingebaut worden. Im Grunde genommen wirkte das ganze Haus noch wie neu – Daniel war ein ziemlicher Ordnungsfanatiker – und Amy kam nicht umhin, festzustellen, dass es das genaue Gegenteil von Wills Wohnung war: schick und puristisch, mit Designermöbeln und strengen Schwarz-Weiß-Drucken an den Wänden. Selbst die Hochglanzmagazine neben der Toilette waren säuberlich aufgefächert wie im Wartezimmer eines Zahnarztes.

»Sorry, dass ich so unangemeldet hereinplatze, Dan, aber ich konnte dich nicht erreichen und ich muss dringend mit dir sprechen.«

»Ist alles in Ordnung?«

Sie blies die Backen auf und spürte, wie sie von den Emotionen überwältigt wurde, die dieser Tag in ihr ausgelöst hatte.

»Hey, was ist denn?«, fragte er und trat auf sie zu, um ihr einen Kuss zu geben. »Erzähl schon, was ist los?«

»Puh, das ist eine lange Geschichte.«

»Soll ich uns was beim Chinesen bestellen? Dann kannst du mir alles in Ruhe erzählen.«

Sie nickte schwach und sah sich im Zimmer um, während er zum Telefon ging. Auf dem Couchtisch stand eine Spielekonsole, daneben lag eine Ausgabe des *Telegraph*. Sie spürte, wie sie sich beim Anblick dieses Junggesellenidylls allmählich wieder entspannte. Unangemeldet vor seiner Tür zu stehen hatte sie leicht nervös gemacht. Sie wusste noch nicht einmal genau, warum – erwartete sie etwa, dass er heimlich Besuch von einer gutaussehenden Blondine empfing? –, aber dennoch fand sie es tröstlich, nichts Ungewöhnliches entdeckt zu haben.

Sie schälte sich aus ihrer nassen Jeans und legte sie auf die Heizung, als Daniel mit einer Flasche Wein und zwei Gläsern zurück ins Wohnzimmer kam.

»Was hast du denn vor? Textilfrei chinesisch essen?«, fragte er augenzwinkernd.

»Nur wenn du auch mitmachst«, gab sie flirtend zurück.

Spielerisch versetzte er ihr einen Klaps auf den Po und reichte ihr ein Weinglas, das er mit Rotwein auffüllte. Dann machten sie es sich beide auf dem Sofa bequem und sie drehte sich so, dass sie ihre Füße auf seinen Schoß legen konnte. Er streichelte über ihre nackten Beine und sie spürte, wie ihre Anspannung langsam nachließ.

»Ich habe übrigens noch mal mit Gid wegen Montagabend gesprochen. Ich habe ihm gesagt, dass wir so gegen acht da sind.«

»Montagabend?«

»Silvester. Die Party.«

»Ach Mist, die Party«, murmelte sie. »Das ist jetzt ein bisschen blöd …«

Er trank einen Schluck von seinem Glas und runzelte die Stirn. »Wieso? Hast du etwa was Besseres vor?«

»Was Besseres vermutlich nicht, aber ich muss trotzdem woanders hin.«

Er sah verwirrt aus. »Aber Gids Partys sind legendär.«

»Ich muss auf eine Silvesterparty von Georgias Cousine. In Oxfordshire.«

»Georgias Cousine?«

»Sie heißt Clarissa Carlyle, der Ort heißt Stapleford.«

Als Daniel das hörte, klappte ihm die Kinnlade herunter und sein Ärger wich plötzlichem Interesse. »Wir sind nach Stapleford eingeladen? Verdammt, Amy, wie hast du denn das hinbekommen?«

»Sagt dir Stapleford etwas?«

»Ob mir das was sagt? Machst du Witze? Das ist eines der größten Anwesen im ganzen Land. Man kann dort super jagen. Meine Eltern wollen schon seit Jahren mal hin. Leider haben sie es bisher nicht geschafft, eine Einladung zu ergattern.«

»Ich könnte mir ehrlich gesagt Schöneres vorstellen, als dorthin zu fahren«, erwiderte sie leise.

»Warum denn das? Das wird 'ne Riesenparty! Hey, und wir könnten auf dem Rückweg sogar bei meinen Eltern vorbeischauen. Wenn wir sagen, dass wir in Stapleford gewesen sind, lassen sie uns bestimmt in Ruhe.«

»Äh, Daniel, die Einladung ist nur für eine Person.«

»Was soll das heißen, nur für eine Person?«

»Dass du leider nicht mitkommen kannst.«

»Wie bitte? Ich kann nicht mitkommen?«, fragte er verärgert.

»Ich wurde allein eingeladen.«

»Von wem?«, fragte er aufgebracht.

»Von Georgias Neffen.«

Daniel schüttelte wütend den Kopf. »Was soll denn das jetzt, Amy? Ist das so eine Art Retourkutsche für das, was im Tower passiert ist?«

»Wieso denn Retourkutsche?«

»Oder hast du eine Affäre am Laufen?«

»Ich habe doch keine Affäre am Laufen. Georgias Neffe ist

schwul, Daniel. Und ich muss unbedingt seine Familie treffen, um mit ihnen über Georgia zu sprechen. Es ist wichtig.«

Daniel erwiderte nichts, aber er wirkte zumindest etwas besänftigt. Amy hatte keine Ahnung, ob es stimmte, was sie über Wills sexuelle Orientierung gesagt hatte. So wie er mit der hübschen Barista in seinem Stammcafé in Primrose Hill geschäkert hatte, war er mit großer Wahrscheinlichkeit hetero, aber wenigstens war Daniel auf diese Weise erst einmal beruhigt.

»Aus dir wird ja noch eine richtige Netzwerkerin, Miss Carrell«, sagte er schließlich mit einem Grinsen.

Amy wollte ihm gerade verklickern, dass sie die Einladung nicht angenommen hatte, weil sie in die höhere Gesellschaft aufsteigen wollte, sondern, um einer Freundin zu helfen. Außerdem wollte sie ihn um Rat fragen, wie sie das Gespräch mit Clarissa und Christopher angehen sollte, doch da hörte sie bereits das leise Geknatter des Mopeds vom Lieferservice.

»Essen ist da«, meinte Daniel und stand auf.

»Kannst du das regeln, während ich mir schnell einen Pyjama anziehe?«

Er legte ihr den Arm um die Taille und zog sie an sich. »Einen Pyjama? Du Spielverderberin«, säuselte er. »Das war ernst gemeint mit dem textilfrei chinesisch Essen.«

Wenn der Mann vom Lieferdienst nicht so beharrlich geläutet hätte, wären sie vermutlich hier und jetzt auf dem Wohnzimmerboden gelandet. Stattdessen drehte sie Daniel um, schickte ihn mit einem Klaps auf den Hintern in Richtung Tür und rannte selbst die Treppe hinauf zu seinem Schlafzimmer.

»Mal sehen. Ein Schlafanzug, ein Schlafanzug«, murmelte sie, während sie verschiedene Schubladen herauszog. Da sie an drei bis vier Abenden pro Woche im Forge kellnerte, hatte sie bisher nie länger als eine Nacht bei Daniel übernachtet und deshalb auch nicht mehr als eine Zahnbürste bei ihm deponiert. Normalerweise schlief sie nackt, aber nach dem Regen war ihr etwas kalt an den Beinen. Wo mochte er nur seine Pyjamas aufbewahren? Alle seine Kleider waren fein säuberlich gewaschen, gebügelt und in ordentlichen kleinen Stapeln zusammengelegt, seine Hemden hingen auf Kleiderbügeln und waren nach Farben – von Dunkelblau bis Hellblau – sortiert. Alles wirkte so makellos und perfekt, dass Amy nichts durcheinanderbringen wollte.

»Ah, das sieht doch gut aus.« Sie hatte eine Schlafanzughose aus Baumwolle gefunden und schlüpfte hinein. Ein passendes Oberteil lag nicht dabei – was aber gar nicht schlecht war, schließlich wollte sie nicht vollkommen unerotisch wirken. Sie hoffte, ein Top von sich zu finden, das sie vielleicht mal bei ihm vergessen hatte. Amy war längst nicht so ordentlich wie Daniel. Deshalb war sie sich ziemlich sicher, dass irgendwo noch Sachen von ihr herumliegen mussten. Als sie den Kleiderschrank durchforstete, fiel ihr etwas Glänzendes ins Auge, das sofort ihre Aufmerksamkeit erregte. Sie griff danach und zog es heraus. Eine paillettenbesetzte Strickjacke.

Was zum Teufel …?

Ihr Herz fing an zu klopfen, als sie sich den Cardigan genauer ansah. Er war aus schwerem, teurem Material gefertigt und an der Innenseite prangte ein Label von Giorgio Armani. Der war ganz bestimmt nicht von ihr. Ganz bestimmt nicht.

»Amy? Kommst du?«

Sie hob den Kopf, als sie Daniel vom Fuß der Treppe nach oben rufen hörte, und sah dann wieder auf die Jacke. Ihr Hals war trocken und sie schluckte mühsam. Vielleicht gab es ja eine logische Erklärung dafür, dass eine fremde Strickjacke im Kleiderschrank ihres Freundes hing. Vielleicht. Ihr Verstand jedoch zog die naheliegende Schlussfolgerung: Die Jacke gehörte einer anderen Frau. Einer schicken, reichen Frau, die hier gewesen war – in Daniels Schlafzimmer.

»Amy?«

Sie ignorierte seine Rufe und ging mit schnellen Schritten hinüber zu seiner Kommode, wo sie mit einem Ruck die oberste Schublade aufzog, mit beiden Händen nach den ordentlich zusammengelegten Sockenpaaren griff und sie auf den Boden warf.

Wo ist sie hin? Wo ist sie hin? Vor drei Wochen war in dieser Schublade noch eine Geschenkschachtel von Tiffany versteckt gewesen. Ein Ring, eine Halskette, mit Sicherheit irgendein kostspieliges Geschenk. Aber … Sie fuhr mit der Hand an der Rückseite der Schublade entlang. Nichts. Nichts als Socken. Wo war sie also? Wo war die Schachtel geblieben?

Unvermittelt blickte sie hoch. Daniel stand in der Tür, mit einer Tüte Krabbenchips in der Hand.

»Was machst du denn? Das Essen wird kalt.«

Amy brachte keinen Ton heraus. Stattdessen hielt sie das Paillettenjäckchen hoch, das sie in der Zwischenzeit zu einem festen Knäuel zusammengeknüllt hatte.

»Was ist das? Ein Cardigan?«, fragte Daniel mit Unschuldsmiene.

»Ja«, zischte Amy und warf ihm einen bitterbösen Blick zu. »Das ist ein Cardigan. Allerdings nicht *mein* Cardigan.«

Und da sah sie es: In seiner Miene flackerte eine Spur des Wiedererkennens auf und unmittelbar darauf spiegelte sein Gesicht Erschrockenheit wider. Hätte Amy in dem Moment geblinzelt, wäre es ihr vermutlich entgangen. Doch sie hatte nicht geblinzelt.

»Oh, der ist bestimmt von meiner Mutter«, entgegnete Daniel schnell, nachdem er seine Fassung wiedergefunden hatte. »Sie war über Weihnachten kurz hier. Ich dachte wohl, er wäre von dir, und habe ihn einfach in den Schrank gehängt.«

Das klang plausibel, wenn auch eher unwahrscheinlich; ein guter Schauspieler wäre womöglich damit durchgekommen. Aber Daniel war kein guter Schauspieler und er war ein miserabler Lügner. Wozu hätte er auch lernen sollen, wie man lügt, wo ihm doch immer alles auf dem Silbertablett serviert worden war?

»Von deiner Mutter?«, entgegnete Amy in verächtlichem Tonfall.

»Sie war shoppen auf der High Street in Kensington und kam dann zum Mittagessen vorbei.«

»Ach wirklich?«, erwiderte sie ruhig. »Etwas Besseres fällt dir nicht ein?«

»Sag mal, Amy, was ist denn in dich gefahren?«, rief Daniel und trat einen Schritt auf sie zu. »Bist du vollkommen übergeschnappt?«

»Wo ist die Tiffanyschachtel?«, fragte sie.

»Welche Tiffanyschachtel?«

»Die Tiffanyschachtel, die vor Weihnachten in deiner Sockenschublade lag«, erwiderte sie langsam und betont, wobei sie ihn nicht aus den Augen ließ. Wieder huschte ein schuldbewusster Ausdruck über sein Gesicht. Sie erschrak zutiefst – dann war es also wahr. In dem Moment wusste sie, dass sie mit ihrem Verdacht richtig lag.

»Wie kommst du überhaupt auf die Idee, in meiner Sockenschublade herumzuwühlen?«, blaffte Daniel sie an.

Guter Schachzug, dachte Amy. *Angriff ist die beste Verteidigung.* »Beantworte meine Frage«, sagte sie und fühlte sich auf einmal nur noch erschöpft.

»Es war ein Geschenk. Ein Schlüsselring.«

»Für deine Mutter, nehme ich an.«

»Nein, nicht für meine Mutter«, entgegnete er mit einem sarkastischen Unterton. »Für meine Sekretärin.«

»Und deswegen hast du die Schachtel in deiner Sockenschublade versteckt.«

»Hör mal, kannst du mir bitte sagen, worauf du hinauswillst? Ich habe keine Lust –«

»Wer ist sie?«, fragte Amy und hielt den Cardigan hoch.

»Wie ich bereits sagte, der ist von meiner Mutter.«

»Lüg mich nicht an, Daniel.«

Er hob beschwichtigend die Hände. »Du machst dich vollkommen lächerlich, Amy. Wenn wir es noch einmal miteinander versuchen wollen, dann musst du wirklich anfangen, mir zu vertrauen.«

Sie nickte langsam. »Na schön.« Sie faltete den Cardigan auseinander und schlüpfte erst in einen, dann in den anderen Ärmel. Er passte wie angegossen. Amy trug Kleidergröße 34, sie hatte den schmalen, schlanken Körperbau einer Tänzerin. Daniels Mutter war Mitte sechzig und trug mindestens Größe 42.

»Er passt perfekt«, sagte sie leise.

»Vielleicht hat meine Mutter ja etwas in der falschen Größe gekauft, was weiß ich –«

»*Wer ist sie?*«, schrie Amy.

Vor Schreck über ihren plötzlichen Wutausbruch zuckte Daniel zurück. »Beruhig dich, Amy.«

»Und du willst Diplomat werden?«, rief sie verächtlich. »Dass ich nicht lache. Deine Mutter. Etwas Besseres ist dir auf die Schnelle nicht eingefallen, wie? Himmel. Du hättest wenigstens behaupten können, das wäre mein Weihnachtsgeschenk. Da ja nun dummerweise auch der Tiffany-*Schlüsselring* verschwunden ist.«

Er blinzelte verlegen und sah dann weg. Dem sonst um keine Schmeichelei verlegenen, reichen Jungen hatte es tatsächlich die Sprache verschlagen.

Wütend zog Amy den Cardigan aus und warf ihn Daniel vor die Füße. »Wer ist sie, Daniel? Zumindest das bist du mir schuldig.«

Er seufzte hörbar. »Du kennst sie nicht«, antwortete er dann, noch immer ihrem Blick ausweichend. »Sie arbeitet in der Finanzbranche. Wir sind uns neulich auf einer Firmenfeier über den Weg gelaufen.«

»Und wie lange geht das schon?« Sie wusste, sie hätte ihn einfach stehen lassen und verschwinden sollen, sie hätte versuchen sollen, das letzte bisschen Würde zusammenzukratzen, das ihr noch geblieben war, aber sie musste es einfach wissen, sie *musste* jedes einzelne Detail erfahren.

»So war es nicht …«

»Wie lange?«

Er hob sein Kinn und auf einmal kam wieder etwas von seiner alten Arroganz zum Vorschein.

»Wir hatten eine Beziehungspause, Amy.«

»Eine Woche lang«, zischte sie. »Und in dieser kurzen Zeit ist sie hier gewesen. Sie war hier in deinem Haus, sie hat ihre Sachen in deinen Schrank gehängt …« Ihre Stimme stockte, als ihr klarwurde, was das bedeutete. Wäre Daniel eingeknickt und hätte alles gestanden, hätte er gesagt, es sei bloß ein One-Night-Stand gewesen, hätte er behauptet, er sei betrunken gewesen und es habe ihm nichts bedeutet, dann hätte sie ihm vielleicht verziehen. Aber so war es nicht, das spürte sie. Er meinte es ernst mit dieser Frau.

»Zwei Monate«, gab er schließlich zu. »Wir treffen uns seit zwei Monaten.«

Amy nickte. Sie hätte gedacht, sie würde in Tränen ausbrechen, doch stattdessen fühlte sie lediglich eine große Leere, eine überwältigende Zwangsläufigkeit.

»Darf ich raten? Sie ist ›standesgemäß‹, stimmt's?«

»Amy, lass das doch bitte ...«

»Das meine ich ernst, Daniel. Ich wette, sie arbeitet nicht als Kellnerin im Forge Bar and Grill. Ich wette, sie tanzt nicht als Revuegirl in irgendeiner West-End-Show, von der keiner je gehört hat.«

»Hör auf, Amy. Was soll das jetzt?«

»Wer. Ist. Sie?«, wiederholte Amy nur.

Daniel schien zu spüren, dass er sich nicht länger herausreden konnte. »Na schön. Sie ist eine Freundin von der Uni – genauer gesagt ein paar Jahre jünger. Sie arbeitet als Analystin bei Goldman Sachs. Wir haben uns zufällig wiedergetroffen. Ich konnte ja nicht ahnen, dass sich daraus was entwickeln würde.«

»Aber ihr habt doch bestimmt vieles gemeinsam«, bemerkte Amy bissig.

»Glaub mir, Amy, bis wir beide uns getrennt haben, ist nichts zwischen uns gelaufen.«

»Schwachsinn.«

»Na schön. Jetzt ist ja sowieso schon alles egal«, rief Daniel auf einmal aufgebracht. »Du hast recht, wir haben vieles gemeinsam. Sie passt in meine Welt. Na und? Wo ist das Problem?«

»Wo das Problem ist?«, fuhr Amy ihn fuchsteufelswild an. »Hallo? Ich bin das Problem. Ich, deine *Freundin*, schon vergessen? Mit der du gestern Abend noch geschlafen hast, mit der du an Silvester schön angeben wolltest.«

»Ja, ich weiß, Amy, und du *bist* ja auch wunderschön, du bist witzig und ...« Er verstummte. »Aber das hier ist was anderes. Harriet könnte sich in die Filiale in Washington versetzen lassen, unsere Leben sind einfach viel kompatibler ...«

»Ja, das klingt doch wirklich, als sei Harriet genau die Richtige für dich«, ätzte sie.

»Jetzt sei doch nicht so.«

»So bin ich aber, Daniel«, entgegnete sie. »Genau so bin ich. Aber anscheinend ist das nicht gut genug.«

Sie drängte sich unsanft an ihm vorbei, stürmte die Treppe hinunter, schnappte sich ihre immer noch nasse Jeans und ihren Mantel und streifte beides rasch über.

»Meine Zahnbürste lasse ich hier«, schleuderte sie Daniel entgegen, der ihr gefolgt war. »Vielleicht will Harriet die ja auch benutzen.«

Er hielt sie fest, als sie gerade die Haustür öffnen wollte. Draußen schüttete es immer noch wie aus Kübeln und der Regen ließ feine Tröpfchen von der Straße hochspritzen. Schnell legte er den Arm über den Türrahmen und versperrte ihr so den Weg.

»Amy, warte doch. Ich will nicht, dass du so gehst. Du bist mir nicht egal …«

Sie drehte sich um und blickte ihm herausfordernd ins Gesicht. »Die letzten paar Tage waren außerordentlich lehrreich für mich, Daniel. Ich weiß jetzt, welches Messer und welche Gabel man benutzt und aus welchem Weinglas man trinkt. Ich weiß inzwischen sogar, wie man eine bescheuerte Artischocke isst. Aber das spielt jetzt sowieso keine Rolle mehr. Denn eines ist mir heute Abend klargeworden, Daniel: Ich bin viel zu gut für dich. Und eigentlich hab ich das immer schon gewusst.«

Und dann schob sie energisch seinen Arm beiseite und lief nach draußen in den Regen.

Kapitel 26

31. Dezember 2012

Amy starrte aus dem Fenster des fahrenden Autos hinaus in die Dunkelheit. Ab und zu konnte sie ein Bauernhaus erkennen, in dem noch Licht brannte, oder ein einsam gelegenes Wohnhaus mit einem hell erleuchteten Weihnachtsbaum im Fenster, doch die meiste Zeit schien Wills silberner Jeep mutterseelenallein durch die stockfinstere Nacht zu gleiten.

»Bist du sicher, dass du den Weg kennst?«, fragte Amy. Mittlerweile war es bestimmt zwanzig Minuten her, seit sie von der Hauptstraße abgebogen waren und im Schein des Fernlichts schmale, gewundene Landstraßen entlangfuhren. »Ich rechne schon die ganze Zeit damit, Werwölfe zu sehen.«

Will lächelte und seine Zähne leuchteten in der Dunkelheit weiß. »Wie der Name schon sagt«, erwiderte er. »Landsitze haben es so an sich, dass sie mitten in der Pampa stehen. Aber keine Sorge, ich komme schon, seit ich Kind war, nach Stapleford. Ich glaube, ich würde den Weg auch mit verbundenen Augen finden.«

»Mir wäre es lieber, du würdest dich auf die Straße konzentrieren.«

Sie verfielen wieder in Schweigen. Amy musste zugeben, dass sie an diesem Abend nicht gerade als geistreiche Unterhalterin glänzte – was aber auch kein Wunder war, schließlich war sie innerhalb von vierzehn Tagen zweimal verlassen worden. Es fiel ihr nach wie vor schwer, sich damit abzufinden. Der Moment, als sie den Cardigan entdeckt hatte, hatte sich in ihr Gedächtnis eingebrannt. Wie hatte sie nur so dumm sein können?

»Was hättest du eigentlich sonst heute Abend gemacht?«, erkundigte sich Will nach einer Weile.

»Ich war auf die Party eines gewissen Gideon eingeladen.«

Sie sah, wie er ein Lächeln unterdrückte. »Was ist so komisch an dem Namen Gideon?«

»Nichts«, erwiderte Will. »Gar nichts. Es ist nur … Man hat sofort ein bestimmtes Bild vor Augen, wenn man den Namen hört.«

Amy schnaubte verächtlich. »Das Klischee ist in dem Fall absolut zutreffend. Aber Daniels Freunde waren fast alle so: Privatschulen, sehr behütet aufgewachsen, sehr überzeugt von sich.«

»Ist Daniel dein Freund?«

»Exfreund.«

Will sah kurz zu ihr herüber. »Exfreund? Aber bist du nicht neulich noch schick ausgegangen? Mit Georgias Kleid? Dem Kleid mit Erfolgsgarantie?«

»Tja, so ändern sich die Zeiten. Wie sich herausgestellt hat, schläft Daniel neuerdings mit einer großen, schlanken Finanztussi namens Harriet. Er hat ihr etwas von Tiffany zu Weihnachten geschenkt.«

Wills Augen weiteten sich vor Erstaunen. »Das hat er dir *erzählt*?«

»Nein. Ich habe kurz vor Weihnachten eine Tiffany-Geschenkbox in seiner Sockenschublade gefunden. Und ich dachte noch, es wäre mein Verlobungsring«, erklärte sie. »Nicht zu fassen, wie blöd ich war.«

»Das tut mir leid.«

»Mir auch«, gab Amy kurz angebunden zurück. »Aber wärst du eigentlich zu der Party gegangen, wenn ich dich nicht dazu gezwungen hätte?«, wollte sie dann wissen.

»Mangels Begleitung wohl eher nicht. Ich wollte nicht ohne Freundin aufkreuzen, da sonst die Familie gleich alle möglichen unangenehmen Fragen stellt.«

»Hast du keine Freundin?«

»Kaum zu glauben, ich weiß«, entgegnete er mit dem Anflug eines Lächelns. Er verstummte kurz, um sich wieder auf die Straße zu konzentrieren, und fuhr dann fort: »Ich hatte eine Freundin. Bis letzten Sommer. Da hab ich dann leider herausgefunden, dass sie mit einem großen, schlanken Anwalt namens Jonathan schläft. Keine Tiffany-Geschenkbox, aber so ähnlich. Sie haben quasi vor meinen Augen einen Kurzurlaub zusammen verbracht.«

Amy warf ihm einen Blick zu. »Das ist ja mies.«

»Zum Glück hatte ich kaum Zeit, darüber nachzudenken. Ich hatte viel zu tun.«

»Mit deinen Theaterstücken? Dann scheint es ja gut zu laufen, wenn du viel zu tun hast.«

Er lachte. »Nicht du auch noch. Das scheint die Standardreaktion zu sein, wenn ich irgendjemandem erzähle, dass ich Bühnenautor bin. Jeder fragt: ›Aha, und kannst du davon leben?‹«

»Tut mir leid, ich sollte es eigentlich besser wissen«, erwiderte Amy zerknirscht. »Wenn ich den Leuten erzähle, dass ich Tänzerin bin, gehen sie automatisch davon aus, ich wäre arbeitslos.«

»Ach, du bist Tänzerin? Worin hätte ich dich denn sehen können?« Er wandte den Kopf zu ihr und seine dunklen Augen blitzten.

»In einer Schürze im Forge Bar and Grill«, gab sie resigniert zurück.

»Deine große Chance kommt bestimmt noch«, sagte er optimistisch.

»Was ist mit dir? Wie hieß dein letztes Stück?«

»Es hieß *Kehrtwende*, lief aber nicht lange. Du hast es höchstwahrscheinlich nicht gesehen«, antwortete er und zuckte bescheiden mit den Schultern.

Amy wollte ihn gerade weiter dazu ausfragen, als ihre Aufmerksamkeit plötzlich abgelenkt wurde. »Wahnsinn, ist das das Haus?«, entfuhr es ihr, als sie das Gebäude sah, das vor ihnen aus der Dunkelheit auftauchte.

Will bejahte. »Ganz schön beeindruckend, was?«

»Wow.«

Beeindruckend war eine glatte Untertreibung. Von außen angestrahlt, wirkte es auf Amy wie ein Palast aus einem Märchenbuch. Zwar hatte sie gelegentlich zusammen mit Daniel Freunde von ihm auf ihren Landsitzen besucht, aber verglichen mit Stapleford wirkten sie im Nachhinein wie putzige kleine Cottages.

»Wie groß ist denn das Haus?«, fragte sie, während Will die Einfahrt hochfuhr und seinen Jeep neben einem Bentley und einem silbernen Maserati abstellte.

»Ich glaube, es hat über zweihundert Zimmer«, antwortete Will. »Inzwischen vermutlich noch ein paar mehr, nachdem sie die Stallungen umgebaut haben. Aber natürlich sind nicht alle bewohnt. Das Hauptgebäude ist seit neuestem der Öffentlichkeit zugänglich. Die hohen Steuern, du weißt schon.«

»Ist bestimmt nicht einfach, so einen Kasten instand zu halten«, erwiderte Amy kopfschüttelnd und sah an den hohen Fenstern empor, die von innen strahlten. »Was allein die Glühbirnen kosten müssen«, fügte sie sarkastisch hinzu.

Will stieg aus und ging auf die Beifahrerseite, um ihr die Tür aufzuhalten. »Vergiss nicht, dass wir hier Gäste sind«, mahnte er flüsternd. »Lass uns wenigstens versuchen, nett zu sein.«

Sie kletterte aus dem Auto. Ihre High Heels von Ralph Lauren knirschten, als sie die Füße auf die Kiesauffahrt aufsetzte.

»Bereit?«, fragte Will und sah sie an.

Einen kurzen Moment lang war sie außerstande, etwas zu erwidern, so fasziniert war sie davon, wie gut er aussah. Er hatte sie von ihrer Wohnung abgeholt, hatte aber im Auto gewartet, bis sie nach unten gekommen war. Während der zweistündigen Fahrt nach Oxfordshire hatte sie versucht, nicht darauf zu achten, wie attraktiv er war – glattrasiert und mit neuem Haarschnitt –, aber jetzt, wo er im Schatten von Stapleford vor ihr stand, sah er groß und stark und männlich aus – als wäre er einer Aftershave-Werbung entsprungen.

Schnell wandte sie ihren Blick ab und strich mit den Händen nervös ihr kleines Schwarzes glatt.

Beruhigend legte Will eine Hand auf ihren Rücken und führte sie an den uniformierten Dienern vorbei hinein ins Haus.

Dort brauchte Amy einen Moment, um ihre Fassung wiederzugewinnen. Schon von außen war Stapleford mehr als einschüchternd, und die riesige Eingangshalle zu betreten, in der sich die Gäste drängten – Himmel, das war der größte Weihnachtsbaum, den sie je gesehen hatte –, trug nicht gerade dazu bei, ihre Anspannung zu mildern. *Wie war doch gleich mein Plan?*, dachte sie. *Die Hausherrin suchen und ihr sagen: ›Hi, Sie kennen mich zwar nicht, aber Sie sind eine gemeine Lügnerin‹?*

»Keine Angst, es ist nur eine Party«, sagte Will so leise, dass es kein anderer hören konnte.

»Nur eine Party.« Sie lachte nervös. »Eine Party, die mich

leider in jeder Hinsicht überfordert«, sagte sie dann und spielte mit ihrem Cocktailring herum, den sie bei einem Straßenhändler auf dem Walthamstow Market gekauft hatte.

»Wenn du einsehen würdest, dass du die schönste Frau weit und breit bist, wärst du vielleicht entspannter und weniger zappelig«, meinte Will zu ihr, ließ sich zwei Gläser Champagner geben und reichte ihr eins davon. »Hier, probier's mal damit. Vielleicht hilft es ja«, sagte er und führte sie dann durch die Eingangshalle.

Sie war immer noch rot vor Verlegenheit wegen seines Kompliments, als sie sich an den vielen schick gekleideten Partygästen vorbei in einen Raum schlängelten, der zweifellos der Ballsaal sein musste. An einem Ende saß eine Jazzband auf einem etwas erhöhten Podium und spielte sanfte Swingmelodien, allerdings tanzte noch niemand. Stattdessen standen die Leute in kleinen Gruppen auf der Tanzfläche herum, lachten und unterhielten sich.

»Ah, da ist ja mein Vater«, rief Will. »Komm, lass uns hallo sagen.«

Doch Amy hielt ihn fest und zog ihn beiseite, wo sie niemand hören konnte. »Warte kurz. Ich habe mir überlegt, dass *ich* mit Clarissa reden sollte. Allein.«

Will wollte gerade den Mund aufmachen, um zu widersprechen, doch sie unterbrach ihn.

»Glaub mir, es ist besser, wenn sie es von einer Fremden hört. Aber bevor ich mit ihr rede, musst du mir noch mal kurz die Zusammenhänge erklären, damit ich es nicht vermassle. Also, dein Vater ist Clarissas Bruder, richtig?«

Will nickte.

»Und was macht Clarissa so zurzeit?«

»Wie, was sie macht?«

»Ich meine, was sie arbeitet.«

»Clarissa arbeitet doch nicht. Sie ist ziemlich aktiv in der Wohltätigkeitsszene. Genau genommen ist sie eine der einflussreichsten Charity-Ladys Großbritanniens. Soviel ich weiß, sind ganze Museumsflügel und Bibliotheken nach ihr benannt.«

»Ach so, dann ist mir auch klar, warum sie alles tun würde, um einen Skandal zu vermeiden«, dachte Amy laut. »Wer würde schon all das aufs Spiel setzen?«

In dem Augenblick kam ein hochgewachsener, grauhaariger Mann auf sie zu und gab Will einen freundschaftlichen Klaps auf den Rücken. Er war zwar schon Mitte sechzig, fiel aber definitiv noch in die Kategorie »attraktiv«.

»Das ist Amy Carrell«, wandte sich Will an ihn. »Amy, darf ich vorstellen? Das ist mein Vater, Richard Hamilton.«

»Schön, Sie kennenzulernen, Amy«, sagte Richard mit einem freundlichen, aufrichtigen Lächeln. Vielleicht lag es an seiner unübersehbaren Ähnlichkeit mit Will, aber Amy fand ihn sofort sympathisch.

»Freut mich auch«, entgegnete sie und fuhr dann fort: »Das Haus ist ja wirklich unglaublich.«

»Ja, daran muss ich meine Schwester auch ab und zu erinnern, sie beklagt sich ständig über das Dach. Wahrscheinlich ist selbst so ein prächtiges Haus irgendwann nichts Besonderes mehr, wenn man es die ganze Zeit vor Augen hat. Aber ihr werdet ja später bestimmt noch Gelegenheit haben, euch umzusehen. Ich glaube, ihr seid in der Trafalgar Suite untergebracht.«

Will sah kurz zu Amy herüber. »Ach so, wir sind nicht …«, stotterte er dann. »Amy ist eine Freundin, nicht …«

Sein Vater fing an zu lachen. »Komm schon, Will, wir leben im einundzwanzigsten Jahrhundert. So altmodisch sind wir nun auch wieder nicht.«

»Wir wollten eigentlich heute Abend noch zurückfahren.«

»Nach London? Heute Abend?«, fragte sein Vater kopfschüttelnd. »Aber warum das denn? Da wird Tante Clarissa aber enttäuscht sein. Na kommt, trinkt aus und nehmt euch dann noch ein Gläschen«, meinte er.

Nach einer Weile entschuldigte sich Amy und überließ die beiden Männer ihrer Unterhaltung. Sie fand es schön, zu sehen, dass Will und sein Vater so herzlich miteinander umgingen. In ihrer Vorstellung waren die Hamiltons eine völlig zerrüttete Familie gewesen, in der alle ihre eigenen Interessen verfolgten, nach Geld und Macht gierten und sich gegenseitig die Augen auskratzten, aber nun erkannte sie, dass sie sich ausgehend von Clarissas Verhalten ein vorschnelles Urteil gebildet hatte. Ja, was sie getan hatte, war niederträchtig gewesen und ihr Handeln hatte furchtbare Folgen gehabt, aber all das lag schon Jahrzehnte zurück. Vielleicht hatte die Familie in der Zwischenzeit ein ganz normales Leben geführt, genau wie Amys Familie: Zwar krachte es gelegentlich und man stritt miteinander, aber es gab keinen Konflikt, den man nicht hätte aus der Welt schaffen können. Doch aus irgendeinem Grund hielt Amy das für unwahrscheinlich. Natürlich war es denkbar, etwas ähnlich Schlimmes zu tun wie Clarissa und anschließend daraus zu lernen – womöglich würde man eine Art heilsamen Schock verspüren, der einem die egoistischen Verhaltensweisen austrieb. Aber viel wahrscheinlicher war es doch, dass man in seinem Selbstverständnis noch bestätigt wurde. Immerhin hatte Clarissas Täuschungsmanöver ihr all das hier beschert: die Kronleuchter, die Holztäfelung, die goldgerahmten Ölgemälde und die Marmorkamine. Der Mensch neigte dazu, die eigenen Handlungen vor sich selbst zu rechtfertigen. Auch deshalb war Amy sich relativ sicher, dass Clarissa den Erfolg ihres hinterhältigen Plans dahingehend interpretierte, dass ihr dieses Leben schlicht zustand. Allzu viele schlaflose Nächte hatte sie deswegen sicher nicht verbracht.

Langsam ging sie im Erdgeschoss des Gebäudes umher, ließ die prächtige Einrichtung auf sich wirken – den roten Salon mit seinen schweren, karmesinroten Samtvorhängen und der bemalten Decke, die Bibliothek, in deren Regalen sich vom Boden bis zur Decke ledergebundene Bücher türmten – und beobachtete die in Grüppchen zusammenstehenden Partygäste: die Damen in ihren feinen Roben und den glitzernden Juwelen, die höchstwahrscheinlich nur einmal im Jahr aus dem Safe geholt wurden, die rotbackigen Herren in ihren dunklen Anzügen; sie alle amüsierten sich, lächelten und fühlten sich sichtlich wohl in dieser Welt. Ob wohl irgendeiner von ihnen etwas Ähnliches getan hatte wie Clarissa? Oder vielleicht ihre Mütter und Väter? Beruhte dieser ganze selbstgefällige, scheinbar mühelos erworbene Wohlstand auf Eigennutz und Boshaftigkeit? Schließlich handelte es sich hier im Gegensatz zu Daniels Familie – die sich bereits für die Windsors hielten, nachdem eine Generation die Privatschule besucht hatte – um echten Wohlstand, um ererbten Reichtum, geschaffen durch Ausbeutung und höchstwahrscheinlich auch durch Korruption. Womöglich befand sich Clarissa mit ihrer Tat in guter Gesellschaft; vielleicht musste man ja so sein, wenn man ein solches Leben führen wollte.

Amy schlenderte gerade erneut durch die riesige Eingangshalle, als sie sie plötzlich erspähte und ihr Herz vor Schreck einen Satz machte. In den vergangenen paar Tagen war Clarissa Carlyle in ihrer Fantasie zu einer Verkörperung des Bösen mutiert, sie hatte sie sich als eine Art Disney-Version der bösen Königin vorgestellt, und selbst auf den Schnappschüssen der Klatschnachrichten, die sie im Internet gefunden hatte, schien Clarissa ein gemeines, bösartiges Glitzern in den Augen zu haben. In natura war sie jedoch überhaupt nicht so. Sie war eine ganz gewöhnliche Frau. Oder besser gesagt, eine ganz gewöhnliche Frau, die ihr Leben lang in außergewöhnlichem Luxus gelebt hatte. Auf jeden Fall besaß sie das damit einhergehende Selbstbewusstsein und die entsprechende majestätische Ausstrahlung, als sie auf Amy zuging, wozu auch ihr langes Taftkleid und die Diamanten um ihren Hals beitrugen. Ihre Gesichtszüge waren weniger fein als die Georgias, aber die Familienähnlichkeit war dennoch unverkennbar.

Oje, will ich das wirklich durchziehen?, dachte Amy und fragte sich für einen Augenblick, ob sie nicht einfach an Clarissa vorbeigehen und ihr Vorhaben auf den nächsten Tag verschieben sollte. Oder den übernächsten.

»Hallo. Sie müssen Wills neue Freundin sein, habe ich recht?«, wurde sie von Clarissa begrüßt, die direkt vor ihr stehengeblieben war.

Mist.

»Äh ja«, stammelte Amy. »Ich ... ich glaube schon.«

Die alte Frau reichte ihr die Hand und Amy nahm sich einen Moment Zeit, um sie zu mustern. Von Georgia wusste sie, dass Clarissa in jungen Jahren als Sekretärin für die *Vogue* gearbeitet hatte, und ihr Modebewusstsein sprang immer noch deutlich ins Auge. Die aufwendige Perlenstickerei und der meisterhafte Schnitt verrieten Amy, dass es sich bei ihrer Robe mit ziemlicher Sicherheit um ein Couturekleid handeln musste.

»Ich bin Clarissa Carlyle, Wills Tante.«

»Amy Carrell.«

»Oh, Sie sind Amerikanerin?«, fragte Clarissa. »Wie schön. Ich war ja so froh, als ich hörte, dass er eine neue ... wie nennt man es heutzutage … Partnerin, oder? Eine neue Partnerin gefunden hat. Er ist ein so liebenswerter Junge.«

Amy hielt es für wenig hilfreich, den Irrtum aufzuklären und die ältere Frau zu korrigieren, darum lächelte sie bloß höflich.

»Aber wie kommt es, dass man Sie ganz allein gelassen hat?«, wollte Clarissa in ihrem geschliffenen Upperclass-Akzent wissen.

»Na ja, Will hat das Haus ja schon tausendmal gesehen. Ich wollte ihn nicht langweilen, indem ich ihn um die x-te Führung bitte.«

»Aber nein, unserer Familie macht es doch immer Freude, Gästen das Haus zu zeigen. Es ist wirklich etwas Besonderes«, erwiderte Clarissa. »Will hat mir erzählt, dass Sie Tänzerin sind. Haben Sie sich am Theater kennengelernt? Wie hieß doch gleich sein letztes Projekt? Das Stück, das am Royal Court Theatre lief?«

Am Royal Court Theatre?, dachte Amy. *Da hat aber jemand sein Licht ziemlich unter den Scheffel gestellt.* »Nein, eigentlich haben wir uns über eine gemeinsame Bekannte kennengelernt«, gab sie zur Antwort. Sie wusste, dass das ihr Stichwort war. »Jemand aus Ihrer Familie. Georgia Hamilton.«

Clarissa verzog nicht eine Miene, was für Amy vielsagender war, als wenn sie verächtlich die Lippen geschürzt hätte.

»Georgia?«, sagte sie mit ruhiger Stimme. »Wie geht es ihr?«

Interessierte sie das wirklich? Kümmerte es sie ernstlich, wie es ihrer Cousine ging, die sie abgesehen von einer flüchtigen Begegnung in der Regent Street seit fünfzig Jahren nicht mehr gesehen hatte? Bestimmt hatte sie von Zeit zu Zeit an Georgia gedacht – alles andere wäre angesichts der traumatischen Umstände ihres Zerwürfnisses unvorstellbar. Oder hatte sie tatsächlich gelernt, damit zu leben, hatte sie tatsächlich gelernt, Menschen und unangenehme Ereignisse aus ihrem Gedächtnis zu verbannen?

»Leider geht es ihr nicht so gut«, antwortete Amy. »Genau genommen hat sie wohl nicht mehr lange zu leben.«

Dies löste nun doch eine Reaktion aus. Clarissa sah aus, als hätte ihr jemand einen Schlag versetzt; jede Farbe war aus ihrem Gesicht gewichen bis auf zwei rosafarbene Flecken auf ihren Wangen.

»Können die Ärzte denn nichts für sie tun?«

Amy schüttelte den Kopf. »Anscheinend nicht – sie hat allerdings keine Schmerzen und kann noch ganz normal laufen und sich um sich selbst kümmern.«

»Immerhin ein kleiner Trost«, bemerkte Clarissa leise und sah zu Boden.

»Ja, wir sind sogar gerade erst zusammen in New York gewesen«, erzählte Amy.

»In New York?«

»Ja, das hatte sich Georgia sehnlichst gewünscht. Irgendwann habe ich dann auch herausgefunden, warum. Sie und ihr Verlobter hatten nämlich vorgehabt, in New York ihre Flitterwochen zu verbringen.«

Clarissa runzelte die Stirn. »Ja, ich habe gehört, dass sie verheiratet war.«

»Ich spreche nicht von diesem Verlobten«, erwiderte Amy und sah Clarissa dabei direkt ins Gesicht. »Sondern von Edward.«

Die alte Frau schüttelte den Kopf. »Es tut mir leid, ich habe Georgia seit vielen Jahren nicht mehr gesehen. Müsste ich diesen Edward kennen?«

»Ja, allerdings, Mrs Carlyle. Ich spreche von Edward Carlyle, dem Bruder Ihres Mannes. Vielleicht erinnern Sie sich an ihn. Sie haben ihn beschuldigt, Sie vergewaltigt zu haben.«

Amy kannte den Ausdruck »ihre Miene versteinerte« aus Romanen, hatte sich aber bis zu diesem Moment nie etwas darunter vorstellen können. Nun wusste sie, was damit gemeint war. Clarissas Gesichtszüge sahen aus, als wären sie aus Stein gemeißelt.

»Ich glaube, Sie verwechseln mich mit jemandem«, entgegnete sie knapp, aber in ruhigem Tonfall. Selbst wenn Amys unerwartete Erwähnung Georgias sie kurzzeitig aus der Fassung gebracht oder auf dem falschen Fuß erwischt haben mochte, so ließ sie sich nichts anmerken und war bereits einen Augenblick später wieder die ehrwürdige Dame des Hauses, eine Respekt einflößende, angesehene, elegante Frau.

Komm schon, Amy, du darfst jetzt nicht aufgeben, ermahnte Amy sich. Sie dachte daran, wie Georgia in ihrer Wohnung gestürzt war, wie die Blumen verstreut auf dem Teppich gelegen hatten; sie erinnerte sich an die Geschichte, die Georgia ihr erzählt hatte, und an den Ausdruck von tiefsitzendem Schmerz in ihrem Gesicht, als sie von Edward, ihrer großen Liebe, gesprochen hatte und von dem Schicksal, das ihm widerfahren war.

»Nein, Mrs Carlyle«, entgegnete sie und blickte der älteren Frau fest in die Augen, »ich glaube nicht, dass ich Sie mit jemandem verwechsle. Sie erinnern sich an Edward, oder? An den Mann, dessen Leben Sie zerstört haben? Den Mann, der aufgrund Ihrer Anschuldigungen nach Singapur verbannt wurde, was sein Todesurteil war?«

»Mir ist durchaus bewusst, von welchem tragischen Ereignis Sie sprechen, junge Dame. Schließlich geht es hier um meine Familie. Allerdings verbitte ich mir Ihre widerwärtigen Unterstellungen.«

»Das sind keine Unterstellungen, das sind Tatsachen«, erwiderte Amy in scharfem Ton.

»Tatsachen?«, blaffte Clarissa wütend zurück. »Sagt wer? Georgia? Das sind keine Tatsachen, sondern böswillige Lügen, die ich energisch anfechten werde, wenn es sein muss. Machen Sie nicht den Fehler, mich zu unterschätzen, Miss Carrell.«

Amy schüttelte den Kopf. »Ich will mich nicht vor Gericht mit Ihnen streiten, Lady Carlyle. Ich will lediglich, dass Sie mir die Wahrheit sagen und endlich zugeben, was in jener Nacht im Jahr 1958 wirklich passiert ist. Es wird sich für Sie dadurch nichts ändern. Nicht nach all diesen Jahren. Sie werden weder Ihr Anwesen noch Ihren Titel verlieren, der Ihnen anscheinend so viel bedeutet. Und wenn Sie es schon nicht für Georgia oder für Edward tun wollen, dann tun Sie es eben für sich selbst. Das können Sie doch gut, nicht wahr? Schließlich haben Sie Ihre eigenen Interessen immer über alles andere gestellt. Tun Sie es jetzt, solange Sie es noch können. Erleichtern Sie Ihr Gewissen, bevor es zu spät ist.«

»Wie können Sie es wagen, hierher, in mein Haus, zu kommen und mich mit solchen Anschuldigungen zu konfrontieren? Georgias Anschuldigungen.«

»Unsinn. Georgia weiß nicht einmal, dass ich hier bin. Sie besitzt viel zu viel Selbstachtung, um Sie öffentlich zu beschuldigen. Ich bin hier, weil ich gesehen habe, was Sie mit Ihrer verlogenen Behauptung angerichtet haben. Georgia ist daran *zerbrochen*«, rief Amy mit wachsender Wut. »Das alles hier hat ihr überhaupt nichts bedeutet. Sie hat es nicht auf den Titel oder das Geld abgesehen. Es ging ihr einzig und allein um Edward. Sie hat Edward geliebt.«

»*Ich* auch«, fauchte Clarissa und schlug sich im selben Moment die Hand vor den Mund. Sie wirkte vollkommen schockiert – so, als wäre sie ausgetrickst worden und hätte aus Versehen etwas zugegeben, was sie sich noch nicht einmal selbst eingestanden hatte.

»Sie? Sie haben Edward geliebt?«

Clarissas Lippen verzogen sich zu einem dünnen Strich. »Unsere Unterhaltung ist beendet.«

Amy trat einen Schritt nach vorn. »Nein, ist sie nicht. Wenn Sie Edward geliebt haben, warum haben Sie dann …?«

Amy registrierte, dass jemand hinter ihr stand, noch bevor sie ein Hüsteln hörte. Als sie den Kopf umwandte, sah sie einen hochgewachsenen, schlanken älteren Herrn. Er war bleich im Gesicht und wirkte erschüttert.

»Clarissa, Liebes«, sagte er. »Ist alles in Ordnung?«

»Ja, Christopher, es ist alles in Ordnung«, erwiderte sie scharf. »Ich glaube, die junge Dame wollte gerade gehen.«

Amy beobachtete, wie das ältere Paar einen Blick austauschte.

»Soll ich jemanden vom Sicherheitspersonal rufen?«, fragte er mit ruhiger, fester Stimme.

»Nein, nicht nötig«, unterbrach ihn Amy, während sie Clarissa unverwandt in die Augen sah. »Lady Carlyle hat recht. Ich wollte gerade gehen. Vielen Dank für diesen wundervollen Abend.«

Sie wandte sich zu Clarissas Mann um. »Ihre Grüße an Georgia Hamilton werde ich selbstverständlich ausrichten«, fügte sie hinzu, machte dann kehrt und trat durch die Eingangstür nach draußen.

Kapitel 27

Sobald sie draußen war, schickte sie eine SMS an Will: »Habe gerade mit Clarissa gesprochen, wurde rausgeworfen. Stehe vor dem Eingang. Hilfe!« Sein Jeep war verschwunden und sie fragte sich mit einem bangen Gefühl, ob er ebenfalls hinausgeworfen worden war und sich dann einfach aus dem Staub gemacht und sie hier zurückgelassen hatte.

Sie fröstelte und schlang die Arme um ihr Ralph-Lauren-Kleid. Am Ende musste sie womöglich noch hier draußen übernachten und würde am nächsten Morgen unterkühlt und mausetot aufgefunden werden. Ihr Kleid war zwar wunderschön, aber definitiv wenig geeignet, um sie vor der Kälte zu schützen.

»Hey.«

Amy machte vor Schreck fast einen Satz und wirbelte herum.

»Keine Sorge, ich bin's nur«, sagte Will lachend, während er aus der gegenüberliegenden Richtung auf sie zukam. Er hielt einen Schlüsselbund hoch. »Mein Dad hat uns die Schlüssel für das Gärtnerhaus besorgt. Anscheinend steht es leer, er meinte, wir könnten uns dort einquartieren. Ich habe gerade das Auto umgeparkt.«

»Sollten wir nicht lieber schnell nach Hause fahren, bevor sie die Bluthunde auf mich hetzen?«

»Ich habe leider einige Gläser Champagner intus. Deswegen sollte ich in den nächsten paar Stunden besser nicht fahren. Aber keine Angst, ich beiße nicht.«

»Ich vertraue dir«, antwortete sie mit klappernden Zähnen. »Aber tu mir einen Gefallen und sieh zu, dass du schnell wieder nüchtern wirst, ja? Ich will auf keinen Fall länger hierbleiben als unbedingt nötig.«

Bis zum Gärtnerhaus waren es nur wenige Minuten Fußweg. Will schloss die Tür auf, knipste eine kleine Lampe an und ging dann zum Kamin, um Feuer zu machen, während Amy Kaffee kochte.

»Schwarz, die Milch ist leider aus«, sagte sie und reichte ihm eine Tasse.

Beide tranken einen Schluck, dann meinte Will: »So, jetzt erzähl doch mal, was eigentlich passiert ist. Ungeschönt und in allen Einzelheiten.«

»Tja, wie du dir vermutlich denken kannst, ist das Gespräch nicht so toll gelaufen. Ich hätte mir vorher einen Plan zurechtlegen sollen. Stattdessen habe ich einfach angefangen, ihr Vorwürfe an den Kopf zu knallen, was logischerweise nicht so gut ankam.«

»Was hat sie gesagt?«

»Nicht viel. Allerdings hat sie zugegeben, dass sie in Edward verliebt war. Ich muss sie wohl ziemlich überrumpelt haben. Zu allem Überfluss stand plötzlich auch noch Christopher hinter mir. Ich schätze, ich habe durch meine Aktion jede Menge Ärger ausgelöst.«

»Oder einen Stein ins Rollen gebracht.« Will zog seine Smokingjacke aus und legte sie über einen Stuhl. »Nur weil eine Reaktion nicht sofort erfolgt, muss das noch lange nicht heißen, dass nichts passieren wird. Ich habe Georgias Geschichte meinem Dad erzählt und ich hatte den Eindruck, dass er sie für wahr hält. Oder zumindest hält er es für möglich, dass sie wahr sein *könnte*. Morgen werden wir mit den beiden reden. Mit Clarissa und Christopher.«

»Lass das lieber sein«, meinte Amy leise. »Jetzt ist es ja erst einmal raus. Nicht, dass es noch mehr Streit in der Familie gibt.«

Er trank einen Schluck von seinem Kaffee und sah sie an.

»Danke«, sagte er schließlich und trat einen Schritt auf sie zu. »Danke für alles, was du getan hast.«

Sie nickte stumm und im selben Moment brach um sie herum ein gewaltiger Lärm – das Geräusch Tausender explodierender Feuerwerkskörper – los und das Zimmer wurde in grellrotes und weißes Licht getaucht.

»Das Feuerwerk.«

»Komm, wir sehen es uns an.«

Das Gärtnerhaus befand sich auf einer kleinen Anhöhe mit Blick auf das Anwesen. Sie traten vor die Tür, und als Amy sah, wie am Himmel über dem Häuschen die Lichtfunken aufleuchteten, verpasste sie Will einen kleinen Knuff.

»Ich habe eine Idee.«

»Ja?«

»Irgendwo hier in der Nähe ist doch Edward begraben. Auf dem Friedhof der örtlichen Kirche, oder? Wir könnten doch herausfinden, wann das Ehepaar des Grauens nach Antigua fliegt, und dann Georgia hierherbringen.«

»Das ist eine gute Idee. Wir können sie ja gleich morgen besuchen und sie fragen, was sie davon hält. Wir suchen einen Tag aus und ich kann uns dann herfahren.«

»Apropos Fahren. Wie fühlst du dich?«

»Ich glaube, so in zwanzig Minuten wäre ich wieder fahrtüchtig«, gab er zurück, während das Feuerwerk allmählich zu Ende ging.

»Dann lass uns noch ein bisschen draußen bleiben.«

»Einverstanden.« Er setzte sich ins Gras und schlug die Beine übereinander. »Also«, fing er an, »was würdest du tun, wenn das dein letztes Jahr auf Erden wäre?«

»Ein ziemlich deprimierender Gedanke«, meinte Amy und wandte sich zu ihm um.

»In gewisser Weise schon. Oder du siehst die Frage als Gelegenheit, um mal dein Leben unter die Lupe zu nehmen. Was willst du tun? Was ist dir wichtig? Wie willst du wirklich deine Zeit verbringen?«

»Die großen Fragen.«

»Heute ist ja auch ein besonderer Abend«, gab er zurück.

»Also gut, ich möchte dieses Jahr eine Ballettkompanie für Kinder gründen.«

»Wirklich?«, fragte er interessiert. »Und worum geht es dabei?«

»Es geht darum, Ballettstücke für Kinder aufzuführen. Aber lustige. An denen die Kinder Spaß haben.«

»Wie weit bist du schon?«

»Noch ganz am Anfang. Noch ist es nur eine Idee. Aber Georgia hat mich ermutigt, sie weiterzuverfolgen.«

»Falls du Hilfe mit der Dramaturgie brauchst ... ein bisschen Regieerfahrung habe ich auch.«

»Du würdest mir helfen?«, fragte sie erstaunt.

»Sehr gern.«

»Als Gegenleistung für Georgia?«, wollte sie wissen.

»Einfach, weil ich dir helfen will«, erwiderte er.

Sie lachte leise auf.

»Was ist daran so komisch?«

»Ich dachte, du kannst mich nicht leiden.«

»Tja, so ein Angebot mache ich nicht jedem«, erwiderte er

augenzwinkernd und stand dann auf. »Willst du auch noch einen Kaffee?«

»Wenn das die Nacht der großen Fragen ist, nehme ich gern noch einen.«

Er klopfte sich das Gras von der Hose und als sich ihre Blicke trafen, registrierte sie, wie sich in seiner selbstbewussten und entspannten Haltung unvermittelt ein Riss auftat.

»Äh ... wegen morgen. Nachdem wir Georgia besucht haben. Hättest du da vielleicht Lust, mit mir essen zu gehen?«

Er lächelte schüchtern in der Dunkelheit und sie spürte, wie etwas in ihr knallte und prickelte.

»Ja, sehr gern.« Sie nickte und versuchte, sich ihre Freude nicht anmerken zu lassen.

»Kannst du meinen Platz warmhalten?«, fragte er mit einem breiten Lächeln, bevor er zurück ins Gärtnerhaus ging.

Sie legte ihre Hand auf die Stelle, wo er gerade gesessen hatte, und lächelte. Ein neues Jahr. Ein neuer Anfang.

»Mach ich.«

Kapitel 28

1. Januar 2013

Georgia schenkte sich einen Cognac ein und fragte sich, was sie mit dem restlichen Nachmittag anstellen sollte. Normalerweise besuchte sie sonst immer ihre guten Freunde Sally und Gianni Adami, die jedes Jahr einen ausgelassenen Neujahrsbrunch veranstalteten. Nachdem Frederick McDonald und Andre Bauer sich vor fünf Jahren in Salzburg niedergelassen hatten, waren Sally und Gianni die einzigen Menschen aus ihrer Debütantinnenzeit, mit denen sie noch regelmäßig Kontakt hatte. Nach allem, was passiert war, hatte sie damals bewusst versucht, zu diesen Kreisen auf Abstand zu gehen. Doch auch wenn sie viele alte und emotionale Erinnerungen verbanden, an die sie teilweise nur widerstrebend zurückdachte, waren Sally und Gianni echte Spaßvögel und es war schlicht unmöglich, sich von ihnen fernzuhalten. Außerdem war Georgia die Patentante ihres ältesten Sohnes Lucas, der erschreckenderweise selbst schon Mitte fünfzig war. Er war als Anwalt tätig und hatte vier bezaubernde Kinder. Sie konnte sich noch genau daran erinnern, wie er als winziges Baby ausgesehen hatte. Er war in Venedig geboren worden, wo Sally und Gianni viele Jahre lang gelebt hatten, bevor sie nach London zurückgekehrt waren. Erst heute Morgen hatte sie ein altes Fotoalbum herausgekramt und sich verblichene Bilder angesehen, auf denen sie alle zusammen auf dem Lido, dem Markusplatz und auf der Seufzerbrücke gestanden hatten. Georgia hatte viele glückliche Urlaube in Venedig verbracht. Ihre Freundin hatte nicht übertrieben, als sie gesagt hatte, die Orangen seien dort so groß wie Fußbälle und es sei zauberhaft, in einer Gondel umherzufahren – die gutaussehenden Gondolieri, die bunt gestreiften Stangen, die aus dem Wasser herausragten, die Kanäle, die grün in der Sonne schimmerten.

Sie sah auf ihre Uhr und fragte sich, ob sie es vielleicht doch noch zum Brunch schaffen konnte. Gianni hatte versprochen, dass es dieses Jahr ein besonderes Festessen geben würde, und damit gedroht, seine berüchtigten Limoncello-Cocktails zu mixen, um den vor kurzem erfolgten Verkauf seiner landesweiten Kette italienischer Restaurants an einen Finanzinvestor zu feiern. Sally hatte überhaupt nicht verstanden, weshalb Georgia die diesjährige Einladung ausgeschlagen hatte. Allerdings wusste ihre Freundin auch nicht, wie schlimm es um Georgia wirklich stand. Zudem hatte die Reise nach New York sie ziemlich angestrengt.

Doch immerhin war ihr Abenteuer in Manhattan genauso schön gewesen, wie sie es sich erhofft hatte. Zumindest so schön, wie es unter diesen Umständen hatte sein können, nachdem sie mit einer Person gereist war, die sie praktisch nicht kannte und die nicht die Person war, mit der sie den Zauber New Yorks eigentlich hätte erleben sollen.

Die junge Amy Carrell war eine charmante Begleiterin gewesen, aber natürlich war es Georgia schwergefallen, nicht ständig daran zu denken, wie es mit Edward an ihrer Seite hätte werden können. Am Morgen des ersten Weihnachtsfeiertags, als Amy noch bei ihren Eltern gewesen war, hatte sie einen langen Spaziergang durch den Central Park unternommen und sich dabei vorgestellt, wie es wohl gewesen wäre, mit ihm zusammen dort umherzuschlendern.

Selbstverständlich wusste sie noch genau, wie Edward ausgesehen hatte. Sie hatte zwar nur wenige Fotografien von ihm, aber die hatte sie so viele Male angesehen, dass sie seinen Anblick nie vergessen würde. Schwieriger war es, sich an die weniger greifbaren Eigenschaften zu erinnern. An seinen Geruch, seinen Gang, seine witzigen Bemerkungen; daran, wie er sie angelächelt und sie sich glücklich, geborgen und geliebt gefühlt hatte. Aber seitdem waren eben auch fünfzig Jahre verstrichen – die Zeit zeichnete die harten Kanten weich, bis die Erinnerungen so verblasst waren, dass man kaum noch glauben konnte, dass sie je existiert hatten.

In letzter Zeit hatte sie viel über den Tod nachgedacht. Was kein Wunder war angesichts der Tatsache, dass ihr Körper dabei war, die Waffen zu strecken. Sie war immer noch wütend darüber, sich vor Amy nicht besser beherrscht zu haben und so emotional geworden zu sein. Amy war ein nettes Mädchen und es war nicht fair, sie mit ihren Problemen zu belasten. Doch die Rückkehr aus New York – die Reise, auf die sie ihr Leben lang gewartet hatte – hatte Georgia daran erinnert, dass sie nun bereit war für das Ende ihrer eigenen Lebensreise.

Dass sie sterben würde, war unvermeidlich, und sie wusste, dass es eher heute passieren würde als morgen. Vor einer Woche hatte ihr Arzt ihr mitgeteilt, dass sie mit ein wenig Glück noch ein weiteres Jahr zu leben hatte. Das war der wahre Grund gewesen, warum sie die Einladung zum Brunch bei den Adamis ausgeschlagen hatte. Vermutlich war dies ihr letzter Neujahrstag, und sie wollte ihn in Ruhe verbringen, allein mit ihren Erinnerungen und Gedanken.

Das Einzige, was sie über den Tod sicher wusste, war, dass sie keine Angst davor hatte. Womöglich war das einer der

Hauptvorteile, wenn man alleine war. Es gab keine Kinder, die man verzweifelt zurückließ. Sie hatte noch nicht einmal eine Katze, um die man sich kümmern musste, wenn sie einmal nicht mehr war.

Sie hatte bereits beschlossen, einen Teil ihres Vermögens Lucas zu vermachen, auch wenn er das Geld eigentlich nicht brauchte, da er bereits aus eigener Kraft wohlhabend und erfolgreich geworden war. Einen weiteren Teil würde sie spenden und auch Will würde etwas bekommen. Sie war froh, Amy Carrell das Ralph-Lauren-Kleid gekauft zu haben. Außerdem wollte sie mit ihrem Anwalt über die Möglichkeit sprechen, Amys Ballettkompanie für Kinder auf diskrete Weise finanziell zu unterstützen. Georgia hatte sehr hart für ihr Geld gearbeitet und sie wollte auf keinen Fall, dass es sinnlos verprasst wurde, doch ihr Gefühl sagte ihr, dass die junge Amy mit dem unverhofften Geldsegen etwas ganz Besonderes auf die Beine stellen würde – und selbst wenn sie mit ihrer Geschäftsidee scheitern sollte, hätte sie es zumindest versucht und mit Sicherheit sehr viel Freude dabei gehabt.

Sie nahm sich vor, Amy heute Abend etwas genauer über ihre Pläne auszufragen. Sie war überrascht gewesen, als Will angerufen und gefragt hatte, ob die beiden auf einen Kaffee vorbeischauen durften. Er hatte sich furchtbar angehört – vermutlich war er erst spät ins Bett gekommen, aber so waren die jungen Leute eben: Für sie war es normal, die ganze Nacht aufzubleiben, um das neue Jahr einzuläuten. Dass die beiden gemeinsam kommen würden, freute sie und machte sie gleichzeitig neugierig. Sie wusste zwar, dass Amy einen Freund hatte – der ihr äußerst unsympathisch war –, aber vielleicht würde es ihr ja gelingen, zwischen ihrem Neffen und ihrer neuen Freundin zumindest eine Freundschaft anzubahnen.

Sie hatte lange genug gelebt, um auf den ersten Blick zu erkennen, wann zwei Menschen zusammenpassten.

Das Summen der Sprechanlage riss sie aus ihren Gedanken.

Abgesehen von Will und Amy, die um sechs Uhr vorbeikommen wollten, erwartete sie keine Besucher. Sie spähte durch die feinen Voilevorhänge hinunter auf die ungewohnte geisterhafte Stille, die über Primrose Hill lag.

»Georgia Hamilton?«

»Ja«, antwortete sie zögernd, da sie die Stimme nicht sofort erkannte. Sie klang älter, kultiviert und irgendwie vertraut …

»Ich bin's, Christopher. Christopher Carlyle.«

Seinen Namen zu hören überraschte sie derart, dass sie sich an der Wand abstützen musste. Sie atmete langsam ein und wieder aus und schloss für einen Moment die Augen.

»Christopher«, sagte sie dann, während sie sich innerlich wappnete. »Was willst du?« Es klang schroffer, als sie eigentlich beabsichtigt hatte.

»Darf ich hochkommen?«

Fast konnte sie ihr Herz schlagen hören, während sie darauf wartete, dass er die Treppe heraufkam. Natürlich brauchte er eine Weile. Er war älter als sie und vom Erdgeschoss bis zu ihrer Wohnung waren es einige Stufen. Sie ließ die Tür offen stehen und ging zurück ins Wohnzimmer, wo sie sich ans Fenster stellte und hinausblickte, bis er eintrat.

Es war ein Schock, ihn wiederzusehen. Seit ihrer letzten Begegnung waren vierundfünfzig Jahre vergangen, doch einen Moment lang schienen diese Jahre zu einem einzigen Herzschlag zusammenzuschmelzen. Er war immer noch groß und dünn – trotz seines fortgeschrittenen Alters ging er weder gebeugt noch war er geschrumpft. In seinem Blazer und seiner beigefarbenen Chinohose sah er äußerst elegant aus – man hätte fast meinen können, er sei unterwegs zu einem Kricketspiel, wenn es nicht gerade Januar gewesen wäre.

»Hast du nichts Besseres zu tun an Neujahr?«, fragte sie mit beherrschter Stimme und trank einen Schluck Cognac aus dem Glas, das sie auf ihrem Barschrank abgestellt hatte.

»Den Neujahrstag verbringen wir immer ganz ruhig.«

»Ach ja, richtig – letzten Abend war ja eure alljährliche Feier in Stapleford.«

»Wie geht es dir, Georgia?«, erkundigte er sich leise.

»Gut. Eigentlich sogar ausgezeichnet. Ich bin kürzlich verreist. Nach New York«, fügte sie hinzu, wobei sie versuchte, ihre Stimme so aufgeräumt wie möglich klingen zu lassen.

Er stützte sich mit einer Hand an einem Bücherregal ab. Sie nahm an, dass ihn das Treppensteigen erschöpft hatte. Die Geste ließ ihn mit einem Mal gebrechlich erscheinen. Mit dem vitalen, hochangesehenen älteren Mann, der regelmäßig im Fernsehen den Zustand der Wirtschaft kommentierte oder ihr bisweilen aus den Klatschspalten des *Daily Mail* entgegenblickte, wenn er an irgendeiner Literaturveranstaltung teilgenommen hatte, hatte er in diesem Moment kaum mehr etwas gemein. Das Schicksal hatte es ursprünglich nicht vorgesehen, dass er Oberhaupt der Familie Carlyle werden sollte, doch nachdem ihm diese Rolle zugefallen war, schien er allmählich in sie hineingewachsen zu sein. Aus dem etwas oberflächlichen jungen Mann, den sie in jenem Sommer im Jahr 1958 kennengelernt hatte, war eine imposante Persönlichkeit geworden.

»Und, wie war es gestern Abend?«, fuhr sie im Plauderton fort. »Schön, dass ihr eure Traditionen noch so pflegt. Clarissa hat ja immer schon gern gefeiert. Kein Grund also, damit aufzuhören, nur weil wir allmählich in die Jahre kommen, stimmt's?«

»Deine Freundin war da, zusammen mit Will.«

Seine Worte ließen sie vor Schreck erstarren. »Welche Freundin?«

»Die Amerikanerin. Amy.«

Sie spürte kalte Wut und Enttäuschung darüber, so hintergangen worden zu sein. »Was wollte sie?«, fragte sie betont gleichgültig.

»Sie kam zusammen mit Will. Ich vermute, dass die beiden ein Paar sind.«

»Tatsächlich?«, gab sie zurück. Nun verstand sie auch, weshalb Will und Amy sie an diesem Abend unbedingt besuchen wollten. Bestimmt hatten sie Ärger gestiftet – sich vermutlich in Dinge eingemischt, die sie nichts angingen – und wollten ihr alles gestehen und sich entschuldigen.

Auf ihre Frage folgte ein langes Schweigen, das sich ewig auszudehnen schien.

»Amy hat Clarissa erzählt, dass du krank bist«, nahm Christopher schließlich den Faden wieder auf.

»Sie hatte kein Recht, das zu tun.«

»Sie hat es nur gut gemeint.«

»Ach wirklich?«

»Bist du in guter ärztlicher Behandlung?«

In seiner Stimme schwang Mitgefühl mit, doch sie zog es vor, nicht darauf einzugehen. Sie war nicht auf Almosen angewiesen – am allerwenigsten auf Almosen von ihm. Vielleicht wusste er nicht, dass sie mehrfache Millionärin war – und dass sie dieses Vermögen selbst aufgebaut hatte. Am liebsten hätte sie es ihm gesagt, hielt sich dann aber zurück. »Ehrlich gesagt, kann man momentan nicht mehr viel tun.«

Sie musterte ihn aufmerksam. Christopher und Edward hatten sich sehr ähnlich gesehen, auch wenn Christopher immer wie die schlechte Kopie seines Bruders gewirkt hatte. Aber dennoch waren die äußerlichen Gemeinsamkeiten so frappierend, dass sie Edward in seinem Gesicht erahnen konnte und am liebsten die Hand ausgestreckt hätte, um ihn zu berühren.

»Ich muss dir etwas sagen.«

Georgia wusste, was jetzt kommen würde, noch bevor er auch nur ein Wort gesagt hatte. Sie sah es in seinen Augen. Die Beschämung, die Trauer, die Schuld. Eine Schuld, die seit Jahrzehnten an ihm nagte.

»Edward hat Clarissa nicht vergewaltigt.«

Ihre Schneidezähne gruben sich in ihre Unterlippe und einen Moment lang schmeckte sie Blut. Auf dieses Geständnis hatte sie fünfzig Jahre lang gewartet, doch jetzt, nachdem die Worte endlich ausgesprochen worden waren, klangen sie in ihren Ohren wie die traurigsten und sinnlosesten Worte der Welt.

Überwältigt vor Kummer, schloss sie die Augen und ließ sich auf das Sofa sinken. Das unendliche Bedauern über ein ungelebtes Leben schnürte ihr fast die Luft ab.

»Aber sie hätte nie zugelassen, dass er deswegen ins Gefängnis muss«, sagte Christopher schnell. »Und natürlich hat sie nie gewollt, dass es so endet.«

»Wie großzügig von ihr«, zischte Georgia wütend. Sie wusste nicht, ob sie seinen Anblick noch länger ertragen konnte.

»Sie hat sich dumm und falsch verhalten. Wir haben uns beide dumm und falsch verhalten.«

»So? Mir würden noch ganz andere Worte einfallen, um deine Frau zu beschreiben, Christopher. Sie war teuflisch und gemein, auch wenn ich eines zugeben muss: Sie war viel cleverer, als ich ihr je zugetraut hätte. Ihr Plan war ganz schön raffiniert, meinst du nicht? Und für euch beide ist er ja auch wunderbar aufgegangen.«

Sie blickte hoch und konnte sehen, dass er weinte.

»Wie viel hast du gewusst, Christopher? Warst du mitschuldig an dem, was passiert ist?«

»Ja«, sagte er mit so leiser Stimme, dass sie ihn kaum hören konnte. »Clarissa und ich waren schon vor meinem einundzwanzigsten Geburtstag ein Paar. Wir haben uns auf deiner Party kennengelernt und sind in Kontakt geblieben. Ich war ein bisschen schuljungenhaft verliebt in sie, so könnte man es wohl nennen. Schon nach ein paar Wochen hat sie mich dann in ein Hotel in der Londoner Innenstadt mitgenommen und wir haben dort die Nacht zusammen verbracht. Ich weiß nicht mehr, wie erfahren sie damals als Liebhaberin schon war, aber sie hat mich vollkommen überwältigt. Sie hat ihre Reize ausgespielt und es bewusst darauf angelegt, mich zu verführen. Ich hätte alles für sie getan, auch wenn ich den Verdacht hatte, dass sie ein kleines bisschen in Edward verliebt war.«

»Hat irgendjemand von eurer Beziehung gewusst?«

»Nein. Sie wollte nicht, dass jemand davon erfährt. Ich glaube, sie wollte sich alle Optionen offenhalten.«

»Aber die Behauptung, Edward hätte sie vergewaltigt, habt ihr euch dann zusammen ausgedacht.« Sie hörte ihre eigene Stimme, kalt und verzerrt, und hatte das Gefühl, einer fremden Person zu lauschen.

»Nein.« Er sagte es in einem so ehrlichen Ton, dass sie ihm glaubte.

»Ungefähr eine Woche vor meiner Geburtstagsfeier in Stapleford haben wir wieder eine Nacht im Hotel verbracht. Die meiste Zeit über hat sie auf mich eingeredet, ich solle mir innerhalb der Familie mehr Geltung verschaffen. Ich hatte zu dem Zeitpunkt bereits drei Jahre in unserer Bank gearbeitet, da ich ja nicht studiert hatte. Allerdings wurde ich dort im Gegensatz zu Edward überhaupt nicht ernst genommen, während mein Bruder systematisch darauf vorbereitet wurde, nach seinem Studium eine Führungsposition zu übernehmen. Clarissa hat mir eingeredet, dass das nicht gerecht sei, und hat mich schließlich überzeugt. Nach dieser Nacht fing ich an, einen Groll gegen meinen Bruder zu hegen, und habe mir gewünscht, er würde aus meinem Leben verschwinden, er würde aus der Bank verschwinden, wo er mich gleich am ersten Tag in den Schatten gestellt hat.« Er wischte sich eine Träne von seiner pergamentartigen Wange und fuhr dann fort. »Wie du weißt, ist Clarissa zu meinem einundzwanzigsten Geburtstag gekommen. Wir haben uns in den Weinkeller geschlichen und dort heimlich miteinander geschlafen. Und ehe ich mich's versah, hat das Drama seinen Lauf genommen. Clarissa behauptete, vergewaltigt worden zu sein. Edward beharrte darauf, dass er unschuldig sei.

Mir gelang es, mich ein paar Minuten allein mit ihr zu unterhalten. Ich fragte sie, was denn um alles in der Welt passiert sei, und sie schärfte mir ein, niemandem ein Sterbenswörtchen davon zu erzählen, dass wir miteinander geschlafen hatten. Sie war clever und wusste genau, dass ihr Plan aufgehen würde – niemand würde die Polizei einschalten und Edward würde so lange von der Bildfläche verschwinden, bis Gras über die Sache gewachsen war.«

»Sie ließ dich also in dem Glauben, Edward hätte sie vergewaltigt?«

»Ich hatte keine Ahnung, was ich glauben sollte. Es ging alles so schnell. Innerhalb von einer Woche war entschieden worden, Edward nach Singapur zu schicken. Die Hamiltons erklärten sich bereit, keine Anzeige zu erstatten. Schließlich wollten sie auf keinen Fall, dass irgendjemand erfährt, dass Clarissa Opfer einer Vergewaltigung geworden war. Sie hätte nie mehr jemanden gefunden, der sie zur Frau genommen hätte.«

»Wann hat sie dir die Wahrheit gesagt?«

»Ein paar Wochen nachdem Edward nach Fernost gegangen war. Als sie mir gestand, dass sie die Vergewaltigung nur inszeniert hatte, war ich zornig, verwirrt. Sie bestand darauf, es nur für mich getan zu haben, auch wenn ich vermute, dass sie insgeheim außer sich vor Wut war, dass Edward dir einen Heiratsantrag gemacht hat. Aber es ließ sich nicht leugnen, dass sich die Situation zu meinen Gunsten entwickelte. Plötzlich war ich der Lieblingssohn, der Musterknabe, dem alles gelang, und Edward war das sprichwörtliche schwarze Schaf der Familie.«

»Bis er starb.«

Sie sahen sich schweigend an.

»Als Clarissa davon erfuhr, hat sie zwei Tage lang geweint.«

»Ich habe mein Leben lang geweint«, entgegnete Georgia kalt.

»Wir waren beide außer uns vor Kummer, aber was hätten wir tun sollen? Wir hatten gelogen und die Wahrheit vertuscht und hatten keine andere Wahl, als weiterzumachen wie bisher.«

»Ich habe mich oft gefragt, ob ihr beide nachts ruhig schlafen könnt.«

»Ich nicht.«

Georgia ließ den Kopf in die Hände sinken und versuchte, die Gefühle zurückzuhalten, die mit aller Macht an die Oberfläche drängten.

»Wir können die Vergangenheit nicht ändern, Georgia. Ich wünschte, wir könnten es. Ich wünschte, wir könnten dir meinen Bruder zurückbringen. Ich wünschte, du hättest die Chance gehabt, mit ihm alt zu werden.«

Sie schloss die Augen, um die Tränen zu unterdrücken,

doch da hörte sie, wie er sich näherte, und registrierte, dass er etwas auf die Armlehne des Sofas legte.

»Ich erwarte nicht, dass du uns jemals verzeihst, aber ich meine, du hast ein Recht darauf, endlich die Wahrheit zu erfahren. Deine Freundin Amy hatte recht, was das angeht.«

»Was ist das?«, fragte Georgia und betrachtete den Schlüsselbund, den er neben sie hingelegt hatte.

»Ich glaube, er hätte gewollt, dass du ihn bekommst«, antwortete er, wandte sich dann um und verließ die Wohnung.

Sie hielt die Schlüssel in der Hand, bis das kalte Metall allmählich warm wurde. Dann nahm sie ihren Mantel, zog ihn an und stieg langsam, Stufe für Stufe, die Treppe hinunter, bis sie unten angekommen war. Christopher war schon weg, aber am Straßenrand stand ein kirschroter Aston Martin, den sie sofort erkannte.

Vor Aufregung ging ihr Atem flach und ihre Hände zitterten.

Sie trat darauf zu, berührte den Lack und für den Bruchteil einer Sekunde stand sie wieder in ihrem tropfenden Kleid auf der Putney Bridge. Sie zog ihre Schuhe aus und bückte sich langsam und vorsichtig, um sie aufzuheben. Jedes Gelenk und jeder Muskel in ihrem Körper riefen ihr in Erinnerung, dass sie sich mittlerweile im einundzwanzigsten Jahrhundert befand und nicht mehr im Jahr 1958. Obwohl es ein kalter Wintertag war, stand das Verdeck des Cabrios offen. Als sie die Schuhe auf den Beifahrersitz legte, sah sie, dass auf dem Rücksitz ein flaches Paket lehnte. Erstaunt betastete sie das braune Papier und fuhr mit dem Finger über die Kanten des riesigen Rechtecks.

Sie war sich nicht sicher, ob sie es öffnen durfte, aber es war zu verlockend, um es zu ignorieren.

Sie bohrte einen Finger hinein und entfernte dann mit

beiden Händen das Packpapier. Zum Vorschein kam ein Gemälde, und sie brauchte einen Augenblick, um zu realisieren, dass es zur *Schleifen*-Serie ihrer Mutter gehörte. Zu jener Zeit war es als höchst komplexes Werk angesehen worden, aber als sie es jetzt betrachtete, kam es ihr vor wie eine schlechte Jackson-Pollock-Kopie.

Sie brauchte eine Minute, bis in ihr Bewusstsein drang, was das Bild bedeutete. Die Gemäldeserie war damals von einem reichen Sammler gekauft worden und das Geld hatte sie nicht nur einige Monate lang ernährt, sondern auch Georgias Ball finanziert. Sie hatten nie erfahren, wer der Sammler gewesen war. Als das Geld erst einmal auf dem Konto eingegangen war, hatte es keine Rolle mehr gespielt. Nachdem ihr klarwurde, was Edward für sie getan hatte, konnte sie ihren Tränen endlich freien Lauf lassen.

Sie ging um das Auto herum, nahm auf dem Fahrersitz Platz und umfasste das Lenkrad. Als sie die Augen schloss, konnte sie ihn fast spüren.

Ein Lächeln huschte über ihr Gesicht. Bald würde sie wieder mit ihm vereint sein, und sie wusste, dass er auf sie wartete. Nachdem sie sich die Augen abgewischt hatte, steckte sie den Schlüssel ins Zündschloss und startete den Motor. Das Auto gab ein leises, zufriedenes Brummen von sich, als wäre es froh darüber, dass sie hinter dem Steuer saß. Ach, sie hatte ihn geliebt. Sie hatte ihn von ganzem Herzen geliebt. Und er hatte sie ebenfalls geliebt. Auf einmal verspürte sie das Bedürfnis, jemandem davon zu erzählen, und ein Blick auf die Uhr verriet ihr, dass Sallys und Giannis Brunch bestimmt noch in vollem Gange war. Und als sie die Straße entlangfuhr und der Wind durch ihre Haare wehte, war sie mit einem Mal wieder jung und Edward war an ihrer Seite. Und in diesem Moment war sie glücklich.